U0896744

本书获2018年中央民族文字出版专项资金资助

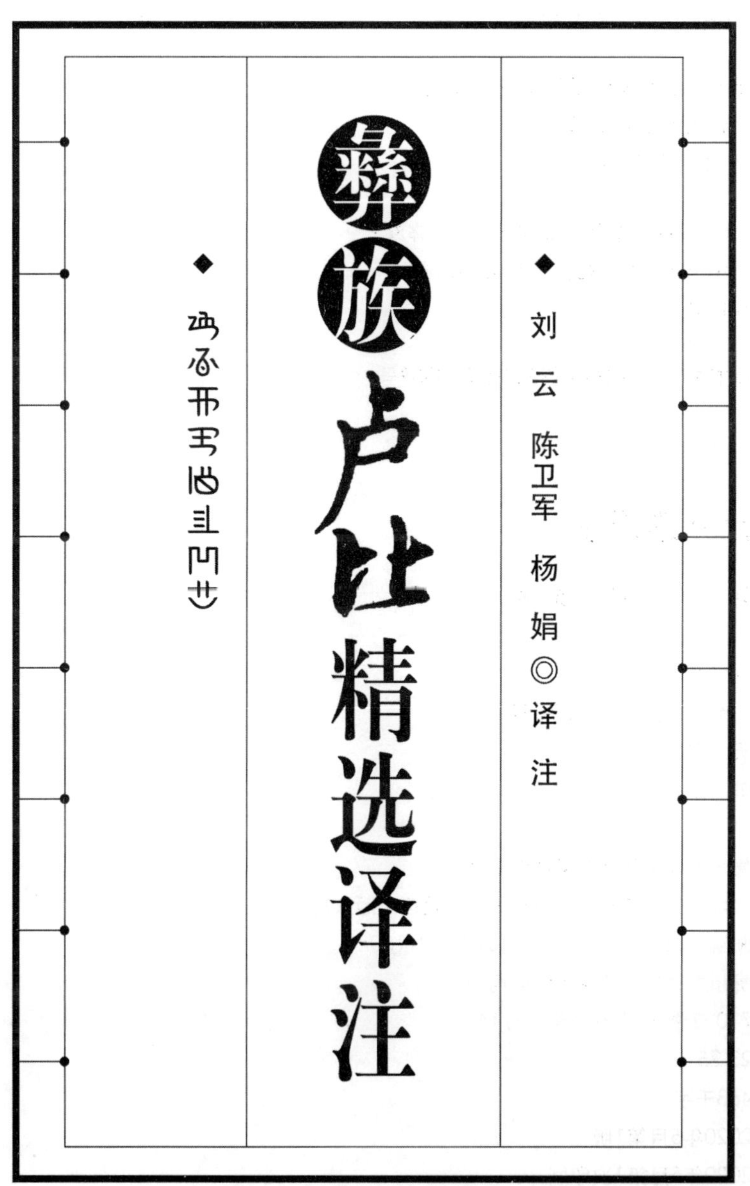

贵州大学出版社
Guizhou University Press

图书在版编目（CIP）数据

彝族卢比精选译注 / 刘云，陈卫军，杨娟译注. --
贵阳：贵州大学出版社，2020.5
ISBN 978-7-5691-0330-4

Ⅰ.①彝… Ⅱ.①刘… ②陈… ③杨… Ⅲ.①彝族－谚语－汇编－中国②彝语－格言－汇编－中国 Ⅳ.①I277.7②H217.3

中国版本图书馆CIP数据核字(2020)第068059号

彝族卢比精选译注

译　　注：刘　云　陈卫军　杨　娟

出 版 人：闵　军
责任编辑：王印娟　王高升　刘　平
策划编辑：吴　瑕
装帧设计：陈　丽

出版发行：贵州大学出版社有限责任公司
地址：贵阳市花溪区贵州大学北校区出版大楼
邮编：550025　电话：0851-88291180
印　　刷：贵州思捷华彩印刷有限公司
开　　本：710 毫米×1000 毫米　1/16
印　　张：23.25
字　　数：463千字
版　　次：2020年5月第1版
印　　次：2020年5月第1次印刷

书　　号：ISBN 978-7-5691-0330-4
定　　价：88.00元

编委会

主编 / 刘　云

副主编 / 陈卫军　杨　娟

译注 / 刘　云　陈卫军　杨　娟

编委 / 禄玉萍　刘　云　陈卫军　杨　娟　张德华　姜　枫
文启扬　沈小玲　王　芳　普　祥　李正平　苏世成

彝文录入 / 王高升

前　言

彝族是一个有自源文字的古老民族，数千年来，彝族人民用彝文书写和记录自己的历史文化，留下了卷帙浩繁的文献典籍和数量庞大的金石铭文。同时，彝族人民还创造了浩若烟海的民间口头文学，诸如神话、传说、民间故事、歌谣、史诗、民间叙事诗、谚语、民间说唱等等，其中的谚语在贵州彝语里被称作“卢比”。在民间文学里，卢比短小精干，被称作“语言里的食盐”，可见其在彝族语言里有着特殊的地位和作用。从彝谚“阿鲁俄莫咪，卢比九千条”之说来看，彝族将卢比与神话英雄支格阿鲁联系起来，不但说明卢比地位崇高，而且历史悠久、数量庞大。在现代文化盛行，传统文化式微，彝族语言流失严重的当下，开展彝族语言精华之卢比的抢救性挖掘整理工作，无论是从文化、学术，还是从语言保护传承的角度，都有重要的价值和现实意义。

一、彝族卢比概述

“卢比”是彝族对谚语、格言类语句的统称，是彝族人民在生活实践中总结出来的带有实践经验的语句，它通过简练生动的语言，形象地总结了劳动人民的生产、生活与斗争的经验和教训。因其来自民间，所以从本质上说，卢比是劳动人民创造的语言财富，是彝族人民集体智慧的结晶。作为民间文学的一种形式，卢比具有通俗、简练而富于哲理的特点，其内容涵盖了彝族哲学、宗教、道德、政治、教育、法律、风俗、自然等社会生活的方方面面，从某种角度来说，卢比是彝族文化的百科全书。流传至今的大多数卢比，直到今天还影响着人们的生产生活与社会实践，尤其是其中的事理类卢比，更是醍醐灌顶的醒世良言。

受方言土语的影响，各地彝族对卢比的称呼也存在地域差异，四川凉山地区称为“尔比”，贵州则有“洛比”“鲁比”“录币”等各种译称。本来专有名词的音译只要与原读音接近，采用同音的哪个汉字并无大碍，但根据贵州读音，“卢”字比较切合彝族崇虎的图腾信仰，加上“卢”的汉字本义为“饭器”，谚语格言等语句又为人的精神食粮，取“卢比”之译法，既符合彝族人的传统信仰，又体现了谚语格言等语句的功能和价值，故本书确定取“卢比”之译法。

彝族谚语“老人说的卢比，没有哪句不真”，一语总结了彝语卢比的本质特点及其价值所在。“老人说的”表明卢比不但是老人们生活经验的总结，而且是“老辈传下来的”，即卢比来自民间、来自过去；“没有哪句不真”说明卢比是经过实践检验的至真至理之言。另据《华阳国志·南中志》载：“夷人大种曰‘昆’，小种曰‘叟’……夷中有桀黠能言议屈服种人者，谓之‘耆老’，便为主。议论好譬喻物，谓之‘夷经’。”这里的“昆”“叟”都是彝族古代先民的族称；“耆老”即头人；议论好譬喻物，当指引用卢比、黎咪等经典语言。《华阳国志·南中志》成书距今已有1600多年，可见在1000多年前卢比不但成熟和发达，而且在彝族社会里已经扮演着极其重要的角色，尤其是其中的道德、事理类卢比直接是彝族版本的“增广贤文”，有的卢比甚至被人们用作习惯法条文，成为彝族社会调解矛盾纠纷的法理依据。

“阿鲁俄莫咪，卢比九千条”虽非确指，但也说明彝族卢比数量极其庞大，不过至今未在彝文古籍里发现一本卢比文献，除了在叙事说理性的古籍文献里偶有零星记载外，作为以大众为创作主体的卢比，主要还是以口传的形式流传于民间。这些卢比广泛储藏于广大人民头脑之中，其究竟有多少，恐怕没有谁能说得清楚。

卢比来自民间，产生于生产劳动和社会实践，并随着社会的发展而不断丰富和完善，与此同时，随着生产力的发展和生产关系的改变，有些卢比也逐步被社会和时代所淘汰，新的卢比也应运而生。比如在封建社会，由于男尊女卑观念的盛行和对科学的无知，就曾有“十个女儿赶不上一个瞎眼儿”“不生蛋的母鸡，应早点送人”“父在儿不大，夫在妻不尊”等宣扬封建迷信思想的卢比，但是，随着新中国的建立，中国共产党彻底推翻了一切反动腐朽的旧制度，中国共产党所倡导的民族平等、男女平等、人人平等的民主思想逐步成为国民的主流意识，上述卢比也因此被时代所抛弃。与此同时，“生男生女都一样”“要致富，先修路”等新观念，则逐步成为各族人民的新谚语。

列宁说过，谚语以惊人的准确性，道出了事物十分复杂的本质。谚语的内容非常丰富深刻，它反映了现实的各个方面。卢比从内容分有事理、生活、社交等，从其含义和作用看，有讽颂、规诫、生产、天气、常识等。根据思想内容，可以归纳为两大类：一类是劳动和斗争经验的卢比；另一类是知识和教育方面的卢比。不管是哪一类型的卢比，无不饱含彝族人民的生存智慧和深刻的思想文化内涵。比如“田边青蛙叫，大雨要来临”“三年不换种，施肥也无用”“马草夜里喂，牛草早晨喂”等气象、农业类卢比反映的是耕牧文化思想；“权在君长的口里，不在百姓的手里”“不是官家会讲话，而是官家有势力”“使大力的是牛，吃炒面的是猫”等时政类卢比反映的是阶级斗争思想；“壮士穷途不卖剑，彝人饿死不讨吃”“是雄鹰，就该翱翔天空；是骏马，就该驰骋四方”“会说不算好汉，敢当才是丈夫”等道德类卢比反映的是道德教育思想；“一个人有志气，一族人跟着沾光；一个人不争气，一族人跟着丢脸”“蝌蚪再穷，不会一辈子泡在水里”“让路不会伤脚”“首次猎物分不均，二次打猎无人跟”“懒人仓底空，勤快人饱肚”等事理类卢比反映的是人生哲学思想。

卢比源于生活，又反过来指导人们的社会实践。但是由于卢比的历史性和阶级性，有些卢比不可避免地存在唯物主义与唯心主义、辩证法和形而上学的对立，不可避免地存在精华和糟粕，今天的人在面对这些卢比的时候，要有个正确的判断，并学会推陈出新、批判地继承。

受地理、历史、文化以及民族语言习惯和思维方式的影响，彝族卢比表现出鲜明的民族特色和地域特色。比如“睡觉靠枕头，禳解靠布摩”“是男向舅舅家提亲，是女向外甥家嫁人”“生儿找后家，地上后家大”等卢比无不表现出独特的民族文化特点。而“高山的粮食，以荞子为首”“平坝的粮食，以大米为首”“土地种三年，不轮歇无油”等卢比又无不表现出鲜明的地域特色。

卢比虽然是最短小的文学作品，但内容却很丰富，它的语言是高度精练的“压缩饼干”。一般有五言、六言、七言、八言，甚至十言以上，但五言和七言较多；有一句、两句、三句、四句、六句不等，但以两句最多，四句次之，一句、三句和六句以上的较少。彝族卢比，主要具有以下几个特点：一是哲理性与形象性的高度统一，它深入浅出，多采用比喻、拟人、借代、夸张、对仗等修辞手法增强语言的表现力；二是卢比结构严密，对比鲜明，很多卢比都包含一个矛盾，常常是现象和本质的矛盾，透过现象揭示本质，使人得到一种智慧的美感，因突然得到了真理而惊喜；三是卢比的语言富有节奏，具有较强的音乐性，卢比一般是押韵的，其句式工整，音韵和谐，简短有力。

二、《彝族卢比精选译注》的编撰

《彝族卢比精选译注》的编撰源于刘云主持的2014年贵州省民委古籍研究基地课题“黔西北彝族‘卢比’整理研究”（项目编号：2014006），课题结项时共搜集整理了600余条卢比，完成了课题任务。后来考虑到卢比的文化价值和对彝族社会的重大意义，加上贵州还有大量的卢比散藏民间，如果不及时采集，随着老一辈人的去世就会白白流失。于是课题组决定一鼓作气扩大研究范围，以贵州，尤其是黔西北为搜集范围，扩大贵州卢比整理翻译的规模，努力将此区域流行的卢比捡拾起来。课题组在课题结项成果的基础上，通过田野调研和查阅文献两条途径，历时 5 年，共收集到 4500 余条卢比素材。其中，为了尽可能多地搜罗古代流传的卢比，课题组还采用“淘金法”广泛查阅了《西南彝志》《彝族源流》《苏巨黎咪》《估哲数》《乌鲁诺纪》《以那悲歌》《布默战史》《海腮耄启》《曲谷走谷选》《阿娄楚》《支格阿鲁》等大量译著和其他彝文古籍文献。我们认为，所收集的卢比数量虽多，但质量参差不齐，于是决定编撰一部集规模、经典、精品与考释于一体的《彝族卢比精选译注》作品。在遴选过程中，课题组发现现代彝语卢比很少，多为汉族谚语的直接借用，于是，课题组确定以收录传统卢比为主。经过精心比对、校勘、甄别和遴选，在剔除歇后语，以及内容重复，质量不高，价值不大，思想性和艺术性欠佳的卢比之后，最终筛选出 1700 多条卢比编撰成书。限于调查的难度和彝族卢比丰富多样的特点，本书虽不能将丰富多彩的彝族卢比全部囊括，但比较常见，彝族人耳熟能详、家喻户晓的经典卢比基本上已被收录进来。

从收录的情况来看，由于卢比的丰富性和复杂性，要想对其进行精确的分类是十分困难的。比如“官多不理政”，它既是针砭时政，也是揭示事理；“疾风吹不倒高山，困难难不倒硬汉”既是讲道德品格，也是讲世情事理；“欺人不欺头，骂人莫揭底”说的是为人处世，讲的也是人情事理；“夫妻不和睦，鸡狗寨邻丢”既属于婚姻家庭，也属于世情事理；“父母不明理，教不好儿女”既是教育经验的总结，又是对婚姻家庭的反思。凡此种种，不胜枚举。因此，除了少数涉及气象、生产、生活等卢比外，无论从什么角度，内容都存在交叉现象，都很难对卢比进行精确的分类。不过为了读者学习和查阅的方便，此次在编辑《彝族卢比精选译注》时还是按编者的意图对卢比进行了一个大概的分类和编排。不过，本书同样面临上述分类难的问题，因此，存在争议也是无法避免的事情。

根据筛查、甄别和梳理，本书将所选卢比按时政社会、道德修养、为人处世、世情事理、婚姻家庭、世相百态、文化教育、气象节令、农业生产、生活经验、买卖技艺、风土人情共12个类型来归类。其中，“时政社会”类主要收录历史上（民国以前）反映彝族地区有关制度、官民、诉讼、阶级、贫富、时势等方面的内容；“道德修养”类主要收录了有关志气、品格、磨练、荣辱、担当等方面的内容，而伦理道德方面的卢比则放到“婚姻家庭”部分；“为人处世”和“世情事理”类由于有很大的交叉和重叠，在收录有关卢比时，尽量将那些直接表述“该做什么”和“不该做什么”的卢比归为“为人处世”类，而将那些偏重于说理的卢比放到“世情事理”部分；“婚姻家庭”类主要收录有关爱情、婚姻、家庭、家道伦常、持家立业等方面的内容；“世相百态”则将讽刺懒、馋、憨、吝、懦、怪等人物思想言行的卢比归为一类；“文化教育”类主要收录有关知识、家教、学习、见识等方面的内容；“气象节令”类主要收录有关天气、物候方面的内容；“农业生产”类主要收录有关农耕、畜牧、林业等方面的内容；“生活经验”类主要收录有关衣、食、住、行、卫生保健方面的内容；“买卖技艺”类主要收录有关生意买卖、手工技艺方面的内容；“风土人情”类主要收录有关地方地理、宗教、习俗、典故等方面的内容。对“父在儿不大，夫在妻不尊”“十个女儿都抵不上一个瞎眼儿”等带有封建迷信思想和反映旧社会民族隔阂等方面的卢比，本书未收录。另外，收录过程中，对一些内容相同或相似，但表达方式比较独特的卢比，也适当收录进来，并放在一起，便于比较和研究。

目前彝文古籍出版普遍采用三行体例（彝文、音标、意译），但《彝族卢比精选译注》决定采用学界推崇的四行翻译加注体例，即第一行彝文，第二行国际音标，第三行直译，第四行意译，然后对一些彝文名词、术语等特殊词句以及不好理解的语句附上必要的注释。因为四行译注很好地弥补了单行、双行、三行三种翻译体例的不足，最大限度地满足了不同读者的需求。尤其是直译一行的设置，意义十分重大，因为翻译时尽可能拆分到词素，比如“布摩”拆译为“诵”和“长”(即诵经的长者)，“老蛇”拆译为“虫”

和“长”(长的虫即为蛇),“眼睛”拆译为“看”和“洞”(用来看的洞即为眼)等。直译不仅便于读者的研究性阅读和彝语语法、修辞的研究，而且为读者和研究人员提供了与译者商榷的信息和线索。由于彝族社会语境的变迁，今天的彝族年轻人以及其他民族同胞可能由于缺乏彝族传统文化的知识背景，对一些卢比不好理解，本书采用脚注的形式为读者提供了一些基本的背景信息和必要的解释。

本书首次采用由贵州工程应用技术学院彝学研究院研发，贵州民族大学夜郎文化研究院完善字体的贵州传统彝文输入法输入彝文。由于传统彝文尚未规范，异体字、同音字通用较为普遍，因此在输入彝文时如果打不出原文献使用的字，就按彝文传统用法，以其他通用字代替。同时，由于所收集卢比来源不同，因此在用字上，本书并未作统一的规范，继续采用目前彝文出版物尊重原文献用字的惯例。本书虽然在用字和注音上没有得到进一步统一，不过在传统彝文迄今尚未规范和统一的今天，这点缺憾也无碍对卢比语句的理解。本书录入的彝文主要以《简明彝汉字典》为主，对输入法软件打不出的字则选用乌撒土语区习惯用字，读音则采用东部方言乌撒土语板底音点来注音。

本书的出版一是出于抢救、保护和传承彝族珍贵非遗文化卢比的需要，二是为哲学、社会学、伦理学、人类学、民族学、民俗学、语言学、彝学等领域的学术研究提供研究素材和资料。受时代所限，我们用今天的语言去解读古代卢比，失误在所难免，还请读者斧正。

刘 云

2019 年 4 月

序　言

坚持科学方法路径　深掘彝族卢比价值

王明贵

刘云、陈卫军、杨娟三位同志的《彝族卢比精选译注》即将出版，这是彝族口传文化搜集整理研究领域的新成果，也是彝族非物质文化遗产保护与传承的新收获，是一部具有重要学术价值和社会价值的著作，可喜可贺！

一

《彝族卢比精选译注》，是2013年刘云同志调入毕节学院（今贵州工程应用技术学院）彝学研究院后，2014年申报立项的贵州省民族古籍研究基地课题。近年来，贵州省十分重视民族古籍的搜集、整理、翻译、研究等工作，每年花费大量的财力、物力，推进民族古籍工作。此前，由于工作机制、机构性质等各不同，大量的民族古籍搜集、保藏起来之后，翻译、研究工作开展十分滞后，很多精神文化宝藏不能很好地开发利用，实在是巨大的浪费，也容易造成损失。我从中共毕节地委政策研究室副主任一职调任到毕节学院彝学研究院院长之后，曾经向贵州省民宗委有关领导提出建议并得到采纳。2012年，贵州省民宗委经过认真考察，在毕节学院等省内几家高校，签署合作协议，首批设立了4家“贵州省民族古籍研究基地”，创新工作机制，建立起一些平台，以课题发布与招标的方式，切实支持民族古籍研究工作。刘云同志主持的课题，就是其中的一项。鉴于贵州省古代有文字的民族较少，口传文化作为民族古籍中的一个重要组成部分，纳入民族古籍之中。课题立项后，经过一年多的实地调查，完成项目合同规定的任务，顺利结题。后来课题组继续深入调查研究，又得到 2018 年度中央民族文字出版专项资金资助，不断地搜集、整理，获得了更多卢比条目，充实了内容，扩大了成果。

通观《彝族卢比精选译注》从课题立项到成书的整个过程，有以下一些特点值得称道。

一是注重田野，调查先行。以调查作为课题研究的扎实基础，是取得第一手材料的必由之路。近年来，随着社会主义文化大发展大繁荣战略和国家弘扬优秀传统文化战略的实施，这方面课题、项目越来越多，一些做项目与课题的人，依赖网络搜索，局限书斋检阅，满足于二手资料，也能把项目做结题，但是其局限性是明显的。源于实地调查的第一手材料，能够补充既有文献的不足，开掘研究的深度。在《彝族卢比精选译注》之先，仅以威宁彝族回族苗族自治县东部乌撒土语区为调查对象的，就已经出版过两种彝族谚语格言类的书籍，如果不在田野调查的基础上扩充和拓展，就很难在前人成果的基础上取得新的成果。通过田野调查，可以获得前人没有发现、搜集到的卢比原材料，这是其他工作所不能代替的，也是田野调研的价值所在。

二是博集约取，汰粕存菁。这是《彝族卢比精选译注》的重要特征。彝谚云："阿鲁俄莫咪，一百二十部；卢比九千条，知见在其中。""卢比九千条"，主要是指彝族卢比数量众多，规模庞大，并非实指，但是作为一个时常被人引为指称的数值，也会给人一个大至确数的印象。译注者搜集到的 4500 多条卢比，已经是一个相当多的数目，如果对其进行全部翻译，则难免庞杂、繁芜、重复和冗细，因此，仔细加以甄别、遴选，去芜萃英，体现的就是精选的目标。这是一项必需的工作，传统民族文化并非全是精华，对良莠并存的传统卢比进行必要的整理与选择，体现的是与时俱进的时代精神。

三是双语互通，促进交流。贵州彝族卢比类出版物此前的文本，虽然有的没有标注读音，也有彝文与汉字并出的书籍，但是由于认识彝文的读者较少，往往只能读懂汉字意义。这在彝汉文化的交流互通方面，表面上看没有障碍，实际上隔着一堵玻璃墙。刘云等的《彝族卢比精选译注》，对彝语原文在照录的同时，进行了国际音标标注、直译、意译和注释，采用的是由丁文江、罗文笔先生在1936年出版《爨文丛刻》（甲编）时使用过的“四行加注”即“丁—罗译法”，这一科学的译注方法，打通了不能识读彝文的堵点，只要有国际音标知识的人就能认读彝文，并根据直译排列出彝语文的语法结构，进而理解彝族卢比的原生态特征。其双语互通渠道得到进一步扩展、融通，较好地了解彝族文化与汉文化的交流。这一科学方法，时常为专业的彝汉翻译家们使用，直至当下，也是应该提倡和坚持的一种好方法。

四是抢救第一，保护遗产。《彝族卢比精选译注》的功绩之一，就是抢救了加速流失的一笔非物质文化遗产。及时搜集整理保存，是一条有效的抢救活态非物质文化遗产的途径，先把卢比用文本形式保存下来，是传统的一种保护方式。相比于影像保存，这虽然不是最先进的，但是限于经费、物力与时间等诸多局限，这样的工作也是一种积极的贡献。

二

作为彝族卢比翻译研究的新成果，《彝族卢比精选译注》行之有效的做法，其中一些成功的经验值得总结和学习。

第一，专业人才的紧密合作是取得成果的重要保障。全球化、现代化的推进，使得彝语等许多少数民族语言濒危突显，认识彝文的人更是少之又少，因此，寻找熟悉彝语、能够认识和使用彝文的人才越来越难。要搜集和翻译彝族卢比，没有这样的专门人才更是不可想象的事情，而单凭一己之力又是那样的单薄和乏力。因此，突破现有单位编制框框，寻找合作者组建团队完成课题，是一个有效的路径。《彝族卢比精选译注》项目虽然是彝学研究院专职研究人员领衔，但是也邀请了校内外熟悉这一领域的专业合作者如贵州大学、赫章县民族古籍办公室等专家参与其中，才能在规定的时间内取得这一成果。人才问题，始终是研究工作的根本问题。多年以前，国家就提出了“救书、救人、救学科”的古籍工作方针，通过连贯努力，救书的成效明显，一大批濒危民族古籍得到抢救、保护，其中不乏珍本、精品，救人也有很大成效，但是人的生命有限，许多民族古籍专家的离世都会造成不可挽回的损失，因而往往后继无人。民族文化的民间传承人渐渐稀少是一种危机，民族口传文化搜集整理翻译研究人才越来越少也是危机，近年来，已经难以找到熟悉彝语与彝文的专业人才。而已有团队人才的分散，也成为了当前的一个问题。以贵州工程应用技术学院彝学研究院为例，从 2011 年至今离开了 3 个博士、2 个硕士，却只引进 1 个博士，调入 2 个专业人员，进的没有出的多，人才危机已经出现。因此，采取内外合作的方式来完成研究工作，是一个有效合作模式。但也要看到，这也是一个不可持续的形式，一但没有经费，合作将无法继续。而那些不在专门机构中的人才，一旦工作任务转变，又很难再继续古籍工作。因此，在项目合作中凝聚共识和目标，培养一些无私奉献的人才，十分重要。刘云同志长期从事教育工作，担任过中学校长，对民族文化的钟爱使他利用业余时间长年坚持这项工作，放弃了名利，转而从事彝学研究，这是十分难得的。他以身作则的个人魅力，能够很好地组织、团结和带领团队，在合作的道路上开拓前进，取得胜利。

第二，充分利用自己参与开发的新技术。刘云本人参与并在一段时期主持过我院传统彝文信息化工作，参加完成了“贵州传统彝文输入法软件 V1.0 版”的开发和注册，以及 2.0 版的继续开发，传统彝文图像识别等相关工作，成功开发出 10000 余字的字库。这次录入《彝族卢比精选译注》的彝文，正是这一软件的2.0版。用自己开发的新科技软件，录入自己的成果，这一事件的意义是极其特殊的，并非每一个从事学术工作的人都有此殊遇。从这个角度上说，《彝族卢比精选译注》的价值与意义，又是其他单纯工作所不能比拟的，是一件值得纪念的事情。

三

《彝族卢比精选译注》，是目前为止以传统彝文形式收录卢比最多的一个版本。经过认真遴选之后，一共收入了1700多条卢比。此前虽然有传统彝文与汉文对照的两个版本出版，但是其所收入的卢比数量，都没有《彝族卢比精选译注》的数量多。同时，此书还不只是数量多的问题，其选择的精炼也是一个重要的特色，书中已经把那些影响团结、进步和发展的内容予以裁汰，把那些虽然小有区别但主要内容重复的条目予以删减，这是应该的，也是必需的，既是时代发展的需要，也是社会进步的体现，反映出译注者正确的价值导向和革新的时代精神。

《彝族卢比精选译注》是目前为止较为科学的版本。全书以贵州传统彝文记录卢比，以国际音标标注读音，对每一个字进行直译，对每一句卢比进行意译，对理解困难的字词进行注释。这种方法，是最能检验译注者学术功底的，它不仅为懂得彝语、彝文的人提供检验的标本，也为不懂彝语文的专家学者研究彝族的语言文化提供材料。其译注的水平是无法通过投机取巧蒙混过关的。因为传统彝文是表意体系文字，这种文字具有超读音、超方言的功能，其达意的能力通过文字本身，就能透射出许多文化信息，为彝族文化研究提供了重要线索，这又是把语言记录成文字之后，传统彝文体现出来的优势。个别国家的一些英语专家、学者，曾经担心若干年后由26个字母拼写出来的英语，还有多少人能够理解其意义来源，这是表音文字的短板所在。而传统的表意彝文，在很大程度上能够避免这一问题。这就是为什么我要说《彝族卢比精选译注》是一个科学版本的又一个理由所在。另外，此前出版的《彝族尔比词典》《彝族尔比释义》(尔比即卢比的一种汉译)，由于没用传统彝文记录出版，也没有注音与直译、意译等，在阅读和研究上，就要花更多的功夫。

《彝族卢比精选译注》的翻译，达到了既信又达且雅的目标。翻译用字问题，是一个十分讲究的问题。在彝语、彝文翻译成汉语、汉字的时候，选择什么样的字既能表达原文的本意，又能让新的文本体现得更美更好，需要翻译者的修养与表达。例如“阿诗玛”，如果翻译成“阿舍嫫”，有“女”字旁的这个“嫫”字好像更能体现阿诗玛的女性性别特征，但是就没有前者更有诗意和美感，“嫫”字在汉文化中，有一个著名的丑女人叫嫫母，如果用这个字作为女性的汉语译名，会让深谙汉族传统文化的人感到不适甚至反感，可能会联想到取这个名字的女性是一个丑女人，这就违背了译者的初衷，南辕北辙、适得其反。彝族古戏《撮泰吉》，也有人翻译成《撮寸姐》《搓特基》等等，但是就没有“撮泰吉”的平安和顺吉祥寓意，自然不能像前者一样被广泛地接受和传播。这个问题以前我曾经多次指出过，现在再借此机会强调一下。《彝族卢比精选译注》的翻译者，刘云是世袭毕摩世家出身，陈卫军也是毕摩身份，他们都知道彝族毕摩在选择用语时有务求洁净、美好和祝福寓意等不成文的惯例，因此最大限度地避免了以上问题，在译文上既信又达且雅，是十分成功的。让译本成为雅言，这是翻译必需坚持的一个原则，也检验了翻译者的文化修养和审美水平。

当然也要看到《彝族卢比精选译注》存在的不足。《彝族卢比精选译注》所调查的范围仅限于黔西北特别是以赫章县为中心的地区，因此没能包括广泛的中国西南其他彝族地区卢比，这是留下的一个缺憾，希望《彝族卢比精选译注》著者团队扩大合作，扩展范围，今后有更多更好的卢比搜集整理研究成果。另外，由于《彝族卢比精选译注》是以新开发的贵州传统彝文输入法软件 2.0 版的字体录入，个别字体仍然有失真的情况。这个软件虽然比

1.0版有较大的改进，但是它是以开发初期的基础字符集为基础，在短期内还没有全部更替，导致少数字体的失真，影响了读者的观感，也会影响读者的识读。但是这只是一个技术问题，这个问题在今后都会得到解决。而《彝族卢比精选译注》的价值和坚持的科学方法，将会得到社会的广泛肯定。

（王明贵，贵州工程应用技术学院彝学研究院院长、研究员，硕士生导师，贵州省省管专家，黔灵学者，省政府特殊津贴专家，省高校哲学社会科学学术带头人，现任贵州省少数民族语言文字学会副会长。）

时政社会

[illegible]

ndʑu^{33} ɦɪ^{13}ʂu^{55}，mu^{55} kʰu^{33} kʰɪ^{33}，pu^{13} ȵɪ^{13} tʂʰɑ^{55}.

君　权施　臣　令　行　师　灵　祭

君施政，臣行令，师祭祖。①

[illegible]

ndʑu^{33} he^{33} li^{21} ɦɪ^{13} ʂu^{55}，dʑi^{21} hu^{21} bʊ^{21}lɯ^{33}lɯ^{33}；

君　贤　来　权　施　日　月　明朗朗

明君来施政，日月明朗朗；

[illegible]

ndʑu^{33} dɯ^{21} li^{21} ɦɪ^{13} ʂu^{55}，hɪ^{21}tʰɯ^{21} bʊ^{21}kʰe^{33}kʰe^{33}.

君　昏　来　权　施　天　地　昏沉沉

昏君来施政，天地昏沉沉。

[illegible]

ndʑu^{33} mu^{55} ɦɪ^{13} ʂu^{55} ʈʰu^{21}，ho^{55} dʑɪ^{21} ɳdʐɿ^{21}vu^{33} ȵɪ^{13}.

君　长　权　施　为　官②当　租税　看

君长为政权，土目图租税。

---

① 君、臣、师三位一体是古代彝族地方政权的一种政治体制。君，彝语简称“祖”，为部落方国首领和后来“世领其土，世袭其职”的土司军政长官。臣，彝语简称“慕”，负责总务衙门行政事务。师，即祭司，彝语简称“布”，负责祭祀和典章制度的制定。

② 官：彝语叫“蒿”，土司时期官方称“土目”，百姓称“官家”，多数为土司宗亲，实行世袭制，总领其领地范围内的行政、税赋等一切地方事务。

[illegible]，[illegible]；

nʥu^{33} fu^{33} dʐʅ^{13} bo^{21} no^{33}，fɪ^{13} kʰu^{33} su^{21} mɑ^{21} ndɯ^{55};

君 王 互 睦 呢 权 令 人 不 争

君王若团结，政权无人争；

[illegible]，[illegible]；

mu^{55} zu^{33} dʐʅ^{13} bo^{21} no^{33}，kʰu^{33} kʰɪ^{33} su^{21} mɑ^{21}ʈʰɑ^{33};

臣 子 互 睦 呢 令 行 人 不 拆

臣子若团结，法度无人乱；

[illegible]，[illegible]。

pu^{13} se^{21} dʐʅ^{13} bo^{21} no^{33}，ɳɹ^{13} tʂʰɑ^{55} no^{33} mɑ^{21} tʂʰɪ^{13}.

师 主 互 睦 呢 灵 祭 就 不 冷

师人若团结，祭祖就顺利。①

[illegible]，[illegible]。

mu^{33} he^{33} ɣo^{21} mɑ^{21} ɬu^{33}，mu^{55} he^{33} nʥu^{33} mɑ^{21} pʰo^{33}.

马 好 鞍 不 换 臣 好 君 不 叛

好马不另配鞍子，好臣不背叛君长。

[illegible]，[illegible]。

tɕʰi^{33} se^{21} kʰɪ^{33} no^{33} ɕi^{13}，mu^{55} nʥu^{33} pʰo^{33} no^{33} ʈʰɯ^{13}.

狗 主 咬 则 死 臣 君 叛 则 剐

狗咬主子要打死，臣子叛君要剥皮。

---

① 师人，即祭司，彝语叫“布摩”。

[illegible]。
ho^{55} ɳu^{33} ɦɪ^{13} mɑ^{21} ʈʰu^{21}.
官 多 权 不 管
官多不理政。

[illegible]，[illegible]。
tsʰo^{21} mu^{33} dʐɯ^{33} tʰɑ^{21} gɯ^{33}，nʥu^{33} ʥɪ^{21} ɦɪ^{13} tʰɑ^{21} ȵʥɪ^{33}.
人 做 财 别 迷 官 当 权 别 玩
为人莫贪财，当官别弄权。

[illegible]，[illegible]。
ndzu^{33} kʰɑ^{33} no^{33} lu^{21} tʂʰɯ^{55}，se^{21} kʰɑ^{33} no^{33} dʐɯ^{21} pʰo^{33}.
君 狠 就 民 迁 主 狠 则 奴 叛
君长恶就百姓迁，主子恶则奴叛逃。

[illegible]，[illegible]；
ndzu^{33} mu^{55} sɯ^{33} ʈʰu^{13}tɕʰo^{55}，lu^{21} dʐɯ^{21} tʂʰɯ^{55} dʐʅ^{21} gu^{21}；
君 长 行 英明 寨 奴 发 展 了
君长英明，百姓有前程；
[illegible]，[illegible]。
ndzu^{33} zu^{33} mu^{33} ku^{33}tʰu^{33}，lu^{21} dʐɯ^{21} tʂʰɯ^{55} ho^{21}ho^{21}.
君 子 做 无能 百 姓 迁 连连
君长无能，百姓背井离乡。

[illegible]，[illegible]。
se^{21} dʐɯ^{21} dʐʅ^{13} bo^{21} no^{33}，se^{21} hu^{21} dʐɯ^{21} li^{21} tu^{13}.
主 仆 互 睦 呢 主 威 仆 来 树
主仆若和睦，主威奴来树。

[illegible]，[illegible]。

ho^{55} zu^{33} dʐʅ^{13} mɑ^{55} bo^{21}，lu^{21} su^{13} ʂu^{33} ʥi^{33} ʂu^{33}.

官 子 互 不 和 寨 人 苦 境 苦

官家不和睦，民众苦上苦。①

[illegible]，[illegible]。

ʂɑ^{33} ʦu^{55} fɪ^{13} k^{h}ɑ^{33} ȵi^{33}，ho^{55} nʥo^{33} lo^{33}mɑ^{55}vi^{13}.

汉 官 权 硬 也 土目 强悍 的 不 敌

县官再厉害，难治服土目。②

[illegible]，[illegible]。

ho^{55} ʦu^{55} dʐʅ^{13} sɯ^{55} ʥi^{21}，fɪ^{13} ʂu^{55} dʐʅ^{13} mɑ^{55} sɯ^{33}.

官 吏 一 样 当 政 施 互 不 同

同样在为官，施政各不同。

[illegible]，[illegible]。

dʐɯ^{21} ɳu^{55} ʈ^{h}ɯ^{55} se^{21} ndɯ^{21}，dʐɯ^{33} ʥu^{21} xɪ^{13} se^{21} po^{33}.

奴 事 犯 主 挡 畜 粮 损 主 赔

奴仆犯事主子来担当，牲畜损坏粮食主人赔。③

---

① 官家，即土目，因世袭的缘故，土目职务代代相传，一家人世代为官，故百姓称其为“官家”。为了争夺土地资源和扩充领地，土目之间长期“打冤家”，其辖区百姓被抽男丁参加械斗，造成底层民众苦不堪言。

② 直到民国，贵州等地的土司制度虽然早已崩溃，但土目政权却保留了下来，由于土目政权的合法性及其势力的盘根错节，作为流官的县令或县长对一些强悍的土目也奈何不得。

③ 在旧社会，彝族社会有自己的习惯法，民间产生的各种纠纷都用习惯法来调解，这句卢比就是其中的条款之一。

[illegible]，[illegible]。

ho^{55} tɕʊ^{55} k^{h}ɯ^{33}ɬu^{13} ʂu^{55}，fɪ^{13}k^{h}u^{33} do^{33} li^{33} kɯ^{13}.

官 跟 口 舌 理 官司 出 来 会

与官家斗嘴，会生出官司。

[illegible]，[illegible]。

bo^{21} dɑ^{33} sɯ^{33} mɑ^{21} tɕo^{13}，lu^{21} ho^{55} ɳu^{55} mɑ^{21} mbɑ^{33}.

山 爬 走 不 快 民 官 事 不 讼

上坡难走快，民不和官讼。

[illegible]，[illegible]。

ʔo^{55}dɯ^{33} ɣɑ^{33} ȵi^{55} gɯ^{21} pɑ^{33} ŋɯ^{33}，zɪ^{13} p^{h}e^{33} ho^{21} ȵi^{55} gɯ^{21} pɑ^{33} ŋɯ^{33}.

狐狸 鸡 两 仇 伴 是 狼 灰 羊 两 仇 伴 是

狐狸和鸡是两冤家，灰狼和羊是两死敌。

[illegible]，[illegible]。

ɖu^{21}tu^{13} ȵi^{33} bi^{33} ʂe^{13} dʐʅ^{13} dzu^{21}，ʔɑ^{33}nɑ^{33} ȵi^{33} dʐu^{33}tɕ^{h}ɑ^{33} dʐʅ^{13} dzu^{21}.

马蜂 和 虫 长 相 处 乌鸦 和 诅咒 相 处

马蜂和毒蛇在一起，乌鸦和诅咒在一起。

[illegible]，[illegible]。

hɑ^{33} ʔɑ^{55}tʂ^{h}u^{33} gɯ^{21} pɑ^{33}，he^{33} dɯ^{21} tʂ^{h}o^{55} mɑ^{21} sɯ^{33}.

鼠 猫儿 仇 伴 正 邪 同 不 走

猫鼠互为敌，正邪不同道。

[illegible]，[illegible]；

ʔo^{55}dɯ^{33} mu^{21} lu^{33} ndy^{55}，tʂɑ^{33} vu^{33} kɯ^{21} mɑ^{21} dɪ^{13}；

狐狸 做 的 想 绳 缰 收 不 得

想起狐狸的狡猾，就不能收起套绳；

[illegible]，[illegible]。

zɪ^{13} ȵɯ^{55} su^{21} nɪ^{33} dzo^{33}，dʑɯ^{21} nɪ^{33} ʈʰɯ^{55} mɑ^{21} dɪ^{13}.

狼 虎 人 心 讨厌 警惕 心 放 不 得

记得虎狼的凶残，就不能放松警惕。

[illegible]，[illegible]。

ndʑu^{33} tʂʰɯ^{21}kʰɯ^{55} tʰɑ^{21} sɯ^{33}，pu^{13} mu^{55} no^{33} tʰɑ^{21} vu^{33}.

君 宫殿 别 走 诵 长 则 别 远

王府莫靠近，布摩别远离。①

[illegible]，[illegible]。

fɪ^{13} ʑe^{33} ndʑu^{33} kʰɯ^{33} dʐo^{33}，fɪ^{13} lu^{21} lɑ^{13} mɑ^{55} dʐo^{21}.

权 大 君 口 在 权 民 手 不 在

权在君长的口里，不在百姓的手里。

[illegible]，[illegible]。

ho^{55} hɪ^{55} kɯ^{13} xɯ^{55} mɑ^{55} ŋɯ^{21}，ho^{55} vu^{33} ʑe^{33}.

官 讲 会 的 不 是 官 力 大

不是官家会讲话，而是官家有势力。

[illegible]，[illegible]。

ndʑu^{33} mu^{55} tɕʰi^{33} tɕɑ^{33} mu^{33} mu^{33}，dʐɯ^{21} dɯ^{55} dʑe^{33} pi^{13} dɯ^{55} hu^{13}.

君 长 狗 拿 马 作 娃子 说 骑 得 说 要

君长指狗为马，娃了也要说骑得。

① 君王府邸戒备森严，百姓靠近可能招来灾祸，所以不能靠近。布摩是祭司，百姓婚丧嫁娶都离不开他，所以不能远离。

[illegible]

ndʑu^{33} mu^{55} ŋgɪ^{33} mi^{33} kʰɯ^{33}，pʰo^{33} dʐɯ^{33} ɳdʐe^{21} mi^{33} kʰɯ^{33}.

君 长 骗 天 到 婢 奴 信 天 到

君长谎话说到天，奴婢只有信到天。

[illegible]

dʐɯ^{33} kʰʊ^{21} ɳu^{21} ɤʊ^{21} sɪ^{33} kʰo^{33} nɑ^{33}，gu^{33} su^{13} kʰʊ^{21} ɳu^{21} ɤʊ^{21} vɑ^{13} ʔu^{33} ȵɪ^{13}.

畜 如何 多 有 木 碗 看 种 者 如何 多 有 猪 头 看

牲口多少看木槽，佃户多少看猪头。①

[illegible]

ȵɪ^{13} dɪ^{21} tʂʅ^{33} hɪ^{33} tʂʰɪ^{13} ʑy^{33} to^{33}，ʂɑ^{33} tɕu^{55} tɕɿ^{13} pɑ^{33} ɕu^{21} nɪ^{33} dʑo^{33}.

土 墙 夹 风 冷 骨 达 汉 官 差 伴 人 心 讨厌

墙缝来的风冷刺骨，官府的差人讨人厌。

[illegible]

tɕʰi^{33} ʑi^{21} tʂʰɪ^{13} ndo^{21} ɬu^{13} li^{21} lɪ^{13}，ho^{55} ɳdʐʅ^{21} fu^{33} no^{33} ndu^{21} de^{33} li^{21}.

狗 水 凉 喝 舌 来 舔 官 酒 肉 就 打 敲 来

狗喝凉水过舌舔，官家酒肉敲打来。

[illegible]

hɪ^{13} tɕʰi^{33} tʂʰʅ^{33} xʊ^{33} pʰu^{55} ȵdʑʊ^{33}，ʔɑ^{21}ndʑu^{21} tʂʰɯ^{33} kɯ^{13} xɯ^{55} ȵdʑʊ^{33}.

饿 狗 屎 拉 者 想 官吏 哄 会 者 爱

饿狗喜欢拉屎人，官吏喜欢马屁精。

---

① 按彝族礼俗，猪头是给尊者和长辈拜年的礼物。每到年节，佃户都用猪头给土目（农奴主、地主）拜年，因此，从收到猪头的多少就可推知一户土目有多少佃户。

[illegible]

hɑ^{33} dzu^{21} ŋu^{33} du^{21} dzu^{33}，ho^{55} ɖʐʅ^{21} ndo^{21} fu^{33} dzu^{33}.

鼠 粮 五 种 吃 官 酒 喝 肉 吃

耗子吃五谷，官家吃酒肉。

[illegible]

ʔɑ^{33}tʂe^{55} mo^{21} mɑ^{21} ho^{13}，mbu^{33} ʈ^{h}u^{13} mbu^{33} nɑ^{33} gu^{55};

喜鹊 麻 不 薅 衣 白 衣 黑 披

喜鹊不薅麻，穿白衣黑衣；

[illegible]

ʔɑ^{21} ȵy^{21} mo^{21} k^{h}e^{21} ɣɑ^{13}，ndo^{21} ndɯ^{55} lo^{33} ndo^{21} ndɯ^{55}.

阿 粘 母 线 纺 屁股 光 来 屁股 光

蜘蛛勤纺线，光屁股啷当。

[illegible]

dʐɯ^{21} no^{33} mu^{33} tʂ^{h}o^{55}，p^{h}o^{33} no^{33} tɕ^{h}i^{55} tʂ^{h}o^{55}.

娃子 是 马 伴 丫头 是 新娘 伴

娃子是马伴，丫头是新娘伴。①

[illegible]

dʐɯ^{21} kɯ^{21}bu^{33} se^{21} p^{h}u^{33} dʐɑ^{33}，dʐɯ^{21} nɪ^{33} mʊ^{21} se^{21} p^{h}u^{33} mɑ^{55} dʐɑ^{21}.

奴 身体 主 者 由 奴 心 果 主 者 不 由

主子管得住娃子的身，却管不住娃子的心。

---

① 指奴隶社会和封建社会时期奴隶、奴仆的社会地位和人身依附关系。男仆白天劳动与马为伴，就寝也在马厩旁，主子嫁女，女仆就会成为小姐的陪嫁品。

[illegible]，[illegible]。

fɑ^{13} kʰɑ^{33} pʰu^{55} ɖu^{33} pʰo^{21}，se^{21} dɯ^{21} pʰu^{55} dʐɯ^{21} pʰo^{21}.

岩 硬 遇 蜂 逃 主 歹 遇 奴 逃

遇坚硬的岩石蜂飞走，逢歹毒的主人奴逃跑。

[illegible]，[illegible]。

se^{21} pʰu^{33} du^{55} mɑ^{21} ʈʰɯ^{55}，dʐɯ^{21} ʑo^{33} ʥy^{33} kʰo^{33} ʑʊ^{33}.

主 者 话 不 放 奴 员 身 挠 痒

主子不放口，奴仆挠背痒。①

[illegible]，[illegible]。

tɕʰi^{13} gu^{55} pʰu^{33} tʰe^{21} tɕo^{13}，ndɭ^{33} dɭ^{13} su^{13} kʰe^{55} ȵi^{33}.

脚 光 者 跑 快 鞋 穿 人 上 坐

光脚的跑得勤，穿鞋的人上座。②

[illegible]，[illegible]。

tʂʰʅ^{21} ʂe^{13} ho^{21} ɤo^{13} hɪ^{33}，mi^{33} tsʰo^{13} pʰu^{55} ʥy^{33} tʂʰɪ^{13}.

稻 黄 见 肚 饿 天 晴 逢 身 冷

望着黄谷挨饿，遇着天晴也受凉。③

[illegible]，[illegible]。

vu^{33} ʑe^{33} le^{21}bu^{33} li^{21} tʰɯ^{13}，ɕy^{21}mi^{21} ʔɑ^{33}mi^{55} li^{21} ʥu^{33}.

力 大 牯牛 来 使 炒面 猫儿 来 吃

使大力的是牛，吃炒面的是猫。

---

① 奴仆因无人身自由，故无抉择权和发言权，凡事要得到主子的首肯，主子不放口，奴仆只能挠背干着急。

② 旧社会贫富悬殊，有钱的富人上座，穷人光着脚为其奔忙。

③ 富人不劳而获，穷人帮人种地，粮食熟了也只能看着挨饿。

[illegible]

ʔo55ȵy33 vu33 ʑe33 tʰɯ13，ʔɑ55tʂʰu33 ʥu21 ʈʰu13 ʥu33.

水牛　力　大　使　　猫儿　米　白　吃

水牛使大力，猫儿吃白米。

[illegible]

zɪ13 tʰɑ21 lɯ33 du33 do33，tʂʰɪ13 tsʰɯ21 ke13 bi13 gɯ21.

狼　一　只　洞　出　山羊　十　只　蹄　损

一只狼出洞，十只羊遭殃。①

[illegible]

zɪ13 pʰe33 ɬo13 ʥi33 ve55，ho21 ʐʊ21 ʥu33 nɪ33 ndy55;

狼　灰　牧　场　逛　羊　捉　吃　心　想

狼在牧场边游荡，是想捉羊吃;

[illegible]

ʈɑ13 nɑ55 mi33 gu21 ve33，ɤɑ33 lɯ21 dɯ33 nɑ33 ȵɪ13.

鹰　大　天　空　盘　鸡　去　处　看　视

老鹰在天上盘旋，是观察鸡的动向。

[illegible]

ʈɑ13 ʑɪ33 ɤɑ33 nde33 tʂo13，zɪ13 tɕʰi13 dʐɯ33 ɬo21 tɕʰi33.

鹰　影　鸡　上　转　狼　足　畜　圈　边

鹰的影子绕着鸡群转，狼的脚印落在畜圈边。

---

① 在彝族卢比里，反映贫富、仇敌等关系时多以“狼和羊”“鹰与鸡”等作比喻。

ho^{21} zɪ^{13} ɳdʐʅ^{21} mɑ^{21} bi^{33}，zɪ^{13} po^{33} ho^{21} ʑʊ^{21} ʥu^{33}；
羊 狼 债 不 欠 狼 反 羊 捉 吃
羊不负狼债，狼要捉羊吃；

ɣɑ^{33} ʈɑ^{13} ɳdʐʅ^{21} mɑ^{21} bi^{33}，ʈɑ^{13} li^{21} ɣɑ^{33} ʑʊ^{21} ʥu^{33}.
鸡 鹰 债 不 欠 鹰 来 鸡 捉 吃
鸡不负鹰债，鹰来叼鸡吃。

ɣɑ^{33} ʑʊ^{21} mɑ^{21} ndy^{55} no^{33}，ʈɑ^{13} mu^{55} mɪ^{33} mɑ^{21} ve^{33}；
鸡 捉 不 想 呢 鹰 老 天 不 盘
若不想捉鸡，老鹰不会在天上盘旋；

ho^{21} xɯ^{21} mɑ^{21} ndy^{55} no^{33}，zɪ^{13} pʰe^{33} lo^{21} mɑ^{21} ʈʂo^{13}.
羊 叼 不 想 呢 狼 灰 山谷 不 转
若不想叼羊，灰狼不会在山谷游荡。

ʈɑ^{13} mu^{55} sɪ^{33} nde^{55} ȵi^{33}，nɑ^{33} du^{33} ɣɑ^{33} bɑ^{55} ʑy^{21}.
鹰 老 树 上 坐 看 洞 鸡 小 数
老鹰树上坐，眼在数小鸡。

dzu^{33} ɣo^{13} hɪ^{33} pʰu^{55} nɑ^{33} tʰɑ^{21} te^{13}，ʂe^{13} tsʰu^{33} ʑi^{13} pʰu^{55} ʂo^{33}tʰɑ^{21}me^{13}.
虎 肚 饿 遇 眼 别 傻 蛇 冬 眠 遇 同别情
碰到饥饿的老虎别傻眼，遇到冬眠的老蛇莫同情。

[illegible]，[illegible]。
bi^{33} ʂe^{13} tʂʰɪ^{13}te^{55}te^{21}，zɪ^{13} pʰe^{33} ʥe^{33} bi^{55}nɯ^{13}.
虫 长 冷冰冰 狼 灰 生 臭
是蛇冷冰冰，是狼满身腥。

[illegible]，[illegible]；
ʈɑ^{13} mu^{55} ɣɑ^{33} bɑ^{55} ho^{21}，mɑ^{21} ʑʊ^{21} xɯ^{55} mɑ^{21} ɣʊ^{21}；
鹰 老 鸡 小 见 不 捉 的 没 得
老鹰见小鸡，没有不捉的；
[illegible]，[illegible]。
zɪ^{13} pʰe^{33} ho^{21} bɑ^{55} ho^{21}，mɑ^{21} kʰɪ^{33} xɯ^{55} mɑ^{21} ɣʊ^{21}.
狼 灰 羊 小 见 不 咬 的 没 有
豺狼见小羊，没有不咬的。

[illegible]，[illegible]。
ho^{21} ȵi^{33} zɪ^{13} dʐʅ^{13} mɑ^{55} tʂʰo^{21}，ɣɑ^{33} ȵi^{33} ʈɑ^{13} dʐʅ^{13} mɑ^{55} tʂʰu^{21}.
羊 和 狼 互 不 伴 鸡 和 鹰 互 不 开亲
羊和狼不做伴，鸡和鹰不开亲。

[illegible]，[illegible]。
zɪ^{13} go^{33} ho^{21} ŋgo^{21} tʂʰu^{21}，ho^{21} nɑ^{13} di^{13} lo^{33} ge^{33}.
狼 花 羊 拉 开亲 羊 肉 有 了 羡慕
豹子想和羊开亲，是羡慕绵羊长膘。

[illegible]，[illegible]。
kʰe^{33} ʨɑ^{33} ʥu^{21} tʰɑ^{21} ho^{33}，ʥi^{33} ʨɑ^{33} tʂʰo^{55} tʰɑ^{21} mu^{21}.
糠 拿 粮 不 混 敌 拿 友 不 作
不要拿糠与粮混合，不要拿敌人作朋友。

[illegible]

dʑi^{33} tɕɑ^{33} tʂ^{h}o^{55} mu^{33}，tʂ^{h}o^{55} tɕɑ^{33} dʑi^{33} mu^{33}.

敌 把 友 作 友 把 敌 作

把敌人当作朋友，把朋友当作敌人。

[illegible]

dɯ^{21} su^{13} nɪ^{33}，do^{13} ʂʅ^{33} tʂ^{h}ɯ^{21}.

歹 人 心 毒 草 根

恶人的心，毒草的根。

[illegible]

tʂ^{h}o^{55} ŋgo^{21} nɪ^{33} dzʅ^{21} nɑ^{33} dzʅ^{21} mu^{33}，gɯ^{21} fu^{13} nɪ^{33} su^{55} nɑ^{33} gɑ^{33} mu^{33}.

友 拉 心 真 眼 真 地 敌 防 心 记 眼 后 地

交友要真心实意，防敌要心明眼亮。

[illegible]

ɳdzʅ^{21} tsu^{55} tɕɑ^{33} tʂ^{h}o^{55} ʑe^{21} zɑ^{13}，ŋge^{33} tsu^{55} tɕɑ^{33} su^{33} ve^{13} xu^{33}.

酒 好 拿 伴 笑 待 矛 好 拿 人 歪 杀

好酒用来招待朋友，好矛用来对付强盗。

[illegible]

lɑ^{13} t^{h}o^{55} xɯ^{21}，gɯ^{21} pɑ^{33} xu^{33}；nɪ^{33} mʊ^{21} xɯ^{21}，ts^{h}o^{21}bu^{33} ndu^{21}.

手 底 刀 仇 伴 杀 心 果 刀 鬼 打

手中的刀用来杀敌，心中的剑用来斩魔。

[illegible]

bi^{33} ʂɛ^{13} ʂo^{33}me^{13} bi^{33} ʂe^{13} le^{55} k^{h}ɪ^{33}，tɕ^{h}ɪ^{13}bu^{33} ʈ^{h}ɯ^{55} xʊ^{21} tɕ^{h}ɪ^{13}bu^{33} le^{55} xɪ^{13}.

虫 长 可怜 虫 长 被 咬 老虎 放 掉 老虎 被 害

可怜老蛇被蛇咬，放虎归山虎伤人。

[illegible]，[illegible]。

n̥ɯ55 no21 bʊ21 tʂʰu21 kʰɯ33 tʰɑ21 ʈʰɯ55，ʥi33 sɪ13 no21 du33 ɕi13 dɯ33 kʰɯ33.

兽 撵 山 半 到 莫 放 敌 杀 追 得 死 处 到

撵兽不能到半山就停止，杀敌一定要穷追到底。

[illegible]，[illegible]。

ʂʅ33 ndu33 tʂʰɯ21 mɑ21 ndu33，tʰo55 ʈɯ33 no33 bɪ13 kɯ13.

草 挖 根 不 挖 时 过 就 萌 会

铲草不除根，过时会萌发。

[illegible]，[illegible]。

ʔo55dɯ33 kʰɯ21sɯ21 ɳɖɑ13 tɕi55，ʂu33 tɕʰi33 ɣʊ21 bi55nɯ13 dʊ21.

狐狸 怎么 滑 都 猎 狗 得 闻 能

狐狸再怎么狡猾，猎狗也能闻得出。

[illegible]，[illegible]。

n̥ɯ55 mʊ21 ɕi13，n̥ɯ55 zu33 dʐo21.

虎 母 死 虎 儿 在

老虎死了虎儿还在。

[illegible]，[illegible]；

mi33 gu21 ʈɑ13 bu55 p‘e21，nɪ33 t‘ɑ21 lɯ33 dʐʅ33 di13;

天 空 鹰 灰 灰 心 一 个 只 有

天上灰老鹰，只有一颗心；

[illegible]，[illegible]。

mi13 tʰo55 ŋɑ33tsʅ55 ʂe13，nɪ33 tʰɑ21 lɯ33 ko33 di13.

地 底 云雀 黄 心 一 个 里 在

地上的黄雀，也有一颗心。

[illegible]

tʂʰɪ^{13} ȵɪ^{33} ho^{21} ho^{33}mɑ^{55}lo^{13}，ho^{21} ȵɪ^{33} tʂʰɪ^{13} bu^{33} ʂo^{13} ɕi^{13}.

山羊 也 绵羊 瞧不起 绵羊 也 山羊 对 恨 死

山羊瞧不起绵羊，绵羊也恨死山羊。

[illegible]

tsʰo^{21} nɪ^{33} dze^{33} ʑi^{21} tsu^{21} de^{55} mɑ^{21} bu^{33}，ʂu^{33} kʰu^{33} ʂe^{13} dzɯ^{55} tʂʰɯ^{21} de^{55} mɑ^{21} bu^{33}.

人 心 险 水 涌 及 不 止 穷 苦 黄 刺 根 及 不 止

人心比洪水险恶，贫困比黄连还苦。

[illegible]

mi^{33} ɣɯ^{33} nɯ^{33} ȵe^{55} dʐe^{55} po^{33} kɯ^{13}，zu^{33} me^{33} su^{21} vu^{55} dʐʅ^{13} ho^{21} ʂu^{33}.

天 紫 红 消失 挂 返 会 儿 女 人 卖 相 见 难

彩云消失会再现，儿女卖人相见难。

[illegible]

bʊ^{21} me^{33} ndu^{21} sɪ^{13} no^{33}，me^{33} ndzɿ^{55} ȵi^{33} tʰɑ^{21} tsɿ^{13}；

山 火 打 灭 呢 火 星 也 别 留

扑灭了山火，莫留下火星；

[illegible]

ɖu^{33} do^{13} vi^{33} ȵi^{21} no^{33}，tʂʰɯ^{21} mu^{33} tʂɪ^{33} xo^{21} hu^{13}.

蜂 毒 针 有 呢 根 地 拔 掉 要

是蜂的毒针，要连根拔掉。

[illegible]

su^{13} mbo^{33} pʰu^{55} po^{33} mbu^{33} ɬi^{13}，su^{13} fe^{21} pʰu^{55} ko^{21}to^{21} ɬi^{13}.

人 富 者 绸 衣 晒 人 穷 者 脊背 晒

富人晒绸衣，穷人晒脊背。

ʂu^{33} su^{13} ɕi^{13} mʊ^{55} ʑo^{33}，mbo^{33} su^{13} bo^{33} mo^{33} do^{33}.

穷 人 虱 母 生 富 人 疮 果 长

穷人生虱子，富人长疮疤。

mbo^{33} su^{13} le^{21}ku^{33} ɳɯ^{55}，ʂu^{33} su^{13} ʔa^{33}ŋa^{55} tsʰʊ^{21}.

富 人 牯牛 闲 穷 人 孩子 忙

富人牯牛闲，穷人孩子忙。

ʂu^{33} su^{13} hɪ^{21} bi^{21} tʂɯ^{55}tɕʰɯ^{33}tɕʰɯ^{33}，mi^{33} tɕy^{13} ʔa^{33}ɳo^{13} ɳu^{55} ma^{21} bu^{33}.

穷 人 屋 脊 凉飕飕 火 烟 猴子 多 不 止

穷人屋顶凉飕飕，只比猴子多几缕炊烟。

mbo^{33} su^{13} ɳdʐʅ^{21} ndo^{21}，mbo^{33} su^{13} tɕ‘i^{33} tsɯ^{13}；

富 人 酒 喝 富 人 狗 做

吃富人的酒，做富人的狗；

mbo^{33} su^{13} du^{55} nʊ^{13}，mbo^{33} su^{13} tʂa^{33} bi^{55}.

富 人 话 听 富 人 绳 背

听富人的话，背富人的索。

tʂe^{13} ko^{33} ʥu^{21} ɳɪ^{21} ɳɪ^{33}，ɤo^{13}pu^{33} se^{55} ɤʊ^{13} se^{55}.

仓 里 粮 有 有 肚皮 才 得 知

仓中有没有粮，只有肚子知道。

ʂu^{33} dʑo^{33} su^{21} ɳdʐʅ^{21} bi^{33}，tʂʰɪ^{13} dʑo^{33} mi^{33} hɪ^{33} mu^{33}.

穷 怕 别人 债 欠 冷 怕 天 风 吹

穷人怕欠债，冷来怕吹风。

su^{13} mbo^{33} me^{55} ɳdʐʅ^{55} ȵdʑʊ^{33}，su^{13} ʂu^{33} tɕʰi^{55} ndzu^{33} ndy^{55}.

人 富 妻 美 想 人 穷 妻 能干 想

富人想漂亮的妻子，穷人想能干的媳妇。

su^{13} ʂu^{33} nɯ^{13} tsɯ^{13} dɪ^{13}，su^{13} mbo^{33} tɕʰi^{55} ʈʰu^{21} dʑi^{21}.

人 穷 女 做 得 人 富 妻 别 当

宁做穷家女，不做富家媳。

ʂo^{21} pi^{13} kʰo^{21} ŋɯ^{33} ʈʰu^{55} nɯ^{21}，su^{13} mbo^{33} kʰo^{21} ŋɯ^{33} nɪ^{33} nɑ^{33}.

雉 雄 凡 是 脸 红 人 富 凡 是 心 深

凡是野鸡脸红，凡是富人心狠。

ʔɑ^{33}tʂe^{55} ʔɑ^{33}dʑɯ^{33} tɕʰi^{13} mɑ^{21} ʂɑ^{13}，su^{13} mbo^{33} su^{13} ʂu^{33} nɪ^{33} mɑ^{21} pɑ^{33}.

喜鹊 乌鸦 窝 不 交 人 富 人 穷 心 不 伴

喜鹊和乌鸦不同窝，穷人和富人不同心。

su^{13} mbo^{33} hɪ^{55} ʈʻɯ^{55} hi^{55}nɯ^{13}，su^{21} dɯ^{55} ne^{13} pie^{13} dɯ^{55};

人 富 屁 放 臭 人 说 香 很 说

富人放臭屁，有人说很香；

[illegible]

su^{13} ʂu^{33} ɖu^{33} ʑi^{33} tʂa^{13} tʂ^{h}u^{13}，su^{21} dɯ^{55} bi^{55}nɯ^{13} dɯ^{55}.

人 穷 蜂 水 煮 甜 人 说 臭 说

穷人煮蜂蜜甜，有人也说臭。

[illegible]

tɕ^{h}i^{13} mi^{13} ʈ^{h}u^{21}ʐɪ^{33} t^{h}a^{21} ti^{21} tɕo^{55}，ʂu^{33} mbo^{33} ɳɹ^{13} dɪ^{21} t^{h}a^{21} nɯ^{21} tɕo^{55}.

脚 地 纸 一 张 隔 贫 富 土 墙 一 堵 隔

脚和地相隔一张纸，贫和富相隔一堵墙。

[illegible]

ʈa^{13} mu^{55} ɤa^{33} ʐʊ^{21} sɯ^{33} ho^{33} lo^{13}，su^{13}mbo^{33} su^{21} dzu^{33} mi^{13} ho^{33} lo^{13}.

鹰 老 鸡 捉 爪 指望 着 人 富 人 吃 地 指望 着

老鹰捉鸡靠脚爪，财主吃人靠土地。

[illegible]

su^{13} mbo^{33} ʑi^{21} t^{h}a^{21} k^{h}o^{21}，k^{h}ɯ^{21} t^{h}o^{55} ʂe^{55} ma^{21} se^{55};

人 富 水 一 碗 何 时 倒 不 知

富人像瓢水，不知何时会倒掉；

[illegible]

su^{13} ʂu^{33} lo^{33} t^{h}a^{21} ko^{13}，k^{h}o^{13} k^{h}o^{13} tɕi^{55} vu^{33} so^{21}.

人 穷 石 一 块 年 年 都 安 舒

穷人像块石，年年都健康。

[illegible]

su^{13} ʂu^{33} ʑi^{21} ge^{33} ʂu^{13} ndo^{21} tɕi^{55}，su^{13} mbo^{33} va^{13} xu^{33} de^{55} ma^{21} bu^{33}.

人 穷 水 清 找 喝 都 人 富 猪 肉 及 不 止

讨穷人的一碗清水喝，都比吃富人的一碗猪肉强。

gu^{33} te^{13} ʥu^{21} mɑ^{21} ʥu^{33}，me^{33} ɣɑ^{13} vɪ^{13} mɑ^{21} vɪ^{13}.

耕 种 粮 不 吃 绸 织 衣 不 穿

耕种之人无粮吃，织布之人无衣穿。

mbo^{33} su^{13} lo^{13} mɑ^{55} kɯ^{13}，ʂu^{33} su^{13} ʥɑ^{33} li^{21} tʂʰe^{21}.

富 人 够 不 会 穷 人 寒 来经得住

富人不会知足，穷人经得住冷。

ʂu^{33} su^{13} tɯ^{13} tʰo^{21} dɯ^{21}，mbo^{33} pʰu^{33} tʂe^{13} ko^{33} ɖe^{21}.

穷 人 柜 底 浅 富 人 仓 里 满

穷人柜底浅，富人粮满仓。

ʂu^{33} su^{13} kʰo^{21} mu^{21} ʂu^{33}，mbo^{33} su^{13} kʰo^{21} mu^{21} le^{21}.

穷 人 所 做 难 富 人 所 做 易

穷人做起来困难，富人做起来容易。

ʂu^{33} su^{13} ʥo^{33} tɯ^{33} ʨi^{33}，mbo^{33} su^{13} me^{33}to^{55} ʨi^{33}.

穷 人 怕 独 怕 富 人 火 怕

穷人怕孤单，富人怕失火。

[illegible]

mbo^{33} su^{13} mbu^{33} tɕy^{33} ti^{21}，mi^{33} hɪ^{33} k'ɯ^{21} no^{33} tʂ^{h}ɪ^{13}；

富 人 衣 九 层 天 风① 到 就 冷

富人九件衣，寒风至就冷；

[illegible]

ʂu^{33} su^{13} tʂ^{h}ɪ^{13} ȵdʑi^{33} gu^{55}，mi^{33} hɪ^{33} ȵdʑi^{21} k^{h}e^{55} ɖɯ^{33}.

穷 人 山羊 皮 披 天 风 皮 上 过

穷人披羊皮，寒风皮外过。

[illegible]

ʂu^{33} su^{13} k^{h}ɯ^{33} mɑ^{21} ȵɯ^{33}，lɑ^{13} lu^{33} mɑ^{21} ɤo^{21} ʑy^{33}.

穷 人 嘴 不 短 手 里 没 有 怪

穷人嘴不短，只因手头无。

[illegible]

ʂu^{33} su^{13} ʈ^{h}u^{13} ɤo^{21} ȵi^{33}，fɑ^{33} zɯ^{55} dɯ^{33} mɑ^{21} ɤo^{21}.

穷 人 银 有 也 躲 藏 处 没 有

穷人得银两，愁无地方藏。

[illegible]

po^{33} mbu^{33} lu^{33} ʑɪ^{33} vɪ^{13}，ɕɪ^{21} ʑo^{21} tʂ^{h}u^{21} mɑ^{55} ŋɯ^{21}；

绸 衣 龙 影 穿 他 我 亲 不 是

穿龙袍绸缎，他不是我亲；

① 天风：彝语口语里“风”的双音节词直译。

gɯ^{21}tɕi^{33} tʂɑ^{33} kʰu^{21} bi^{55}，ɕɪ^{21} ȵi^{33} ʑo^{21} tʂʰu^{21} ŋɯ^{33}.
蓑衣 索 绾 背 他 也 我 戚 是
背绳披蓑衣，他也是我戚。

dʐɯ^{33} ŋɯ^{55} he^{33} tsʰo^{21} dy^{21}，me^{55} ʥy^{33} li^{33} ndy^{55} ʂu^{33}.
畜 生 将要 人 乐 妻 体 重 想 难
畜生崽人喜，妻怀孕忧愁。①

bi^{33} ȵo^{21} bi^{33} k‘e^{33} bi^{55}，k‘e^{21} ɣo^{21} ʑɪ^{13} mɑ^{21} ɣo^{21}；
虫 粘 蚕 线 背 线 有 针 没 有
蜘蛛背丝线，有线没有针；
ʂu^{33} su^{13} su^{33} ve^{55} zɑ^{13}，tsʰu^{33} ɣo^{21} ʥʅ^{13} mɑ^{21} ɣo^{21}.
穷 人 人 客 待 盐 有 椒 没 有
穷人宴宾客，有盐无花椒。

mi^{33} ȵɪ^{21} mɑ^{13} tɕi^{33}，mi^{33} kʰɪ^{13} dzɪ^{33} pʰu^{55} tɕi^{33}.
天 日 兵 怕 天 晚 盗 者 怕
白天怕兵，晚上怕匪。②

① 旧社会穷人经济十分困难，牲畜生崽意味着经济上有收入，是喜事，妻子怀孕意味着要添一个吃饭人口，虽喜亦忧。

② 旧社会兵荒马乱，百姓提心吊胆过日子。

道德修养

gɯ^{55} k^{h}o^{21} ts^{h}ʊ^{21} dɯ^{33} tʂ^{h}ɯ^{55}，ts^{h}o^{21} k^{h}o^{21} bʊ^{21} dɯ^{33} ʂʊ^{21}.
鹤 凡 暖 处 迁 人 凡 明 处 寻
鹤向温暖的地方迁徙，人朝光明的地方奔走。

ʑo^{21} ʑo^{33} ho^{33} mɑ^{21} lo^{13} sʊ^{21} tɕy^{55} dʐʊ^{33}，ŋo^{33} ʑi^{21} ho^{33} mɑ^{21} lo^{13} ɖɯ^{55} mɑ^{21} dʊ^{21}.
自 我 瞧 不 着 人 下 败 鱼 水 瞧 不 着 活 不 能
人无志气短，鱼没水难活。

ɣɑ^{33} ʂʅ^{21} me^{33} mɑ^{21} de^{33}，ts^{h}o^{21} ʂu^{33} nɪ^{33} mɑ^{21} ʂu^{33}.
鸡 瘦 尾 不 倒 人 穷 心 不 穷
鸡瘦尾不倒，人穷志不穷。

ts'o^{21} dʑo^{33} ɕi^{13} mɑ^{21} tɕi^{21}，ɕi^{13} t'o^{55} bo^{21};
人 怕 死 不 怕 死 时 有
寿有定数不怕死;

ts^{h}o^{21} dʑo^{33} ʂu^{33} mɑ^{21} tɕi^{21}，ʑo^{21} ho^{33} lo^{13}.
人 怕 穷 不 怕 己 瞧 着
人有志气不怕穷。

[illegible]

tʰɑ^{21} ʑo^{21} ndʑu^{33} no^{33} tʰɑ^{21} xɯ^{33} ndʑu^{33}，tʰɑ^{21} ʑo^{21} dɯ^{21} no^{33} tʰɑ^{21} xɯ^{33} dɯ^{21}.

一 个 强 则 一 族 强 一 个 笨 则 一 族 笨

一个人能干，一族人跟着沾光；一个人不争气，一族人跟着丢脸。

[illegible]

ʂu^{33} nɪ^{33} zu^{13} sʊ^{21} tɕy^{13}，mbo^{33} ȵdʑy^{21} no^{33} ʂu^{33}me^{13}.

穷 心 立 人 敬 富 庸 也 可怜

穷而有志则人敬，富而无志也可悲。

[illegible]

ʂu^{33} no^{33} su^{21} mɑ^{21} dʑo^{33}，ȵdʑy^{21} no^{33} su^{21} ɕɪ^{21} ɳdʐu^{55}.

穷 则 人 不 怕 庸 则 人 其 厌

人穷不可怕，无志讨人嫌。

[illegible]

zu^{33} ndʑu^{33} ʂɑ^{33} mi^{13} nɯ^{55} mi^{13} tʰe^{33}，zu^{33} ȵdʑy^{21} kʰu^{55} du^{33} gɯ^{55} gɑ^{33} ve^{55}.

儿 很 汉 地 彝 地 跑 儿 庸 灰 坑 前 后 转

有志男儿跑天下，无志男儿守灰堆。

[illegible]

ndo^{55} ɖɪ^{33} fu^{33} mɑ^{21} do^{33}，tsʰo^{21} ȵdʑy^{21} fɪ^{13} mɑ^{21} bo^{21}.

蛋 寡 孵 不 出 人 庸 志 没 有

寡蛋孵不出，庸人无志气。

[illegible]

dzɛ^{33} mu^{33} kʰʊ^{21} ɖɯ^{21} tʰo^{55}，dzʊ^{21} ne^{33} vu^{33} mɑ^{21} ndy^{55}.

骑 马 蹄 扬 时 路 近 远 不 想

骏马扬蹄时，没有想过路有多远。

[illegible]，[illegible]；

ʈa^{13} na^{55} ɖɯ^{21}，ɖɯ^{21} ɕɪ^{21} k'ɯ^{21} dɯ^{33} k'ɯ^{33}；

鹰 大 飞 飞 它 到 处 到

雄鹰飞行能到达目的地；

[illegible]，[illegible]。

ʔo^{55}pu^{33} pɪ^{33}，pɪ^{33} ɕɪ^{21} k^{h}ɯ^{21} dɯ^{33} k^{h}ɯ^{33}.

蛤蟆 跳 跳 它 到 处 到

蛤蟆跳也能跳达目的地。

[illegible]，[illegible]；

mi^{33} gu^{21} ʈa^{13} na^{55} ve^{33}，su^{21} k'e^{55} ve^{33} ɳu^{55} ȵɪ^{33}；

天 空 鹰 大 绕 人 上 绕 过 也

雄鹰天空绕，人上绕过也；

[illegible]，[illegible]。

vu^{33} ɖu^{21} sɪ^{33} ka^{13} dʐu^{33}，su^{21} tɕy^{55} dʐo^{33} ma^{21} ɳu^{55}.

雪 下 树 枝 断 人 下 在 没 过

下雪树枝断，没在人下过。

[illegible]，[illegible]。

bu^{21}ʥu^{33} ʂu^{33} xɯ^{21} ma^{21} vu^{55}，nɯ^{55} su^{13} hɪ^{33} ly^{21} ma^{21} ʥu^{33}.

汉子 穷 刀 不 卖 彝 人 饿 讨 不 吃

壮士穷途不卖剑，彝人饿死不讨吃。①

---

① 彝族自古崇尚气节，生活中以乞讨为耻，一人丢丑，全族蒙羞。所以一旦族里出现孤儿或孤寡老人，全族人就会给予抚养或赡养，不会让孤儿或孤寡老人流离失所而使族人丢脸。

ho^{21} ɕi^{13} tɕ^{h}ʊ^{33} mɑ^{21} do^{33}，k^{h}ɑ^{33} su^{13} ɕi^{13} mɑ^{21} tɕi^{21}.

绵羊死　声　不　出　　硬　者　死　不　怕

绵羊杀死不吭声，硬汉临危不惧色。

bi^{21}dɯ^{21} ʑy^{33} mɑ^{21} ȵi^{21}，ɕɪ^{21} ʑi^{13} to^{55} mɑ^{21} dʊ^{21}.

蚯蚓　骨　没　有　　它　睡　起　不　能

蚯蚓没有骨头，所以它站不起来。

su^{13} mbo^{33} dze^{21} mɑ^{21} ɤʊ^{21}，su^{13} ʂu^{33} ʂu^{55} mɑ^{21} bo^{21}.

人　富　根　没　有　人　穷　种　没　有

富人无富根，穷人无穷种。

mbo^{33} ho^{21} nɑ^{33} t^{h}ɑ^{21} nɯ^{21}，ʑo^{21} ʂu^{33} nɪ^{33} t^{h}ɑ^{21} tʂ^{h}ɪ^{13}.

富　见　眼　别　红　己　贫　心　别　冷

见人富裕别眼红，自己贫寒莫冷心。

mu^{33} vu^{55} ɤʊ^{21} mɑ^{21} vu^{55}，vu^{33} vu^{55} ts^{h}o^{21} mɑ^{21} vu^{55}.

马　卖　鞍　不　卖　力　卖　人　不　卖

卖马不卖鞍，卖力不卖人。

ʔo^{55}lɯ^{33} k^{h}ɯ^{21} ʂɯ^{21} fe^{21}，t^{h}ɑ^{21} dɿ^{21} ze^{33} ʑi^{21} tɪ^{33} mɑ^{21} kɯ^{13}.

蝌蚪　如何　样　穷　一　人　世　水　泡　不　会

蝌蚪怎么穷，不会一辈子泡在水里。

[illegible]

su^{21} nɪ^{33} ʑo^{13} ho^{33} mɑ^{55} lo^{13}，ʑo^{21} nɪ^{33} ʑo^{13} ho^{33} lo^{13}.

别人心 我 瞧 不 着 己 心 己 瞧 着

别人瞧不起自己，自己要瞧得起自己。

[illegible]

ndy^{55} mɑ^{21} kʰɯ^{21} no^{33} dʐʅ^{21}，tsɯ^{13} mɑ^{21} dʊ^{21} mɑ^{21} dʐʅ^{21}.

想 不 到 是 真 做 不 能 不 真

只有想不到的，没有做不到的。

[illegible]

dʑʊ^{21} sɯ^{33} ti^{13} tʰɑ^{21} dʑo^{33}，ʑi^{21} vɑ^{13} ʈʰɑ^{33} tʰɑ^{21} tɕi^{21}.

路 走 跌 不 怕 水 挑 溅 别 怕

走路别怕跌，挑水别怕洒。

[illegible]

tɕʰi^{13} tʰo^{55} ŋu^{33} tsɪ^{13}，dʑʊ^{21} sɯ^{33} hɪ^{21} tsɑ^{13}.

脚 底 五 寸 路 走 万 里

脚板只有五寸长，却能行走万里路。

[illegible]

bʊ^{21} dɑ^{33} nɑ^{13} mɑ^{21} tɕi^{21}，tsɪ^{13} mu^{55} ʈo^{33} ɖɯ^{55} tɕi^{33}.

山 爬 深 不 怕 节 大 闩门 滑脱 怕

爬坡不怕陡，就怕膝盖抖。

[illegible]

su^{21} dɪ^{13} ʑo^{21} dʊ^{21} mu^{33}，mɑ^{21} dʊ^{21} dɯ^{55} mɑ^{21} dɪ^{13}.

人 能 我 能 样 不 能 说 不 得

别人能做我能做，不能说自己不行。

tɕʰi^{33} me^{33} tʂɿ^{33} no^{33} ȵʥy^{21}，tsʰo^{21} nɪ^{33} bu^{33} no^{33} ɳɖo^{21}.

狗 尾 夹 则 无能 人 心 薄 则 软弱

夹尾巴的狗没出息，胆子小的人没本事。

mɑ^{21} dʊ^{21} pʰu^{55} tɕʰi^{33} mɑ^{21} nʥu^{33}，kʰɑ^{33} bu^{33} tsɪ^{33} se^{55} bu^{21}ʥu^{33}.

无 能 者 欺 不 厉害 强 与 争 才 汉子

欺负弱者不算本事，敢和强者斗才是汉子。

ɣɑ^{33} me^{33} dɯ^{21} mɑ^{21} do^{33}，kʰɑ^{33} zu^{33} hɪ^{13} tʰɑ^{55} ɳɪ^{21}.

鸡 瘟 门 不 出 硬 汉 屋 别 坐

温鸡不出门，好男不坐屋。

mu^{33} dze^{33} ɬo^{21} t'ɑ^{21} kɯ^{33}，ʈɑ^{13} sɯ^{55} te^{13} me^{33} tʂu^{33}.

马 恶 圈 莫 关 鹰 样 云 尾 翱翔

莫学黑圈马关厩里，要学雄鹰翱翔在云端。①

ʈɑ^{13} zu^{33} ŋɯ^{33}，du^{21} tʂʰɿ^{21} mi^{33} gu^{21} tʂu^{33}；

鹰 子 是 翅 伸 天 空 翱翔

是雄鹰，就该翱翔天空；

---

① 长期关在厩里的马一旦放出来就野性难驯，故彝语将其称为恶马，贵州方言叫黑圈马。

[illegible]，[illegible]。

dze^{33} mu^{33} ŋɯ^{33}，pʰu^{21} ɬi^{33} lɯ^{55} ʑɯ^{33} tʰe^{21}.

骑 马 是 地 四 去 也 跑

是骏马，就该驰骋四方。

[illegible]，[illegible]；

gɯ^{55} ɣo^{13} ɖɯ^{21} lɯ^{55} vu^{33}，tɕ‘ʊ^{33} tsɿ^{13} nɯ^{55} mi^{13} ʈ‘ɯ^{55}；

鹤 鹃 飞 去 远 声 留 彝 地 放

远飞的鹤鹃，把声音留下；

[illegible]，[illegible]。

zu^{33} ʑo^{33} fɪ^{13} ɳu^{33} ȵɪ^{33}，nɯ^{55} pʰu^{21} ɣɑ^{33} me^{13} dzo^{33}.

男 夫 能 多 也 彝 地 也 名 在

有出息的男人，在世间留下名声。

[illegible]，[illegible]。

fɪ^{13} dʐo^{21} me^{13} mɑ^{21} kɑ^{13}，nɪ^{33} di^{13} mɑ^{21} bɑ^{55} ʑe^{33}.

志 有 名 不 分 心 有 不 幼 长

有志不在出名，有心不在长幼。

[illegible]，[illegible]；

ʑi^{21} ndy^{55} kɯ^{13} se^{55}，xɯ^{21} ʂʊ^{13} xɯ^{55} mɑ^{55} ŋɯ^{21}；

水 想 会 才 海 找 的 不 是

不是水会想事才去找大海；

[illegible]，[illegible]。

xɯ^{21} nɪ^{33} ɖe^{21} se^{55}，ʑi^{21} nɪ^{33} xɯ^{21} lo^{33} kʰu^{33}.

海 心 宽 才 水 心 海 对中意

是海有宽广的胸怀才向往它。

[illegible]

pu^{13} sɪ^{33} dɑ^{33} mɑ^{21} dʊ^{21}，ɕɪ^{21} ȵɪ^{33} ʔɑ^{33}ɳo^{13} sɪ^{33} mo^{21} mɑ^{21} ge^{33}.

刺猬树 爬 不 能 它 也 猴子 树 果 不 羡慕

刺猬爬不了树，它也不羡慕猴子的果实。

[illegible]

he^{33} su^{13} nɪ^{33} mɑ^{21} zu^{13}，kʰɑ^{33} zu^{33} he^{13} mɑ^{21} tsɯ^{13}.

贤 人 心 不 怒 硬 儿 莽 不 做

贤人不发怒，勇士不鲁莽。

[illegible]

mʊ^{21}tse^{33} mʊ^{21} di^{13} dɯ^{55} mɑ^{21} do^{33}.

板栗 果 结 外 不 出

板栗结果不外露。

[illegible]

ʔu^{33}tsʰo^{33} tsɯ^{13} ɕi^{13} dʐu^{55}，tsʰo^{21}bu^{33} tsɯ^{13} dʐo^{21} mɑ^{33} dʐu^{55}.

人 做 死 肯 鬼 做 活 不 肯

愿做人死去，不做鬼活着。

[illegible]

ze^{55} lu^{13} ʔe^{55}vɪ^{33} ndʑe^{13}，kʰo^{21} ɳe^{13} sʊ^{21} kʰe^{55} ʈʰʊ^{55}.

箐 林 百合 美 所 香 人 上 映

要像林中美丽的百合花，总向他人散发自己的芳香。

[illegible]

so^{33} hɪ^{33} bu^{21} mu^{55} mu^{33} de^{33} mɑ^{21} dʊ^{21},

疾 风 山 大 吹 倒 不 能

疾风吹不倒大山，

[illegible]

ʂu^{33} du^{33} bu^{21}dzu^{33} ɣo^{21} kʰa^{33} ma^{21} dʊ^{21}.

难 的 汉子 得 难 不 能

困难难不倒硬汉。

[illegible]

nɪ^{33} nʊ^{33} pʰu^{21} ma^{21} te^{13}，nɪ^{33} kʰa^{33} pʰu^{21} ha^{33} mbu^{55}.

心 软 业 不 立 心 硬 业 涨 溢

无恒心之人难立业，有恒心之人事业旺。

[illegible]

nɪ^{33} ʑe^{33} ȵɯ^{55} ȵʥi^{21} vɪ^{13}，nɪ^{33} bu^{33} kʰu^{55} du^{33} ha^{13}.

心 大 虎 皮 穿 心 薄 灰 坑 守

勇敢的人穿虎皮，胆小的人蹲火坑。

[illegible]

ze^{55} ɳɖɯ^{33} ʥo^{33} zɪ^{13} ma^{21} ʨi^{21}，gɯ^{21} ʑɪ^{33} ʥo^{33} ɕi^{13} ma^{21} ʨi^{21}.

林 钻 怕 狼 不 怕 仇 打 怕 死 不 怕

钻山林不怕豺狼，上战场不怕牺牲。

[illegible]

zu^{33} kʰa^{33} no^{33} kʰu^{33} ndɯ^{55}，tsʰɪ^{21}ŋgɯ^{21} pʰo^{21} ɣa^{33} vu^{33}.

儿 硬 是 功 争 鹿子 跑 也 远

是英雄就争功，是鹿了就逃命。

[illegible]

ko^{33} ty^{33} ko^{33} tʰa^{13} kʰa^{33} zu^{33} do^{33}，ʂu^{33} du^{21} ʂu^{33} ʥa^{33} su^{13} nʥu^{33} do^{33}.

在 碰 在 打 硬 汉 出 穷 的 贫 寒 人 能干 出

千锤百炼出好汉，十磨九难出人才。

ʈɑ^{13} mi^{33} hɪ^{33} mi^{33} ho^{33} pʻu^{55} du^{21} kʻɑ^{33} tso^{21},
鹰 天 风 天 雨 遇 翅 硬 练
鹰遇风雨练翅膀，

tsʰo^{21} ʂu^{33} du^{21} ʂu^{33} ʥɑ^{33} dʐo^{21} nɪ^{33} ʑe^{33} tso^{21}.
人 穷 的 贫 寒 过 心 大 练
人逢磨难练胆略。

mi^{33} ɡu^{21} ʈɑ^{13} du^{21} tso^{21}，fɑ^{13} mu^{55} tʂʰʅ^{13} ʨʰi^{13} tso^{21}.
天 空 鹰 翅 练 岩 大 獐 脚 练
天空练鹰的翅膀，悬崖练岩羊的脚力。

ɡɯ^{33} ty^{33} tʰo^{33} tʰɑ^{13} bu^{21}ʥu^{33} do^{33}，ʥu^{33} bʊ^{21} ndo^{21} bʊ^{33} tsʰo^{21} ɳʥy^{21} do^{33}.
那 碰 这 打 汉子 出 吃 富足 喝 富足 人 庸 出
十磨九难出人才，花天酒地出庸人。

ʥʊ^{21} sɯ^{33} ko^{33}ti^{13} tʰɑ^{21} ʥo^{33}，mo^{13} tsʰɯ^{55} tsɪ^{13} di^{13} tʰɑ^{21} ʨi^{21}.
路 走 跌倒 别 怕 竹 割 节 有 别 怕
走路莫怕摔跟斗，砍竹莫怕遇节子。

ɕi^{13} ɖɯ^{55} tʰɑ^{21} tʰo^{55} ɹɭu^{55}，kʰu^{33} ɖu^{21} tʰɑ^{21} ɖu^{21} ze^{33}.
死 生 一 时 事 威 落 一 人 世
生死是一时，耻辱是一生。

[illegible]，[illegible]。

sɯ^{33} ts^{h}ɪ^{13} ʂu^{33} to^{33} dʊ^{21} ȵɪ^{33}，t^{h}ɑ^{21} t^{h}u^{55} su^{21} tɕ^{h}i^{33} to^{33} k^{h}ɑ^{33}.

三 代 穷 受 能 也 一 时 人 欺 忍 难

能忍三世穷，难忍一时辱。

[illegible]，[illegible]。

hɪ^{55} kɯ^{13} bu^{21}dzu^{33} mɑ^{55} tʂɑ^{21}，vi^{21} bi^{55} kɯ^{13} se^{55} k^{h}ɑ^{33} zu^{33} ŋɯ^{33}.

讲 会 汉子 不 算 背子① 背 会 才 硬 汉 是

会说不算好汉，敢当才是丈夫

[illegible]，[illegible]。

tɕ^{h}i^{33} he^{33} t^{h}ɑ^{21} lu^{21} hɑ^{13}，ts^{h}o^{21} he^{33} sɯ^{33} lu^{21} ku^{55}.

狗 好 一 寨 守 人 贤 三 寨 顾

良犬守一寨，贤人顾三村。

[illegible]，[illegible]，

ʥi^{33} xɯ^{21} se^{33} mɑ^{21} tɕi^{21}，bu^{21}ʥu^{33} hɪ^{55} mɑ^{21} ʥo^{33}.

铜 铁 磨 不 怕 汉子 说 不 怕

真铜不怕磨，硬汉不怕说。

① 背子，即背在背上的重物。

为人处世

[illegible]

xɯ^{21} p‘u^{33} nda^{13} tʂ^{h}a^{33}dzu^{33}，xɯ^{21} ʑo^{13} lɯ^{55} t‘a^{21} nda^{13}；

铁 锅 争 合理 铁 勺 去 别 争

可在锅里争，别在勺里争；

[illegible]

ʑe^{55} ʑi^{21} bu^{21} tʂ^{h}a^{33}dʑu^{33}，tɕo^{33} ʑi^{21} lɯ^{55} t^{h}a^{21} ɣɯ^{55}.

江 河 游 合理 沟 河 去 别 蹚

可在河里游，别在沟里蹚。

[illegible]

mu^{33} dʑe^{33} dʑʊ^{21} ʂe^{13} ŋga^{13}，mu^{55} ho^{21} tɕo^{13} mu^{33} za^{13}.

马 骑 路 长 赶 老 见 快 地 下

骑马赶长途，遇见老人快下马。

[illegible]

mu^{55} pe^{55} dʑʊ^{21} ga^{33} sɯ^{33}，ɬa^{13} tʂo^{13} dʑʊ^{21} t^{h}o^{33} ɳdʑʊ^{33}.

老 让 路 上方 走 少 转 路 下方 过

老人走上道，青年走下道。

[illegible]

sʊ^{21} mu^{33} ndʑe^{13} t^{h}a^{21} dʑe^{33}，sʊ^{21} tɕ^{h}a^{13} na^{55} t^{h}a^{21} ŋgo^{21}.

别人马 好 别 骑 别人 弓 大 别 拉

别骑人骏马，别拉他人弓。

ʑo^{13} mu^{33} he^{33} dʑʊ^{21} sɯ^{33}，sʊ^{21} hɪ^{55} sʊ^{21} ko^{33} hɪ^{55}.

自 的 好 道 走 人 讲 别人 在 讲

自己行正道，任其说长短。

mɑ^{21}to^{21}mɑ^{21}lɑ^{33} mbu^{33} tʰɑ^{21} nɪ^{13}，mɑ^{21}ndy^{55}mɑ^{21}bo^{21} du^{55} tʰɑ^{21} hɪ^{55}.

不测不量 衣 别 缝 不 思 不 有 话 别 说

不经测量莫缝衣，未经思考别说话。

lɑ^{55}mu^{33}sɯ^{55} dzu^{33} dɪ^{13}，lɑ^{55}mu^{33}sɯ^{55} hɪ^{55} mɑ^{21} dɪ^{13}.

随便的 吃 得 随便的 讲 不 可

饭可以随便吃，话不能随便讲。

du^{55} hɪ^{55} mo^{21} tʰɑ^{21} ʑe^{33}，ʔɑ^{21}lo^{55} du^{55}gu^{33} sʊ^{13} mɑ^{55} de^{33}.

话 说 个 别 大 恐怕 后来 人 不 如

不要吹大话，恐怕日后不如人。

dʑʊ^{21} ʂu^{33} su^{21} tʂʰo^{55} tʰɑ^{21} ndɯ^{55}，dʑʊ^{21} ɣʊ^{21} su^{21} hɪ^{55} mɑ^{21} tɕi^{21}.

理 穷 别人 跟 别 争 理 有 别人 讲 不 怕

无理别跟人争，有理不怕人说。

su^{21} ʑy^{33} dɯ^{33} tʰɑ^{21} le^{55}，su^{21} nʊ^{33} dɯ^{33} tʰɑ^{21} tʰu^{55}.

别人 错 处 别 揭 别人 软 处 别 碰

别揭人短处，莫碰人痛处。

[illegible]

su^{21} bʊ^{21} ʈʰu^{55} ʈʰɑ^{33} no^{33}，ʑo^{21} dɪ^{13} ʈʰu^{55} mɑ^{21} bʊ^{21}.

别人的 脸 破 呢 自己 的 脸 无 光

伤他人脸面，自己不光彩。

[illegible]

lɑ^{13} dʐʅ^{21} su^{21} ku^{55} pi^{13}，kʰɯ^{33} pʰu^{21} su^{21} xɪ^{13} mɑ^{21} dɪ^{13}.

手 伸 人 顾 可 口 开 人 害 不 能

可伸手助人，不能张口害人。

[illegible]

xɯ^{21} tʂʰɪ^{13} de^{33} mɑ^{21} so^{21}，du^{55} dʑɑ^{33} mbɑ^{33} mɑ^{21} ɬu^{33}.

铁 冷 打 不 适 话 冷 说 不 宜

冷铁不好打，冷话不宜说。

[illegible]

su^{21} tɕʰi^{33} ʔu^{33} tʰɑ^{21} kʰɪ^{33}，su^{21} dʐu^{33} tʂʰɯ^{21} tʰɑ^{21} po^{33}.

人 欺 头 别 咬 人 咒 根 别 翻

欺人不欺头，骂人莫揭底。

[illegible]

su^{21} mu^{21} lu^{13} tʰɑ^{21} hɪ^{55}，ʑo^{21} ndʑu^{33} dɯ^{33} tʰɑ^{21} bu^{21}.

人 做 的 别 说 自 能干 处 别 夸

莫说他人闲话，别夸自己能耐。

[illegible]

ʋi^{21}ʑo^{55} tɕʰi^{13} ndʑo^{13} pi^{13}，ŋɑ^{21}ɳdʐu^{13} kʰɯ^{33} tʰɑ^{21} ndʑo^{13}.

蚂蚁 脚 学 可 麻雀 嘴 别 学

可学蚂蚁腿，不学麻雀嘴。

[illegible]

du^{55} hɪ^{55} gɪ^{13} mɑ^{21} dɪ^{13}，ȵu^{55} tsɯ^{13} no^{33} t^{h}ɑ^{21} gɪ^{13}.

话 说 绝 不 得 事 做 乃 别 绝

话不要说死，事不要做绝。

[illegible]

ts‘o^{21}bu^{33} p‘u^{55}，ʔu^{33}ts‘o^{33} du^{55} t‘ɑ^{21} hɪ^{55}；

鬼 遇 人 话 别 讲

遇见鬼，别讲人话；

[illegible]

ʔu^{33}ts^{h}o^{33} p^{h}u^{55}，ts^{h}o^{21}bu^{33} du^{55} t^{h}ɑ^{21} hɪ^{55}.

人 遇 鬼 话 别 说

遇见人，别说鬼话。

[illegible]

ʑi^{21} gɯ^{55} ɬu^{55} mɑ^{21} p^{h}ɪ^{33} no^{33} su^{33} hɪ^{13}，du^{55} hɪ^{55} su^{21} ʈ^{h}u^{55} mɑ^{21} ȵi^{13} su^{33} dɯ^{33}.

水 蹚 裤 不 卷 是 人 傻 话 讲 人 脸 不 看 人 憨

蹚水不卷裤脚是傻子，说话不看人脸色是憨包。

[illegible]

xu^{33} ne^{13} xɯ^{55} du^{55} t^{h}ɯ^{13}，du^{55} dɯ^{21} no^{33} tɕi^{55} hɪ^{55}.

肉 香 的 后 出 话 丑 就 先 说

好菜后面上，丑话要先说。

[illegible]

su^{21} mɑ^{21} hɪ^{55}，ʑo^{21} dʐo^{21} sʊ^{33}；su^{21} k^{h}e^{55} k^{h}o^{33}，ʑo^{21} k^{h}e^{55} ʑʊ^{33}.

人 不 说 己 过 舒服 人 上 挠 己 身 痒

不说人则自己心安；挠人痒则自己身痒。

[illegible]

su^{21} hɪ^{55} su^{21} hɪ^{13}pu^{21}，ʑo^{21} ndy^{55} ʑo^{21} nɪ^{33} mʊ^{21}.

人 说 人 嘴巴 己 想 己 心 果

别人说是别人的嘴，自己想是自己的心。

[illegible]

mɑ^{21} te^{55} mɑ^{21} ȵdʐɑ^{33} ʑi^{21} tʰɑ^{21} gɯ^{55}，mɑ^{21} se^{55} mɑ^{21} ho^{21} du^{55} tʰɑ^{21} hɪ^{55}.

不 估 不 测 水 别 蹚 不 知 不 识 话 别 讲

水情不明别过河，没有根据莫乱说。

[illegible]

gɯ^{55}tɕi^{33} mɑ^{21} se^{55} ʑi^{21} tʰɑ^{21} zɑ^{13}，tsʰo^{21}ʈʰu^{55} mɑ^{21} se^{55} ḍu^{55} tʰɑ^{21} hɪ^{55}.

渡口 不 知 水 别 下 人 面 不 识 话 别 说

不知渡口莫下水，不识人面别讲话。

[illegible]

mi^{33} kʰɪ^{55} ḍu^{55} mi^{33} ȵɪ^{21} tʰɑ^{21} hɪ^{55}.

天 晚 话 天 日 别 说

晚上的话别拿在白天说。

[illegible]

ʑo^{21} dɯ^{21} ʑo^{21} nɪ^{33} ndy^{55}，dɯ^{55} do^{33} ȵu^{55} mɑ^{21} ʈʰɯ^{55}.

己 憨 己 心 想 外 出 事 不 犯

自己憨来少说话，出门在外不惹祸。

[illegible]

su^{21} tʂʰɯ^{21} tʰo^{21} mɑ^{21} se^{55}，sʊ^{21} ʑɛ^{21}ȵɪ^{33} tʰɑ^{21} hɪ^{55}.

别人根 底 不 知 别人 闲话 别 说

不知人底细，莫论人是非。

ɳdʐʅ^{21} do^{13} ndo^{21} mɑ^{21} dɪ^{13}，du^{55} ŋgɪ^{33} nʊ^{13} mɑ^{21} dɪ^{13}.
酒 毒 喝 不 能 话 谎 听 不 能
毒酒喝不得，谎言听不得。

ʥʊ^{21} mʊ^{21} sɯ^{33} ɳdʐɯ^{33} no^{33}，po^{33} li^{21} sɯ^{33} ȵɪ^{33} me^{13};
路 大 走 错 呢 转 来 走 也 来得及
路若走错了，来得及重走；

du^{55} mbɑ^{33} kʰɯ^{33} do^{33} no^{33}，po^{33} li^{21} hɪ^{55} mɑ^{21} dʊ^{21}.
话 语 嘴 出 呢 重 来 说 不 能
话若说错了，重说不可能。

tʂʰo^{55} tɕo^{55} du^{55} tʰɑ^{21} ŋgɪ^{33}，gɯ^{21} tɕo^{55} dʐʅ^{21} tʰɑ^{21} hɪ^{55}.
友 跟 话 别 慌 敌 跟 真 别 讲
对朋友不说假话，对敌人莫吐真言。

sɪ^{33} kʰe^{33} sɪ^{33} ʔu^{33} kʰe^{33}，du^{55} nʊ^{13} mu^{55}su^{13} ʂu^{13}.
柴 劈 柴 头 劈 话 问 老 人 找
劈柴劈柴头，问话问老人。

ɳu^{55} ke^{33} mu^{21} ʦu^{55} ndy^{55}，mu^{55}su^{13} du^{55}nʊ^{13} hu^{13}.
事 拿 做 好 想 老 人 话 听 要
想把事办好，还得听老人。

[illegible]

du^{55} tɕy^{33} kɯ^{13}，t'ɑ^{21} kɯ^{13} nʊ^{13} pi^{13}；

话 九 句 一 句 听 可

九句话里，有一句听得；

[illegible]

tsʰo^{21} tɕy^{33} ʑo^{33}，tʰɑ^{21} ʑo^{21} tʂʰo^{55} mu^{33} pi^{13}.

人 九 个 一 个 友 做 可

九个人中，总有一个可交。

[illegible]

vu^{33} tʰɯ^{13} tʂʰo^{55} mɑ^{21} ʈu^{55}，vu^{33} ɖi^{13} tʂʰo^{55} mɑ^{21} se^{55}.

力 使 伴 不 看 力 有 伴 不 知

不使力给同伴看，同伴不知你有力气。

[illegible]

tʂʰo^{55} mbu^{33} vɪ^{13} pi^{13} nɪ^{33}，ʑe^{21} me^{55} ȵdʑʊ^{33} mɑ^{21} pi^{13}.

朋 衣 穿 可 也 友 妻 恋 不 可

朋友衣穿得，朋友妻恋不得。

[illegible]

su^{21} ʑo^{21} ʑy^{33} mu^{33} kɯ^{13}，ʑo^{21} su^{21} nɑ^{13} mu^{33} kɯ^{13}.

别人 自己 骨 做 会 自己 别人 肉 做 会

人家愿做自己的骨，自己应做别人的肉。

[illegible]，[illegible]。

ʐɪ^{33} tʂ^{h}e^{55} ʐɪ^{33} gu^{21} lu^{21}，mɑ^{21} tʂ^{h}e^{55} sʊ^{21} nɪ^{33} nʊ^{21}.

烟 献 烟 周 圆 不 献 人 心 痛

装烟要装周，不周得罪人。[①]

[illegible]，[illegible]。

ve^{55} k^{h}ɯ^{33} hɪ^{55} mɑ^{21} hu^{13}，ke^{33} pɑ^{33} ke^{33} t^{h}ɑ^{21} gu^{55}.

客 留 讲 不 必 杯 盘 拿 别 空

留客不用说，杯盘别空着。

[illegible]，[illegible]。

fu^{33} dɪ^{33} ts^{h}o^{21} t^{h}ɑ^{21} ȵɪ^{13}，ɳdʐʅ^{21} ʂe^{55} se^{33} lɑ^{13} ɖe^{21}.

肉 割 人 别 看 酒 斟 杯 手 满

割肉别看人，斟酒斟满杯。[②]

[illegible]，[illegible]。

su^{33} ve^{55} zɑ^{13} ȵdʑʊ^{33} no^{33}，zɑ^{13} gʊ^{21} sʊ^{21} t^{h}ɑ^{21} mbɑ^{33}.

人 客 待 想 呢 待 完 人 别 说

既然想待客，待后就别说人嫌。

[illegible]，[illegible]。

ȵɯ^{55} zɪ^{13} ho^{21} hɑ^{33} pi^{13}，tʂ^{h}u^{21}ɣo^{21} ho^{21} ndze^{55} mɑ^{21} dɪ^{13}.

虎 豹 见 吼 可 亲戚 见 哼 不 能

见虎豹吼得，见亲戚哼不得。[③]

---

① 装烟，贵州土话，指把旱烟装在烟斗里。为表示尊重，给人递烟也要把烟装在烟斗里才递给别人，后来装烟就引申为递烟的意思。

② 割肉：割腊肉。指招待客人时，不要厚此薄彼。

③ 亲戚来不能叫穷，否则客人会多心。

[illegible]

ndʑu^{33} ho^{21} tɕi^{13} tʰɑ^{55} lɯ^{21}，ve^{55} dʑɪ^{21} me^{33} tʰɑ^{21} ɖu^{55}.

官 见 前 别 去 客 做 尾 别 落

见官莫朝前，做客别落后。①

[illegible]

dɯ^{21} do^{33} mi^{33}ʑe^{21} nɑ^{33}，hɪ^{21} vu^{33} ʈʰu^{55} tɕɪ^{33} ȵɪ^{13}.

外 出 天气 看 屋 进 脸 样 瞧

出门看天气，进门看脸色。

[illegible]

tɕʰi^{33} ndu^{21} se^{21} ʈʰu^{55} ȵɪ^{13}，ve^{55} mu^{33} du^{55} tʰɑ^{21} kʰɪ^{33}.

狗 打 主 面 看 客 做 话 别 抢

打狗看主面，做客莫抢话。

[illegible]

tʰɯ^{55} lɯ^{55} ȵɪ^{13} dʑu^{21} dʑu^{33}，pɑ^{33} lo^{33} nɑ^{33} ʑi^{21} ndo^{33}.

桌 的 看 饭 吃 配 的 看 汤 喝

看桌子吃饭，看配菜喝汤。②

[illegible]

ʂu^{33} li^{21} tʂʰu^{21}ɣʊ^{21} tʰɑ^{21} sɯ^{33}，hɪ^{33} li^{21} vu^{55} mo^{21} tʰɑ^{21} dʑu^{33}.

穷 来 亲戚 别 走 饿 来 菜 果 别 吃

穷来别走亲，饿来不吃萝卜根。

---

① 指见到官吏要敬而远之，但做客时要尊重主人，不能姗姗来迟。

② 与汉族谚语“看甑吃饭，看菜喝汤”意思相同。

[illegible]，[illegible]。
ŋgo^{21} do^{33} tʂʰo^{55} he^{33} ly^{21}，hɪ^{13} dʐo^{33} kʰɑ^{33} bo^{21} hu^{13}.
门 出 伴 好 要 家 居 邻 睦 要
出门要好伴，居家要睦邻。

[illegible]，[illegible]。
kʰɑ^{33} be^{33} dɯ^{21} tʰɑ^{21} do^{33}，kʰɑ^{33} ɕi^{13} hɪ^{13} tʰɑ^{55} ɳɪ^{21}.
邻 吵 外 别 出 邻 死 屋 别 坐
邻居吵架不要出门，寨邻死人莫坐家中。

[illegible]，[illegible]；
ts'u^{33} sɯ^{33} hu^{21}，su^{21} ko^{13} me^{33} t'ɑ^{21} dze^{33}；
冬 三 月 别人锅桩 尾 别 骑
冬三月，别骑人家锅桩；
[illegible]，[illegible]。
ne^{13} sɯ^{33} hu^{21}，su^{21} kʰo^{33} me^{33} tʰɑ^{21} ʑo^{33}.
春 三 月 别人 碗 尾 别 转
春三月，莫端人家饭碗。[①]

[illegible]，[illegible]。
pʰu^{21}kʰɑ^{33} kʰu^{21}dʐɑ^{33} ŋu^{33}，tʂʰu^{21}ɤʊ^{21} ʥu^{21} lu^{55} pɑ^{33}.
众邻 家私 借 亲戚 粮 茶 帮
邻里借家私，亲戚济茶米。

---

① 意思是"冬天天气寒冷，不要去挡人家火，春天青黄不接，不要去吃人家饭"。反映过去老百姓经济条件困难，柴米水火有限的社会现实。

[illegible]，[illegible]。

du^{55} mɑ^{21} tsu^{55} tʰɑ^{21} nʊ^{13}，ʥʊ^{21} mɑ^{21} ŋge^{21} tʰɑ^{21} sɯ^{33}.

话 不 好 别 听　路 不 直 别 走

歹话莫听，邪路别行。

[illegible]，[illegible]。

du^{55} tʂʰu^{13} tʰɑ^{21} nʊ^{13}，ɳu^{55} ʥe^{33} tʰɑ^{21} tsɯ^{13}.

言 甜 别 听　事 恶 莫 做

谗言别听，恶事莫为。

[illegible]，[illegible]。

ʑɑ^{13} se^{55} li^{21} ʑɑ^{13} ŋgu^{21}，he^{33} se^{55} no^{33} he^{33} mu^{55}.

错 知 来 错 医　好 知 就 好 教

知错则改错，识理就教理。

[illegible]，[illegible]。

tsɪ^{13} ʑi^{21} ndo^{21} mɑ^{21} fu^{33}，dʐɯ^{33} mɑ^{21} ȵo^{55} tʰɑ^{21} ʑʊ^{21}.

堵 水 喝 不 宜　财 不 义 别 取

堵的雨水不宜饮，不义之财不能取。

[illegible]，[illegible]。

tsʰɯ^{21} ȵi^{33} ʔu^{33}tsʰo^{33} tsɯ^{13} mɑ^{21} dʊ^{21}，tʰɑ^{21} ȵi^{21} ʔu^{33}tsʰo^{33} no^{33} tsɯ^{13} hu^{13}.

十 天 人 为 不 能　一 天 人 则 为 要

不能为十天人，也要为一天人。

[illegible]，[illegible]。

su^{21} ʔu^{33} nʥu^{21} di^{13} ho^{21}，ʑo^{21} nɑ^{33} du^{33} tʰɑ^{21} nɯ^{21}.

别人 头 帽缨 戴 见　自己 看 洞 别 红

见人戴冠帽，自己别眼红。

[illegible]

mu^{55} ho^{21} li^{33} ʥʊ^{21} pe^{55}，ʂu^{33} su^{13} p^{h}u^{55} lɑ^{13} pɑ^{33}.

老 见 来 路 让 穷 人 遇 手 帮

见老人须让道，遇穷人要救助。

[illegible]

po^{13}ȵʥɯ^{55} ȵɪ^{55} dɯ^{33} tʂʊ^{55} pi^{33} pi^{33}，ts^{h}o^{21} no^{33} ȵɪ^{55} dɯ^{33} ɳɖɑ^{13} mɑ^{21} dɪ^{13}.

梭子 两 头 尖 锐 锐 人 则 两 头 滑 不 得

织布梭子两头尖，做人两头滑不得。

[illegible]

ze^{55} lɯ^{55} lo^{33} mʊ^{21} lɪ^{33} hɪ^{13} t^{h}ɑ^{55} kɑ^{21}.

林 去 石 颗 丢 家 别 在

不要到林子里往家扔石头。

[illegible]

ʑi^{13}tʂʅ^{33} ɳu^{33} mu^{33} ʑʊ^{33}，sʊ^{21} xɪ^{13} no^{33} mɑ^{21} dɪ^{13}.

善事 多 地 做 人 害 则 不 能

善事要多做，害人的事却做不得。

[illegible]

ɤɑ^{33} ɳɯ^{55} sɯ^{55} t^{h}ɑ^{21} tsɯ^{13}，ʔu^{33} ly^{21} me^{33} mɑ^{21} ly^{21}.

鸡 野 样 别 做 头 要 尾 不 要

别学野鸡样，顾头不顾尾。

[illegible]

su^{21} p^{h}ɪ^{33} tʂʅ^{33} no^{33} ʑo^{21} p^{h}ɪ^{33} tʂʅ^{33}，su^{21} ʈ^{h}ɯ^{55} tu^{33} no^{33} ʑo^{21} ʈ^{h}ɯ^{55} tu^{33}.

别人 折 夹 就 已 折 夹 别人 放 置 就 已 放 置

别人掖着我掖着，别人放下我放下。

[illegible]，[illegible]。

ko^{33} fɑ^{33} ko^{33} zɯ^{55} no^{33}，lɑ^{13} gɑ^{33} xɯ^{21} mɑ^{55} vi^{13}.

在 藏 在 着 呢 手 上 提 不 如

与其藏着掖着，不如拿在手上。

[illegible]，[illegible]。

ʑi^{21} ʑy^{21} ȵɹ^{33} go^{13} kɯ^{13}，ɳu^{55} he^{33} no^{33} tʂo^{13} hu^{13}.

水 流 也 弯 会 事 好 呢 转 要

流水会转弯，好事要圆场。

[illegible]，[illegible]。

mu^{33} sɯ^{55} su^{21} t^{h}ɑ^{21} ɳɖo^{33}，ȵy^{33} sɯ^{55} su^{21} t^{h}ɑ^{21} ty^{33}.

马 样 人 不 踢 牛 样 人 不 撬

别像马踢人，别像牛撬人。

[illegible]，[illegible]。

su^{21} dʐo^{21} ʑo^{21} dʐo^{21} t^{h}o^{55}，gɯ^{21}tɕi^{13} tɕɑ^{33} po^{33} gu^{55} mu^{33} t^{h}ɑ^{21} mu^{21}.

别人 在 我 在 时 蓑衣 拿 反 披 地 莫 做

当着别人的面，别把蓑衣反着穿。①

[illegible]。

ʑo^{21} fu^{33} tʂ^{h}u^{55} ʑo^{21} xɯ^{21} p^{h}u^{33} di^{13}.

己 肉 烂 己 铁 锅 在

自家的肉烂在自家锅里。

---

① 反穿蓑衣：反常行为，指自己给自己丢丑。

[illegible]

ŋu^{55} tsɯ^{13} lɑ^{13} ʈ^{h}u^{21} hu^{13}，ts^{h}o^{21} nɑ^{33} nɪ^{33} nɑ^{33} hu^{13}.

事 做 手 动 要 人 看 心 看 要

做事要动手，看人要看心。

[illegible]

ʑo^{21} ʈ^{h}u^{55} nɑ^{33} ku^{55} hu^{13}，tʂ^{h}u^{21} me^{13}du^{33} ɳɪ^{33} ndy^{55} hu^{13}.

己 脸 眼 顾 要 亲戚 名誉 也 想 要

自己的脸面要顾，亲戚的名誉也要顾

[illegible]

fe^{33} mɑ^{21} pi^{13} sɯ^{55} ʈɪ^{33}.

左 不 行 右 扳

往左扳不动就往右扳。①

[illegible]

pi^{13} no^{33} sɯ^{33} tɕi^{55} lɯ^{55}，mɑ^{21} pi^{13} ŋgo^{21} du^{55} li^{33}.

行 就 走 前 去 不 行 退 后 来

行就朝前走，不行就后退。

[illegible]

lɑ^{13} sɯ^{33} ko^{33} mɑ^{21} di^{13}，su^{21} kɯ^{33}sɯ^{13} t^{h}ɑ^{21} ʈ^{h}ɯ^{13}.

手 指甲 壳 不 长 别人 大蒜 别 剥

没有长指甲，别剥人大蒜。

---

① 指做事和解决问题要有灵活的思路和方法。

[illegible]

va^{13} tɕi^{55} tsʰɿ^{13} mɑ^{21} kɯ^{13}，su^{21} ȵy^{33} ʑu^{21} tʰɑ^{21} ŋgɪ^{13}.

猪 都 劁 不 会 别人 牛 揪 别 骗

猪都不会劁，别骗人家牛。

[illegible]

ŋgu^{33} mɑ^{21} dʊ^{21} tʰɑ^{21} kʰɪ^{33}，mu^{21} mɑ^{21} kɯ^{13} tʰɑ^{21} tsɑ^{21}.

嚼 不 能 别 咬 做 不 会 别 接

嚼不了莫入口，不会做别接手。

[illegible]

su^{21} me^{33} ɣu^{13} ɕi^{33} tʰʊ^{55}，nɑ^{21} tsʰe^{55} tɕɑ^{33} tʰɑ^{21} ȵdʑɪ^{33}.

别人 绸 织 之 时 你 剪刀 拿 别 玩

她人织绸时，你别玩剪刀。

[illegible]

su^{21} ko^{55} kʰe^{21} ɣɑ^{13} tʰo^{55}，nɑ^{21} lɑ^{13} tʂu^{33} ʥɑ^{13} tʰɑ^{55} kɑ^{21}.

别人 在 线 纺 时 你 手 指 塞 别 进

别人纺线时，你别往里塞指头。

[illegible]

ɳu^{55} kɑ^{13} ɳdʐɯ^{33} kɑ^{13} po^{33}，mbu^{33} nɪ^{13} ɳdʐɯ^{33} nɪ^{13} po^{33}.

事 断 错 断 重 衣 缝 错 缝 重

案子断错了重新断，衣服缝错了重新缝。

[illegible]

mu^{33} dze^{33} tʂɑ^{33} tsʰɯ^{33} hu^{13}，ɳu^{55} tsɯ^{13} dʐʊ^{21} nɑ^{33} hu^{13}.

马 骑 绳 握 要 事 做 路 看 要

骑马要握紧缰绳，做事要掌握方向。

[illegible]

ŋgu^{33} mu^{33} sɯ^{33} ʥʊ^{21} t^{h}u^{55}，t^{h}ɑ^{21} ke^{13} pe^{55} su^{21} tɕʊ^{13}.

荞子果 三 路 开 一 条 让 人 过

苦荞三条路，让人过一条。①

[illegible]

mɑ^{21} se^{55} se^{55} t^{h}ɑ^{21} mu^{21}，ʂu^{33} li^{21} mbo^{33} t^{h}ɑ^{21} tsɯ^{13}.

不 懂 懂 别 做 穷 来 富 别 做

不懂莫装懂，穷来别装富。

[illegible]

ʑo^{21} tɕ^{h}i^{13} mi^{55}ʥɑ^{33} no^{33}，su^{21} tɕ^{h}i^{13} ʥɑ^{33} t^{h}ɑ^{21} hɪ^{55}.

自己 脚 肮脏 呢 别人 脚 脏 别 讲

自家脚不净，别说他人脚脏。

[illegible]

mi^{33} ho^{33} t^{h}ɑ^{21} k^{h}e^{33} mi^{33} ts^{h}o^{13} k^{h}e^{33}.

天 雨 别 记 天 晴 记

别记雨天记晴天。②

[illegible]

ts^{h}ʊ^{21} li^{21} su^{21} mi^{33} hɪ^{33} t^{h}ɑ^{21} ndɯ^{21}，tʂ^{h}ɪ^{13} li^{21} su^{21} me^{33}to^{55} t^{h}ɑ^{21} tɕ^{h}y^{55}.

热 来 别人 天 风 别 挡 冷 来 别人 火 别 塞

热来别挡人家风，冷来莫占人家火。

---

① 苦荞籽有三条棱，比作三条路。

② 意思是要忘记不好的，记住好的，指生活与处世要看积极的一面。

ʂu^{33} su^{13} la^{33} t^{h}a^{21} dze^{33}，n̥y^{33} tʂ^{h}ʅ^{33} su^{21} ɳɖa^{13} kɯ^{13}.
穷 人 上 别 骑　牛 屎 别人 滑 会
莫欺负穷人，牛屎也会使人滑到。

mi^{33} gu^{21} ʈa^{13} na^{55} ve^{33}，su^{21} k^{h}e^{55} ve^{33} ma^{21} dɪ^{13}.
天 空 鹰 大 绕　人 上 绕 不 得
雄鹰高空绕，人上绕不得。①

vu^{33} k^{h}o^{21} ʑe^{21} ɣo^{21}，vi^{21} k^{h}o^{21} li^{21} bi^{55}.
力 多 大 有　背子 多 重 背
有多大的力气，就背多重的背子。

n̥ɪ^{21} t^{h}o^{21} mo^{13} sɯ^{33} ʥɯ^{21}，bi^{21} dʊ^{21} su^{55} dʊ^{21} hu^{13}.
甑 底 蔑 三 对　始 能 收 能 要
甑底三对蔑，能起要能收。②

mu^{55} li^{21} vu^{33} ʑe^{33} dɯ^{55} t^{h}a^{21} bu^{21}，ʂu^{33} li^{21} ʈ^{h}u^{13} ɣo^{21} dɯ^{55} t^{h}a^{21} hɪ^{55}.
老 来 力 大 说 别 夸　穷 来 钱 有 说 别 讲
老来不要夸力大，穷来不要说有钱。

① 人上绕不得：彝族传统观念里，除了父母和长辈，忌讳他人摸头，伸手在别人头顶环绕也认为是对他人不尊重的表现。此句指不能凌驾于他人头上。

② 甑底三对蔑：甑底一般从三对竹篾起编，但是收口才是关键，能起不能收，甑底还是不能编成。

[illegible]，[illegible]。

hɪ^{13}pu^{21} mɑ^{21} tsu^{55} pi^{13}，nɪ^{33} mʊ^{21} mɑ^{21} tsu^{55} mɑ^{21} pi^{13}.

嘴巴　不　好　可　心　果　不　好　不　行

嘴巴可以不好，但心不能不好。

[illegible]，[illegible]。

su^{21} ɳu^{55} ɤo^{21} tʰo^{55} su^{21} pɑ^{33} dʐu^{55}，ʑo^{21} ɳu^{55} ɤo^{21} tʰo^{55} pɑ^{33} su^{13} ɤo^{21}.

人　事　有　时　人　帮　肯　　己　事　有　时　帮　者　有

别人有事肯帮忙，自己有事有人帮。

[illegible]，[illegible]。

ɖu^{33} ho^{21} lɑ^{13} tʰɑ^{21} fe^{33}，dɯ^{33} ho^{21} ʑe^{21} tʰɑ^{21} sɿ^{33}.

蜂　见　手　别　甩　　歹　见　别　嘻　笑

见蜂子不要甩手，见歹人别露笑脸。

[illegible]，[illegible]；

du^{21} lɑ^{33} mɑ^{21} dze^{13} no^{33}，so^{33} hɪ^{33} tʂʰo^{55} mɑ^{21} k‘ɪ^{33}；

翅　手　不　丰　呢　疾　风　跟　别　斗

翅膀羽不丰，别跟大风搏斗；

[illegible]，[illegible]。

bi^{13} kʰɑ^{33} mɑ^{21} di^{13} no^{33}，mi^{13} tʰo^{55} tʂʰo^{55} tʰɑ^{21} ndɯ^{55}.

蹄　硬　不　生　呢　地　底　跟　别　争

脚上无硬蹄，别和地板争强。

[illegible]，[illegible]。

nɑ^{21} su^{21} ʂo^{13} su^{21} nɑ^{21} ʂo^{13}，nɑ^{21} su^{21} ȵʥʊ^{33} su^{21} nɑ^{21} ȵʥʊ^{33}.

你　人　恨　人　你　恨　你　人　爱　人　你　爱

你恨人人恨你，你爱人人爱你。

[illegible]

su^{21} ʂo^{13} su^{13}，su^{21} ɕɪ^{21} ʂo^{13}，su^{21} ȵdʑʊ^{33} su^{13}，su^{21} ɕɪ^{21} ȵdʑʊ^{33}.

人 恨 者 人 其 恨 人 爱 者 人 其 爱

恨人者，人恨他；爱人者，人爱他。

[illegible]

tɕʰi^{33} tsu^{55} su^{21} mɑ^{21} kʰɪ^{33}，tsʰo^{21} he^{33} dʑʊ^{21} mɑ^{21} ndɯ^{21}.

狗 好 人 不 咬 人 好 路 不 挡

好狗不咬人，好人不挡道。

[illegible]

su^{21} bo^{21} sɯ^{33} ɖɯ^{21} dʑu^{33}，ʑo^{21} tʰɑ^{21} ɖɯ^{21} ʂu^{21} po^{33}.

别人 的 三 餐 吃 自己 一 餐 别人 还

吃人三餐，还人一席。

[illegible]

lɑ^{13} ko^{33} ʈʰu^{13} mɑ^{21} zɯ^{33}，dɯ^{21} do^{33} tʂʰo^{55} tʰɑ^{21} ŋgo^{21}.

手 里 银 不 握 外 出 友 别 拉

手头无银钱，出门莫拉人入伙。

[illegible]

ʑo^{21} ʑʊ^{33} ʑo^{13} mu^{33} kʰo^{33}，ʑo^{21} tsu^{55} ke^{33} su^{21} hɪ^{55}.

己 痒 自 地 抠 己 好 让 人 说

痒了自己抓，好事让人夸。

[illegible]

nɪ^{33} bɑ^{55} ʑɑ^{13} mɑ^{21} ʑe^{33}.

心 小 过 不 大

小心无大错。

sɯ^{33} kʰo^{13} vɑ^{13} tɕʰi^{13} du^{55} tʰɑ^{21} ʂu^{21}.
三 年 猪 脚 迹 别 寻
三年前的猪脚迹不要去理。

tɕi^{55} no^{33} ʑo^{21} su^{21} ʔɑ^{13}，ȵu^{55} ɣʊ^{21} su^{21} ʑo^{21} ʔɑ^{13}.
先 是 己 人 应 事 有 人 己 应
自己先应人，有事人应己。

tɕ‘i^{33} ʑi^{21} ɖʊ^{33} t‘ɑ^{21} ts‘e^{21}，ts‘e^{21} li^{21} ʑo^{21} lɑ^{13} k‘ɪ^{33};
狗 水 落 别 捞 捞 来 己 手 咬
别捞落水狗，捞来会咬手；

tsʰo^{21} ʑi^{13} xɪ^{13} tʰɑ^{21} tu^{13}，tu^{13} li^{21} ʑo^{21} ʥy^{33} ʈʰu^{13}.
人 德 害 别 举 举 来 己 身 管
别助缺德人，助来奴役你。

ʑo^{21} ʔɑ^{21}me^{33} ɣʊ^{21}，su^{21} ʔɑ^{21}me^{33} mu^{21} lu^{33} tʰɑ^{21} hɪ^{55}.
自己 女儿 有 别人 女儿 做 的 别 讲
自家有女儿，别讲人家女儿闲话。

ʑo^{21} zu^{33} ɣʊ^{21}，su^{21} zu^{33} mu^{21} lu^{33} tʰɑ^{21} hɪ^{55}.
自己儿 有 别人儿 做 的 别 讲
自家有儿子，别讲人家儿子的闲话。

世情事理

[illegible]，[illegible]。

mu^{55} su^{13} du^{55} lu^{21}pi^{13}，mɑ^{21} dʐʅ^{21} dɯ^{55} mɑ^{21} dɪ^{13}.

老　人　语　卢比　　不　　真　　说　不　　能

老人说的卢比，没有哪句不真。[①]

[illegible]，[illegible]；

ndʑu^{33} mu^{21} lo^{33} mɑ^{21} ʂu^{33}，fɪ^{13} ʂu^{55} nɪ^{33}ŋɯ^{33}ŋɯ^{33}；

君　　为　也　不　　难　　政　施　　心欠欠

为君不困难，施政时就难；

[illegible]，[illegible]；

mu^{55} zɯ^{33} lo^{33} mɑ^{21} ʂu^{33}，k‘u^{33} k‘ɪ^{33} li^{21} no^{33} ʂu^{33}；

臣　　任　也　不　　难　　政　　理　来　就　难

为臣不困难，理政时就难；

[illegible]，[illegible]。

pu^{13} dʑɪ^{21} lo^{33} mɑ^{21} ʂu^{33}，n̠ɪ^{21} tʂ^{h}ɑ^{55} li^{33} no^{33} ʂu^{33}.

师　当　也　不　难　　灵　祭　来　就　难

为师不困难，祭祖时就难。

---

① 卢比是彝族对谚语、格言的统称，在彝族传统社会，卢比不但用来指导生产生活实践，而且还具有规范人们言行举止的重要作用。在彝族社会历史上，个人对卢比掌握的多少，不但是学识多寡的标志，而且是族长、寨老、头人必备的一项本领。

mbo^{33} su^{13} lo^{33} mɑ^{21} ʂu^{33}，ɖɑ^{33} p‘u^{55} li^{21} no^{33} ʂu^{33}；

富　者　也　不　难　乱　逢　来　就　难

富人不困难，逢乱世就难；

mi^{13} gu^{33} lo^{33} mɑ^{21} ʂu^{33}，ho^{21} ʑi^{33} ʑe^{33} no^{33} ʂu^{33}.

地　种　也　不　难　雨　水　大　就　难

种地不困难，发水灾就难。

dʑʊ^{21} pe^{55} tɕ^{h}i^{13} mɑ^{55} tɕ^{h}y^{33}.

路　让　脚　不　伤

让路不会伤脚。

ʑo^{21} ʔu^{33} su^{21} li^{21} tʂ^{h}o^{33}，su^{21} ʔu^{33} ʑo^{21} li^{21} tʂ^{h}o^{33}.

我　头　别人　来　剃　别人　头　我　来　剃

我的头别人来剃，别人的头我来剃。

tɕ^{h}o^{13} ts^{h}ɯ^{21} k^{h}o^{13} zu^{33} ʑo^{33}，ʑo^{33} li^{21} su^{21} dʐɯ^{21} dʑi^{33}.

六　十　岁　子　生　生　来　别人　奴　当

六十岁生了，生来给人当娃了。

sɪ^{33} nde^{33} ɖu^{33} mɑ^{21} tɕ‘i^{13}，ʔu^{33}ts‘o^{33} ɕɪ^{21} mɑ^{21} t‘ɯ^{13}；

树　上　蜂　不　筑巢　人　它　不　除

树上无蜂窝，人就不取它；

[illegible]

ɣɑ^{33} ndo^{55} ʥʊ^{21} mɑ^{21} bɪ^{13}，ho^{21}mi^{33} ɕi^{21} mɑ^{21} ʥo^{33}；

鸡 蛋 缝 不 裂 苍蝇 它 不 叮

鸡蛋无裂缝，苍蝇不叮它；

[illegible]

lo^{33} pʰu^{55} ʥʊ^{21} mɑ^{21} bɪ^{13}，ʂʅ^{33} no^{33} ɕɪ^{21} mɑ^{21} nɯ^{33}.

石 板 缝 不 裂 草 呢 它 不 生

石板无裂缝，青草就不生。

[illegible]

su^{21} nɪ^{33} ʂu^{33} bi^{55} no^{33}，ʑo^{21} nɪ^{33} ʂu^{33} ɣo^{21}；

别人 心 悲 给 者 自己 心 悲 有

给别人痛苦，自己也痛苦；

[illegible]

su^{21} kʰu^{33} dɯ^{33} bi^{55} no^{33}，ʑo^{21} kʰu^{33} dɯ^{33} ɣʊ^{21}.

别人坐 处 给 者 自己 坐 处 有

给别人幸福，自己也幸福。

[illegible]

du^{55} nʊ^{13} du^{55} me^{33} nʊ^{13}，tsʰo^{21} nɑ^{33} nɪ^{33} nɑ^{33} hu^{13}.

话 听 话 尾 听 人 看 心 看 要

听话听话音，看人要看心。

[illegible]

ɬu^{13} ʈɯ^{33} zo^{55} tɕi^{33} no^{33}，ʑi^{21} ʈɯ^{33} ɲɪ^{33} tʰɑ^{21} ndo^{21}.

舌 烫 着 怕 呢 水 烫 也 别 喝

若怕烫舌头，就别喝热汤。

su^{21} xɪ^{13} me^{33} ʑo^{21} xɪ^{13}，to^{13} ɳdʑɪ^{33} to^{13} le^{55} tʂʰɯ^{33}.

人 害 末 己 害 火 玩 火 被 烧

害人终害己，玩火被火烧。

ɳɪ^{13} ɳdʑɪ^{33} no^{33} na^{33} tɕʰy^{33}，to^{13} ɳdʑɪ^{33} no^{33} ɳu^{55} ɖɯ^{55}.

土 玩 就 眼 伤 火 玩 就 事 出

玩土会伤眼，玩火会出事。

ʔa^{21}su^{33} hɪ^{21} dʑo^{33} ʔa^{21}su^{33} vu^{33} ʑe^{33}.

哪个 房 建 哪个 力 大

哪个建房哪个力气大。

dʑu^{21} ʂu^{55} tɕʰy^{33} dʊ^{21} ɳɪ^{33}，tsʰo^{21} ʂu^{55} ɣo^{21} tɕʰy^{33} ma^{21} dʊ^{21}.

粮 种 偷 能 也 人 种 得 偷 不 能

粮种偷得了，人种却偷不了。①

sʊ^{21} pa^{33} no^{33} ʑo^{21} pa^{33}，sʊ^{21} xɪ^{13} ʑo^{21} ma^{33} ɖɯ^{33}.

人 帮 乃 己 帮 人 害 己 不 利

帮人如帮己，害人不利己。

---

① 偷人种：指男女偷情生子，由于遗传的缘故，孩子生父是谁最终要被世人知道，所以说人种偷不了。

[illegible]

sʊ^{21} xɪ^{13} nɪ^{33} mɑ^{21} di^{13}，gɯ^{21} pɑ^{33} ȵɪ^{33} mɑ^{21} ɣʊ^{21}.

人 害 心 不 生 仇 伴 也 没 有

若没害人心，不会有冤家。

[illegible]

lu^{13} tɕʰi^{33} sʊ^{21} mɑ^{21} kʰɪ^{33}，sʊ^{21} kʰɪ^{33} tɕʰi^{33} mɑ^{21} lu^{13}.

吠 犬 人 不 咬 人 咬 犬 不 吠

爱叫的狗不咬人，咬人的狗不爱叫。

[illegible]

tʂʰʅ^{21} mʊ^{21} mɪ^{13} xɯ^{55} kɯ^{21} sɿ^{55}，du^{55} hɪ^{55} kʰɯ^{33} do^{33} ŋgo^{21} ʂu^{33}.

谷 粒 地 落 收 易 话 说 口 出 收 难

谷落地好收，话出口难收。

[illegible]

mu^{33} ɖɯ^{55} gʊ^{21} mu^{33} ʑʊ^{21} pi^{13}，du^{55} hɪ^{55} gʊ^{21} po^{33} mɑ^{21} pi^{13}.

马 脱 了 马 捉 能 话 讲 完 返 不 可

马儿脱缰能捉回，话说出口收不回。

[illegible]

ʑʊ^{21} mɑ^{21} dʊ^{21} no^{33} hɪ^{33}，po^{33} mɑ^{21} pi^{13} no^{33} du^{55}.

捉 不 能 是 风 返 不 可 是 话

捉不住的是风，收不回的是话。

[illegible]

ti^{55} ti^{55} gʊ^{21} lɪ^{13} mɑ^{21} pi^{13}，du^{55} hɪ^{55} gʊ^{21} po^{33} mɑ^{21} pi^{13}.

痰 吐 完 舔 不 能 话 讲 完 回 不 可

吐出的口水不能舔，说出的话语收不回。

[illegible]

ȵi^{13} ʂe^{33} tso^{21} kʰɯ^{33} tɕʰy^{55} pi^{13}，ʈʰu^{13} ʂe^{13} tsʰo^{21} kʰɯ^{33} tɕʰy^{55} mɑ^{21} dʊ^{21}.

泥 黄 坛 口 封 可 银 金 人 口 封 不 能

黄泥封得住坛口，金银封不住人口。

[illegible]

tso^{21} kʰɯ^{33} ɖe^{21} tɕʰy^{55} le^{21}，tsʰo^{21} kʰɯ^{33} vu^{33} tɕʰy^{55} kʰɑ^{33}.

坛 口 宽 堵 易 人 口 窄 封 难

坛口宽易堵，人口窄难封。

[illegible]

tʰɑ^{21} ʑe^{21} ŋgɪ^{33} sʊ^{21} tʂʰɯ^{33}，ȵɪ^{55} ʑe^{21} sʊ^{21} mɑ^{21} nʊ^{13};

一 次 骗 人 哄 两 次 人 不 听

一回说谎话，两回没人听；

[illegible]

tʰɑ^{21} kʰo^{13} mi^{13} ko^{33} ɖɯ^{55}，mi^{21}nɯ^{13} tʂʰɯ^{21} ʑo^{33} ʥo^{33}.

一 年 地 在 荒 杂草 根 生 长

一年荒田土，长满杂草根。

[illegible]

du^{55} ɳu^{33} tʂʰɯ^{55} mɑ^{21} ndɯ^{21}.

话 多 饭 不 抵

话多不抵饭。

[illegible]

dzu^{33} ɳu^{33} ɤo^{13} tɕʰy^{33}，du^{55} ɳu^{33} ʑo^{21} tɕʰy^{33}.

吃 多 肚 伤 话 多 己 伤

吃多伤胃，话多伤己。

[illegible]，[illegible]。

xɯ21 kɯ21bu33 tɕʰy33，du55 nɪ33 mʊ21 tɕʰy33.

刀 身体 伤 话 心 果 伤

刀伤身体，话伤心。

[illegible]，[illegible]。

nɑ33 se33 ʈu13 mɑ21 ɳʥɪ33，ʑo21 mu21 lu33 su21 hɪ55.

眼 杯 仁 不 闪 己 做 的 人 说

眼不观四向，闲话被人说。

[illegible]，[illegible]。

dzu21 ʂe13 sɯ33 ɳdʐu55，du55 ɳu33 nʊ13 ɳdʐu55.

路 远 走 嫌 话 多 听 嫌

走路嫌路长，听话嫌话长。

[illegible]，[illegible]。

dzu21 dze33 su21 ɣo13 pʰu21，du55 ŋgɪ33 su21 nɪ33 tɕʰi55.

饭 生 人 肚 胀 话 谎 人 心 欺

生饭使人胀肚，谎话使人生气。

[illegible]，[illegible]。

su21 pɑ13 tʂɑ33 tɕʰy13 tsʰe13 mɑ21 hɪ55，su21 xɪ13 du55 tʰɑ21 kɯ13 ʔɑ33dʐʅ55 ly21.

人 绊 绳 粗 细 不 讲 人 害 话 一 句 只是 要

绊人的绳不分粗细，害人的话只需一句。

[illegible]，[illegible]。

ɳdʐʅ21 tsʰʊ21 mɑ21 ne13，du55 tsʰʊ21 tsɑ13 kʰɑ55.

酒 急 不 香 话 急 接 难

急酒难喝，急话难回。

[illegible]，[illegible]。

hɪ^{55} kɯ^{13} nʥu^{33} mɑ^{55} tʂɑ^{21}，tsɯ^{13} kɯ^{13} xɯ^{55} se^{55} nʥu^{33}.

说 会 强 不 算 做 会 的 才 强

会说不算强，会做才算强。

[illegible]。

du^{55} ɳu^{33} sʊ^{21} mɑ^{21} tʂ^{h}e^{21}.

话 多 人 不 耐烦

话多讨人厌。

[illegible]，[illegible]；

ts^{h}o^{21} dy^{21}dɑ^{21} hɪ^{55} kɯ^{13}，ɤo^{13} ko^{33} fɪ^{13} mɑ^{21} ɳɪ^{21}；

人 矮子 讲 会 肚 里 本事 不 在

小人再会说，没多大见识；

[illegible]，[illegible]。

mu^{33} dɑ^{55} go^{33} sɯ^{33} kɯ^{13}，vu^{33} k^{h}o^{21} tɕ^{h}y^{21} mɑ^{21} ɤo^{21}.

马 腿 弯 走 会 力 多 粗 没 有

小马驹会走，没多大力气。

[illegible]，[illegible]。

du^{55} ʑe^{33} hɪ^{55} mi^{33} to^{33}，tɕ^{h}i^{13} ɖɯ^{33} lɑ^{13} mɑ^{55} ɖɯ^{33}.

话 大 说 天 抵 脚 利 手 不 利

大话说到天，利脚不利手。

dʑu33 ɳɯ33 li21 ɣo13 pʰu21，mbɑ33 ɳɯ33 li21 du55 ɖo33.

吃 多 来 肚 胀 说 多 来 话 谎

吃多胀肚，言多必失。

hɪ33 dʑɑ33 ʑe21 mɑ21 fu33，nɪ33 se55 du55 mɑ21 tʂo13.

饥 寒 笑 不 宜 心 知 话 不 绕

饥寒交迫谈笑难，知心话语不绕弯。

du55 do33 xɯ21 ʑi21 pʊ33，dʑʊ21 me21 pʊ33 mɑ21 dʑe33.

话 出 海 水 翻 食 熟 返 不 生

话出可翻浪，熟食不返生。

su21 mu55 du55 nʊ13 sʊ21，su21 be33 nʊ13 mɑ55 sʊ21.

人 教 话 听 爽 人 骂 听 不 爽

教人的话受听，骂人的话难听。

vu33 tɕɑ33 su21 kʰɑ33 me21mɑ21ʂe13，dʑʊ21 tɕɑ33 su21 mu55 se55 me21 ʂe13.

力 拿 人 压 尾 不 长 理 拿 人 教 才 尾 长

以势压人不长久，以理服人才长久。

tɕʰi13 ʂe13 tʰe21 tɕi55 lɯ55，kʰɯ33 ʂe13 ʑɑ13 ɳɪ55 do33.

脚 长 跑 先 去 嘴 长 错 事 出

脚长跑在前，嘴长惹是非。

[illegible]，[illegible]。

bu^{21}dzu^{33} nɪ^{33} ndʑo^{33} n̥ɪ^{33}，du^{55} ʥʊ^{21} bu^{21} nɪ^{33} le^{33}.

硬汉 心 犟也 话 理 明 心 软

再犟的硬汉，话在理心软。

[illegible]，[illegible]。

du^{55} tʰɑ^{21} kɯ^{13} zɪ^{33} tu^{33}，ɳu^{55} tʰɑ^{21} hu^{21} mɑ^{21} ɖɯ^{55}.

话 一 句 忍着 事 一 百 不 出

忍得一句话，百事就不生。

[illegible]，[illegible]。

tʂʰʅ^{13} bu^{21} lu^{33} bu^{21} sʊ^{21} mɑ^{21} ɳdʐe^{21}，ndy^{55} gʊ^{21} kʰɯ^{33} do^{33} hɪ^{55} ʥʊ^{21} du^{21}.

麂 嚎 獐 嚎 人 不 信 想 过 口 出 讲 理 通①

夸夸其谈无人信，想过的话语才在理。

[illegible]。

du^{55} ŋgɪ^{33} hɪ^{55} ndʑo^{21} sʊ^{21} mɑ^{21} ɳdʐe^{21}.

话 谎 说 惯 人 不 信

说惯了谎言无人信。

[illegible]，[illegible]。

ɬu^{13} ʂe^{13} ɳu^{55} ɳu^{33}，sɯ^{33} ʂe^{13} mɑ^{55} ɳu^{33}.

舌 长 事 多 夜 长 梦 多

舌长事多，夜长梦多。

---

① 麂嚎獐嚎：彝语成语，表达“吹嘘”“夸口”“夸夸其谈”等意。

[illegible]

ɳʥʊ^{33} ʥʊ^{21} ʥu^{33} mɑ^{21} lo^{13}，ʂu^{33} ʥʊ^{21} t^{h}ɑ^{21} ɖɯ^{21} mbo^{33}.

爱 饭 吃 不 够 伤心 饭 一 顿 饱

舒心饭不够吃，伤心饭一顿饱。

[illegible]

ts^{h}o^{21} ɳɖʐʅ^{21} ndo^{33} mɑ^{21} tɕi^{21}，ʥo^{33} ɳɖʐʅ^{21} ts^{h}o^{21} ndo^{33} tɕi^{33}.

人 酒 吃 不 怕 怕 酒 人 吃 怕

不怕人吃酒，就怕酒吃人。

[illegible]

ʥʊ^{21} ɣʊ^{21} li^{33}li^{33} hɪ^{55}，mɑ^{21} du^{21} hɪ^{55} du^{21} dʊ^{21}.

理 有 慢慢 讲 不 通 讲 通 能

有理慢慢讲，不通能讲通。

[illegible]

tʂ^{h}ʅ^{13} bu^{21} lu^{33} bu^{21} su^{21} mɑ^{21} ʥo^{33}，mbɑ^{33} mi^{55} ʔɑ^{55}ʑɯ^{33} su^{21} nɪ^{33} dy^{21}.

麂 嚎 獐 嚎 人 不 怕 话 语 温和 人 心 喜①

大话吓人人不怕，轻言慢语动人心。

[illegible]

nɑ^{21} t‘ɑ^{21} bu^{21}，ŋʊ^{21} t‘ɑ^{21} bu^{21}，se^{21}ndo^{21} t‘ɑ^{21} mo^{13} su^{33} ve^{55} zɑ^{13}；

你 一 口 我 一 口 梨子 一 个 人 客 待

你一口，我一口，一个梨子待亲友；

---

① 麂嚎獐嚎：彝语成语，这里指“说大话”。

[illegible]，[illegible]，[illegible]。

na^{21} t^{h}a^{21} mo^{13}，ŋo^{21} t^{h}a^{21} mo^{13}，se^{21}ndʊ^{21} t^{h}a^{21} k^{h}a^{21} tɕa^{33} ma^{21} lo^{13}.

你 一 个 我 一 个 梨子 一 筐 拿 不 够

你一个，我一个，一筐梨子不够拿。

[illegible]，[illegible]。

ve^{55} tsɿ^{13} ʂu^{33} ma^{21} kɯ^{13}，su^{21} tɕ^{h}y^{33} mbo^{33} ma^{21} kɯ^{13}.

客 留 穷 不 会 人 偷 富 不 会

留客不会穷，偷人不会富。

[illegible]，[illegible]；

ŋgɯ^{21} do^{33} mi^{33} ʈ'u^{55} ŋɯ^{33}，ts'o^{13} ɤa^{33} ho^{33} dʑɪ^{21} se^{55}；

门 出 天 脸 观 晴 和 雨 兴 知

出门看天色，便知晴和雨；

[illegible]，[illegible]。

hɪ^{21} vu^{33} ʈ^{h}u^{55} di^{13} ŋɯ^{33}，su^{33} he^{33} su^{33} dɯ^{33} se^{55}.

家 进 脸 带 看 人 善 人 恶 知

进屋看脸色，便识人善恶。

[illegible]，[illegible]；

se^{21} p^{h}u^{33} dy^{21}lɯ^{33}lɯ^{33}，vu^{55} tʂɿ^{13} dʑu^{33} xu^{33} de^{55}；

主 者 乐呵呵 菜 酸 吃 肉 当

主人乐呵呵，酸菜当肉吃；

[illegible]，[illegible]。

se^{21} p^{h}u^{33} ʈ^{h}u^{55} ma^{21} so^{21}，ɤa^{33} xu^{33} dʑu^{33} ma^{21} ne^{13}.

主 者 脸 不 爽 鸡 肉 吃 不 香

主人脸难看，鸡肉也不香。

[illegible]，[illegible]。

se^{21} p^{h}u^{33} ʈ^{h}u^{55} mɑ^{21} sʊ^{21}，ve^{55} mɑ^{21} zɑ^{13} mɑ^{21} dʐo^{21}.

主 者 脸 不 爽 客 不 待 不 在

主人脸色再难看，客人不招待不行。

[illegible]，[illegible]。

ve^{55} tsʅ^{13} t^{h}ɑ^{21} n̥ɪ^{21} le^{21}，ve^{55} po^{33} t^{h}ɑ^{55} ʑe^{21} ʂu^{33}.

客 留 一 天 易 客 返 一 次 难

留客一天易，客返一次难。

[illegible]，[illegible]。

hɪ^{13} dʐo^{33} su^{21} mɑ^{21} ɕɪ^{33}，ŋgɯ^{21} do^{33} su^{21} mɑ^{21} ho^{21}.

家 在 人 不 迎 门 出 人 不 候

在家不待客，出门无人理。

[illegible]，[illegible]。

mu^{55} su^{13} hɪ^{13} mɑ^{55} dʐo^{21}，su^{33} ve^{55} zɑ^{13} mɑ^{21} kɯ^{13}.

老 人 家 不 在 人 客 待 不 会

老人不在家，不会招待客。

[illegible]，[illegible]。

ve^{55} zɑ^{13} mɑ^{21} kɯ^{13} no^{33}，ŋgɯ^{21} bʊ^{21} n̥y^{21} ʂʅ^{33} nɯ^{33}.

客 待 不 会 呢 槛 门 青 草 长

不会接待客，门槛长青草。

[illegible]

vu55 mʊ21 ʥu33 ɳu33 ɣo13 nʊ21，tʂʰu21ɣʊ21 sɯ33 ɳu33 su21 le55 hɪ55.

菜 果 吃 多 肚 痛 亲戚 走 多 人 被 说

萝卜吃多肚子痛，亲戚走多人说嫌。①

[illegible]

tʂʰu21 ʂe13 kʰa33 ma21 de55.

戚 远 邻 不 如

远亲不如近邻。

[illegible]

ma21 ʑo33 su13 ma55 dʐo21，tsʰo21 ma21 ʑa13 ma55 ɣʊ21.

不 生 者 不 在 人 无 错 没 有

除非不出生，哪有人无错。

[illegible]

hɪ55 ɳdʐɯ33 tsɯ13 ɳdʐɯ33 ma21 tɕi21，ɳdʐɯ33 dɯ33 ʑa13 dɯ33 ma21 se55 tɕi33.

讲 错 做 错 不 怕 错 处 失 处 不 知 怕

不怕讲错做错，只怕不知道错。

[illegible]

tʰa21 ʑe21 ȵɯ55 ŋga13 fu13 ma21do21，ȵi55 ʑe21 ȵɯ55 ŋga13 tʂʰo55 ma21 bo21.

一 次 兽 撵 分 不 均 二 次 兽 撵 伴 没 有

首次猎物分不均，二次打猎无人跟。

---

① 彝族向来注重姻亲之间的礼节，亲戚间走访，要杀猪宰羊热情接待，因此，亲戚间走访要有个度。有句彝族谚语说“亲戚不走就淡”，但是，如果走动过于频繁，也会给他人带来不便而被人说嫌。

[illegible]

tɕʰi13 tʰo13 ɬi13 ȵi55 dzɯ33，ɬi13 ȵdʑɯ55 ʑi21 be21 he33.

脚 踏 船 两 条 船 离 水 落 要

脚踏两只船，船分要落水。

[illegible]

dʑʊ21 ɣʊ21 ndzu33 mu55 du55 nʊ13 kɯ13，dʑʊ21 ʂu33 vɪ13 ȵɪ21 ɳu33 mɑ21 kʰu55.

理 有 君 长 话 问 敢 理 穷 兄 弟 多 无 效

有理敢问君王话，无理弟兄多无益。

[illegible]

mi33 fe21 dzu21 mɑ21 ɖɯ33，hɪ13 tsɯ13 ɳu55 mɑ55 ɖɯ33.

天 旱 禾 不 利 蛮 干 事 不 利

天旱不利庄稼，蛮干不利做事。

[illegible]

nɪ33 di13 ko33kʰɯ33，tʰɑ21 tu13 bi55 de55 ɣʊ21.

有 心 到达 一 千 给 及 有

心里想得到，当得给一千。①

[illegible]

ʈʰu55 ȵdʑɪ21 sʊ21 mɑ21 hɪ55，mu21 lu13 dɯ21 su21 mbɑ33.

脸 疤 人 不 讲 做 的 坏 人 说

脸上长疤人不讲，德行坏了人说嫌。

---

① 表示在人际交往中，心意比金钱重要。

su^{33} hɪ^{13} to^{33} mɑ^{21} ʂɑ^{13}，mu^{33} ndʑo^{21} ɣʊ^{21} mɑ^{33} ʂu^{21}.

人 莽 害 不 羞 马 烈 鞍 不 找

莽汉不知羞，烈马不驮鞍。

dʐʅ^{13} bu^{33} ȵɪ^{33} ʈʰu^{55} ʈʰɑ^{33} mɑ^{21} tɕi^{21}，dʐʅ^{13} nʊ^{33} lɯ^{55} tɕʰɑ^{13} nu^{33} ʈʰɯ^{55} tɕi^{33}.

互 旁 坐 脸 破 不 怕 互 后 去 弓 箭 放 怕

不怕当面争红脸，就怕背后放冷箭。

ʔɑ^{55}tʂʰu^{33} dʑu^{33} mɑ^{21} hɯ^{33}，ȵɪ^{55} ʔɑ^{21}ʑo^{21} dʑu^{33} lo^{13}.

猫儿 吃 不 急 两 勺子 吃 够

猫食不图多，两勺就吃饱。

dʑʊ^{21} ko^{33} mɑ^{21} ȵdʑʊ^{21} ȵi^{33}，dʑʊ^{21} de^{33} sɯ^{33} ŋu^{33} di^{13}.

路 中 不 过 也 路 边 走 须 要

不在理中过，也要理边行。

ʔɑ^{33}ɬo^{55} lo^{21}po^{13} ʑo^{33} li^{21} tse^{33} ʂe^{13}，mu^{33} pu^{33} fɪ^{13} no^{33} ʑe^{33} gʊ^{21} se^{55} ndzo^{13}.

兔子 耳朵 生 来 就 长 马 驯 本事乃 大 了 才 学

兔子的耳朵生来就长，驯马的本事是后大练成。

tɕʰi^{13} ndɯ^{55} dʑɯ^{55} ȵɑ^{33} kɯ^{13}，tʰɑ^{21} ȵɪ^{21} ŋu^{55} mɑ^{55} ŋɯ^{21}.

脚 光 刺 踩 会 一 天 事 不 是

光脚踩刺丛，非一日之功。

[illegible]

mi^{33} kʰɪ^{13} ʥʊ^{21} xɑ^{33} nʥo^{21}，sɪ^{33} tʂʰɯ^{33} tɕɑ^{33} tsʰo^{21}bu^{33} mu^{33} mɑ^{21} kɯ^{13}.

天 晚 路 摸 惯 树 根 拿 鬼 当 不 会

走惯夜路的人，不会把树桩当鬼。

[illegible]

ʑi^{21} du^{33} sɯ^{33} ʑe^{21} tsʰe^{21} no^{33} ɡe^{21}，tsʰo^{33} sɯ^{33} ʑe^{21} ʂu^{33} no^{33} nɪ^{33} bu^{21}.

水 井 三 次 掏 就 清 人 三 次 难 则 心 明

井掏三遍水清亮，人经三难心就明。

[illegible]

ndu^{21} no^{33} nɑ^{21} bu^{21}tso^{33}，ɕy^{33} ʑy^{21} su^{21} no^{13}bɪ^{21}.

打 是 你 腮帮 血 流 别人 鼻子

打的是你的脸面，流的是他人的鼻血。

[illegible]

mu^{55} su^{13} du^{55} mɑ^{21} nʊ^{13}，ŋɡɯ^{21} do^{33} ʈɑ^{13} le^{55} ɳɖo^{33}.

老 人 话 不 听 门 出 鹰 被 踢

不听老人言，出门被鹰踢。

[illegible]

su^{21} tʻɯ^{55} li^{21} vi^{21}，dɑ^{33} tɕʻi^{33} mɑ^{55} kʻɯ^{21}；

人 一 来 使力 爬 脚 不 到

个人来使力，不能到山脚；

[illegible]

su^{21} hu^{21} li^{21} vi^{21}，dɑ^{33} dzo̥^{13} kʻɯ^{33}；

人 百 来 使力 爬 腰 到

百人来使力，能到山腰；

[illegible]

su^{21} tu^{13} su^{21} hɪ^{21} li^{21} tʂʰe^{55}，dɑ^{33} bi^{21} lɯ^{55} ʑɯ^{33} ɬo^{33}.

人 千 人 万 来 使力 爬 顶 去 也 翻

千人万人来使力，能爬到山顶。

[illegible]

dɯ^{21} ʑɯ^{33} mɑ^{21} tsʰɿ^{33} ȵɪ^{33}，hɪ^{55} ʑɯ^{33} mɑ^{21} lɯ^{13} ʈʰo^{21}.

蠢 也 不 疗 也 矮处① 也 不 脱 衣

愚蠢无法用药医，就像热来不脱衣。

[illegible]

ʑo^{21} ʔɑ^{33} ndzu^{33} li^{21} ʂu^{33}，su^{21} ʔɑ^{33} ndzu^{33} li^{21} le^{21}.

己 啊 主 来 难 人 啊 主 来 易

自己作主就难，别人作主却易。

[illegible]

ze^{55} ŋge^{33} su^{21} mɑ^{21} sɪ^{13}，kʰɯ^{33} ɬu^{13} tɯ^{33} su^{21} sɪ^{13}.

林 矛 人 不 杀 口 舌 独 人 杀

利矛不杀人，口舌把人杀。

[illegible]

su^{21} ʑɪ^{33} ɬu^{13} ʑɯ^{33} ʑɪ^{33}，su^{21} ɳdʐu^{55} nɑ^{33} li^{21} ɳdʐu^{55}.

人 巧 舌 来 巧 人 美 眼 来 美

聪明的人舌头巧，貌美的人眼睛美。

---

① 矮处：彝族将海拔低的地方叫矮处，矮处海拔低，气温高。

[illegible]，[illegible]。

du^{33} do^{33} li^{21} ɣo^{21} ʂu^{33}，tʂʅ^{13} do^{33} li^{21} ɣo^{21} le^{33}.

洞 出 来 得 难　丑 出 来 得 易

得好名来难，丢丑却容易。

[illegible]，[illegible]。

ʐo^{21} tʂɯ^{13} ʐo^{21} mɑ^{21} se^{55}，ʐo^{21} tʂɯ^{13} su^{21} li^{21} se^{55}.

己 优　己 不 知　己 优　人 来 知

自己的优点自己不知道，自己的优点别人却清楚。

[illegible]，[illegible]。

nɑ^{33} vu^{33} no^{33} nɪ^{33} ɖe^{21}，nɪ^{33} ɖe^{21} no^{33} pʰu^{21} te^{13}.

看 远 就 心 宽　心 宽 则 业 立

有远见就心胸广，心胸广就易立业。

[illegible]，[illegible]。

su^{55} he^{33} ʑy^{33} dʐɯ^{33} do^{33}，tsʰɪ^{13} he^{33} vi^{21} dʐɯ^{33} do^{33}.

甥 贤 舅　噪　出　家 贤 族 噪　出

外甥贤者舅舅有荣誉，一家贤者全族有荣誉。

[illegible]，[illegible]。

ʑy^{21} dɯ^{21} ʐɯ^{33} su^{55} dɯ^{21}，tsʰɪ^{13} dɯ^{21} vi^{21} tʂʰu^{21} do^{33}.

舅 愚　就 甥 愚　代 愚 族 戚 出

舅舅愚则外甥愚，家族愚则亲戚愚。

[illegible]，[illegible]。

sɪ^{13} tʰo^{55} ʑi^{21} tʂʰu^{13} ho^{21}，ʑi^{13} li^{21} ŋgɯ^{33} dɯ^{33} pʰu^{55}

渴 时 水 甜　见　睡 来　枕　的　遇

口渴时见甘露，瞌睡来遇枕头。

[illegible]

tʰɯ^{21} dʑi^{33} ʑi^{21} n̥i^{33} mɑ^{21} tʂo^{13} ʑy^{21}，nɯ^{55}tʂʰɯ^{21} hɪ^{33} ndɯ^{21} dɯ^{33} mɑ^{21} dʐo^{21}.

地 境 水 也 不 倒 流 世间 风 堵 的 不 在

世上只有不倒流的水，世间没有不透风的墙。

[illegible]

ʔɑ^{33}nɑ^{33} kʰɯ^{33} li^{33} ɤo^{13} mɑ^{21} n̥i^{33}，tsʰo^{21} dze^{33} he^{33} nɪ^{33} tu^{13} mɑ^{21} di^{13}.

乌鸦 口 来 珠 没 有 人 恶 心 善 举 不 戴

乌鸦口里无珠宝，恶人肚里无善心。

[illegible]

tɕʰi^{33} ʂʊ^{21} no^{33} xo^{21}ʑy^{33}，vɑ^{13} ʂʊ^{21} no^{33} ɳdʐʅ^{21} pʊ^{21}.

狗 寻 的 骨头 猪 寻 的 酒 糟

狗爱的是骨头，猪爱的是酒糟。

[illegible]

ʂʅ^{33}ʑɯ^{33} zu^{33} kʰɑ^{33} hy^{13}ʈʰu^{13} do^{33}，ɤo^{21}li^{21} nɯ^{13} ndze^{13} su^{21} nɪ^{33} bɑ^{33}.

自古 子 硬 少年 出 从来 女 美 人 心 欠

自古英雄出少年，从来美女招人爱。

[illegible]

ʂe^{13} do^{13} dʐe^{21} ɤɑ^{33} dʐo^{33}，ɖu^{33} do^{13} vi^{33} ɤɑ^{33} dʐo^{33}，tsʰo^{21}do^{13} nɪ^{33} ɤɑ^{33} dʐo^{33}.

蛇 毒 牙 乃 在 蜂 毒 针 乃 在 人 毒 心 乃 在

蛇毒毒在牙，蜂毒毒在针，人毒毒在心。

[illegible]

tɕʰi^{33} ʑɑ^{13} tʰɑ^{21} lɯ^{33} lu^{13}，tʰɑ^{21} dɯ^{33} ɕɪ^{21} ɤɑ^{33} pu^{55};

狗 恶 一 个 吠 一 处 其 乃 吵

一条恶狗的狂吠，给一处带来吵闹；

su^{33} ʑa^{13} t^{h}ɑ^{21} ʑo^{21} ndɑ^{13}，t^{h}ɑ^{21} ʈ^{h}u^{55} ɤe^{33} mɑ^{21} de^{33}.
人 恶 一 个 猖 一 方 安 不 宁
一个坏人的恶行，给一方带来不宁。

vi^{13} mɑ^{21} nu^{33} mu^{33} ndɯ^{33}，ʑi^{21} tso^{21} hɑ^{33} mɑ^{21} tɕi^{21}；
灾 不 停 地 除 水 洪 涨 不 怕
随时消除隐患，不怕洪水泛滥；

nɪ^{33} dzɯ^{21} tu^{33} di^{13} no^{33}，nɪ^{33} nɑ^{33} p^{h}u^{55} mɑ^{21} tɕi^{21}.
心 防 起 有 就 心 黑 者 不 怕
随时提高警惕，就不怕黑心人。

ɖu^{33} t^{h}u^{55} ɖu^{33} ʑi^{33} ndo^{21}，ɳdʐʅ^{21} ʂɪ^{13} no^{33} ɳdʐʅ^{21} ndo^{21}.
蜜 酿 蜂 水 喝 酒 酿 就 酒 喝
酿蜜得蜜吃，酿酒得酒喝。

tʂɑ^{33} pu^{21} ȵɪ^{33} tʂɑ^{33} tɕi^{21}，ʑi^{21} tɕ^{h}o^{13} no^{33} ʑe^{55} ʑe^{33}.
绳 绞 就 绳 紧 河 汇 则 江 大
绳子拧在一起才紧，江河汇在一起才大。

ʑi^{21} gɯ^{55} ʑi^{21} ku^{55}lu^{33} mɑ^{21} tɕi^{21}，xɯ^{21} de^{33} to^{13} tɕ^{h}i^{13} ʈɯ^{33} mɑ^{21} ʥo^{33}.
水 蹚 水 旋涡 不 怕 铁 打 火 脚 烫 不 怕
下河不怕旋涡多，打铁不怕火烫伤。

ɣo^{13} ȵy^{21} he^{21} ho^{33} lo^{13}，zu^{33} kʰa^{33} la^{13} dɯ^{55} ly^{21}.

鹃　青　叫 指望 着　　子　硬　手　段　要

杜鹃靠嗓子，英雄靠手段。

ȵɯ^{33} ʂe^{13} ʈʰɯ^{55} tu^{33} ɳdʐa^{33}，mu^{33} ne^{33} hɪ^{13} li^{21} to^{21}.

短　长　放　置　比　　高　矮　站 来 量

长短要放在一起比，高矮要站在一起量。

dzu^{33} hɪ^{13} sɯ^{33} ʈʰɪ^{33} tɯ^{33} vu^{33} di^{13}，va^{13} ȵɯ^{55} ndzɯ^{55} no^{33} tʰa^{21} nda^{13} bo^{21}.

虎　猛　三　跳　只　力　有　猪　野　强　也　一　拼　有

老虎凶猛只有三跳之力，野猪厉害只有一冲之勇。

dzu^{33} ʔa^{33} na^{33} le^{21} ŋo^{21}，ʂu^{33} dʐa^{33} ɕɪ^{21} ʈ‘ɯ^{55} sɯ^{33};

虎　阿　大 脖颈打盹　猎　物　它　放　走

打盹的老虎，会放走猎物；

bu^{21}dzu^{33} nɪ^{33} ma^{21} te^{13}，zo^{21} lu^{33} na^{33} tɕʰi^{33} ȵdʑʊ^{33}.

汉子　心　不 注意　着　的　眼 脚下　过

大意的汉子，会吃眼前亏。

ho^{21} tɕ‘i^{33} do^{33} li^{21} ȵɪ^{33}，ŋgu^{33} mu^{33} di^{13} ȵɪ^{33} ɬo^{33};

羊　粪　出　来　呢　荞　粒　结　也　实

羊粪能带来，荞粒的饱满；

[illegible]，[illegible]。

kʰu33ɖu21 do33 li21 ȵɪ33，ʈʰu13 ʂe13 bo21 mɑ21 ʥy21.

羞耻　　出　来　呢　　银　金　有　不　高兴

出了羞耻的事，有钱财也不高兴。

[illegible]，[illegible]。

ʔɑ33nɑ33 du21 tʂʰʅ21 no33，ȵɪ21ʥi21 tɕʰʊ55 mɑ21 dʊ21.

乌鸦　　翅　展　呢　　太阳　　遮　　不　　能

乌鸦的翅膀，遮不住太阳。

[illegible]，[illegible]。

du21 ndu21 nʊ21 no33 fu33，nɪ33 lo33 vi13 no33 du55.

棒　打　痛　是　肉　　心　对　伤　是　话

棒打痛的是肉体，说话伤的是心。

[illegible]，[illegible]。

vi33bu33 mu21 lu33 dʐo21，ʔo55dɯ33 sʅ13 mɑ21 be21.

豺狼　　做　的　在　　　狐狸　　膻　不　掉

豺狼改不了本性，狐狸除不尽膻气。

[illegible]，[illegible]。

du55 ke33 nɪ33 ko33 tʂɯ13，vi33 tʂʰɯ21 bɪ13 mɑ21 kɯ13.

话　拿　心　里　藏　　芽　根　　发　不　会

把话装在心里，不会生根发芽。

[illegible]，[illegible]；

ho21 hɑ55 do33nu33 no33，vi21bu33 ʑu21 mɑ21 du21；

羊　小　吝惜　　呢　　豺狼　捉　不　　能

舍不得羔羊，就猎不到豺狼；

[illegible]，[illegible]。

ʈʰu^{55} tʰɯ^{13} mɑ^{21} dʊ^{21} no^{33}，su^{21} nɪ^{33} ɣʊ^{21} mɑ^{21} dʊ^{21}.

脸 露 不 能 呢 人 心 得 不 能

舍不得面子，就得不到人心。

[illegible]，[illegible]。

ʂe^{13} ŋɯ^{55} ʂe^{13} mu^{33} te^{55}，ʂe^{13} dze^{21} ʂe^{13} ŋɑ^{33} ʂɑ^{13}.

金 桩 金 马 拴 金 枝 金 鸟 栖

金桩才能拴住金马，金枝才能留住凤凰。

[illegible]，[illegible]。

vu^{33} tʰɯ^{13} vu^{33} dʐo^{21} po^{33}，ȵy^{21}dʑi^{21} tʂo^{13} li^{21} sɯ^{33}.

力 使 力 在 返 太阳 转 来 走

力气使了还在，太阳去了又来。

[illegible]，[illegible]。

nɑ^{33} me^{33} su^{21} sɪ^{13} ɕi^{13}，kʰɯ^{33} mi^{55} su^{21} fu^{33} dʊ^{21}.

眼 尾 人 杀 死 话 语 人 杀 能

白眼能射死人，闲话能杀死人。

[illegible]。

he^{33} ɕi^{13} dɯ^{21} dʐo^{21} lo^{33} mɑ^{55} de^{33}.

好 死 歹 活 的 不 如

好死不如赖活。

[illegible]，[illegible]。

ŋo^{33} ȵdʑɯ^{55} ʑi^{21} mɑ^{21} dʊ^{21}，vɪ^{33} ȵi^{33} ʈʰu^{33} dʐʅ^{13} tɯ^{21}.

鱼 离 水 不 能 花 与 叶 相 依

鱼儿离不开水，花儿离不开叶。

dʑi^{21} ȵi^{55} dze^{33} mɑ^{21} do^{33}，dzu^{33} ȵi^{55} lɯ^{33} mɑ^{21} hɪ^{13}.

日 两 轮 不 出 虎 两 只 不 立

一天不出两日，一山不容两虎。

ho^{21} hu^{13} li^{21} zu^{33} te^{55}，vɑ^{13} hu^{13} fu^{33} lo^{33} te^{55}.

羊 养 来 崽 图 猪 养 肉 向 图

养羊图羊崽，养猪图吃肉。

lo^{33} dẓɪ^{13} tsʰɯ^{33} no^{33} sɑ^{33}，ŋgu^{21} mi^{21} zɯ^{13} no^{33} ȵo^{33}.

石 碎 捏 就 散 荞 面 揉 则 糯

沙子越捏越散，荞面越揉越糯。

dʑʊ^{21} ŋgɑ^{13} dẓo^{13} ṣɪ^{55} xu^{55} mɑ^{21} pɑ^{33}，dʑi^{21} ḍɯ^{21} tṣu^{21} ti^{13} mɑ^{55} do^{21}.

路 赶 腰 系 理 不 比 日 落 拴 住 不 能

赶路不比理腰带，太阳要落拴不住。

ṣe^{13} ŋɑ^{33} ŋɯ^{33}，mbʊ^{55} tu^{33} ȵi^{33} me^{13} dzo^{33}.

金 鸟 是 关 起 也 名 有

是凤凰，关在笼子里也出名。

vɑ^{13} mu^{55} xo^{21} mɑ^{21} xe^{55}，tsʰo^{21} tɕɪ^{13} xɑ^{13} mɑ^{55} dʊ^{21}

猪 母 象 不 生 人 星 摘 不 能

母猪生不出大象，凡人摘不下星星。

[illegible]

ŋo^{21} va^{13} fu^{33} vu^{55} ɳdʐo^{21}，ho^{21}mi^{33} ŋga^{13} ma^{55} ɳdʐo^{21}.

我 猪 杀 卖 定 苍蝇 赶 不 定

我管卖猪肉，不管赶苍蝇。

[illegible]

lo^{33} ȵi^{55} p^{h}u^{33} dzu^{21} vu^{33}，ȵi^{55} ʑo^{21} ndzɯ^{21} k^{h}u^{33} ɣo^{21}.

磨 两 扇 粮 磨 两 人 议 法 有

两扇磨子推出面，两人商量有主意。

[illegible]

ʈ^{h}u^{55} tɕɪ^{33} ma^{21} bu^{21} no^{33}，ʥʊ^{21} du^{55} nʊ^{13} li^{21} ʂu^{33}.

脸 样 不 开 呢 路 话 问 来 难

若没有笑脸，问路也困难。

[illegible]

la^{13} tʂ^{h}ʅ^{55} la^{13} ŋgo^{21} ʂu^{33}，la^{13} ŋgo^{21} la^{13} ʂa^{33}to^{13}.

手 伸 手 缩 难 手 缩 手 害羞

伸手容易，缩手难。①

[illegible]

tɕy^{55} tʂʅ^{13} su^{21} ʂo^{33}me^{13}，ʑe^{21} tʂʅ^{13} su^{21} nɪ^{33} tʂʅ^{13}.

咳 酸 人 可怜 笑 酸 人 心 酸

咳出屁来人同情，笑出屁来人鄙视。②

---

① 彝族传统观念讲究气节，生活中不到万不得已，不轻易求人，一旦求人被拒，就会觉得很丢面子。

② 在以尊严和面子为重的彝族传统社会，放屁被认为是最丢人现眼的事，因此，曾经有女子在众人面前放屁而轻生的事例。

[illegible]

du^{55} bi^{55} vi^{21} mɑ^{21} li^{33}，du^{55} xo^{21} tɕ^{h}i^{13} mɑ^{21} tʂ^{h}ɯ^{33}.

话 背 背子 不 重 话 送 脚 不 移

传信不压身，送话不累脚。

[illegible]

tɕ^{h}y^{33} ʥu^{33} mɑ^{21} ts^{h}u^{13}，ʥɪ^{33} tsɯ^{13} mɑ^{21} mbo^{33}.

偷 吃 不 肥 贼 做 不 富

偷吃不肥，做贼不富。

[illegible]

dzu^{21} tɕ^{h}y^{33} kɯ^{21}bu^{33} mɑ^{55} ɖɯ^{33}，dʐɯ^{33} tɕ^{h}y^{33} hɪ^{21} mbo^{33} mɑ^{21} dʊ^{21}.

粮 偷 身体 不 利 钱 偷 家 富 不 能

偷粮不养身，偷钱不致富。

[illegible]

me^{33} ndy^{55} li^{21} su^{21} pɑ^{33}，me^{33} p^{h}ɪ^{21} ɣɑ^{13} kɯ^{13} hu^{13}.

绸 想 来 人 帮 绸 匹 织 会 须

想拿绸缎去帮人，须学会织绸。

[illegible]

hɪ^{13}pu^{21} k^{h}o^{21} ɖe^{21} ɣʊ^{21}，fu^{33} k^{h}o^{21} ʑe^{21} ʥɪ^{33}.

嘴巴 多 宽 有 肉 多 大 切

嘴巴多宽，就切多大的肉。

[illegible]

dʑʊ^{21} ɖe^{21} tʂ^{h}o^{55} mɑ^{21} ʂʊ^{21}，dʑʊ^{21} vu^{33} tʂ^{h}o^{55} mɑ^{21} p^{h}u^{55}

路 宽 伴 不 找 路 窄 伴 不 遇

在大路上不找伴，在小路上难遇同行人。

[illegible]，[illegible]。

tʰa^{21} ʑo^{21} ȵdʐʅ^{21} ndo^{33} no^{33} ʔɪ^{13}，tʰa^{21} pa^{33} ȵdʐʅ^{21} ndo^{33} no^{33} dy^{21}.

一 人 酒 喝 则 醉 一 群 酒 喝 则 乐

一人吃酒易醉，众人吃酒开心。

[illegible]，[illegible]。

dzu^{33} su^{13} ȵu^{33} no^{33} ne^{13}，tʰa^{21} ʑo^{21} dzu^{33} ma^{21} tsʰu^{13}.

吃 者 多 则 香 一 人 吃 不 肥

众吃有味，独吃不肥。

[illegible]，[illegible]。

su^{33} he^{33} du^{55} nʊ^{13} sʊ^{21}，su^{33} dɯ^{21} du^{55} nʊ^{13} kʰa^{33}.

人 好 话 听 舒 人 蠢 话 听 难

贤人说话受听，蠢人说话难听。

[illegible]，[illegible]。

me^{13}du^{33} tsu^{55} ʂʊ^{13} kʰa^{33}，me^{13}du^{33} dɯ^{21} ʂʊ^{13} le^{21}.

名声 好 找 难 名声 坏 寻 易

好名声难挣，坏名声易得。

[illegible]。

nɪ^{33} ŋge^{21} kɯ^{13} se^{55} do^{21}.

心 正 秤 才 平

心正秤杆才会平。

[illegible]，[illegible]；

ȵy^{33} ʥʊ^{21} pe^{55} ȵy^{33} tɕʊ^{13}，ȵy^{33} sʊ^{21} ty^{33} ma^{21} kɯ^{13}；

牛 路 让 牛 过 牛 人 抵 不 会

让路给牛过，牛不会抵人；

[illegible]

mu^{33} ʥʊ^{21} ʈ^{h}ɯ^{55} mu^{33} ʨʊ^{13}，mu^{33} ts^{h}o^{21} ɳɖo^{33} mɑ^{21} kɯ^{13}.

马 路 放 马 过 马 人 踢 不 会

让路给马过，马不会踢人。

[illegible]

mu^{21} lu^{33} t^{h}i^{33} ɳɖʐɑ^{33} ȵɪ^{13}，ʨ^{h}i^{33} lu^{13} nɪ^{33} mɑ^{21} ʥo^{33}.

做 的 常 查 看 狗 咬 心 不 怕

行为常检点，狗咬心不惊。

[illegible]

sɪ^{33} ʑo^{33} tʂ^{h}ɯ^{21} nɑ^{13} no^{33}，so^{33} hɪ^{33} li^{21} mɑ^{21} ʨi^{21}；

树 长 根 深 呢 疾 风 来 不 怕

树根扎得深，狂风来不怕；

[illegible]

ts^{h}o^{21} ʥy^{33} hɪ^{13} ŋge^{21} no^{33}，ʑɪ^{33} ɖu^{21} ve^{13} mɑ^{21} ʨi^{21}.

人 身 站 直 呢 影 落 歪 不 怕

人身站得正，不怕影子歪。

[illegible]

dʐʅ^{33} ndu^{21} ȵɪ^{55} dɯ^{33} k^{h}ɯ^{33}，ts^{h}o^{21} nɑ^{33} ȵɪ^{55} ʈ^{h}u^{55} ȵɪ^{13}.

互 打 两 边 劝 人 看 两 面 看

劝架劝两边，看人看两面。

[illegible]

lɑ^{13} tʂ^{h}ʅ^{21} sʊ^{21} mɑ^{21} ndu^{21}，mu^{55} li^{33} sʊ^{21} mɑ^{21} ʨ^{h}i^{33}.

手 伸 人 不 打 老 来 人 不 欺

不伸手打人，老来人不欺。

[illegible]

lɑ^{13} tʂ^{h}ʅ^{21} bi^{33} mɑ^{21} sɿ^{33}，bi^{33} ts^{h}o^{21} lɑ^{13} mɑ^{21} k^{h}ɪ^{33}.

手 伸 虫 不 摸 虫 人 手 不 咬

不伸手摸虫，虫不会咬手。

[illegible]

su^{33} he^{33} dɯ^{21} ɳu^{55} mɑ^{21} tsɯ^{13}，ts^{h}o^{21} ŋge^{21} ŋgɪ^{33} du^{55} mɑ^{21} hɪ^{55}.

人 贤 傻 事 不 做 人 直 谎 话 不 讲

明人不做暗事，直人不说假话。

[illegible]

sʊ^{21} xɪ^{13} nɪ^{33} t^{h}ɑ^{21} di^{13}，sʊ^{21} ʥɯ^{21} nɪ^{33} ɣo^{21} hu^{13}.

人 害 心 别 有 人 防 心 有 要

害人之心不可有，防人之心不可无。

[illegible]

ʑi^{21} ko^{33} hɪ^{13} gʊ^{21} t^{h}o^{55}，ʈɯ^{33} ʔe^{21}ʈ^{h}e^{21} mɑ^{21} ʨi^{21}.

水 中 站 了 时 淋 湿 不 怕

站在河中，不怕雨淋。

[illegible]

mu^{33} kɯ^{33} p^{h}u^{55} mɑ^{55}ŋɯ^{21}，mu^{33} ɳɖʐɑ^{33} ndi^{21} mɑ^{55} lɯ^{21}.

马 克 者 不 是 马 赛 坝 不 去

不是骑马将，不上赛马场。

[illegible]

sɪ^{33} ɲʥi^{33} ɲɪ^{55} ti^{21} mɑ^{21} ʑo^{33}，ts^{h}o^{21} ʥʊ^{21} ɲɪ^{55} ke^{13} mɑ^{21} ɣʊ^{21}.

树 皮 两 层 不 长 人 理 两 条 没 得

树无两层皮，人无两道理。

sɪ^{33} ȵʥi^{21} tʰu^{13} no^{33} vi^{21}dɯ^{33} ɣʊ^{21}，tsʰo^{21} ʈʰu^{55} tʰu^{13} li^{21} su^{21} ɕɪ^{21} ɳɖʐu^{55}.
树 皮 厚 则 用 处 有 人 脸 厚 来 人 他 嫌
树皮厚来有用，脸皮厚来讨人嫌。

ho^{21} ȵdʑi^{33} ma^{21} gu^{55} ma^{21} pi^{13}，bu^{21}dzu^{33} ma^{21} tsɯ^{13} ma^{21} pi^{13}.
羊 皮 不 披 不 行 汉子 不 做 不 行
羊皮不得不披，汉子不得不做。

tsʰu^{33} ʈʰɯ^{55} na^{21} xɯ^{21} pʰu^{33} ka^{55} nʊ^{33}，lo^{33} ŋgɯ^{21} na^{21} kʰa^{33}tɕʰʊ^{33} ko^{35} ka^{55}？
盐 放 你 铁 锅 放 是 石 丢 你 箩筐 里 放
是放盐在你的铁锅里，还是丢石头在你的箩筐里？

ʈʰu^{55} na^{33} lɪ^{55} ma^{21} tɕi^{21}，nɪ^{33} mʊ^{21} ɖo^{33} lo^{33} tɕi^{33}.
脸 脸 癞 不 怕 心 果 癞 了 怕
不怕癞在脸上，就怕癞在心里。

du^{55} ma^{21} hɪ^{55} ma^{21} dʐo^{21}，ɳu^{55} ma^{21} mu^{21} ma^{21} pi^{13}.
话 不 说 不 在 事 不 做 不 可
话不得不说，事不得不做。

dʐʅ^{13} tɕy^{13} dɯ^{55} ʥʊ^{33} ɳɪ^{55} nɪ^{33}，ʥo^{33} dʐʅ^{13} tɕi^{33} dɯ^{55} ʥʊ^{33} ma^{21} ɳu^{55}.
互 敬 的 听 过 也 怕 互 怕 说 听 不 过
只听过人敬人，没有听过人怕人。

[illegible]，[illegible]。

tɕ^{h}i^{33} bɑ^{55} ho^{21} mɑ^{21} ho^{21} tɕi^{55} lu^{13}，ʔɑ^{33}ŋɑ^{55} se^{55} mɑ^{21} se^{55} tɕi^{55} hɪ^{55}.

狗　小 见 不　见 都 叫　小孩　知 不 知 都 说

小狗看不看见都在叫，小孩明不明白也要说。

[illegible]，[illegible]。

ts^{h}o^{21} ŋge^{21} du^{55} dzɿ^{21} hɪ^{55}，ɳdzɿ^{21} ʔɪ^{13} du^{55} tɕ^{h}ʊ^{33} ʑe^{33}.

人　直　话　真 讲　酒　醉 话　音 大

直人讲真话，醉酒话音大。

[illegible]，[illegible]。

du^{21} di^{13} ɖɯ^{21} ʂu^{33} kɯ^{13}，du^{55} dzɿ^{21} nʊ^{13} ʂu^{33} kɯ^{13}.

翅 有 飞 难 会　话 真 听 难 会

有翅膀也会难飞行，说真话也会不中听。

[illegible]，[illegible]。

ɬu^{13} ʑy^{33} mɑ^{21}ȵi^{21}，t^{h}ɑ^{33} dʐe^{21} de^{55} mɑ^{21}bu^{33}.

舌 骨 没 有　利 牙　及　不止

舌头没有骨头，却比牙锋利。

[illegible]，[illegible]；

du^{55} tsu^{55} t'ɑ^{21} kɯ^{13}，sʊ^{21} t'ɯ^{55} mʊ^{21} ƫ'ɯ^{55} dʊ^{21}；

话 好　一　句　别人结子 果　解　能

良言一句，可解别人的疙瘩；

[illegible]，[illegible]。

du^{55} ʥe^{33} t'ɑ^{21} kɯ^{13}，sʊ^{21} ʔu^{33}ŋgu^{55} xɯ^{21} ŋgɯ^{13} tso^{33}.

话　恶　一　句　人　脑壳　刀　刺　插

恶语一句，似在人头上插刀。

[illegible]

hɪ^{13}pu^{21} mi^{21} mɑ^{21} nɯ^{33}，du^{55} hɪ^{55} su^{21} mɑ^{21} nʊ^{13}.

嘴巴　毛　不　长　话　说　人　不　听

嘴巴不长毛，说话无人听。

[illegible]

tɕ‘o^{13} ts‘ɯ^{21} k‘o^{13} mu^{55} su^{13}，ndy^{55} bo^{21} se^{55} hɪ^{55}；

六　十　岁　老　人　想　好　才　讲

六十岁老人，想了才讲；

[illegible]

ts^{h}ɯ^{21} ȵɪ^{55} k^{h}o^{13} ʔu^{33} nɯ^{13}，hɪ^{55} gʊ^{21} se^{55} ndy^{55} bo^{21}.

十　二　岁　头　软①　讲　了　才　想　到

十二岁孩童，讲了才想到。

[illegible]

su^{21} mi^{13} su^{21} vu^{33} ʑe^{33}.

别人 地 别人 力　大

别人的地盘别人力气大。②

[illegible]

du^{55} hɪ^{55} du^{55} mdɑ^{33} nʊ^{13} sʊ^{21}，ʑi^{21} le^{55} ts^{h}ɿ^{33} gʊ^{21} sɯ^{55} dʐɑ^{33}.

话　说　话　讲　听　舒　水　被　洗　完　像　样

受听的话语，像水洗过一样。

---

① “ʔu^{33} nɯ^{13}”即“ʔu^{33} nu^{33}”的音变，直译为“头软”，意译为“软头”，用于指代未成年的孩童。因为婴幼儿的脑颅骨在未成熟时期相对较软，所以彝族人称孩童为“ʔu^{33} nɯ^{13}”即“ʔu^{33} nu^{33}”，称年轻人为“ʔu^{33} nu^{33} ɬɑ^{13}”。

② “力气大”指势力大。

tʂʰɪ^{13} tsʰe^{13} nɑ^{13} pɑ^{13} ʈʰɯ^{13} mɑ^{21} pi^{13}，sʊ^{21} ɬu^{55} tɕʰy^{33} gu^{55} ɬo^{33} mɑ^{21} pi^{13}.

羊 油 肉 挂 剐 不 可 人 裤 偷 穿 脱 不 可

羊油粘肉撕不下，偷人裤穿不能脱。

tʰɑ^{21} mʊ^{21}tʰɑ^{21}dʑɪ^{21} ŋɯ^{33}，su^{33} he^{33} su^{33} dɯ^{33} ɣʊ^{21}.

一 大 一 场 是 人 好 人 歹 有

在大场合里，有好人也有歹人。

ho^{21} ɬo^{13} ʑo^{33} ʑe^{33} xɯ^{55} ʔɑ^{33}ŋɑ^{55}，bʊ^{21} ve^{13} dʑʊ^{21} tsʰe^{13} mɑ^{21} tɕi^{21}.

羊 放 长 大 的 孩子 山 斜 路 细 不 怕

放羊长大的孩子，不怕坡陡路窄。

tʰɑ^{21} mʊ^{21} tsʰɯ^{21} zu^{33} hu^{13}，tsʰɯ^{21} ʑʊ^{33} tsʰɯ^{21} nɪ^{33} di^{13}.

一 娘 十 子 养 十 个 十 心 有

一娘养十子，十子十样心。

tɕʰi^{33} tsʰʊ^{21} tʂʰʅ^{33} tsʰʊ^{21} dʑu^{33} mɑ^{21} tʰo^{13}.

狗 急 屎 热 吃 不 成

狗急得不到热屎吃。

tʻɑ^{21} bʊ^{21} ʈʻɯ^{55} nɑ^{21} bi^{55}，nɑ^{21} ȵɪ^{55} bʊ^{21} ȵdʑʊ^{33};

一 步 放 你 给 你 两 步 想

让你一步，你想两步；

[illegible]，[illegible]。

ɳɪ^{55} bʊ^{21} ʈʰɯ^{55} nɑ^{21} bi^{55}，nɑ^{21} tsʰɯ^{21} bʊ^{21} ɳʥʊ^{33}.

两 步 放 你 给 你 十 步 想

让你两步，你想十步。

[illegible]，[illegible]。

ɣɑ^{33} tʰɑ^{21} ke^{13} hɪ^{21} dɑ^{33}，ɣɑ^{33} tsʰɯ^{21} ke^{13} le^{21} ve^{13}.

鸡 一 只 房 爬 鸡 十 只 脖 歪

一只鸡上屋，十只鸡歪脖。①

[illegible]，[illegible]；

bʊ^{21} mʊ^{21} k'o^{21} mu^{21} mu^{33}，so^{33} hɪ^{33} ndɯ^{21} mɑ^{33} dʊ^{21}；

山 大 如何 高 高 疾 风 挡 不 能

再高的大山，挡不住朔风；

[illegible]，[illegible]。

lo^{21} dʐu^{55} kʰo^{21} nɑ^{21} nɑ^{33}，ʑi^{21} ʑe^{33} tsɪ^{13} mɑ^{55} dʊ^{21}.

谷 冲 如何 深 深 水 大 挡 不 能

再深的山谷，堵不住大水。

[illegible]，[illegible]。

ɕi^{55} mi^{33} ɳɪ^{33} gɯ^{21} kɯ^{13}，ɕi^{55} du^{33} ɳɪ^{33} gɯ^{21} kɯ^{13}.

七 天 也 尽 会 七 地 也 尽 会②

天长有尽日，地久有绝期。

---

① 歪脖：歪着脖子看。此句揭示的是心理学上的从众效应，指一只鸡上房，十只鸡也想跟着上房。

② “七天”“七地”：古代彝族人认为天有七层，地有七层。后来就用“七天”泛指苍天，用“七地”泛指大地。

[illegible]，[illegible]。

nɯ^{13} ŋge^{21} ʥo^{33} ʈʰu^{55} tʰu^{13} pʰu^{55} ʨi^{33}，tsʰo^{21} ŋge^{21} pʰu^{55} ʥo^{33} vi^{13} tʂʰu^{13} ʨi^{33}.

女 直 怕 脸 厚 汉 怕 人 直 者 怕 嘴 甜 怕

清纯女怕厚脸汉，老实人怕嘴甜人。

[illegible]，[illegible]。

ʑi^{21} ŋɯ^{33} mbu^{55} ʑɯ^{33} do^{33}，vi^{21} ŋɯ^{33} ho^{21} fu^{33} dzu^{33}.

水 是 溢 乃 出 狼 是 羊 肉 吃

是水冒出土，是狼吃羊肉。

[illegible]，[illegible]。

ho^{21} tso^{21} du^{55} mu^{33} no^{33}，ho^{21} ʔu^{33} ʂʅ^{33} ʑɯ^{33} ʑʊ^{21}.

羊 驯 话 做 呢 羊 头 先 乃 捉

要绵羊听话，先抓住羊头。

[illegible]，[illegible]。

ho^{21}mi^{33} ʨʰi^{33} tʂʰʅ^{33} bɑ^{33}，ʔɑ^{55}tʂʰu^{33} bi^{55}nɯ^{13} bɑ^{33}.

苍蝇 狗 屎 恋 猫儿 臭 恋

苍蝇爱狗屎，猫儿爱腥味。

[illegible]，[illegible]。

ʔɑ^{33}ɬo^{55} ʨʰi^{13} mɑ^{55} ɳɹ^{21}，vu^{33} tʰɯ^{13} dɯ^{33} mɑ^{21} ɣo^{21}.

兔子 窝 不 在 力 使 处 没 得

兔子不在窝，有力无处使。

[illegible]，[illegible]；

dze^{33}su^{13} mɑ^{55} ŋɯ^{21} no^{33}，mu^{33}kʻɑ^{33} tso^{21} mɑ^{33} dʊ^{21}；

骑 者 不 是 呢 马 硬 驯 不 能

若不是骑手，驯不出骏马；

[illegible]

so^{33} hɪ^{33} mɑ^{55} ŋɯ^{21} no^{33}，ʈɑ^{13} du^{21} tʂʰe^{21} mɑ^{21} dʊ^{21}.

疾 风 不 是 呢 鹰 翅 抬 不 能

若不是大风，抬不起鹰翅。

[illegible]

mu^{33} k‘ɑ^{33} t‘e^{21} tɕo^{13} no^{33}，dze^{33} su^{13} tɯ^{33} li^{21} ndzu^{33}；

马 硬 跑 快 呢 骑 者 掌 来 凭

骏马跑得快，靠骑手驾驭；

[illegible]

ʈɑ^{13} ȵy^{21} ɖɯ^{21} tɕʰo^{21} mu^{33}，so^{33} hɪ^{33} li^{21} xɯ^{55} xo^{21}.

鹰 青 飞 形 高 疾 风 来 引 送

雄鹰飞得高，靠大风护送。

[illegible]

mi^{33} kʰɪ^{55} ʑi^{13} to^{55} ɣʊ^{21} se^{55} no^{33}，mi^{33} ȵɪ^{21} ʑi^{21} gɑ^{55} kʰo^{21} tʰɑ^{21} ndo^{21}.

天 晚 睡 起 得 知 呢 天 日 水 那 碗 别 喝

知道晚上要起夜的话，白天就不该喝那碗汤。

[illegible]

ʔo^{55}dɯ^{33} ȵɪ^{33} ʂu^{33} tɕʰi^{33}，tʂʰu^{21}tʂʰɯ^{21} gɯ^{21} mɑ^{55} ŋɯ^{21}.

狐狸 和 猎 狗 亲戚 亲 不 是

狐狸和猎狗，原本不是亲戚。

[illegible]

su^{21} la^{13}ȵɪ^{33} sa^{13} do^{33}，ʑo^{21} tʂʰɯ^{55} ȵɪ^{33} me^{21} gʊ^{13}.

别人 甑子 气 出 自己 早饭 也 熟 了

别人的甑子上气，自己的早饭也熟。

[illegible]，[illegible]。

p^{h}u^{21} k^{h}ɑ^{33} dʐʅ^{13} bo^{21} no^{33}，me^{33}to^{55} ts^{h}e^{21} dɯ^{33} ɣo^{21}.

众 邻 相 睦 呢 火 取 处 有

邻里若和睦，取火有去处。

[illegible]，[illegible]。

tsu^{55} tsɯ^{13} ȵɪ^{33} nɪ^{33} ko^{33} dʐo^{33}，dɯ^{21} tsɯ^{13} ȵɪ^{33} nɪ^{33} ko^{33} dʐo^{33}.

好 做 也 心 里 在 坏 做 也 心 里 在

做好做歹，心里明白。

[illegible]，[illegible]。

lɯ^{21} t^{h}o^{55} ŋgɯ^{21} t^{h}ɯ^{21} ne^{33}，li^{21} t^{h}o^{55} ŋgɯ^{21} t^{h}ɯ^{21} mu^{33}.

去 时 门 槛 低 来 时 门 槛 高

去时门槛低，来时门槛高。

[illegible]，[illegible]。

su^{21} dzu^{33} no^{33} ɬu^{13} ȵɯ^{33}，su^{21} bi^{21} no^{33} lɑ^{13} ȵɯ^{33}.

人 吃 则 舌 短 人 欠 则 手 短

吃人的嘴短，欠人的手短。

[illegible]，[illegible]。

ʥu^{33} ɳe^{13} su^{21} tɕ^{h}y^{33} k^{h}ɑ^{55}，du^{55} tsu^{55} sʊ^{21} xɪ^{13} k^{h}ɑ^{55}.

吃 香 人 伤 易 话 好 人 害 易

好吃的东西易伤人，好听的话语易害人。

[illegible]，[illegible]；

dʑʊ^{21} sɯ^{33} ndzo^{21}，dʑʊ^{21} mi^{13} vu^{33} mɑ^{21} ʥo^{33}；

路 走 惯 路 地 远 不 怕

走惯路，不怕路途远；

[illegible]

ɳu^{55} mu^{33} ndzo^{21}，ɳu^{55} ko^{33}pʊ^{13} mɑ^{21} tɕi^{21}.

事 做 惯 事 堆起 不 怕

做惯事，不怕事情多。

[illegible]

bʊ^{21} nde^{33} du^{55} hɪ^{55} no^{33}，vu^{55} ŋɑ^{33} li^{21} ɣʊ^{21} dʑʊ^{33}；

山 上 话 讲 呢 禽 鸟 来 得 闻

山上说的话，被雀鸟听到；

[illegible]

hɪ^{21} ko^{33} du^{55} mbɑ^{33} no^{33}，ko^{13} lo^{55} li^{21} ɣʊ^{21} dʑʊ^{33}.

家 里 话 说 呢 烤 石 来 得 闻

家中说的话，被锅桩听见。[①]

[illegible]

dzu^{21} ʈ'u^{13} gɑ^{13} tɑ^{33} no^{33}，ŋgu^{33} gɑ^{13} li^{21} mɑ^{21} k'e^{33}；

米 白 蒸 端 呢 荞 蒸 来 不 记

端起白米饭，就忘了荞饭；

[illegible]

nʊ^{21} ŋgu^{21} tsu^{55} lɯ^{33} no^{33}，he^{33} tsʰɿ^{33} ɣʊ^{21} mɑ^{21} kʰe^{33}.

病 治 好 了 呢 良 药 来 不 记

治好了疾病，就忘了良药。

---

① 彝族人认为万物有灵，没有什么能瞒得住，与汉族谚语“要想人不知，除非己莫为”意义相同。

[illegible]，[illegible]；

tʂ^{h}ʅ^{21} ga^{13} dzu^{33} ndzo^{21} no^{33}，ŋgu^{33} ga^{13} dzu^{33} ma^{21} ne^{13}；

谷 蒸 吃 惯 呢 荞 蒸 吃 不 香

吃惯了米饭，吃荞饭不香；

[illegible]，[illegible]。

ndi^{21} sɯ^{33} ndzo^{21} ʑɯ^{33} su^{13}，bʊ^{21} da^{33} sɯ^{33} ma^{21} sʊ^{21}.

平坝 走 惯 了 者 山 爬 走 不 适

走惯了平路，行不惯山路。

[illegible]，[illegible]。

sɪ^{33} tɯ^{33} hɪ^{33} ma^{21} ndɯ^{21}，ts^{h}o^{21} tɯ^{33} ɳu^{55} ma^{21} ndɯ^{21}.

树 独 风 不 挡 人 独 事 不 挡

独木不挡风，独人难挡事。

[illegible]，[illegible]；

ze^{55} ko^{33} sɪ^{33} ʑɯ^{33} no^{33}，so^{33} hɪ^{33} ʑe^{33} ȵɪ^{33} ndɯ^{21}；

林 里 树 也 呢 疾 风 大 也 挡

成林的树木，能挡住大风；

[illegible]，[illegible]。

ts^{h}o^{21} p^{h}u^{21} vu^{33} xɯ^{55} no^{33}，bʊ^{21} tʂ^{h}ɯ^{21} lɯ^{33} ȵɪ^{33} dʊ^{21}.

人 众 力 的 呢 山 根 动 也 能

众人的力量，能移动大山。

[illegible]，[illegible]；

ʈa^{13} ȵy^{21} ɖɯ^{21} tɕ‘o^{21} mu^{33}，ȵɪ^{55} du^{21} lo^{33} ma^{21} ɖɯ^{33}；

鹰 青 飞 形 高 两 翅 乃 不 离

雄鹰飞得高，离不开双翅；

[illegible]，[illegible]；

lu^{33} mu^{33} t‘e^{21} tɕo^{13} no^{33}，ɬi^{33} tɕ‘i^{13} lo^{33} mɑ^{21} ɖɯ^{33}；

龙 马 跑 快 呢 四 脚 乃 不 离

骏马跑得快，离不开四蹄；

[illegible]，[illegible]。

ɳu^{55} ʑe^{33} ndɯ^{21} lo^{33} ndy^{55}，su^{33} he^{33} lo^{33} mɑ^{21} ɖɯ^{33}.

事 大 担 的 想 人 贤 乃 不 离

要想担大事，离不开能人。

[illegible]，[illegible]。

su^{21} nɪ^{33} ʑo^{33} tʂʅ^{13} tʰɑ^{21}kɯ^{55} tʂʅ^{13}，ʑo^{21} nɪ^{33} ʑo^{33} tʂʅ^{13} po^{33} lɯ^{55} po^{33} li^{33} tʂʅ^{13}.

人 心 已 酸 一时 酸 己 心 己 酸 翻 去 复 来 酸

别人心酸自己只一时，自己心酸自己则是翻来覆去的酸。

[illegible]，[illegible]。

dzu^{33} nɑ^{33} tsʰɯ^{21}ze^{55} ʑi^{13}，lu^{33} kʰu^{33} xɯ^{21} tʰo^{21} ʂʅ^{33}.

虎 大 森林 卧 龙 盘 海 底 藏

猛虎卧深山，蛟龙藏海底。

[illegible]，[illegible]。

sɪ^{33} po^{33} tsʰɯ^{21}ze^{55} do^{33}，su^{33} he^{33} ʈʰu^{55} mɑ^{21} tʰɯ^{13}.

木 料 森林 出 人 贤 面 不 露

深山出良材，真人不露面。

[illegible]，[illegible]。

lɑ^{33} tɕʊ^{13} du^{21} nɑ^{33} ɳu^{33}，ʔɑ^{33}ɳo^{13} kʰu^{33}kʰu^{33} ɳu^{33}.

手 筛 洞 眼 多 猴子 计策 多

筛子眼子多，猴子点子多。

ʑi^{21} bɪ^{13} tɕ^{h}ʊ^{33} ɣo^{21}，du^{55} tʂ^{h}ɯ^{21} ko^{33} dʐo^{33}.
水 出 源 有 话 根 在 有
水有源，话有根。

tʂ^{h}ʅ^{33} xʊ^{33} mɑ^{21} ndy^{55} no^{33} tɕ^{h}i^{33} dʐu^{55}.
屎 拉 不 想 就 狗 唤
不想拉屎就唤狗。

ɖu^{21}tu^{13} ɖu^{21} vi^{33} tɯ^{21}，bi^{33} ʂe^{13} dʑe^{21} do^{13} tɯ^{21}.
马蜂 锋 针 靠 虫 长 牙 毒 靠
马蜂靠毒针，老蛇靠毒牙。

xɯ^{21} dʑɪ^{13} no^{33} se^{33} t^{h}ɑ^{33}，hu^{21} dʑɪ^{13} lɯ^{33} gu^{21} kɯ^{13}.
刀 缺 就 磨 利 月 缺 了 圆 会
刀缺了磨锋利，月缺了会圆。

ɳɪ^{13} dɯ^{55} no^{33} hɪ^{33} ɳɖɯ^{33}，ts^{h}u^{33} ŋɯ^{33} no^{33} ʑi^{21} bɪ^{13}.
土 墙 是 风 钻 土 是 则 水 出
是墙就透风，是土就渗水。

dze^{33} mu^{33} dze^{33} ndzo^{21} su^{13}，dʑʊ^{21} sɯ^{33} ɲdʑɑ^{33} mɑ^{21} se^{55};
骑 马 骑 惯 者 路 走 苦 不 知
常骑马的人，不知走路难；

[illegible]，[illegible]。

bυ^{21} dɑ^{33} mɑ^{21} ɳu^{55} su^{13}，ndi^{21} do^{21} ɕɪ^{21} mɑ^{21} se^{55}.

山 爬 没 过 者 坝 平 他 不 知

没爬过山的人，不知平地好。

[illegible]，[illegible]；

ʥy^{33}hu^{33} mɑ^{21} dɑ^{33} no^{33}，ndi^{21} do^{21} ɣυ^{21} mɑ^{21} se^{55};

高山 不 爬 呢 坝 平 得 不 知

不爬高山，就认不得平地；

[illegible]，[illegible]。

dzɯ^{55} tɕ^{h}ɑ^{13} mɑ^{21} dzu^{33} no^{33}，ɖu^{33} ʑi^{33} tʂ^{h}u^{13} mɑ^{21} se^{55}.

刺 弓 不 吃 者 蜂 水 甜 不 知

不吃黄莲，就不知道蜜甜。

[illegible]。

mυ^{21} tʂɑ^{33} gɪ^{33} lo^{33} ʂʅ^{33} tʂɑ^{33} tsɑ^{13}.

麻 绳 断 了 草 绳 接

麻绳断了草绳接。

[illegible]，[illegible]；

sɪ^{33} mɑ^{21} de^{33} lɯ^{33} no^{33}，ɕi^{55} mi^{33} bu^{21} mɑ^{21} dυ^{21};

树 不 倒 了 呢 七 天① 明 不 能

如果树木不会倒，苍天会失去光明；

[illegible]，[illegible]。

ts^{h}o^{21} mɑ^{21} ɕi^{13} lɯ^{33} no^{33}，mi^{13} ɕɪ^{21} ndi^{21} mɑ^{21} dɪ^{13}.

人 不 死 了 呢 地 其 容 不 能

如果人不会死亡，大地就无法容纳。

---

① “七天”指七层天，古代彝族认为天有七层，后来“七天”就用来指代苍天。

[illegible]

tɕʰy21tʰo21 ʑʊ33，la13 dʐʅ55 ko33ma55me13.

喉咙 痒 手 伸 够不着

喉咙痒，伸手够不着。

[illegible]

vu55 tʂʅ13 ʈʰɯ55 ʂe13 no33 ɳdʐe21 ɣʊ21 tʰu55 ma21 dʊ21.

菜 酸 放 早 豆 融 得 点 不 能

酸汤放早了点不成豆腐。

[illegible]

sɪ33 ka13 dʐu33 lɯ33 no33，ŋa33 hɪ13 dɯ33 ma21 ɣʊ21;

树 枝 断 了 呢 鸟 立 处 没 有

树枝若断了，鸟无立足处；

[illegible]

nɯ21 fa13 ɖa33 lɯ33 no33，tʂʰʅ13 hɪ13 dɯ33 ma21 ɣʊ21.

大 岩 垮 了 呢 麂 立 处 没 有

大岩若垮了，麂无栖身处。

[illegible]

tsʰu33 mi33 mi33 tɕy33，ʂʅ33 mi33 ȵi13 ɖu21.

冬 天 天 雷 夏 天 霜 降

冬天遭雷打，夏天被霜冻。

[illegible]

tsʰo21 nɪ33 lo13 ma21 kɯ13，ɣa33 lɯ33 ɖe21 ma33 kɯ13.

人 心 够 不 会 鸡 嗉 满 不 会

人心不会足，鸡嗉不会满。

tɕɪ^{13} ʑy^{21} tsʰɑ^{33} mɑ^{21} kɯ^{13}，tsʰo^{21} nɪ^{33} ɖe^{21} mɑ^{21} kɯ^{13}.
星 数 全 不 会 人 心 满 不 会
数不尽的星星，填不满的人心。

tsʰo^{21} gɑ^{55} nɪ^{33} lo^{13} no^{33}，ʑi^{21} ȵɪ^{33} tsɪ^{13} ko^{33}pʊ^{13}.
人 使 心 够 呢 水 也 砌 堆起
若要人心足，除非水能堆起来。

gɯ^{55} ɖɯ^{21} bɑ^{33} mbɪ^{33} no^{33} ɖɯ^{55} kʰɑ^{33}，tsʰo^{21} tɯ^{33} ho^{33} lo^{13} ɖɯ^{33} mɑ^{21} ɣʊ^{21}.
雁 飞 帘 弹 则 活 难 人 独 指望着 处 没 有
失群的大雁难活，孤独的人没盼头。

xɯ^{21} no^{33} ʑi^{21} lo^{33} ho^{33} lo^{13}，ʈʰo^{21} no^{33} kʰe^{21} lo^{33} ho^{33} lo^{13}.
海 乃 水 对 指望 着 衣 乃 线 对 指望 着
大海全靠千条水，衣衫全靠万根衫。

dʐu^{21} tɯ^{33} ɕy^{21}mi^{21} ho^{33} mɑ^{21} pi^{13}，tɕʰi^{33} tɯ^{33} vɑ^{13} ȵɯ^{55} ʑʊ^{21} mɑ^{33} dʊ^{21}.
筷 独 炒面 搅 不 可 狗 独 猪 野 逮 不 能
独筷调不匀炒面，独狗逮不了野猪。

dʐu^{21} tɯ^{33} lɑ^{13} tʻo^{55} tɯ^{33}，ɕɪ^{21} ȵi^{33} vi^{21} mɑ^{21} tʻo^{13}；
筷 独 手 底 握 他 也 用 不 成
单根的筷子，没办法使用；

[illegible]

dzɯ^{21} tɯ^{33} tɕo^{33} bʊ^{21} kɯ^{55}，sɯ^{33} ȵdʑʊ^{21} ȵi^{33} mɑ^{21} le^{21}.

桥 独 沟 边 搭 走 行 也 不 易

独根的木桥，行走不方便。

[illegible]

ȵɪ^{55} lɑ^{13} mbu^{33} tsʰɿ^{33} no^{33} ʔo^{33}dʑɑ^{33}，ȵɪ^{55} ʑo^{21} ɳu^{55} ndzɯ^{21} no^{33} dʑʊ^{21} bu^{21}.

两 手 衣 洗 则 干净 两 人 事 商 则 路 明

两手洗衣衣干净，两人商量路子通。

[illegible]

lɑ^{13} ȵɪ^{55} pʰɑ^{21} dʐʅ^{13} pɑ^{33} se^{55}，lɑ^{13} ɣo^{21} tsʰɿ^{33} ʔo^{33}dʑɑ^{33} dʊ^{21}.

手 两 只 相 帮 才 手 得 洗 干净 能

两只手互帮，才能把手洗干净。

[illegible]

lɑ^{13} tʰɯ^{55} tsʰɿ^{33} mɑ^{21} ʈʰu^{13}，tɕʰi^{13} tɯ^{33} dʑʊ^{21} mɑ^{21} sɯ^{33}.

手 一 洗 不 白 脚 独 路 不 走

独手搓不白，独脚难走路。

[illegible]

ho^{21} ȵdʑi^{33} vu^{55} gʊ^{21} tʰo^{55}，po^{33} ve^{21}lɑ^{13} mɑ^{55} ŋɯ^{21}.

羊 皮 卖 掉 时 反悔 生意 不 是

羊皮卖掉时，已不能反悔。

[illegible]

tʂʰo^{55} ɳu^{33} ʂu^{33} mɑ^{21} tɕi^{21}，to^{13} ɖu^{21} nɑ^{33} mɑ^{21} dʑo^{33}.

友 多 难 不 惧 火 燃 黑 不 怕

友多不怕难，有火不怕黑。

[illegible]，[illegible]。
dʑʊ^{21} vu^{33} dze^{33} mu^{33} se^{55}，ʂu^{33} du^{33} ȵdʑʊ^{33} dʐʅ^{21} se^{55}.
路 远 骑 马 识 难 的 爱 真 知
路遥知马力，患难见真情。

[illegible]，[illegible]。
li^{33} nɑ^{21} gɑ^{55} bi^{55}，lo^{21} nɑ^{21} gɑ^{55} tɑ^{33}.
重 你 由 背 轻 你 由 抱
重由你背，轻也由你抱。

[illegible]。
tʂʰo^{55} dɯ^{21} gɯ^{21} pɑ^{33} de^{55} mɑ^{21}bu^{33}.
友 歹 仇 伴 及 不止
歹朋友比敌人还要狠毒。

[illegible]，[illegible]。
mi^{13} ɖɯ^{55} ʂʅ^{33} ȵy^{21} ʑo^{33}，tsʰo^{21} tsʰe^{13} nɪ^{33} mɑ^{21} ŋge^{21}.
地 荒 草 青 长 人 吝 心 不 正
地荒生杂草，吝啬人心不正。

[illegible]。
tʂɯ^{13} ndʑo^{21} xɯ^{55} mu^{33} tʂʰo^{55}ly^{21} he^{21} tɕʰʊ^{33} dʑʊ^{33} mɑ^{21} pi^{13}.
驮 惯 的 马 铃铛 叫 声 听 不 得
驮惯的马听不得铃声叫。①

① 驮惯的马，只要听到铃声就会条件反射要上路，比喻有爱好的人，一听到自己喜好的消息，就要行动起来。

tɕʰi^{33} ɳɹ^{55} lɯ^{33} dʐʅ^{13} tsu^{55} dɯ^{55} mɑ^{21} kɯ^{13}，kʰɑ^{33} ɳɹ^{55} ʑo^{21} dʐʅ^{13} bo^{21} dɯ^{55} mɑ^{21} kɯ^{13}.

狗 两 条 相 好 说 不 会 硬汉 两 人 互 睦 说 不 会

两条狗不会相好，两硬汉不会和睦。

hɪ^{21} ʥo^{33} su^{21} li^{21} pɑ^{33}，mbɑ^{33} kɯ^{13} su^{21} tʰɑ^{21} pʰɑ^{21}.

房 建 人 来 帮 说 会 者 一 半

建房人来帮，闲谈有一半。

no^{21} tɕʰi^{33} nɪ^{33} no^{33} ze^{55} lu^{21} pɑ^{33}，su^{33} dɯ^{33} nɪ^{33} no^{33} tsʰo^{21} tsu^{55} gɯ^{33}.

撵 狗 心 是 菁 林 伴 人 歹 心 是 人 好 惦

猎狗的心常在森林里，坏人的心常惦记好人。

su^{33} ve^{55} ho^{21} lo^{13} mu^{33} li^{21}，su^{33} ve^{13} ho^{21} mɑ^{21} lo^{13} mu^{33} tɕʰy^{33}.

人 客 瞧 着 地 来 人 歪 瞧 不 着 地 偷

客人因瞧得起而来，小偷因好欺负而偷。①

zu^{33} ɳu^{55} ʈʰɯ^{55} pʰu^{55} hu^{13} no^{33}，zu^{33} ɳu^{55} tɕʊ^{33} hu^{13} mɑ^{55} de^{33}.

儿 事 犯 者 养 呢 儿 事 报 养 不 如

养个会犯事的儿子，不如养个会报案的儿子。

① 小偷因好欺负而偷：指小偷偷东西也会权衡利弊，专挑弱者下手。

[illegible]

ʥu^{33} tsu^{55} ʥu^{33} mɑ^{21} tsu^{55} sʊ^{21} mɑ^{21} ho^{21}，tsɯ^{13} tsu^{55} tsɯ^{13} mɑ^{21} tsu^{55} sʊ^{21} se^{55}.

吃 好 吃 不 好 人 不 见 做 好 做 不 好 人 知

吃好吃歹人不见，做好做歹有人知。

[illegible]

mu^{33} tʂʰɪ^{33} mɑ^{21} tɕi^{21}，tʂɑ^{33} vu^{33} mɑ^{21} ɣʊ^{21} tɕi^{33}.

马 惊 不 怕 绳 缰 没 有 怕

不怕马惊，只怕没缰绳。

[illegible]

nɑ^{21} tʰɑ^{21} lɯ^{21} ȶʰɯ^{55} ɕɪ^{21} bi^{55}，ɕɪ^{21} ȵɪ^{55} lɯ^{21} ȵʥʊ^{33}.

你 一 庹 放 他 给 他 两 庹 爱

你让他一庹，他却要两庹。

[illegible]

ȶɑ^{13} mu^{21} lu^{33} lo^{33} ȵɪ^{13}，ɣɑ^{33} hu^{13} vu^{33} mɑ^{21} kʻu^{33};

鹰 做 的 向 看 鸡 养 力 不 勤

看到老鹰的德性，就无心养鸡；

[illegible]

ɣɑ^{33} mu^{21} lu^{33} lo^{33} ȵɪ^{13}，ȶɑ^{13} bi^{55} do^{33}mɑ^{21}nʊ^{33}.

鸡 做 的 向 看 鹰 给 可不惜

看到鸡的德性，老鹰叼了也不可惜。

[illegible]

ʔɑ^{33}mi^{55} ʑi^{13} ŋo^{55} ȡu^{21}，hɑ^{33} li^{21} ȡɯ^{21} kɑ^{13} pɪ^{33}.

猫儿 睡 打盹 降临 鼠 来 跳 仰 跳

猫儿打瞌睡，老鼠跳得欢。

[illegible]，[illegible]；

tʂʰɪ^{13} me^{21}ʂu^{33} ɳɯ^{33}，do^{21}pu^{55} ʔɑ^{33}dʐʅ^{33} ku^{55} dʊ^{21}；

山羊　尾　短　屁股　只有　顾　能

山羊尾巴短，只能顾屁股；

[illegible]，[illegible]。

ʔɑ^{33}mi^{55} tʂʰʅ^{33} mbʊ^{55}，tsɯ^{13} gʊ^{21} ʔɑ^{33}dʐʅ^{55} ndy^{55}.

猫儿　屎　盖　做　完　只是　想

猫儿盖屎，只图了事。

[illegible]，[illegible]。

ʔɑ^{33}ɬo^{55} ʑi^{13} ŋo^{55} ɖu^{21}，nɑ^{33} ʑi^{13} nɪ^{33} mɑ^{21} ʑi^{13}.

兔子　睡 打盹 降临　眼　睡　心　不　睡

兔子打瞌睡，眼睡心不睡。①

[illegible]，[illegible]。

to^{13} ʑe^{33} sɪ^{33} ʑi^{21} di^{13} mɑ^{21} tɕi^{21}，tsʰo^{21} ɳu^{33} tsʰo^{21}bu^{33} ndɑ^{13} mɑ^{21} tɕi^{21}.

火 大 树 水 有 不 怕　人　多　鬼　猖　不　怕

火大不怕柴打湿，人多不怕鬼猖狂。

[illegible]，[illegible]。

ɣɑ^{33} bɑ^{55} tʰɑ^{21} bu^{33}，tʰɑ^{21} ke^{13} mɑ^{21} he^{21} tʰɑ^{21} ke^{13} he^{21}.

鸡　小　一　窝　一　只　不　叫　一　只　叫

一窝小鸡，一只不叫一只叫。

---

① 兔子有睁眼睡觉的习性，所以人们认为它并没有睡着。

[illegible]

mu^{33} mʊ^{21} ɳu^{55} ɣʊ^{21} se^{55} ʥʊ^{21} sɯ^{33}，mu^{33} bɑ^{55} ɳu^{55} mɑ^{21} ɣʊ^{21} ȵɪ^{33} ko^{33}tɕo^{55}.

马 母 事 有 才 路 走 马 小 事 没 有 也 跟着

母马有事才上路，小马无事也跟着。

[illegible]

t^{h}ɑ^{21} ʑo^{21} ti^{55} ts^{h}ɯ^{21} ʑo^{33} mi^{55} mɑ^{21} lo^{13}，ts^{h}ɯ^{21} ʑo^{33} ti^{55} t^{h}ɑ^{21} ʑo^{21} k^{h}e^{55} mi^{55} lo^{13}.

一 人 口水 十 人 数 不 够 十 人 口水 一 人 上 数 够

一人的口水数十人困难，十人的口水数一人容易。①

[illegible]

ȵɯ^{55} hɪ^{13}pu^{21} sɯ^{33} nɑ^{21} ɣʊ^{21} mɑ^{21} ʥo^{33}，ʥo^{33} ts^{h}o^{21} nɪ^{33} mɑ^{21} do^{21} tɕi^{33}.

虎 嘴巴 三 眼 有 不 怕 怕 人 心 不 齐 怕

不怕虎有三张嘴，就怕众人心不齐。

[illegible]

gɯ^{55} ɖɯ^{21} t^{h}ɑ^{21} ŋge^{21} ŋge^{21}，ho^{21} gɑ^{13} li^{21} t^{h}ɑ^{21} ɬo^{21}.

雁 飞 一 串 串 羊 归 来 一 圈

雁飞成一行，羊归来一圈。

[illegible]

t^{h}ɑ^{21} ʑo^{21} bʊ^{21} t^{h}y^{33} zɑ^{13}，ts^{h}ɯ^{21} ʑo^{33} lo^{33} mʊ^{21} ŋgɯ^{21}.

一 人 山 下方 下 十 人 石 颗 扔

一人走下坡，十人扔石头。②

---

① 指以一己之力帮不了众人，但集众人之力就能帮助一个人，以口水设喻，但与汉语里的众人口水能淹死人完全不同，这里并无贬义。

② 与汉语成语“落井下石”的意思相同。

[illegible]，[illegible]。

dʐʅ^{13} tsu^{55} dʐʅ^{13} he^{33} bi^{21}，dʐʅ^{13} bo^{21} dʐʅ^{13} tɯ^{21} dʐo^{21}.

相 好 互 恩 欠 相 和 互 靠 过

人好人情在，人和相提携。

[illegible]，[illegible]。

ʑi^{21} se^{55} tɕ^{h}ʊ^{33} mɑ^{21} se^{55}，ts^{h}o^{21} se^{55} nɪ^{33} mɑ^{21} se^{55}.

水 知 源 不 知 人 知 心 不 知

知水不知源，知面不知心。

[illegible]，[illegible]。

ts^{h}o^{21} ʈ^{h}u^{55} dʐʅ^{13} sɯ^{55}，ts^{h}o^{21} nɪ^{33} dʐʅ^{13} mɑ^{55} sɯ^{33}.

人 脸 相 同 人 心 相 不 同

人面相同，人心不同。

[illegible]，[illegible]。

ʈ^{h}u^{55} no^{33} lɪ^{55}sɑ^{33}sɑ^{33}，nɪ^{33} no^{33} po^{33} ʈ^{h}o^{21} nɪ^{33}.

脸 是 癞巴巴 心 是 绸 衣 心

长的是麻子脸面，生的是绸缎心肠。

[illegible]，[illegible]。

lo^{21}bʊ^{21} bu^{33} no^{33} tɕɪ^{13} ne^{33}，su^{13} ʂu^{33} hɪ^{21} ko^{33} tʂ^{h}u^{21} ne^{33}.

月亮 边 呢 星 少 人 穷 家 里 戚 少

月亮旁边星宿少，穷人家里亲戚疏。

[illegible]，[illegible]。

ʔɑ^{33}ɳo^{13} mu^{33} tʂɯ^{13} kɯ^{13}，mu^{33} tɕi^{13} tɑ^{33} mɑ^{21} kɯ^{13}.

猴子 马 驮 会 马 驮子 抬 不 会

猴子会赶马，不会卸驮子。

[illegible]

mi^{13} vi^{21} ȵy^{33} ʑo^{21} ɳɯ^{55} ɣʊ^{21} se^{55}.

地 耕 牛 已 事 有 知

耕地的牛晓得自己的活路。

[illegible]

ɣa^{33} mi^{21} tʰa^{21} ʑe^{21} tʂɪ^{33}，ɣa^{33} no^{33} tʰa^{21} ʑe^{21} ʔe^{13}.

鸡 毛 一 次 扯 鸡 就 一 次 叫

扯一次鸡毛，鸡就叫一次。

[illegible]

mʊ^{21} hɪ^{13}pu^{21} ɳɯ^{33}，zu^{33} ɬu^{13} me^{33} ʂe^{13}.

母 嘴巴 多 儿 舌 尾 长

母亲嘴多，子女舌长。

[illegible]

tsʰo^{21} dɯ^{21} sʊ^{21} li^{21} tɕʰi^{33}，ɣa^{33} dɯ^{21} ʈa^{13} le^{55} ʑʊ^{21}.

人 憨 人 来 欺 鸡 憨 鹰 被 捉

憨人受人欺，憨鸡被鹰捉。

[illegible]

ndi^{21} gu^{21} sɪ^{33} tɯ^{33} ʥo^{33}，vu^{55} ŋa^{33} ɕɪ^{21} lo^{33} ɳɪ^{13}.

坝 园 树 独 生 禽 鸟 它 向 看

平地一独树，众鸟都盯着。

[illegible]

ʑi^{21} tʰa^{21} pu^{33} ma^{21} he^{21}，pʰa^{33} pu^{33} he^{21}ʂɪ^{33}ʂɪ^{33}.

水 一 桶 不 响 半 桶 响当当

一桶水不响，半桶响叮当。

[illegible]

ʔɑ^{33}bu^{33} tɕʰy^{55} se^{33} ly^{21}，ʔɑ^{33}dɑ^{33} nɪ^{33} mʊ^{21} ly^{21}.

爷爷　肺　肝　要　奶奶　心　果　要

爷爷要肝肺，奶奶要心子。①

[illegible]

tɕʰi^{13} pɑ^{13} sɪ^{33} mɑ^{21} mu^{33}，tsʰo^{21} kʰɪ^{33} tɕʰi^{33} mɑ^{21} lu^{13}.

脚　绊　树　不　高　人　咬　狗　不　吠

绊脚的树不高，咬人的狗不叫。

[illegible]

ʑi^{13} dʐʅ^{21} kʰu^{13} ȵy^{55} sʅ^{55}，lɯ^{33} ʑi^{13} kʰu^{13} ȵy^{55} kʰɑ^{33}.

睡　真　叫　醒　易　裹　睡　叫　醒　难

真睡易叫醒，懒睡叫醒难。

[illegible]

tsʰo^{21} hɪ^{13} ʂɑ^{33}mɑ^{21}to^{13}，ɣɑ^{33} hɪ^{13} tɕo^{33} mɑ^{21} kʰu^{55}.

人　饿　害不羞　鸡　饿　吓　无　效

饿汉不知羞，饿鸡不怕吼。

[illegible]

dʑu^{33} ndʑo^{21} su^{13} kʰɯ^{33} ndʑɯ^{55}，ɳɖo^{21} ndʑo^{21} pʰu^{55} ʈʰu^{33} nʊ^{33}.

吃　惯　者　嘴　馋　懒　惯　人　腿　软

吃惯者嘴馋，闲惯人腿软。

① 形容喜好不同，众口难调。

[illegible]，[illegible]。

tsʰo^{21} he^{33} su^{21} le^{55} tɕʰi^{33}，mu^{33} ndʑe^{13} su^{21} li^{21} dʑe^{33}.

人 好 人 被 欺 马 好 人 来 骑

人善被人欺，马善被人骑。

[illegible]，[illegible]。

tʰɑ^{21} dʐo^{21} su^{13} ʑe^{33} mu^{33}，n̥ɹ^{55} dʐo^{21} bɑ^{21}lɑ^{55} mu^{33}.

一 回 人 大 做 两 回 小孩 做

成大人一回，成小孩两次。[①]

[illegible]，[illegible]。

sɯ^{33} tsʰɯ^{33} kʰo^{13} ʑi^{21} ʔʊ^{33}，sɯ^{33} tsʰɯ^{33} kʰo^{13} ʑi^{21} me^{33}.

三 十 年 河 头 三 十 年 河 尾

三十年河头，三十年河尾。[②]

[illegible]，[illegible]。

nɑ^{33} li^{21} no^{33} le^{21}，tsɯ^{13} li^{21} no^{33} kʰɑ^{33}.

看 来 呢 易 做 来 则 难

看起来容易，做起来就难。

[illegible]，[illegible]；

bo^{33} mo^{33} n̥ɹ^{13} mɑ^{21} sʊ^{21}，ŋgu^{21} gʊ^{13} tʂe^{13} mɑ^{21} kɯ^{13};

疮 果 看 不 适 医 完 肿 不 会

身上的伤疤虽然难看，医好了就不会复发；

---

① 形容人生必经历的未成年、成年、老年三个阶段，人老之后，像小孩一样不能自理，要靠人赡养，故有“成小孩两次”之说。

② 与汉族谚语“三十年河东，三十年河西”同义。

[illegible]，[illegible]。

nɪ^{33} nʊ^{21} nɑ^{33} mɑ^{55} ho^{21}，t^{h}ɑ^{21} ɖu^{21} ze^{33} mu^{33} nʊ^{21}.

心 痛 眼 不 见 一 人 世 地 疼

心上的伤疤虽然看不见，却要疼痛一辈子。

[illegible]，[illegible]。

sʊ^{21} nde^{55} k^{h}o^{33}，ʑo^{21} nde^{55} ʑʊ^{33}.

人 上 搔 己 上 痒

别人身上挠痒，自己身上也痒。

[illegible]，[illegible]；

bi^{21}dɯ^{21} ʑy^{33} mɑ^{21} ɳɪ^{21}，mi^{13} po^{33} nʊ^{33} kɯ^{13}；

蚯蚓 骨 没 有 地 翻 松 会

蚯蚓没有骨头，能够翻松泥土；

[illegible]，[illegible]。

ŋo^{33} bi^{33} ʂe^{13} hɪ^{13}pu^{21} k^{h}ɑ^{33}，k^{h}ɯ^{21} bʊ^{21} ʔɑ^{33}dʐʅ^{55} pɪ^{13} dʊ^{21}.

鱼 虫 长 嘴巴 硬 田 坎 只有 抠 能

黄鳝嘴巴硬，却只能捅田坎。

[illegible]，[illegible]。

hɪ^{13}pu^{21} ʑe^{21}sɿ^{33}sɿ^{33}，dʐe^{21} no^{33} ʑʊ^{33} ɤɑ^{33} ɖu^{21}.

嘴巴 笑嘻嘻 牙 则 痒 也 透

嘴巴笑嘻嘻，牙齿在发痒。

[illegible]，[illegible]。

vɪ^{33} no^{33} ʔu^{33} nde^{55} di^{13}，do^{13} no^{33} tʂ^{h}ɯ^{21} tɕ^{h}i^{33} ɳɪ^{33}.

花 乃 头 上 结 毒 则 根 脚 生

花在头上开，毒在根下生。

ha^{33} mi^{55} ʂe^{13} ɤa^{33} ʐʊ^{21} tɕi^{55}，na^{33} du^{33} mɪ^{33} tu^{33} kɯ^{13} ɕɪ^{33}.
鼠 猫 黄 鸡 捉 都　看 洞 闭 起 会 还
黄鼠狼偷鸡，都会把眼睛闭起。

zɪ^{13} tɕ^{h}i^{33} ho^{21} me^{33} fe^{33}，ɳɖɯ^{33} ho^{21} p^{h}u^{21} lɯ^{55} ȵdʑʊ^{33}.
狼 狗 见 尾 摇 钻 羊 群 去 想
狼见狗摇尾，是想钻进羊群。

ha^{33} mi^{55} ʂe^{13} ɤa^{33} da^{33} t^{h}ɯ^{55} xʊ^{21}，ɤa^{33} ʃu^{33} t^{h}u^{21} mbʊ^{21} ʂʊ^{21} dʑu^{33} ȵdʑʊ^{33}.
鼠 毛 黄 鸡 初 一 送　鸡 肉 一 顿 找 吃 想
黄鼠狼给鸡拜年，为的是饱餐一顿。

te^{13} na^{33} dʑi^{21} ndɯ^{21} kɯ^{13}，du^{55} ŋgɪ^{33} sʊ^{21} tʂ^{h}ɯ^{33} kɯ^{13}.
云 黑 日 挡 能　话 谎 人 骗 能
乌云能遮住太阳，谎言也能骗住人。

te^{13} na^{33} hɪ^{33} li^{21} mu^{33}，du^{55} ŋgɪ^{33} ts^{h}o^{21} li^{21} ka^{13}.
云 黑 风 来 刮　话 谎 人 来 辨
乌云靠风吹，谎言靠人辨。

tsu^{55} ma^{21} tsu^{55} sʊ^{21} ko^{33} hɪ^{55}，dʐʅ^{21} ma^{33} dʐʅ^{21} ʑo^{21} nɪ^{33} dʐo^{33}.
好 不 好 人 来 讲　真 不 真 己 心 在
好不好由别人的嘴，真不真在自己的心。

[illegible]

ɣɑ^{33} ʑy^{33} mɑ^{21} nɑ^{33} no^{33}，lo^{33} nɑ^{33} hu^{21} mɑ^{21} nɑ^{33}；

鸡 骨 不 黑 呢 石 黑 染 不 黑

不是乌骨鸡，煤也染不黑；

[illegible]

ɣɑ^{33} ʑy^{33} nɑ^{33} ŋɯ^{55} no^{33}，ʑi^{21} tsʰɿ^{33} ʈʰu^{13} mɑ^{55} dʊ^{21}.

鸡 骨 黑 是 呢 水 洗 白 不 能

是乌骨鸡，水也洗不白。

[illegible]

ɳdʑʊ^{33} lu^{33} ndy^{55} mɑ^{21} li^{21}，ʂo^{13} lu^{33} ɕi^{13} mɑ^{21} sɯ^{33}.

爱 的 想 不 来 恨 的 死 不 去

爱的想不来，恨的死不去。

[illegible]

ʔɑ^{55}ʈʂʰu^{33} ʥu^{33} se^{21} pʰu^{33}，fɪ^{13}kʰu^{33} ʥu^{33} li^{21} ndɯ^{55}.

猫儿 虎 主 者 权力 虎 来 篡

猫是虎主子，权力被虎篡。①

[illegible]

mi^{33} hɪ^{33} mɑ^{21} mu^{33} no^{33}，ɬu^{55} tɕʰi^{13} lɯ^{33} mɑ^{21} kɯ^{13}.

天 风② 不 吹 呢 裤 脚 动 不 会

若不是风吹，裤脚不会摆。

① 传说猫是虎的师父，但虎学会捕猎技能之后反而成了猫的主子，幸好猫在教虎徒弟的时候留了爬树这一手，才避免了被虎吃掉的厄运。

② 天风：彝语口语“风”的双音节词。

[illegible]

hɪ^{33} mɑ^{21} do^{33} sɪ^{33} mɑ^{21} lɯ^{33}，mi^{33} mɑ^{21} ho^{33} mi^{13} mɑ^{21} nɯ^{55}.

风 不 起 树 不 摇 天 不 雨 地 不 湿

风不起树不摇，天不下雨地不湿。

[illegible]

tsʰo^{21} mɑ^{21} li^{21} ɳu^{55} mɑ^{21} do^{33}，ʑi^{21} mɑ^{21} do^{33} bo^{21} mɑ^{21} ɖɑ^{33}.

人 不 来 事 不 出 水 不 涨 山 不 垮

人不来祸不生，水不涨山不垮。

[illegible]

nɑ^{33} lɪ^{33} no^{33} mi^{13} vu^{33}，sɯ^{33} lɪ^{33} no^{33} ne^{33} dɯ^{33}.

看 来 是 地 远 走 来 却 近 处

看起来遥远，走起来却近。

[illegible]

hɪ^{21} tɕʰi^{33} ŋgo^{21} mɑ^{21} hɑ^{13}，su^{33} dʑɪ^{33} li^{21} ŋgo^{21} pʰɪ^{13}.

家 犬 门 不 守 人 贼 来 门 破

家犬不守门，盗贼来破门。

[illegible]

ʔɑ^{55}tʂʰu^{33} tʂe^{13} mɑ^{21} hɑ^{13}，dʑɪ^{33} hɑ^{33} tʂe^{13} tʰo^{21} pʰɪ^{13}.

猫 仓 不 守 贼 鼠 仓 底 抠

家猫不守仓，老鼠抠仓底。

[illegible]

sɪ^{33} ʐo^{33} mu^{33} lɯ^{55} ɳdʑu^{33}，sɪ^{33} kɑ^{13} xɑ^{13} xo^{21} hu^{13}.

树 长 高 去 想 树 枝 修 掉 须

想树长得高，要把丫枝修。

dʐe^{21} ɳɪ^{33} ɬu^{13} tɕi^{55} dʐʅ^{13} tʰu^{55} kɯ^{13}.
牙 和 舌 都 相 碰 会
牙和舌都会打架。

dʑʊ^{21} ŋge^{21} bʊ^{21} dɑ^{33} kʰɑ^{55}，tsʰo^{21} ŋge^{21} ndy^{55} mɑ^{21} bo^{21}.
路 直 山 爬 难 人 直 想 不 到
直路难爬山，直人转不过弯。

ɳdʐʅ^{21} tsu^{55} tʰɑ^{21} se^{33} tsʰɯ^{21} se^{33} ŋgɑ^{33}，bu^{21}dzu^{33} tʰɑ^{21} ʑo^{21} tsʰɯ^{21} ʑo^{33} de^{55}.
酒 好 一 杯 十 杯 抵 好汉 一 人 十 人 当
好酒一杯抵十杯，好汉一人当十人。

ɣɑ^{33} mbi^{21} no^{33} tʰo^{55} tʂʰo^{21} tɕʊ^{33}，ɳy^{33} ʑi^{21} bu^{21} ɳdʑɪ^{33} ɳdʑʊ^{33} mɑ^{55} ŋɯ^{21}.
鸡 叫 是 时 辰 报 牛 水 浮 玩 想 不 是
公鸡叫是为了报时辰，牛浮水不是贪图好玩。

kʰɑ^{33} ʂe^{33} tɕʰɯ^{21} tɕʰi^{33} tu^{33}，du^{55} nʊ^{13} su^{13} mɑ^{55} ɣʊ^{33}；
箩 破 篱 脚 放 话 问 者 没 有
破箩丢篱下，没有人过问；

ɣɑ^{13} tsu^{55} tʂʰo^{33} lɑ^{33} pɑ^{13}，su^{21} kʰo^{21} ho^{21} nɪ^{33} lɯ^{33}.
编 好 篱 上 挂 人 凡 见 心 动
编好挂篱上，人见人动心。

[illegible]，[illegible]。

ʔɑ^{33}ŋɑ^{55} du^{55} mo^{21} se^{55}，mo^{13} tɕʰʊ^{33} du^{55} su^{21} se^{55}.

孩子 话 娘 知 竹 音 话 人 知

婴儿的话娘听得懂，口弦的声音有人知。

[illegible]，[illegible]。

te^{13} de^{55} tʂʰɯ^{55} mɑ^{21} te^{13}，nɪ^{33} no^{33} ɕɪ^{21} mɑ^{21} ndy^{55}.

田 边 饭 不 摆 心 就 它 不 想

田坎不摆饭，心就不想它。

[illegible]，[illegible]。

hɪ^{13}pu^{21} ȵdʑi^{21} ȵɪ^{55} ʈu^{33}，he^{33} dɯ^{33} tɕi^{55} ko^{33} hɪ^{55}.

嘴巴 皮 两 张 好 歹 都 在 说

嘴是两张皮，好歹都在说。

[illegible]，[illegible]；

lu^{21} gɯ^{55} mi^{13} ɖɯ^{55} dʐo^{21}，vɑ^{13} ɬo^{13} dʑɪ^{33} ȵɪ^{33} ɤʊ^{21}；

寨 前 地 荒 有 猪 牧 场 也 有

寨外有荒地，就有放猪场；

[illegible]，[illegible]。

lu^{21} ko^{33} me^{55} tʂʰu^{33} dʐo^{21}，su^{21} mɑ^{21} hɪ^{55} mɑ^{21} dʐo^{21}.

寨 里 妇 寡 在 人 不 说 不 在

寨里有寡妇，难免被人说。

[illegible]，[illegible]。

pi^{21}tɕɑ^{21} nɪ^{33} tsu^{55} ȵɪ^{33}，tɕʰi^{13} lɑ^{13} du^{55} mɑ^{21} mu^{33}.

青蛙 心 好 也 脚 手 话 不 做

青蛙心肠好，脚手不听话。

[illegible]，[illegible]。

mi^{33} dʐɯ^{33} ɕɪ^{21} mɑ^{21} ʥo^{33}，xo^{33}mu^{55} de^{33} mɑ^{21} k^{h}u^{55}.

天 雷 他 不 怕 簸箕 拍 无 效

打雷他不怕，拍簸箕无用。

[illegible]，[illegible]。

ts^{h}o^{21} ȵʥy^{21} ʥe^{21} t^{h}ɑ^{21} bo^{21}，ŋe^{21} kɯ^{13} lɯ^{33} mɑ^{21} kɯ^{13}.

人 懒 鼓 一 面 响 会 动 不 会

懒人一面鼓，会响不会动。

[illegible]，[illegible]。

ʂʅ^{33} mi^{33}ʑe^{21} sɯ^{13} vɪ^{33}，ts^{h}o^{21} ʈ^{h}u^{55} ɳɪ^{13} du^{55} hɪ^{55}.

草 季节 选 开 人 脸 看 话 说

草依季开花，人看脸说话。

[illegible]，[illegible]。

bʊ^{21} mu^{33} ʑi^{21} mɑ^{21} zɪ^{33}，ȵy^{33} ʑe^{33} ɕɪ^{13} mɑ^{21} zɪ^{33}.

山 高 水 不 压 牛 大 虱 不 压

山高不压水，牛大不压虱。

[illegible]，[illegible]。

xɯ^{21} mʊ^{21} nʥɑ^{33} ʑi^{21} mɑ^{21} ʑe^{21}，bʊ^{21} mʊ^{21} lo^{33} mʊ^{21} mɑ^{21} ʑe^{21}.

海 大 滴 水 不 笑 山 大 石 果 不 笑

大海不讥笑水滴，大山不嘲讽石头。

[illegible]，[illegible]。

sɪ^{33} nʥe^{13} ʑo^{33} mɑ^{21} do^{33}，ɖu^{21}ly^{21} mu^{33} mɑ^{21} pi^{13}.

树 好 长 不 出 梁木 做 不 能

好木不出林，做不成栋梁。

[illegible]，[illegible]。

fɪ^{13}kʰu^{33} mbɑ^{33} mɑ^{21} tʰo^{13}，tʰɑ^{21} ɖu^{21} ze^{33} gɯ^{21} pɑ^{33}.

官司　讲　不　成　一　人　世　仇　伴

官司谈不成，一辈子冤家。

[illegible]，[illegible]。

ʔɑ^{21}su^{33} ɳu^{55} ɣo^{21}，ʔɑ^{21}su^{33} ʔu^{33} he^{21}.

哪个　事　有　哪个　头　晕

哪个有事，哪个头晕。

[illegible]，[illegible]。

ʔo^{55}ȵy^{33} ʑi^{21} mɑ^{21} sɪ^{13}，ʔu^{33} zɪ^{33} ȵɪ^{33} mɑ^{21} fu^{33}.

水牛　水　不　渴　头　压　也　无　效

水牛口不渴，压头也无用。

[illegible]，[illegible]。

ʥi^{21}lu^{21} ʑo^{33} mɑ^{21} pʰu^{55}，se^{21} kʰɯ^{33}ʥi^{33} mɑ^{21} kʰu^{55}.

命运　已　不　遇　神　祈求　无　效

命运不济时，求神也无用。

[illegible]。

ɣɑ^{21} mʊ^{21} tɕʰi^{13} sɯ^{33} mɑ^{21} ɣʊ^{21} tɕi^{55} ɣʊ^{21} ho^{21} hu^{13}.

鸡　母　脚　爪　没　有　都　得　见　须

母鸡无爪也要亲眼看见。①

---

① 母鸡刨地找食物已成习惯，就算爪子磨光刨不动了，受习惯支配也要刨几下才放心。

[illegible]，[illegible]。

ʥy^{33} ʑo^{33} su^{13} mɑ^{55} mu^{21}，tɕ^{h}i^{13} bi^{13} to^{33} mɑ^{21} fu^{33}.

身 长 别人不 高 脚 跟 垫 无 效

身子没人高，垫脚跟无用。

[illegible]，[illegible]。

ʔɑ^{33}ɳo^{13} mɑ^{21} tu^{13} ȵɪ^{33} sɪ^{33} dɑ^{33}，tɕ^{h}i^{33} tu^{13} mɑ^{21} tu^{13} sɪ^{33} mɑ^{21} dɑ^{33}.

猴子 不 举 也 树 爬 狗 举 不 举 树 不 爬

猴子不扶会上树，狗再扶也上不了树。

[illegible]，[illegible]。

sɪ^{33} ʑo^{33} k^{h}o^{21} ʑe^{21} ȵɪ^{33}，bi^{21}ʑo^{55} sɪ^{33} tʂ^{h}ɯ^{21} po^{33}.

树 长 多 大 也 蚂蚁 树 根 翻

无论多大的树，根照样被蚁蛀。

[illegible]，[illegible]；

ʈɑ^{13} dɯ^{55} ʑo^{21} nʥu^{33} dɯ^{55}，ʔu^{33}ko^{13} tɕ‘ɑ^{13} lɑ^{33} su^{55};

鹰 说 我 强 说 生命 弓 上 丢

鹰说它厉害，命却丧在箭头上；

[illegible]，[illegible]；

me^{33}to^{55} ʑo^{21} nʥu^{33} dɯ^{55}，ʑi^{21} li^{21} to^{13} t‘y^{21} sɪ^{13};

火 我 强 说 水 来 火 浇 灭

火说它厉害，水能把它浇灭；

[illegible]，[illegible]。

xɯ^{21} dɯ^{55} ʑo^{21} k^{h}ɑ^{33} dɯ^{55}，to^{13} xɯ^{21} tʂ^{h}ɯ^{33} dʑi^{21} kɯ^{13}.

铁 说 我 硬 说 火 铁 烧 化 会

铁说它坚硬，火能把它融化。

[illegible]，[illegible]。

xɯ^{21} mʊ^{21} ʑe^{33} tʰo^{21} di^{13}，ɤo^{13} bɑ^{55} tʰo^{21} mɑ^{21} di^{13}.

海 大 大 底 有 肚 小 底 不 生

海再大也有底，肚虽小却无底。

[illegible]，[illegible]。

kʰu^{33}hu^{33} ʑi^{21} ʑy^{21} sɯ^{55}，ʑi^{21} ʑy^{21} tsɪ^{13} mɑ^{55} dʊ^{21}.

福禄 水 流 样 水 流 堵 不 能

福禄如流水，流水要去堵不住。

[illegible]，[illegible]。

ʥʊ^{21} se^{55} su^{13} tɕi^{55} no^{33}，du^{55} kʰo^{21} ŋɯ^{21} hɪ^{55} sɿ^{55}.

理 知 人 前 呢 话 凡 是 讲 方便

知理人面前，说话就方便。

[illegible]，[illegible]。

mi^{13} me^{13} ɤʊ^{21} se^{55} ɳu^{33}，ʥʊ^{21} mu^{55} su^{21} ʈu^{55} le^{21}.

地 名 被 知 多 路 教 人 给 易

知道的地名多，指路就容易。

[illegible]，[illegible]。

ʥe^{21} mɑ^{21} de^{33} mɑ^{21} he^{21}，tsʰo^{21} mɑ^{21} hɪ^{55} mɑ^{21} se^{55}.

鼓 不 打 不 响 人 不 说 不 知

鼓不打不响，人不说不知。

[illegible]，[illegible]。

to^{13} tsɯ^{55} lɑ^{13} ko^{33} zɯ^{33}，mɑ^{21} to^{13} ɕɪ^{21} mɑ^{21} ɖʅ^{21}.

火 把 手 里 拿 不 点 它 不 燃

火把拿在手，不点它不燃。

[illegible]，[illegible]。

dʑʊ21 ŋga13 nɪ33 ma21 gɯ21，mu33 dʑe33 su13 nɪ33 gɯ21.

路 赶 心 不 累 马 骑 人 心 竭

步行者不累，骑马人叫苦。

[illegible]。

be55 ɕi13 vi13 ko33 kʰa33.

鸭 死 嘴 壳 硬

鸭死嘴壳硬。

[illegible]，[illegible]。

lo33 ʑe33 bʊ21 tɕʻo21 mu33，lo33 ba55 bʊ21 ko33ʈa55.

石 大 山 形 高 石 小 山 趴着

石大山才高，石小山就矮。①

[illegible]，[illegible]；

ʔa33lɯ21 kɯ13 ɕi13 tsʻa33，ʑo13 ndu33 su13 ṇɹ33 ɣʊ21;

阿娄 匠 死 全 勺 挖 人 也 有

阿娄匠死绝，木勺有人挖；

[illegible]，[illegible]。

pu13ɖu21pu13dʑy33 ɕi13，ṇɹ13 mu21 su13 ṇɹ33 ɣʊ21.

布笃布举 亡 祖 做 人 也 有

布笃布举亡，人照常祭祖。②

---

① 喀斯特地貌地区的山主要由石灰岩构成，石灰岩体积大山就高大，反之则小。

② 构阿娄：彝族工匠的祖师爷，后将阿娄指代匠人。布笃布举：古代白彝君长阿着仇家的大布摩（祭司），著有《阿着仇家史》《天事》等著作。

[illegible]，[illegible]。

ʑi^{21} hɑ^{33} p^{h}o^{33} no^{33} ȵo^{55}，pi^{55} mbʊ^{21} tu^{33} mɑ^{21} dʊ^{21}.

水 涨 翻滚 就 溢 关 盖 起 不 能

水烧开要涨，想盖盖不住。

[illegible]，[illegible]。

ts^{h}o^{21} ʑo^{33} ʔu^{33} mɑ^{21} ly^{21}，ʔɑ^{21} su^{33} ɤʊ^{21} ho^{21} tɕi^{55} dʑo^{33}.

人 者 头 不 要 谁 人 得 见 都 怕

不要脑壳的人，哪个见了都害怕。

[illegible]，[illegible]。

ʑɪ^{13} mɑ^{21} ɤʊ^{21} k^{h}e^{21} mɑ^{21} xɯ^{55}，ʑi^{21} mɑ^{21} ɤʊ^{21} ɬi^{13} mɑ^{21} kɯ^{55}.

针 没 有 线 不 引 水 没 有 船 不 渡

无针不引线，无水不行船。

[illegible]，[illegible]。

ʥo^{33} nʊ^{21} ʨi^{33}，ʥo^{33} ɕi^{13} mɑ^{21} ʨi^{21}.

怕 痛 怕 怕 死 不 怕

怕痛不怕死。[1]

[illegible]，[illegible]。

ho^{33} tɕi^{33} no^{33} ho^{33} ʈɯ^{33}，lɪ^{33} tɕi^{33} lɪ^{33} lo^{33} p^{h}u^{55}.

雨 怕 则 雨 淋 鬼 怕 鬼 来 遇

怕雨着雨淋，怕鬼偏遇鬼。

---

① 指死亡不可怕，怕的是病痛的折磨。

[illegible]

dʑʊ^{21} mʊ^{21} kʰo^{21} dʐo^{21} tsʰo^{21} ma^{21} sɯ^{33}，ɕi^{13} dʑʊ^{21} kʰo^{21} ŋɯ^{21} na^{33} tɕʰi^{33} dʐo^{33}.

路 大 所 在 人 不 走 死 路 所有 是 眼 脚下 在

条条大路人不走，死路条条在眼前。

[illegible]

ɬa^{13} su^{13} ɳu^{55} tsɯ^{13} nɪ^{33} ndy^{55}，mu^{55} su^{13} ɳu^{55} tsɯ^{13} dʑʊ^{21} ɳɪ^{13}.

年轻人 事 做 心 想 老 人 事 做 理 瞧

年轻人办事凭感情，老年人办事凭道理。

[illegible]

tʰa^{21} tsʰɪ^{13} ɣa^{33} tɕʰy^{33} pʰu^{55}，tsʰɯ^{21} tsʰɪ^{13} me^{13}du^{33} do^{33}.

一 代 鸡 偷 者 十 代 名声 出

一代人偷鸡，十代名声传。

[illegible]

ko^{33} tsu^{55} no^{33} nɪ^{33} tsu^{55}，ʈʰu^{55} sʊ^{21} no^{33} nɪ^{33} ŋge^{21}.

壳 好 就 心 好 面 善 则 心 正

壳好就心好，面善则心善。①

[illegible]

lo^{21} mʊ^{21} mi^{33} kʰe^{55} tsʰɿ^{21}，ŋgo^{21} pi^{55} pʰo^{21} ma^{21} kʰu^{55}.

石 果 天 上 掉 门 关 逃 无 效

石头从天上掉落，关门也无用。

---

① 壳：指果实的外壳，一般外壳好的果子其心（果仁或瓤）都不会烂。

[illegible]

ʑe^{33} su^{13} ʑe^{33} mɑ^{21} se^{55}，bɑ^{21}lɑ^{55} ɕɪ^{21} lo^{33} ndʑo^{13}.

大 人 大 不 知 　小孩 其 向 学

大人不知尊，小孩会效仿。

[illegible]

ts^{h}o^{21} ɕi^{13} he^{33} dʐo^{21} ndy^{55}，dʐo^{21} t^{h}o^{55} bu^{33} dʑʊ^{21} ɳu^{33} mu^{33} tsɯ^{13}.

人 死 好 在 想 　在 时 庙 路 多 地 做

要得人情死后在，在世多做善事情。

[illegible]

se^{21}vu^{33} t^{h}ɑ^{21} ʈɑ^{21} nɯ^{21}，se^{21}tɕʊ^{33} t^{h}ɑ^{21} ʈɑ^{21} nɯ^{21}，se^{21}ho^{55} tʂʅ^{13} ɲɪ^{33} t^{h}ɑ^{21} ʈɑ^{21} nɯ^{21}.

桃子 　一 块 红 　李子 　一 块 红 　杨梅 酸 也 一 块 红

桃子红一茬，李子红一茬，酸杨梅也要红一茬。

[illegible]

se^{21} p^{h}u^{33} tʂ^{h}ɯ^{55} mɑ^{21} tʂu^{33}，tʂ^{h}ɯ^{21} dʑu^{33} nɯ^{21}p^{h}ɑ^{33} dʑu^{33}.

主 者 早饭 不 供 　晚饭 吃 　翻倍 　吃

主人不供早饭，晚饭多吃一倍。

[illegible]

tɕ^{h}i^{33} nɪ^{33} tɕ^{h}i^{55} t^{h}o^{55} mu^{33} k^{h}ʊ^{21} tɕi^{55} k^{h}ɪ^{33}.

狗 心 伤 时 马 蹄 都 咬

狗寒心时连马蹄都要啃。

[illegible]

fɪ^{13} ɣʊ^{21} du^{55} no^{33} ɳu^{33}，fɪ^{13} mɑ^{21} ɣʊ^{21} du^{55} ne^{33}.

权 有 话 就 多 　权 没 有 话 少

有权者话多，无势人话少。

[illegible]，[illegible]。

ŋu^{55} dɯ^{21} no^{33} mu^{21} le^{33}，he^{33} ŋu^{55} no^{33} mu^{21} kʰɑ^{33}.

事 坏 呢 做 易 好 事 则 办 难

坏事易做，好事难办。

[illegible]，[illegible]。

hɪ^{21} tʰɯ^{21} de^{21} mɑ^{33} bo^{21}，tsʰo^{21} pʰu^{21} nɪ^{33} mɑ^{21} se^{55}.

天 地 界 没 有 人 群 心 不 知

乾坤无边界，世人心难测。

[illegible]，[illegible]。

ɳdʐʅ^{21} tɕi^{13} tsʰo^{21} ʈʰu^{55} nɯ^{21}，ʈʰu^{13} ʂe^{13} tsʰo^{21} nɪ^{33} ɬɯ^{33}.

酒 烧 人 面 红 银 金 人 心 摇

美酒红人面，金银诱人心。

[illegible]，[illegible]。

tso^{33} bɑ^{55} vu^{33} ȵɪ^{13} to^{33} mɑ^{21} dʊ^{21}，ȵy^{21}hɑ^{21} zɪ^{13} lɑ^{13} mɑ^{55} lɯ^{21}.

芽 小 雪 霜 支撑 不 能 母犊 狼 上 不 去

嫩芽经不住霜冻，母犊斗不过豺狼。

[illegible]，[illegible]。

mu^{55} su^{13} ɬɑ^{13} tʰo^{55} ɤʊ^{21}，ɬɑ^{13} su^{13} mu^{55} mɑ^{21} nʊ^{55}.

老 人 少 时 有 少 者 老 没 过

老年人曾年轻过，青年人却没老过。

[illegible]，[illegible]。

xɯ^{21} ʑi^{33} ʈʰu^{55} ʑɪ^{33} dʊ^{21}，nɑ^{33} pi^{13} vi^{21} mɑ^{21} pi^{13}.

湖 水 脸 照 能 看 能 用 不 能

湖能照人面，能看不能用。

[illegible]

bi^{21}li^{33} ʑi^{21} xɯ^{21} zɯ^{55}，me^{33}to^{55} t^{h}y^{21} mɑ^{21} dʊ^{21}.

葫芦 水 提 着 火 浇 不 能

用葫芦打水，灭不了火灾。

[illegible]

du^{21}dɪ^{33} lɑ^{13} ko^{33} zɯ^{33}，sʊ^{21} ndu^{21} k^{h}ɯ^{33} mɑ^{21} fu^{33}.

棍棒 手 上 握 人 打 劝 不 宜

棍棒手上握，劝不了打架。

[illegible]

vɑ^{13} xu^{33} dʑu^{33} mɑ^{21} ȵu^{55}，vɑ^{13} dʑʊ^{21} sɯ^{33} ho^{21} ȵu^{55}.

猪 肉 吃 没有 过 猪 路 走 见 过

没吃过猪肉，见过猪走路。

[illegible]

ts^{h}o^{21} dʑo^{33} ts^{h}o^{21} mɑ^{33} tɕi^{21}，ts^{h}o^{21} dʑo^{33} dʑʊ^{21} lo^{33} tɕi^{33}.

人 怕 人 不 怕 人 怕 理 了 怕

人不怕人，只怕没道理。

[illegible]

ts^{h}o^{21} su^{13} tɕ^{h}i^{33} mɑ^{21} tɕi^{21}，ʑo^{21} mu^{33} ʑo^{21} tɕ^{h}i^{33} tɕi^{33}.

人 别人 欺 不 怕 自 地 自 欺 怕

人不怕人欺，只怕人自欺。

[illegible]

du^{55} he^{33} ɣo^{21} mɑ^{21} dʑʊ^{33}，du^{55} dɯ^{21} hɪ^{33} nɑ^{33} sɯ^{55}.

话 好 得 不 闻 话 坏 风 大 样

好话听不到，坏话快如风。

[illegible]

ʈʰu^{13} ɣʊ^{21} ʂe^{13} ɣʊ^{21} ȵɪ^{33}，mu^{33} nʥe^{13} bo^{21} hu^{13} ɕɪ^{33}.

银 有 金 有 也 马 好 有 须 还

纵有金银鞍，还须配良驹。

[illegible]

mbo^{33} tʂʰu^{21} li^{21} no^{33} dy^{21}，ʂu^{33} ɣo^{21} li^{21} no^{33} ʂu^{33}.

富 亲 来 就 喜 穷 戚 来 则 愁

富者亲来喜，穷者戚来忧。

[illegible]

mu^{33} bʊ^{21} tʂʰe^{55} mɑ^{21} bɑ^{55}，ɕɪ^{21} no^{33} dʐo^{13} ʥy^{33} ȵɯ^{33}.

马 步 迈 不 小 它 是 腰 身 短

不是马步小，而是腰身短。[1]

[illegible]

ʥe^{33} mu^{33} dʐo^{13} ȵɯ^{33} bʊ^{21} tʂʰe^{55} bɑ^{55}，hɪ^{21} ko^{33} ʂu^{33} ʥɑ^{33} mbɑ^{33} mɑ^{21} sʊ^{21}.

骑 马 腰 短 步 迈 小 家 里 贫 寒 说 不 宜

坐骑腰短步子小，家庭贫寒不宜说。

[illegible]

lo^{33} nɑ^{33} mɑ^{21} sɿ^{33} lɑ^{13} mɑ^{21} nɑ^{33}，ho^{21} xu^{33} mɑ^{21} tɕɑ^{33} lɑ^{13} bi^{55}mɑ^{21}nɯ^{13}.

石 黑 不 摸 手 不 黑 羊 肉 不 抓 手 不臭

不摸煤炭手不黑，不抓羊肉手不膻。

---

① 马的腰身短，步子就小，生活中人们用“腰身短”形容人能力有限。

ts^{h}o^{21} ʑo^{33} dɯ^{55}mi^{13} li^{33}，su^{33} ve^{55} tsɯ^{13} sɯ^{55} dʐɑ^{33}.

人 生 世间 来 人 客 做 像 样

人生在世间，就像做客样。

hɑ^{13} tɕ^{h}i^{33} ɣo^{13} hɪ^{33} tʂ^{h}e^{21}，ʔɑ^{33}ŋɑ^{55} dʑɑ^{33} tʂ^{h}ɪ^{13} tʂ^{h}e^{21}.

守 狗 肚 饿 耐 小孩 寒 冷 耐

看家狗经饿，小孩不怕冷。

t^{h}ɑ^{21} ȵɪ^{21} bi^{33} ʂe^{13} ho^{21}，ts^{h}ɯ^{21} ȵɪ^{33} tʂɑ^{33} ho^{21} dʑo^{33}.

一 日 虫 长 见 十 日 绳 见 怕

一日见了蛇，十天怕见绳。

sɪ^{33} mu^{55} mi^{13} mɑ^{21} dʑo^{33}，ʔɑ^{33}nɑ^{33} ko^{33} mɑ^{21} ʔɑ^{13}.

树 老 地 不 长 乌鸦 在 不 叫

地上不长老树，乌鸦不会在那里叫。

mʊ^{21} tsɑ^{13} lɑ^{13} le^{21} gɑ^{33}，po^{33} tsɑ^{13} mu^{33} pi^{13} ȵɪ^{33}；

麻 接 手 脖 后 反 接 地 行 也

织麻靠手背，反手可以织；

dʑʊ^{21} sɯ^{33} tɕ^{h}ɪ^{13} bi^{55} ȵɪ^{13}，tʂo^{13} sɯ^{33} mu^{33} mɑ^{21} pi^{13}.

路 走 脚 蹄 小 倒 走 地 不 能

走路靠脚跟，倒行却不能。

[illegible]

ʑɪ^{13} ɣʊ^{21} ɳɖɯ^{33} li^{21} dʊ^{33}，kʰe^{21} ɣʊ^{21} ko^{33} lɯ^{55} dʊ^{21}.

针 能 进 来 能 线 能 进 去 能

针能进得来，线就过得去。

[illegible]

dʐʅ^{33} se^{55} xɯ^{55} ɣʊ^{21}dɪ^{13}，nɪ^{33} dʐʅ^{21} xɯ^{55} no^{33} ne^{33}.

相 识 的 很多 心 真 的 则 少

相识的人多，真心的人少。

[illegible]

tsʰo^{21} ʈʰu^{55} ho^{21} no^{33} le^{21}，tsʰo^{21} nɪ^{33} se^{55} no^{33} kʰɑ^{33}.

人 面 见 呢 易 人 心 知 则 难

见人面容易，知人心则难。

[illegible]

mu^{33} dɑ^{33} mu^{33} ne^{33} ho^{21}，vu^{33} sɯ^{33} vu^{33} ne^{33} se^{55}.

高 登 高 矮 见 远 行 远 近 知

登高见高矮，行远知远近。

[illegible]

ʥʊ^{21} mɑ^{21} sɯ^{33} mɑ^{21} kʰɯ^{21}，ɳu^{55} mɑ^{21} mu^{21} mɑ^{21} gʊ^{21}.

路 不 走 不 到 事 不 做 不 完

路不走不到，事不做不完。

[illegible]

ʑi^{21} ʑe^{33} ɬi^{13} mɑ^{21} pʰo^{33}，bʊ^{21} ʑe^{33} mi^{33} mɑ^{21} to^{33}.

水 大 船 不 翻 山 高 天 不 抵

水大不翻船，山高不抵天。

[illegible]

la^{13} kɯ^{13} mɑ^{21} zɯ^{33} no^{33}，tsʰu^{33} li^{33} lo^{21} mɑ^{21} se^{55}.

手 秤 不 握 呢 盐 重 轻 不 知

手不提秤杆，不知盐轻重。

[illegible]

ɳdʐɑ^{33} du^{21} nɑ^{33} li^{21} ȵɯ^{33}，ʂe^{13} ȵɪ^{33} ɕɪ^{21} ɳdʐɑ^{33} dʊ^{21}.

测 棍 看 来 短 长 也 它 量 能

尺子虽然短，再长也能量。

[illegible]

tʂʅ^{13} tʂʰu^{13} k'u^{33} p'e^{21} no^{33}，vi^{13} k'ɯ^{33} tɕ'y^{55} mɑ^{21} dʊ^{21}；

酸 甜 苦 辣 呢 嘴 口 封 不 能

酸甜苦辣味，瞒不住嘴巴；

[illegible]

tɕʰy^{33} su^{13} lɑ^{13} lɯ^{33} no^{33}，pʰu^{21} nɑ^{33} mbo^{55} mɑ^{21} dʊ^{21}.

偷 者 手 动 呢 邻 眼 遮 不 能

小偷若动手，瞒不住寨邻。

[illegible]

dɑ^{33} ȵdʑʊ^{33} fɑ^{13} ɖɯ^{33} ɕi^{13}，bu^{21} ȵdʑʊ^{33} ʑi^{21} tʰo^{21} nde^{55}.

攀 想 崖 坠 死 泳 想 水 底 沉

好爬崖坠死，好水溺水亡。

[illegible]

ȵi^{21}dʑʊ^{21} ʑo^{33} sɪ^{33} mu^{55} mɑ^{21}bu^{33} kɯ^{13}，ɕɪ^{21} dɑ^{33} sɪ^{33} lɑ^{33} ʑo^{33} ʑe^{55}ȵɪ^{33} ŋɯ^{33}.

藤子 长 树 高 不止 会 它 爬 树 上 缠 缘故 是

藤子会长的比树高，是它爬在树上的缘故。

[illegible]

ha^{33} p^{h}u^{21} po^{33} dʐʅ^{13} gɯ^{21}，ɳdʐʅ^{21}bu^{33} po^{33} p^{h}i^{55} p^{h}i^{33}.

鼠 群 反 互 斗 松鼠 反 祖 妣

鼠群若互斗，松鼠当祖宗。

[illegible]

ʂu^{33} tɕ^{h}i^{33} ɬe^{13} ko^{33} dʐu^{33}，ts^{h}ɯ^{21} ɬe^{13} ȵɹ^{55} ma^{21} sʊ^{21}.

猎 狗 林 里 吠 十 林 兽 不 安

一林有犬吠，十林兽不安。

[illegible]

p^{h}e^{21} xɯ^{55} ʑi^{21} ma^{55} ŋɯ^{21}，p^{h}e^{21} xɯ^{55} kɯ^{33}sɯ^{13} ŋɯ^{33}.

辣 的 水 不 是 辣 的 大蒜 是

辣的不是水，辣的是大蒜。

[illegible]

ve^{21} la^{13} po^{33} mba^{33} pi^{13}，dʐʅ^{33} fi^{13} po^{33} ma^{21} fu^{33}.

买 卖 重 谈 可 互 赠 反 不 宜

买卖可以重谈，馈赠不宜反悔。

[illegible]

ho^{21} sɯ^{21} ndʑe^{55} mi^{21} ma^{21} ʑo^{33}，ts^{h}o^{21} ndy^{55} ɳu^{33} ɳu^{55} ma^{21} t^{h}o^{13}.

羊 夜 哼 毛 不 长 人 想 多 事 不 成

夜里哼的羊不长毛，顾虑多的人不成事。

[illegible]

ʑo^{21} dɯ^{21} su^{13} ma^{55} tɕ^{h}y^{33}，ʑo^{21} dɯ^{21} ʑo^{33} tɕ^{h}y^{33}.

己 笨 人 不 伤 己 笨 己 伤

自己蠢来不害人，自己蠢来害自己。

[illegible]

ʈʰu21 tsʰɿ33 kʰo21 lɯ21 dɯ33 mi33 ge21.

银　药　所　去　处　天　明

钱所到之处天亮。[①]

[illegible]

bu21lu21 ɖɯ21 to13 dɯ33 lɯ55，ʑo21 tʂʰɯ33 ndy55 mɑ55 ŋɯ21.

飞蛾　飞　灯　处　去　自己　烧　想　不　是

飞蛾扑进灯火里，不是想烧自己。

[illegible]

ndʑu33 ɣo21 dɯ55 mɑ21 kɯ13，me21me55 ʑo21 fɪ13 ɣʊ21.

强　完　的　不　会　各　自　能力　有

没有无所不能的人，各人有各人的长处。

[illegible]

ʔɑ33mi55 ndʑu33 tɕʰɪ13bu33 ndʑu33，me21me55 ʑo21 ndʑu33 dɯ33 ɣʊ21.

猫儿　强　老虎　强　各　自　强　处　有

老猫强老虎强，各有各的强处。

[illegible]

ɣo13 hɪ33 to33 le21 ȵi33，nɪ33 ȵdʑʊ33 to33 mɑ21 le21.

肚　饿　撑　易　也　心　想　撑　不　易

饥饿忍耐易，思念忍耐难。

① 这里用来形容金钱的威力大，就算是黑夜，钱一到天都会亮起来，与汉语彦“有钱能使鬼推磨”表达的意思相同。

[illegible]。

tʂu^{13} dze^{21} ɣo^{21} to^{33} ŋge^{21} mɑ^{33} do^{21}.

马桑树树干 得 扶 直 不 能

马桑树再扶也长不直。

[illegible]，[illegible]。

ts^{h}o^{21} ɕi^{13} ɳu^{55} mɑ^{21} gɯ^{21}，mu^{33} de^{33} ɣʊ^{21} mɑ^{21} lɯ^{13}.

人 死 事 不 完 马 倒 鞍 不 卸

人死事不完，马倒不卸鞍。

[illegible]，[illegible]。

ȵy^{33} ʑy^{33} k^{h}e^{55} ʥʊ^{33} ŋgo^{21}，ɣɑ^{33} tɕ^{h}i^{13} k^{h}e^{55} mi^{13} ʈ^{h}ɯ^{13}.

牛 骨 上 筋 抽 鸡 爪 上 油 剐

牛骨上抽筋，鸡爪上刮油。

[illegible]，[illegible]。

tu^{13} k^{h}o^{13} me^{13}du^{33} ɣʊ^{21}，ts^{h}o^{21} tu^{13} k^{h}o^{13} mɑ^{21} dzo̧^{21}.

千 年 名声 有 人 千 年 不 在

只有千年名，没有千年人。

[illegible]，[illegible]。

k^{h}ɯ^{21} sɯ^{21} nɪ^{33} tɕ^{h}i^{55} tɕi^{55}，ko^{21}po^{21} ts^{h}ɯ^{33} du^{33} mi^{33} ge^{21} k^{h}ɯ^{33} mɑ^{21} dʊ^{21}.

如何 样 心 伤 都 拳头 捏 得 天 明 到 不 能

再怎么生气，拳头也捏不到天亮。

[illegible]，[illegible]。

t^{h}ɑ^{21} ȵɪ^{21} ŋo^{33} ʥu^{33} nʥo^{21}，tɕy^{33} ȵɪ^{21} ʑi^{21} tʂ^{h}o^{55} t^{h}e^{21}.

一 天 鱼 吃 惯 九 天 水 跟 跑

一天吃惯鱼，九天顺河跑。

[illegible]

no^{13}bɪ^{21} ʑo^{21} k^{h}e^{55} di^{13}，mi^{55}ʥɑ^{33} dɪ^{33} xo^{33} mɑ^{21} pi^{13}.

鼻子 己 上 在 肮脏 割 掉 不 能

自己身上的鼻子，再脏也割不掉。

[illegible]

ʂe^{13} ndu^{21} ʔu^{33} li^{33} ndu^{21}，ŋo^{33} ʑʊ^{21} ʔu^{33} li^{33} ʑʊ^{21}.

蛇 打 头 来 打 鱼 捉 头 来 捉

打蛇打七寸，捉鱼要捉头。

[illegible]

ʥu^{21} te^{13} mɪ^{33} ȵɪ^{13} hu^{13}，ts^{h}o^{21} ɳdʐɑ^{33} nɪ^{33} ɳdʐɑ^{33} hu^{13}.

粮 种 天 看 要 人 测 心 测 要

种庄稼要看年景，考验人要考验心。

[illegible]

ɣɑ^{33} xɯ^{55} ʥu^{21} mɑ^{21} ɣʊ^{21}，hɑ^{33} tʂe^{13} t^{h}o^{21} mɑ^{21} p^{h}ɪ^{13}.

鸡 撒 粮 没 有 鼠 仓 底 不 抠

没有逗鸡米，耗子不破仓。

[illegible]

ʥʊ^{21} ʂe^{13} ko^{33}k^{h}ɯ^{33} kɯ^{13}，sɯ^{33} ʂe^{13} mi^{33} ɡe^{21} kɯ^{13}.

路 远 到达 会 夜 长 天 明 会

路远有终点，夜长会天亮。

[illegible]

mi^{33} t^{h}ɑ^{21} ɳɪ^{21} mɑ^{21} ho^{21}，ʔɑ^{33}ŋɑ^{55} t^{h}ɑ^{21} ɳɪ^{21} mɑ^{21} ɣɯ^{21}.

雨 一 天 不 下 小孩 一 天 不 哭

大雨不会下一天，小孩不会哭一天。

[illegible]，[illegible]。

ŋo^{33} xɯ^{21} tʰo^{21} ȵʥa^{33} de^{21} mɑ^{33} dʊ^{21}，mi^{33} nɯ^{13} bʊ^{21} zɪ^{33} ɖɑ^{33} mɑ^{21} dʊ^{21}.

鱼 海 底 搅 浑 不 能 天 雾 山 压 垮 不 能

鱼搅不浑大海，雾压不垮大山。

[illegible]，[illegible]。

tsʰo^{21} tɕʰi^{13} tʂu^{33} ʂe^{13} no^{33}，tɕʰi^{13} pʰu^{55} ʂe^{55} mɑ^{21} dʊ^{21}.

人 脚 趾 长 也 脚 板 长 不 能

人的脚趾头再长，长不过他的脚板。

[illegible]，[illegible]。

tʂʰo^{55} ʑe^{21} nɪ^{33} mɑ^{21} ŋge^{21}，nɪ^{33} lɑ^{33} gɯ^{21} pɑ^{33} de^{55} mɑ^{21}bu^{33}.

伴 笑 心 不 正 心 搅 仇 伴 及 不止

不正直的朋友，比仇人还可恨

[illegible]，[illegible]。

nɪ^{33} ndy^{55} vu^{33} mɑ^{55} kʰɯ^{21}，ne^{33} no^{33} ndy^{55} ʂu^{33} ɤʊ^{21}.

心 想 远 不 到 近 则 想 难 有

人无远虑，必有近忧。

[illegible]，[illegible]。

te^{13} ʥi^{21} ndɯ^{21} mɑ^{33} dʊ^{21}，tsʰo^{21} du^{55} bi^{55} mɑ^{21} dʊ^{21}.

云 日 挡 不 能 人 话 背 不 能

云遮不住太阳，人背不起话语。①

---

① “人背不起话语”有两重含义，一是指藏不住话，二是指话语虽轻，但伤人的话使人承受不起。

tɕ^{h}y^{13} ʑo^{33} no^{33} ty^{33} ȵdʑʊ^{33}，bi^{13} di^{13} no^{33} ɳɖo^{33} ȵdʑʊ^{33}.

角 生 则 抵 想 蹄 长 则 踢 想

有角的想抵，有蹄的想踢。

ndy^{55} bo^{21} no^{33} mu^{55} su^{13}，nɑ^{33} t^{h}ɑ^{33} no^{33} bɑ^{21}lɑ^{55}.

想 明 是 老 人 眼 锐 是 小孩

明白的是老人，眼明的是小孩。

su^{13} he^{33} ȵɪ^{33} dɯ^{21} ɳu^{55} tsɯ^{13} kɯ^{13}，su^{33} dɯ^{33} ȵɪ^{33} he^{33} ɳu^{55} tsɯ^{13} kɯ^{13}.

人 智 也 蠢 事 做 会 人 憨 也 好 事 做 会

聪明人也会做傻事，憨人也会做好事。

ȵy^{33} ty^{33} ȵy^{33} mɑ^{21} nʊ^{21}，mu^{33} ɳɖo^{33} mu^{33} mɑ^{21} nʊ^{21}.

牛 抵 牛 不 痛 马 踢 马 不 疼

牛抵牛不痛，马踢马不疼。①

ty^{33} ȵdʑʊ^{33} nɑ^{21} tɕ^{h}y^{33} ɬo^{33}，ʑe^{21} ȵdʑʊ^{33} nɑ^{21} dʑe^{21} be^{21}.

抵 想 你 角 脱 笑 想 你 牙 掉

想抵你角断，想笑你掉牙。

① 牛和牛、马和马都是同类，互相冲撞都不会计较，喻指生活中亲人、朋友等关系密切的人一时伤了和气也不要紧，旁人不用担心。

mu^{33} ndʑo^{33} mi^{21} mɑ^{21} t^{h}u^{13}，ȵy^{33} ku^{33} tɕ^{h}y^{13} mɑ^{21} ʑo^{33}.
马 烈 毛 不 厚 牛 牯 角 不 长
好斗的马不长毛，好斗的牛不长角。

tɕ^{h}i^{13} ŋge^{21} ndi^{33} ve^{13} mɑ^{21} tɕi^{21}，nɪ^{33} ŋge^{21} mi^{33} dʐɯ^{33} mɑ^{21} dʑo^{33}.
脚 正 鞋 歪 不 怕 心 正 天 雷 不 怕
脚正不怕鞋歪，心正不怕打雷。

ʔɑ^{55}tʂ^{h}u^{33} hɑ^{33} tɕo^{55} mɑ^{21} ʑi^{13}，tɕ^{h}ɪ^{13}bu^{33} tʂ^{h}ʅ^{13} tʂ^{h}o^{55} mɑ^{21} sɯ^{33}.
猫儿 耗子 跟 不 睡 老虎 岩羊 跟 不 走
猫儿和耗子不同睡，老虎和岩羊不同行。

ŋɑ^{21}ɳdʐu^{21} mi^{13} ɖu^{55} tʂ^{h}ʅ^{21} mʊ^{21} ke^{33}，ʔo^{55}dɯ^{33} go^{13} li^{21} no^{33} ɣɑ^{33} tɕ^{h}y^{33}.
麻雀 地 落 谷 果 捡 狐狸 家 进 则 鸡 偷
麻雀落地要吃谷，狐狸进屋要偷鸡。

ɳu^{55} he^{33} su^{21} ko^{33} tsɯ^{13}，ɳu^{55} dɯ^{21} su^{21} ko^{33} tsɯ^{13}.
事 好 人 在 做 事 歹 人 在 做
好事有人做，歹事也有人做。

he^{21} ndzɪ^{33} xɯ^{55} ʔɑ^{55}tʂ^{h}u^{33}，hɑ^{33} ʑʊ^{21} mɑ^{21} kɯ^{13}.
叫 凶 的 猫儿 鼠 捉 不 会
爱叫的猫儿，不会捉老鼠。

he^{33} tsʰɿ^{33} gɯ^{21} pɑ^{33} nʊ^{21} ŋgu^{21} kʰɑ^{33}，he^{33} du^{55} su^{33} dɯ^{33} kʰɯ^{33} no^{33} kʰɑ^{33}.

良 药 仇 伴 病 治 难 好 话 人 愚 劝 则 难

好药难治冤孽病，好话难劝糊涂虫。

he^{33} no^{33} he^{33} bu^{33} dz̥o^{21}，dɯ^{21} li^{33} dɯ^{21} bu^{33} dz̥o^{21}.

聪明 乃 聪明 的 过 傻 来 傻 的 过

聪明人过聪明人的日子，傻子过傻子的日子。

sɿ^{33} kʰe^{55} mi^{13} ʥu^{33} ŋu^{55}，lo^{33} mi^{13} ʥu^{33} mɑ^{21} ŋu^{55}.

树 上 菌 吃 过 石 菌 吃 没有过

吃过树上的菌子，没有吃过石头上的蘑菇。

ʔɑ^{55}tʂʰu^{33} su^{21} hɑ^{33} ʐʊ^{21}，ʐo^{21}di^{21} fu^{33} ʂʊ^{13} ʥu^{33}.

猫儿 别人 鼠 捉 自己 肉 找 吃

猫儿为人捉耗子，实则为自己找肉吃。

mu^{55} su^{13} nɪ^{33} ndy^{55} ŋu^{55}，ɬɑ^{13} bɑ^{55} nɑ^{33} tʰɑ^{33} de^{55} mɑ^{21}bu^{33}.

老 人 心 想 过 少 小 眼 尖 及 不止

老人用心想，胜过少年明亮的眼睛。

hɪ^{21} tɕʰi^{33} sʊ^{21} ŋgo^{21} hɑ^{13}，se^{21} pʰu^{33} mɑ^{21} bo^{21} dɯ^{55}.

家 犬 别人 门 守 主 者 没 有 说

家犬守别人大门，是因自己没有主。

[illegible]，[illegible]。

ŋu^{33} mu^{33} ʥe^{33} mɑ^{21} sʊ^{21}，ŋu^{33} ɬu^{55} vɪ^{13} mɑ^{21} sɿ^{55}.

借 马 骑 不 适 借 裤 穿 不 便

借来的马儿不好骑，借来的裤子不好穿。

[illegible]，[illegible]。

du^{55} ʥɑ^{33} nʊ^{13} nɪ^{33} tʂʰɪ^{13}，tʂʰɪ^{13} ʥu^{21} ʥu^{33} ɤo^{13} pʰu^{21}.

话 凉 听 心 冷 冷 食 吃 肚 胀

听凉话心冷，吃冷饭胀肚。

[illegible]，[illegible]。

mbo^{33} pʰu^{55} ɤɯ^{21} kʰo^{13} ndy^{55}，ʂu^{33} su^{13} nɑ^{33} ʨʰi^{33} ku^{55}.

富 人 来 年 想 穷 人 眼 前 顾

富者思来年，穷者顾眼前。

[illegible]，[illegible]。

bʊ^{21} tʂʰe^{55} ko^{33}mɑ^{55}kʰɯ^{21}，ɳu^{55}ʨʰi^{33} tʰo^{13} mɑ^{21} kɯ^{13}.

步 抬 不到 事情 成 不 会

举步不到位，事情难办成。

[illegible]，[illegible]。

tʰɑ^{21} ʑi^{33} tʂʰu^{55} no^{33} le^{21}，tsʰɯ^{21} ʑi^{33} kɑ^{13} li^{21} kʰɑ^{33}.

一 家 管 则 易 十 户 管 来 难

当一家容易，管十户则难。

lu^{21} ko^{33} mu^{55} su^{13} dʐo^{21}，ȵy^{33} mu^{33} ne^{55} mɑ^{21} kɯ^{13}.
寨 中 老 人 在 牛 马 失 不 会
寨中有老人，牛马不会丢。①

lu^{21} ko^{33} pʰu^{21} mu^{55} ȵɪ^{21}，ɳu^{55} ɖɯ^{55} li^{21} no^{33} ne^{33}.
寨 里 寨 老 坐 事 出 来 就 少
村里有寨老，祸事出得少。②

ɖu^{33} ɕi^{13} vi^{33} mɑ^{21} ɕi^{13}，ʂe^{13} ɕi^{13} me^{21}ʂu^{33} lɯ^{33}.
蜂 死 针 不 死 蛇 死 尾巴 动
蜂死毒针在，蛇死尾巴摇。

ʥu^{33} ɕi^{13} kʰu^{33} mɑ^{21} ɕi^{13}，tsʰo^{21} ɕi^{13} hu^{21} mɑ^{21} ne^{55}.
虎 死 威 不 死 人 死 魂 不 失
虎死威不死，人死名还在。

sɪ^{33} ʑo^{33} mi^{33} to^{33} ȵɪ^{33}，bi^{21}ʑo^{55} ɕi^{21} dɑ^{33} kɯ^{13}.
树 长 天 抵 也 蚂蚁 它 爬 会
任树长到天，蚂蚁也敢爬。

① 指老人睡眠少、经验丰富，夜间寨上有什么响动都会被其发现，因此盗贼无机会下手。

② 过去每个彝族村寨都有一位德高望重的寨老，寨老既睿智又公正，不但擅于用习惯法解决各种纠纷，而且擅于教育年轻人，年轻人碰到难题也向他请教，因此就避免了不少祸事的发生。

sɪ^{33} mu^{55} no^{33} tʂʰɯ^{21} ɳu^{33}，tsʰo^{21} mu^{55} kʰu^{33} lu^{33} ɳu^{33}.

树 老 就 根 多 人 老 计 的 多

树老根须多，人老经验多。

sɪ^{33} ʥe^{33} ʈu^{13} mɑ^{21} sʊ^{21}，me^{55} tʂʰu^{33} ʥi^{21} no^{33} ʂu^{33}.

柴 生 烧 不 宜 妇 寡 当 则 难

湿柴难生火，寡妇最难当。

du^{55} hɪ^{55} mɑ^{21} kɯ^{13} n̥ɪ^{13} mo^{13}，ʥu^{21} ʥu^{33} mɑ^{21} kɯ^{13} sɪ^{33} ŋɯ^{55}.

话 讲 不 会 嘴 哑 饭 吃 不 会 树 桩

不会说话是哑巴，不会吃饭是树桩。

lɑ^{13} ɤʊ^{21} se^{55} fɑ^{13} dɑ^{33} pi^{13}，tɕʰi^{13} ɤʊ^{21} se^{55} ʑi^{21} gɯ^{55} dʊ^{21}.

手 有 才 崖 爬 能 脚 有 才 河 涉 能

有手才能攀悬崖，有脚才能涉河滩。

tsʰo^{21} n̥dʑy^{21} lɑ^{13} sɯ^{33} ʂe^{13}.

人 懒 手 指甲 长

懒汉指甲长。

su^{21} ʑe^{21}n̥ɪ^{33} ʑo^{21} hɪ^{55}，ʑo^{21} ʑe^{21}n̥ɪ^{33} su^{21} mbɑ^{33}.

人 闲话 我 说 我 闲话 人 讲

我说他人嫌话，他人也说我嫌话。

hɪ^{13} tʰo^{55} dʑu^{33} ɳu^{33}，ʂu^{33} tʰo^{55} ndy^{55} ɳu^{33}.
饿 时 吃 多　穷 时　想 多
饿时吃得多，穷时想法多。

he^{33} su^{13} tsu^{55} dɯ^{33}，su^{33} he^{13} le^{55} ȵɑ^{33} tɕʰi^{13} tʰo^{55} kɑ^{55}.
好 人 好　处　人 鲁莽 被　踩　脚　底　在
好人的好处，被莽夫踩在脚底下。

ɣɑ^{33} zu^{33} bi^{21} dɯ^{21} tʂʰe^{21}，bi^{21} dɯ^{21} ɣɑ^{33} le^{21} ʂu^{55}.
鸡 儿 蚯　蚓　扛　蚯　蚓　鸡 脖 卡
鸡儿吃蚯蚓，蚯蚓卡鸡喉。

tʂʰɪ^{13} ɕi^{13} nɑ^{33} pʰu^{21} tu^{33}，fu^{33} ʈʰɯ^{55} pʰu^{21} kɑ^{55} tʂɑ^{13}.
山羊 死　眼　睁　起　肉　放　锅　里　煮
羊死再鼓眼，肉照样下锅。

ȵy^{33} mu^{55} tɕi^{55} su^{21} tɕɑ^{33} li^{21} ȵdʑi^{21} ʈʰɯ^{13} kɯ^{13}.
牛　老　都 人　拿　来　皮　剐　会
老牛都会被拿来剐皮。

lɑ^{13} sɯ^{33} hu^{13} nɪ^{33} di^{13}，sɯ^{33} hu^{13} ʂe^{13} ʑo^{21} tɕʰy^{33}.
手 指甲 护　心 有　甲　护　长　己　伤
有心护理指甲，指甲长了伤自己。

[illegible]

ko^{21}to^{21} ɬu^{33} mɑ^{21} fu^{33}，ndy^{55} ʂu^{33} nɪ^{33} ʈʰɪ^{13} pi^{13}.

脊背 换 不 能 想 难 心 变 会

脊背不可移，忧愁却会消。

[illegible]

mu^{33} dze^{33} su^{13} le^{21} ʂe^{13}.

马 骑 者 脖 长

骑马的人脖子长。①

[illegible]

ʑo^{21} ʑo^{33} zu^{33} ndu^{21} nɪ^{33} mɑ^{21} nʊ^{21}，su^{21} li^{21} zu^{33} ndu^{21} nɪ^{33} ko^{33} nʊ^{21}.

自 己 儿 打 心 不 疼 人 来 儿 打 心 里 疼

自己打儿不心疼，儿被人打则心疼。

[illegible]

ʑɪ^{33} mɑ^{21} ne^{13} lɑ^{13} ne^{13}，ɳdʐʅ^{21} mɑ^{21} ne^{13} tʂʰo^{55} ne^{13}.

烟 不 香 手 香 酒 不 香 友 香

烟不香手香，酒不香友香。

[illegible]

sɯ^{33} tsu^{55} ʑɪ^{33} mɑ^{55} tɕo^{21}，hɪ^{55} kɯ^{13} ʥʊ^{21} mɑ^{21} de^{55}.

走 好 影 不 及 说 会 理 不 如

脚快超不过影子，会说比不过道理。

① 骑在马上的人居高临下，看上去脖子显得长，形容趾高气扬的人。

[illegible]

bʊ^{21} ȵɪ^{55} dʐʅ^{13} p^{h}u^{55} k^{h}ɑ^{33}，ts^{h}o^{21} ȵɪ^{55} dʐʅ^{13} p^{h}u^{55} le^{21}.

山 两 相 遇 难 人 两 相 遇 易

两山相遇难，两人相会易。

[illegible]

nɑ^{21} k^{h}o^{21} hɪ^{55} tɕi^{55} du^{55} ŋɯ^{33} no^{33}，ɤɑ^{33} k^{h}o^{21} ke^{33} xɯ^{55} ȵɪ^{33} dʑu^{21} ŋɯ^{33}.

你 所 讲 都 话 是 呢 鸡 所 捡 的 也 粮 是

你所讲的都是理，鸡所捡的都是粮。

[illegible]

ʂe^{13} tsʯ^{55} ȵɪ^{33} me^{33}to^{13} tɕi^{33}，dʑʊ^{21} ɤʊ^{21} ȵɪ^{33} du^{55} ve^{13} tɕi^{33}.

金 好 也 火 怕 理 有 也 话 歪 怕

真金也怕火炼，有理也怕歪理。

[illegible]

dʑʊ^{21} ɤʊ^{21} hɪ^{55} sʊ^{21} dʑʊ^{33} mɑ^{21} tɕi^{21}，dʑʊ^{21} mɑ^{21} ɤʊ^{21} no^{33} sɑ^{33} sʊ^{21} tʯ^{55}.

理 有 说 人 听 不 怕 理 没 有 则 耳语 人 听

有理不怕众人听，无理只能悄悄说。

[illegible]

tɕ^{h}ɑ^{13} k^{h}o^{21} ŋɯ^{33} no^{33} go^{13}，dʑʊ^{21} k^{h}o^{21} ŋɯ^{33} no^{33} ŋge^{21}.

弓 凡 是 乃 弯 理 凡 是 则 直

凡是弓都是弯的，凡是理都是直的。

[illegible]

dʑʊ^{21} do^{21} sɯ^{33} su^{13} ɤʊ^{21}，dʑʊ^{21} ve^{13} sʊ^{21} mɑ^{21} nʊ^{13}.

路 平 走 人 有 理 歪 人 不 听

平路有人走，歪理无人听。

ʂʅ^{33} tʂʰɯ^{21} di^{13} ɳɑ^{33} tɕi^{33}，du^{55} dʑʊ^{21} ɤʊ^{21} zɪ^{33} tɕi^{33}.

草 根 有 踩 怕 话 理 有 压 怕

有根的草也怕踩，有理的话也怕压。

dʑʊ^{21} ɤʊ^{21} dʑo^{33} ʔɑ^{21}ndʑu^{21} ve^{13} tɕi^{33}，hɪ^{21} tsu^{55} dʑo^{33} vu^{21} lo^{21} ɖu^{21} tɕi^{33}.

路 有 怕 官 歪 怕 房 好 怕 冰 石 下 怕

有理就怕遇歪官，房好也怕下冰雹。

tɕʰi^{33} dʑo^{33} me^{33} tsʰe^{55} tɕi^{33}，tsʰo^{21} dʑo^{33} dʑʊ^{21} gɯ^{21} tɕi^{33}.

狗 怕 尾 剪 怕 人 怕 理 穷 怕

狗怕剪尾，人怕输理。

zi^{21} du^{33} ɳɪ^{33} nɑ^{33} mi^{33} mɑ^{21} ʑe^{33}，tɕʰo^{21} mu^{33} vu^{33} ɳɪ^{13} mi^{33} mi^{13} ɖe^{21}.

水 井 坐 看 天 不 大 形 高 远 看 天 地 宽

坐井观天天不大，登高远望天地宽。

tɕʰi^{33} mi^{13} tʰo^{55} ko^{33} tsu^{33}，nɪ^{33} ndy^{55} dzu^{33} tʰɯ^{33} xo^{21}ʑy^{33} kɑ^{55}.

狗 地 底 在 蹲 心 想 吃 桌 骨头 上

狗蹲在地上，心却想桌上的骨头。

du^{55} tɕo^{13} su^{13} nɪ^{33} ŋge^{21}，mbɑ^{33} ne^{33} pʰu^{55} nɪ^{33} nɑ^{13}.

语 快 者 心 直 言 少 者 心 深

快言快语的人直爽，寡言少语的人城府深。

[illegible]，[illegible]。

nɪ^{33} ndy^{55} mi^{33} ʑe^{55} ɤʊ^{21}，ʥi^{21}lu^{21} ʈʰu^{21}ʑɪ^{33} tʰu^{55}.

心 想 天 大 有 福禄 纸 厚

心想天样大，命才纸样薄。

[illegible]，[illegible]。

lu^{13} mu^{33} vu^{33} di^{13}，gɯ^{21} ʑɪ^{33} mu^{33} tsɯ^{13} mɑ^{21} pi^{13}.

骡 马 力 有 仇 打 马 作 不 能

骡子力气大，但不能作战马。

[illegible]，[illegible]。

ʔɑ^{21}ʂʅ^{13} sɯ^{33} le^{21} ȵɪ^{33}，bu^{33} hɪ^{33} bi^{55} sɯ^{33} kʰɑ^{33}.

和尚 走 易 也 庙 房 背 走 难

走得了和尚，走不了庙。

[illegible]，[illegible]。

mu^{55} su^{13} du^{55} hɪ^{55} ʥʊ^{21} bo^{21}，ɬɑ^{13} su^{13} vi^{21} bi^{55} vu^{33} di^{13}.

老 人 话 讲 理 有 少 者 背子 背 力 有

老年人说话在理，年轻人背背子有力。

[illegible]，[illegible]。

tʰu^{33} bi^{55} tʰu^{33} lɑ^{33} di^{13}，lɑ^{13} dʐʅ^{55} xɑ^{13} mɑ^{55} dʊ^{21}.

松 蹄 松树 上 结 手 伸 摘 不 能

松果结树上，伸手够不着。

[illegible]，[illegible]。

ndu^{21}tsɪ^{55} su^{21} lɑ^{13} zɯ^{55}，du^{21} mɑ^{21} bc^{21} tɕi^{55} ʈʰu^{33} dʐʅu^{33}.

蚂蚱 人 手 拿 翅 不 掉 都 腿 折

蚂蚱落人手，翅不掉都要折腿。

mu^{33} t^{h}e^{21} dʐʊ^{21} ɣʊ^{21} se^{55}，ȵy^{33} hɪ^{21} ŋgo^{33} ɣʊ^{21} se^{55}.

马 跑 道 有 知 牛 房 门 有 知

马熟悉跑道，牛认得家门。

ts^{h}o^{21} nɪ^{33} ɳdʐɑ^{33} no^{33} k^{h}ɑ^{33}，xɯ^{21} t^{h}o^{21} ɳdʐɑ^{33} mɑ^{21} dʊ^{21}.

人 心 测 则 难 海 底 量 不 能

人心难测，海底难量。

se^{21}me^{21} gu^{21} mɑ^{33} gu^{21}，ndɪ^{33} kɑ^{55} ɬi^{33} sɯ^{33} ȵɪ^{21}.

核桃 圆 不 圆 敲 开 四 瓣 有

核桃圆不圆，敲开也是四瓣仁。

sɪ^{33} ʔu^{33} xɑ^{13} mɑ^{21} xʊ^{21}，sɪ^{33} ʑo^{33} mi^{33} tɕy^{55} to^{33}.

树 梢 修 不 掉 树 长 天 底下 抵

树梢不修掉，它就长抵天。

ʔɑ^{33}mi^{55}mu^{55} hu^{13} zɯ^{55}，hɑ^{33} ndɑ^{13} dɯ^{55} mɑ^{21} kɯ^{13}.

猫儿 老 养 起 鼠 猖 说 不 会

养得老猫在，老鼠不敢跳。

lo^{33} mʊ^{21} tsɯ^{13} dɯ^{33} ɣʊ^{21}，tʻɑ^{21} tu^{13} kɯ^{13} mɑ^{21} li^{33}；

石 颗 做 处 有 一 千 斤 不 重

有用的石头，千斤不嫌重；

lo^{33} mʊ^{21} tsɯ^{13} dɯ^{33} mɑ^{21} ɣʊ^{21}，ɬi^{33} li^{21} tɕi^{55} ɳu^{33} lo^{33}.

石 颗 做 处 没 有 四 两 都 多 了

无用的石头，四两也嫌多。

dʐe^{21} kʰɑ^{33} bi^{33} li^{21} ʥu^{33}，ɬu^{13} nʊ^{33} bi^{33} mɑ^{21} tʰu^{21}.

牙 硬 虫 来 吃 舌 软 虫 不 蚀

牙硬被虫蛀，舌软虫不蚀。

ɳɪ^{13} dɪ^{21} ti^{13} mu^{33} ndy^{55}，ɳɪ^{13} dɪ^{21} ʨʰi^{13} ti^{13} tʰu^{13}.

土 墙 筑 高 想 土 墙 脚 筑 厚

要想筑高墙，根基要筑牢。

ʈʰu^{21}ʐɪ^{33} me^{33}to^{55} tsʰe^{21} mɑ^{21} pi^{13}，he^{21}tsʰe^{13} du^{55} ŋgɪ^{33} kɑ^{55} mɑ^{21} pi^{13}.

纸 火 包 不 能 口袋 话 谎 装 不 能

白纸包不住炭火，口袋装不住谎话。

mi^{21} tʂɪ^{33} ɣɑ^{33} no^{33} tʰu^{33}，mi^{13} ʈʰɯ^{13} ɣɑ^{33} xu^{33} ɬu^{13}.

毛 拔 鸡 鼻 穿 油 剐 鸡 肉 炒

拔毛捅鸡鼻，剐油炒鸡肉。

ɣu^{33} mi^{21} tʂɪ^{33} zʊ^{55} ɣɑ^{33} ʐy^{33} nʊ^{21}，

鸡 毛 拔 则 鸡 骨 疼

扯着鸡毛鸡骨疼，

[illegible]

ho^{21} mi^{21} tʂɪ^{33} zo^{55} ho^{21} ʑy^{33} ȵdʑo^{13}.

羊 毛 扯 着 羊 骨 酸痛

扯着羊毛羊骨酸。

[illegible]

bi^{33} ʂe^{13} ɣa^{33} ndo^{55} kʰu^{21}，ndu^{21} ndy^{55} dʑo^{33} ndo^{55} ndɪ^{33}.

虫 长 鸡 蛋 盘 打 想 怕 蛋 破

老蛇盘鸡蛋，想打怕蛋打。

[illegible]

mbo^{33} tsʰʊ^{21} ʂe^{13} ȵdʑɯ^{55} ndy^{55}，hɪ^{13} dʑa^{33} tɕʰy^{33} nɪ^{33} do^{33}.

饱 暖 蛇 交 想 饥 寒 盗 心 生

饱暖思淫欲，饥寒起盗心。

[illegible]

gɯ^{55} tɯ^{33} dʑʊ^{21} ma^{21} ɖu^{21}，ʑi^{21} dɯ^{21} xɯ^{21} ma^{21} lo^{13}.

鹤 独 路 不 成 水 浅 塘 不 够

孤鹤不成行，水浅不成塘。

[illegible]

sɪ^{33} dʐo^{55} vi^{21} lu^{21} ɳu^{33}，tsʰo^{21} he^{33} tʂʰo^{55} ʑe^{21} ɳu^{33}.

树 直 用 处 多 人 善 伴 笑 多

树直用处多，人善朋友多。

[illegible]

sɪ^{33} dʐo^{55} tɕi^{13} tʰo^{33} de^{33}，tsʰo^{21} ŋge^{21} sʊ^{21} ma^{55} ɖu^{21}.

树 直 先 伐 倒 人 直 人 不 喜

树直先被伐，人直不讨好。

ʑi^{21} ma^{21} do^{21} no^{33} ʑy^{21}，ʥʊ^{21} ma^{21} bu^{21} mba^{33} hu^{13}.

水 不 平 则 流 理 不 明 辩 要

水不平要流，理不明要辩。

mi^{33} dɯ^{33} ʥa^{33} se^{55} ȵɪ^{33}，tsʰo^{21} nɪ^{33} ʈʰɪ^{13} se^{55} kʰa^{33}.

天 阴 冷 知 呢 人 心 变 知 难

天气变可知，人心变难测。

ʑi^{21} sɪ^{13} no^{33} lo^{33} do^{33}，ɳdʐʅ^{21} ʔɪ^{13} dʐʅ^{21} du^{55} tʰɯ^{13}.

水 涸 就 石 现 酒 醉 真 言 吐

水落石头现，醉后吐真言。

ɳdʐʅ^{21} ndo^{33} tɕʰy^{21}tʰo^{21} ʑe^{33}.

酒 喝 嗓门 大

饮酒嗓门大。

ɳdʐʅ^{21} ko^{33} kʰo^{21} pʰu^{55} ndo^{21}，ɳu^{55} mʊ^{55} ʂe^{13}he^{33}he^{33}.

酒 凡 所 遇 喝 事 祸 金晃晃

遇见酒就喝，祸事金晃晃。[1]

---

① 金晃晃：形容祸事醒目地摆在眼前。

[彝文]，[彝文]。

ɳdʐʅ^{21} ȵdʑʊ^{33} no^{33} ɳdʐʅ^{21} vu^{33}，ʈʰu^{13} ȵdʑʊ^{33} no^{33} ɳu^{55} ɖɯ^{55}.

酒　贪　就　酒　疯　钱　贪　则　事　出

贪杯要发酒疯，贪财要出祸事。

[彝文]，[彝文]。

mbo^{33} ndy^{55} hɪ^{33} mɑ^{55} kʰɯ^{21}，hɪ^{33} tʰo^{55} ndy^{55} mbo^{33} kʰɯ^{33}.

饱　想　饿　不　到　饿　时　想　饱　到

饱时想不到饿时，饿时却想到饱时。

[彝文]，[彝文]。

ʂu^{33} li^{21} tʂʰu^{21}ɣʊ^{21} ȵdʑʊ^{33}，hɪ^{33} li^{21} ŋgu^{33} gɑ^{13} ȵdʑʊ^{33}.

穷　来　亲戚　想　饿　来　荞　蒸　想

穷来想亲戚，饿来想荞饭。

[彝文]，[彝文]。

he^{33} ɳu^{55} mu^{21} mɑ^{21} lo^{13}，dɯ^{21} ɳu^{55} tʰɑ^{21} tʂʰʅ^{21} ɳu^{33}.

好　事　做　不　够　坏　事　一　件　多

好事做不完，坏事一件多。

[彝文]，[彝文]。

ʂʅ^{33} ŋgu^{33} ʥu^{33} mɑ^{21} ɳu^{55}，tɕʰy^{13} tsʰe^{13} ɣʊ^{33} mɑ^{55} se^{33}.

荞　麦　吃　没　过　粗　细　得　不　知

不吃过荞麦，不知道粗细。

[彝文]，[彝文]。

xɯ^{21} tʰo^{21} mɑ^{21} zɑ^{13} no^{33}，ʑi^{21} nɑ^{13} dɯ^{21} mɑ^{21} se^{55}.

海　底　不　下　呢　水　深　浅　不　知

不下海底去，不知水深浅。

[Yi script]

tsʰo^{21} dʑo^{33} me^{13} do^{33}，vɑ^{13} dʑo^{33} tsʰu^{13} tɕi^{33}.

人 怕 名出 猪 怕 肥 怕

人怕出名，猪怕长膘。

[Yi script]

ʑi^{21} vɑ^{13} pʰi^{33} mɑ^{21} ly^{21}，dʑʊ^{21} sɯ^{33} vu^{33} ɣʊ^{21} hu^{13}.

水 挑 价 不 要 路 走 力 有 要

挑水不要钱，走路要功夫。

[Yi script]

vɪ^{55} ʈʰɯ^{55} pʰu^{55} ʈʰu^{55} nɯ^{21}，sʊ^{21} tɕʰy^{33} pʰu^{33} nɪ^{33} tɕi^{33}.

屁 放 者 脸 红 人 偷 者 心 虚

放屁人脸红，做贼人心虚。

[Yi script]

ʑo^{33} mu^{33} ɳu^{55} mɑ^{21} ʈʰɯ^{55}，mi^{33} ɖɑ^{33} li^{21} mɑ^{21} tɕi^{21}.

自 的 事 不 犯 天 塌 来 不 怕

自家不犯事，天塌也不怕。

[Yi script]

sɪ^{33} du^{21} fe^{21} ʔɑ^{33}ŋɑ^{55} ndɯ^{21} tsɿ^{13} mɑ^{21} pi^{13}.

柴 棒 干 娃儿 当 使 不 能

干柴棒不能当小孩使。

[Yi script]

bʊ^{21} ko^{33} ʑi^{21} du^{33} ɣʊ^{21}，dɯ^{55}mi^{13} tsʰo^{21} ndʑɪ^{33} dʐo^{21}.

山 里 水 井 有 世间 人 能 在

山中有井水，世间有能人。

[illegible]，[illegible]；
hɪ^{21} gɑ^{33} ndʑɑ^{33} me^{33} ʑi^{33}，t‘ɑ^{21} nɑ^{21} du^{55} t‘ɑ^{21} nɑ^{21}；
屋 后 滴 尾 水 一 滴 赶 一 滴
房檐上的水，一滴赶一滴；
[illegible]，[illegible]。
ɣɯ^{55} li^{21} ɖu^{21} dʑu^{21} no^{33}，t^{h}ɑ^{21} ts^{h}ɪ^{13} du^{55} t^{h}ɑ^{21} ts^{h}ɪ^{13}.
古 来 人 居 呢 一 代 接 一 代
世人的行为，一代接一代。

[illegible]，[illegible]。
ʂe^{13} ȵɯ^{33} du^{21} dɪ^{33} ŋɯ^{33}，bɑ^{55} ʑe^{33} ʔu^{33}ts^{h}o^{33} ŋɯ^{33}.
长 短 棍 棒 是 小 大 人 是
长短是棍棍，大小都是人。

[illegible]，[illegible]。
ts^{h}o^{21} ʂu^{33} ʂu^{33} t^{h}o^{21} du^{21}，bʊ^{21} ʂu^{33} bi^{55} mɑ^{21} fu^{33}.
人 穷 穷 底 通 山 穷 背 不 宜
人穷穷得裤裆通，山穷人也背不起。①

[illegible]，[illegible]。
lu^{33} no^{33} dʐe^{55} mi^{33} lɯ^{55}，ʂe^{13} no^{33} ʂʅ^{33} ts^{h}u^{21} ɳɖɯ^{33}.
龙 是 升 天 去 蛇 是 草 丛 钻
成龙上天，成蛇钻草。

① 山再穷，人也背不起，与汉族谚语“瘦死的骆驼比马大”同理。

[illegible]

ʂu^{33} gʊ^{21} ʂu^{33} ʥa^{33} se^{55}.

穷 过 贫 寒 知

穷过就知道穷的滋味。

[illegible]

le^{21}ku^{33} ʑe^{33} se^{21} sɿ^{55}，ha^{33} ba^{55} ʑʊ^{21} ma^{21} sɿ^{55}.

公牛 大 牵 便 鼠 小 捉 不 便

公牛大好牵，鼠小不好捉。

[illegible]

lo^{21} tʂ^{h}ʅ^{21} tʂ^{h}e^{21} ʂʅ^{33} zɪ^{33}，zɪ^{33} ma^{21} dʊ^{21}；

石 伸 抬 草 压 压 不 住

抬石板来压草，压不住；

[illegible]

ʂʅ^{33} ta^{33} lo^{21} tʂ^{h}ʅ^{21} zɪ^{33}，zɪ^{33} tɯ^{55} dʊ^{21}.

草 抱 石 伸 压 压 住 能

抱草来压石板，压得住。

[illegible]

vɪ^{33} vɪ^{33} mʊ^{21} di^{13} di^{13} ma^{21} se^{55}，mʊ^{21} di^{13} kɯ^{13} no^{33} vɪ^{33} vɪ^{33} kɯ^{13}.

花 开 果 结 结 不 知 果 结 会 则 花 开 会

开花不一定会结果，结果就一定会开花。

[illegible]

ɣa^{33} ndo^{55} ʔu^{33} ma^{21} ɲɪ^{21}，fu^{33} ma^{21} fu^{33} ɲɪ^{33} tʂ^{h}u^{55}

鸡 蛋 头 不 在 孵 不 孵 也 烂

没有头的蛋，再孵也是寡的。

[illegible]，[illegible]。

hɪ^{21} ko^{33} to^{13} mɑ^{21} ʈu^{13}，dɯ^{55} bʊ^{21} tɕy^{13} mɑ^{21} do^{33}.

家 里 火 不 烧　外 面 烟 不 冒

家里不烧火，屋外不冒烟。

[illegible]，[illegible]。

nɯ^{13} dʐe^{55} ŋɑ^{21}tʂ^{h}u^{13} ɖɯ^{21}，vɪ^{33} vɪ^{33} ɖu^{33} nʊ^{55} li^{21}.

雾 散 画眉 飞 花 开 蜂 引 来

雾散画眉飞，花开蜜蜂来。

[illegible]，[illegible]。

ʑo^{33} li^{21} mu^{55} xɯ^{55} mɑ^{21} ɣʊ^{21}，mu^{55} mɑ^{21} kɯ^{13} xɯ^{55} mɑ^{21} ɣʊ^{21}.

生 来 老 的 没 有 老 不 会 的 没 得

没有生来就是老的，也没有不会老的人。

[illegible]，[illegible]。

ʥʊ^{21} no^{33} tɕ^{h}i^{13} li^{21} sɯ^{33}，go^{13} ŋge^{21} nɪ^{21} ɣʊ^{21} se^{55}.

路 是 脚 来 走 弯 直 心 得 知

路虽是脚走的，弯直心里明白。

[illegible]，[illegible]。

sɪ^{33} mu^{55} li^{33} tʂ^{h}ɯ^{21} ɳu^{33}，ts^{h}o^{21} mu^{55} li^{33} du^{55} ɳu^{33}.

树 老 来 根 多 人 老 来 话 多

树老了根多，人老了话多。

[illegible]，[illegible]。

ɬi^{13} ʔu^{33} ʑi^{21} bɪ^{13} no^{33}，ɬi^{13} me^{33} ʑi^{21} le^{55} he^{55}.

船 头 水 冒 呢 船 尾 水 被 淹

船头若进水，船尾遭水淹。

[illegible]

tʂɑ^{33} gɪ^{33} tʂɑ^{33} tsɑ^{13}，ȵi^{21}dʑʊ^{21} gɪ^{33} ȵi^{21}dʑʊ^{21} tsɑ^{13}.

绳 断 绳 接 藤 断 藤 接

绳断接绳，藤断接藤。

[illegible]

ȵy^{33} se^{21} no^{33} li^{33} se^{21}，ŋo^{33} ʑʊ^{21} le^{21} ɤo^{13} ʑʊ^{21}.

牛 牵 鼻 来 牵 鱼 捉 颈 前 捉

牵牛牵鼻子，捉鱼抓腮帮。

[illegible]

ʂe^{13} mi^{13} ʔɯ^{55} no^{33} pʰi^{33} mɑ^{21} di^{13}，tsʰo^{21} ɦɪ^{13} mɑ^{21} tʰɯ^{13} su^{21} mɑ^{21} se^{33}.

金 地 埋 就 价 不 值 人 能 不 展 别人 不 知

金子埋在地下不值钱，有本事不使别人不知

[illegible]

to^{13} kʰe^{55} mi^{13} tɕʰo^{13} kɑ^{55}，vu^{33} kʰe^{55} ȵɪ^{13}bo^{55} ɖu^{21}.

火 上 油 添 加 雪 上 霜 降

火上浇油，雪上加霜。

[illegible]

tɕʰɪ^{13}bu^{33} ho^{21} mɑ^{33} ɳu^{55}，tɕʰɪ^{13}bu^{33} ʑi^{13} mɑ^{21} mɑ^{55}.

老虎 见 没 过 老虎 睡 不 梦

没见过老虎，不会梦见虎。

[illegible]

ʈɑ^{13} mu^{55} mi^{33} gu^{21} ve^{33}，ho^{21} xɯ^{55} ɳɯ^{33};

鹰 老 天 空 旋 见 的 多

老鹰在天上飞，看的东西多；

[illegible]

pi^{21}tɕa^{21} ʑi^{21} du^{33} ɳɪ^{33}，ndy^{55} dɯ^{33} ɳu^{33}.

青蛙 水 井 坐 想 的 多

青蛙在井里坐，想的事情多。

[illegible]

tɕʰi^{33} ndy^{55} ma^{21} kɯ^{13} tɕʰi^{33} tsʰu^{13}，va^{13} ndy^{55} ma^{21} kɯ^{13} va^{13} ɖɯ^{33}.

狗 想 不 会 狗 肥 猪 想 不 会 猪 利

狗不会想事狗壮，猪不会想事猪肥。

[illegible]

tɕ‘i^{33} t‘a^{21} du^{21} ma^{21} ndy^{55}，tɕ‘i^{33} sɪ^{33} tɕ‘i^{33} ma^{21} hɪ^{13};

狗 一 种 不 想 狗 树 脚 不 站

狗不想着什么，狗不会站树下；

[illegible]

ɣa^{33} tʰa^{21} du^{21} ma^{21} ɳdʑu^{33}，ɣa^{33} hɪ^{21} nde^{55} ma^{21} da^{33}.

鸡 一 种 不 想 鸡 房 上 不 爬

鸡不想着什么，鸡不会上屋檐。

[illegible]

ʔa^{33}ɳo^{13} dʐo^{13} go^{13} hu^{21} bʊ^{21} ʂʊ^{21}，ʔu^{33} tu^{13} mi^{33} ma^{21} ŋɯ^{33} lo^{33} ʑy^{33}.

猴子 腰 弯 月 亮 捞 头 抬 天 不 观 乃 怪

猴子埋头捞月亮，只怪不抬头望天。

[illegible]

dʐɯ^{33} tɕʰʊ^{33} ʑe^{33} mi^{33} ho^{33} ba^{55}，su^{21} tɕo^{33} su^{21} ʈɯ^{21} mu^{33}.

雷 声 大 天 雨 小 人 吓 人 唬 地

雷声大雨点小，只为吓唬别人。

[illegible]

tɕʰy^{33} ndzo^{21} no^{33} la^{13} ʑʊ^{33} ，tʂʰɯ^{33} ndzo^{21} hɪ^{13}pu^{21} ʑʊ^{33}.

偷 惯 就 手 痒 骗 惯 嘴巴 痒

偷惯的手痒，骗惯的嘴痒。

[illegible]

ʔa^{33}ȵɪ^{13} ho^{21} ndʑo^{21} ȵdʑy^{21} ȵɪ^{13} sʊ^{21}.

姑妈[①] 见 惯 丑 看 舒服

见惯的婆婆不嫌丑。

[illegible]

su^{33} he^{33} su^{21} ma^{21} tɕʰi^{33}，ɳdʐʅ^{21} he^{33} tsʰo^{21} ma^{21} ʔɪ^{13}.

人 好 人 不 欺 酒 好 人 不 醉

好人不欺人，好酒不醉人。

[illegible]

ɣa^{33} ʑʊ^{21} xu^{33} dʑu^{33} ȵdʑʊ^{33}，dʑu^{21} ke^{33} xɯ^{55} se^{55} ʑʊ^{21}.

鸡 捉 杀 吃 想 粮 拿 撒 才 捉

想捉鸡宰吃，还得先撒粮。

[illegible]

ze^{55} lɯ^{55} dʑʊ^{21} ma^{21} se^{55}，sɪ^{33} ke^{33} su^{13} du^{55} nʊ^{13}.

林 去 路 不 知 柴 捡 人 话 听

进山不识路，就问打柴人。

---

① 姑妈：彝族传统婚姻实行姑舅表优先婚，通常是侄女嫁到姑妈家，所以儿媳妇称呼公婆为姑爹姑妈。

su^{21} tʂe^{13} t^{h}o^{21} mɑ^{21} pɪ^{13}，ʂu^{33} li^{33} su^{21} ʐo^{21} ku^{55}.

别人 仓 底 不 抠 穷 来 人 我 顾

不破他人仓，穷来有人帮。

zɪ^{13} p^{h}e^{33} ho^{21} xɯ^{21} dʑʊ^{21} ɬy^{13} sɯ^{33}，su^{33} ve^{13} sʊ^{21} tɕ^{h}y^{33} mi^{13} se^{55} tɯ^{21}.

狼 灰 羊 叼 路 旧 走 人 歪 人 偷 地 知 靠

豺狼叼羊走旧道，小偷偷人靠地熟。①

tɕ^{h}i^{33} le^{55} k^{h}ɪ^{33} ts^{h}ɿ^{33} ʂʊ^{13} le^{55}，ts^{h}o^{21} le^{55} k^{h}ɪ^{33} ts^{h}ɿ^{33} ʂʊ^{21} k^{h}ɑ^{33}.

狗 被 咬 药 找 易 人 被 咬 药 找 难

被狗咬的药好找，被人咬的药难找。

su^{33} ve^{13} su^{21} tɕ^{h}y^{33} kɯ^{13}，p^{h}ʊ^{21} ɬɯ^{13} tʂo^{13} mɑ^{21} bi^{55}.

人 歪 人 偷 会 布 袋 倒 不 背

小偷会偷人，也不会把口袋倒着背。②

me^{33} ɬo^{55} ɤʊ^{33} zɪ^{33} dʊ^{21}，me^{33} tɕy^{13} ɤʊ^{21} tʂɯ^{13} mɑ^{21} dʊ^{21}.

火 苗 得 压 能 火 烟 得 藏 不 能

盖得住火苗，藏不住火烟。

---

① 偷人，这里指偷人的东西。

② 同上。

[illegible]；

zɪ^{13} go^{33} ʑa^{13}ka^{33}，zɪ^{13} go^{33} ʔu^{33}ko^{13} mɑ^{21} ʂe^{13}；

狼 花 凶恶 狼 花 寿命 不 长

豹子凶恶，豹子命不长；

[illegible]。

tɕʰɪ^{13}bu^{33} ʑa^{13}ka^{33}，tɕʰɪ^{13}bu^{33} ʔu^{33}ko^{13} mɑ^{21} ʂe^{13}.

老虎 凶恶 老虎 寿命 不 长

老虎凶恶，老虎命不长。

[illegible]。

vɑ^{13} tʂʰo^{33} pʰɪ^{13} ɳdʐɯ^{33} tɕi^{55} kɑ^{55}，tɕʰi^{33} tʂʰo^{33} ɳɖɯ^{33} ɳdʐɯ^{33} ɕɪ^{21} du^{55} ŋgɑ^{13}.

猪 篱 破 错 先 在 狗 篱 钻 错 其 后 跟

猪破篱笆错在先，狗钻篱笆错在后。

[illegible]。

nɑ^{33} du^{33} bʊ^{21} kɑ^{55} lo^{21} kɑ^{55} lo^{13}，mi^{21}mi^{55} lo^{33} mʊ^{21} lɯ^{21} mɑ^{21} pi^{13}.

眼 洞 山 装 谷 装 够 泥巴 石 颗 去 不 得

眼睛装得下高山深谷，却容不得泥巴沙子。

[illegible]。

ɣo^{13} nʊ^{21} dʑu^{33} ɳdʑʊ^{33} ʑy^{33}，tsɯ^{13} ɳdʐɯ^{33} nɪ^{33} tɕʰy^{55} ʑy^{33}.

肚 疼 吃 想 怪 做 错 心 肝 怪

肚疼怪嘴馋，做错怪心肝。

[illegible]。

mi^{13} ɖɯ^{55} no^{33} ʂʅ^{33} nɯ^{33}，nɪ^{33} nɑ^{33} no^{33} su^{21} xɪ^{13}.

地 荒 就 草 长 心 黑 则 人 害

地荒生杂草，心黑则害人。

[illegible]，[illegible]。

tɕy^{13} ʥu^{21} tɕ^{h}y^{33} ʥu^{33} p^{h}u^{55}，bu^{33} ho^{21} tɕi^{55} nɪ^{33} bi^{21}.

供 粮 偷 吃 者 菩萨 见 都 心 颤

偷吃过供品的人，看见菩萨都心虚。

[illegible]，[illegible]。

ze^{55} ŋɑ^{33} ts^{h}o^{21} ho^{21} p^{h}o^{21}，su^{21} ʥu^{21} tɕ^{h}y^{33} lo^{33} ʑy^{33}.

林 鸟 人 见 逃 人 粮 偷 乃 怪

林中鸟见人就逃，是因偷吃了人的庄稼。

[illegible]，[illegible]；

sɪ^{33} kɯ^{13} lɑ^{13} zu^{33} ɳɪ^{33}，sɪ^{33} t‘o^{33} mɑ^{21} kɯ^{13} kɯ^{13}；

木 会 手 儿 也 树 砍 不 会 会

木匠的儿子，不一定会砍树；

[illegible]，[illegible]。

xɯ^{21} kɯ^{13} lɑ^{13} zu^{33} ɳɪ^{33}，xɯ^{21} de^{33} tɕ^{h}ʊ^{33} nʊ^{13} mɑ^{21} ɳʥʊ^{33} kɯ^{13}.

铁 会 手 儿 也 铁 打 声 听 不 想 会

铁匠的儿子，也许不想听打铁的声音。

[illegible]。

nɪ^{33} k^{h}o^{21} ɖu^{21} dɯ^{33} tsu^{55}.

心 所 中意 的 好

符合心意的就好。

[illegible]，[illegible]。

ŋɯ^{21} ɳɪ^{33} ɳɪ^{55} dɯ^{33} dʐɑ^{33}，ɳdʐɯ^{33} ɳɪ^{33} ɳɪ^{55} dɯ^{33} ʑy^{33}.

是 也 两 头 由 错 也 两 头 由

对是双方的原因，错也是双方的原因。

bʊ^{21} tɕy^{55} bɪ^{13} ʑi^{21} tɕ‘ʊ^{33}，mi^{33} ho^{33} ʑi^{21} mɑ^{21} de^{21}；

山 底 出 水 源 天 雨 水 不 浑

山肚子流出的水，再下雨也不会变浑；

ʑi^{21}tsʰʅ^{21} du^{33} ʑi^{21} tɕʰʊ^{33}，mi^{21}mi^{55} lo^{33} mʊ^{21} ho^{33}.

沼泽 地 水 源 泥巴 石 颗 混

沼泽里淌出的水，泥巴石头混在一起。

lɑ^{13} tʰo^{55} tsʰu^{33} mɑ^{21} bo^{21}，ʔɑ^{21}su^{33} nɑ^{21} ho^{33} lo^{13}.

手 底 盐 没 有 谁人 你 瞧 着

手中若无盐，哪个瞧得起你。

sɪ^{33} fe^{21} ɳɯ^{55}ɖu^{21} ʑi^{21} bi^{55} ɳu^{33}，ɳu^{55} sɯ^{33} ʑe^{21} ɳɖʐo^{21} no^{33} tsɯ^{13} kʰɑ^{55}.

柴 干 湿 透 水 含 多 事 三 回 转 就 做 难

干柴湿透水分多，事过三回就难办。

ʑi^{21} du^{33} bi^{33} ʂe^{13} dʐo^{21}，ʑi^{21} mɑ^{21} ge^{21}；

水 井 虫 长 在 水 不 清

井中有蛇水不清；

mi^{33} gu^{21} te^{13} ʑo^{33} ɳu^{33}，hu^{21} mɑ^{21} bʊ^{21}.

天 空 云 绕 多 月 不 明

天上云多月不明。

[illegible]
ha^{33} me^{21}ʂu^{33} pʰi^{13} kʰo^{21} tɕʰy^{21} ma^{55} kʰɯ^{21}.
鼠　尾巴　肿　多　粗　不　到
耗子尾巴再肿也粗不了多少。

[illegible]
tɕʰi^{33} lu^{13} zɪ^{13} nɪ^{33} ʥo^{33}.
狗　吠　狼　心 讨厌
犬吠引狼恨。

[illegible]
ʑi^{21} ɖɪ^{33} la^{13} tʰo^{55} kʰɯ^{33}，ɖu^{33} ʑi^{33} ho^{33} no^{33} tʂʰu^{13}，tsʰu^{21} mi^{21} ho^{33} no^{33} bʊ^{21}.
水 淡 手 底　到　蜂 水 拌 就　甜　盐　面 拌 就 咸
到手里的淡水，放蜂蜜则甜，放盐巴就咸。

[illegible]
gu^{21} lu^{21} mi^{33} ɣɯ^{33} nɯ^{33}，mi^{33} hɪ^{33} li^{21} sɪ^{13} ne^{55}；
周　圆　天　紫　红　天　风　来　消　失
天边的彩霞，风吹就消散；
[illegible]
ndi^{21} gu^{21} tʂɯ^{55} ʈʰu^{13} ɖu^{21}，ɳɪ^{21}ʥi^{21} li^{21} no^{33} fe^{21}.
坝　圆　露　白　降　太阳　来　就　干
平地的露水，日出就晒干。

[illegible]
sɪ^{33} dɪ^{55} ʑɪ^{13} ȵɯ^{33} va^{13} sʊ^{21}，ɳu^{55}tɕʰi^{13} mba^{33} tʰo^{13} mu^{21} sɿ^{55}.
木 墩 锯 短 扛 适　事情　说　定　做 便
木锯短好扛，事说定好办。

mbɑ^{33} po^{33} nʊ^{13} mɑ^{55} sʊ^{21}，tʂɑ^{13} po^{55} ʑi^{21} mɑ^{21} tsʰɿ^{33}.
话 重 听 不 爽 煮 重 水 不 药
反复说的话不受听，重复烧的水不解渴。

fi^{33} ʂe^{13} ɳdʐɯ^{21} mɑ^{21} ɳdʐɯ^{21}，sɪ^{33} mu^{33} vi^{21} mɑ^{21} pi^{13}.
蒿枝黄 茂 不 茂 树 做 用 不 得
蒿枝长得再茂盛，也不能当木材用。

tɕʻi^{55} ndi^{33} bɑ^{55}，ʈʻu^{33} tɕʻi^{13} ʑe^{33} mɑ^{21} ʑy^{33};
脚 装 小 腿 脚 大 不 怪
鞋小不怪脚大；

dʑɑ^{33} ʔe^{21}ʈʰe^{21}，ʂu^{21} du^{21} tɕʰy^{13} mɑ^{21} ʑy^{33}.
饭 湿 捞 的 粗 不 怪
饭稀不怪筲箕。

tʂʰɪ^{13} ȵy^{33} dʐʅ^{13} ty^{33} kʰɯ^{33}，ȵy^{33} tɕʰy^{13} ʂu^{13} ʑo^{21} tʂʅ^{33}.
山羊 牛 互 抵 劝 牛 角 找 己 夹
山羊来劝牛打架，是找牛角夹自己。

ɳu^{55} tɕɑ^{33} nɪ^{33} bo^{55} tʂɯ^{33}，mɑ^{21} pʰɪ^{13} tɕi^{55} xo^{33} hu^{13}.
事 拿 心 里 藏 不 吐 都 泻 要
把事藏在心里，不吐都要拉稀。

[illegible]，[illegible]；
le^{21}ku^{33} no^{33} t‘u^{33}，le^{21}bu^{33} nɑ^{33} ɳdʐʅ^{33} ɖɯ^{55}；
牯牛 鼻 穿 公牛 眼 泪 出
穿牯牛的鼻子，公牛也要流眼泪；
[illegible]，[illegible]。
sʊ^{21} tɕʰi^{33} ʑʊ^{21} ndu^{21}，ʑo^{21} tɕʰi^{33} no^{13}bɪ^{21} ȵdʑo^{13}.
别人狗 揪 打 己 狗 鼻子 酸
打别人的狗，自家的狗也鼻子酸。

[illegible]。
ʈɑ^{13} ɖɯ^{21} mu^{33} no^{33} nɑ^{33} mi^{13} vu^{33}.
鹰 飞 高 则 看 地 远
老鹰飞得高就看得远。

[illegible]，[illegible]；
lo^{21} bʊ^{21} mɑ^{55} ŋɯ^{21} no^{33}，tɕɪ^{13} mu^{33} bʊ^{21} mɑ^{33} dʊ^{21}；
耳 明 不 是 呢 星 颗 明 不 能
若不是月亮，星星就不会闪烁；
[illegible]，[illegible]。
mu^{55} su^{13} mɑ^{55} ŋɯ^{21} no^{33}，ɬɑ^{13} su^{13} ʑɪ^{21} mɑ^{21} kɯ^{13}.
老 人 不 是 呢 少 者 懂事 不 会
若不是老人，年轻人就不会懂事。

[illegible]，[illegible]。
mi^{33} mu^{33} su^{21} mɑ^{21} zɪ^{33}，mi^{13} tʰu^{13} su^{21} mɑ^{21} tɕʰi^{33}.
天 高 人 不 压 地 厚 人 不 欺
天高不压人，地厚不欺生。

[illegible]，

dʐɯ^{33} mu^{33} nɪ^{33} lo^{13} kɯ^{13} mɑ^{21}sɿ^{55} mɑ^{21} kɯ^{13}，

畜 马 心 足 会 害羞 不 会

畜生知足不知羞，

[illegible]。

ʔu^{33}tsʰo^{33} mɑ^{21}sɿ^{55} kɯ^{13} nɪ^{33} lo^{13} mɑ^{21} kɯ^{13}.

人 害羞 会 心 足 不 会

人类知羞不知足。

[illegible]，

mu^{33} k‘o^{13}t‘ɯ^{33} mu^{33} dʐe^{21} mʊ^{21} k‘e^{55} di^{13}，

马 年龄 马 牙 母 上 在

马的年龄在马的板牙上，

[illegible]。

tsʰo^{21} mu^{21} lu^{33} tsʰo^{21} mbɑ^{33} lu^{33} do^{55} dʐo^{33}.

人 做 的 人 说 的 里 在

人的德性在人的话语里。

[illegible]， [illegible]。

du^{55} tsu^{55} ʥʊ^{21} do^{55} dʐo^{33}，tsʰo^{21} tsu^{55} nɪ^{33} do^{55} dʐo^{33}.

话 好 理 里 在 人 好 心 里 在

话好在理上，人好在心里。

[illegible]， [illegible]。

ŋo^{33} ʂʊ^{21} pʰu^{55} ʥo^{33} ʑi^{21} nɑ^{13} mɑ^{21} ʨi^{21}，ze^{55} no^{21} pʰu^{55} kʰo^{21} ʂʊ^{21} ze^{55} lu^{13} ŋɯ^{33}.

鱼 捞 者 怕 水 深 不 怕 山 撵 者 所 寻 箐 林 是

打渔人不怕水深，撵山人找的是箐林。①

① 撵山人：贵州方言，打猎人的意思。

[彝文]

zi^{21} tʂo^{13} ʑy^{21} mɑ^{21} kɯ^{13}，ndy^{55} po^{33} ts^{h}ʅ^{33} mɑ^{21} ɣʊ^{21}.

水 倒 流 不 会　想 悔 药 没 得

水不会倒流，人没有悔药。

[彝文]

tɕy^{33} ts^{h}ɯ^{33} tɕy^{33} ʑi^{21}mʊ^{21} gɯ^{55} xʊ^{33} se^{55}，go^{13} li^{21} mu^{33} tɕ^{h}i^{13} du^{55} do^{55} ɕi^{13}.

九 十 九 河 大 蹚 掉 才 回 来 马 脚 迹 里 死

蹚过了九十九条大河，回来却淹死在马蹄窝里。

[彝文]

ȵy^{33} dɯ^{21} go^{13} dʑʊ^{21} se^{55}，ts^{h}o^{21} he^{33} ndy^{55} ʑɑ^{13} kɯ^{13}.

牛 笨 归 路 知　人 智 想 错 会

牛再笨也识归途，人再聪明也会失误。

[彝文]

zɪ^{13} li^{21} mɑ^{21} tɕi^{21}，ɬo^{21} mɑ^{21} dy^{33} tɕi^{33}.

狼 来 不 怕　圈 不 牢 怕

不怕狼来，就怕圈不牢。

[彝文]

lɑ^{13} pu^{33} dʑɑ^{13} kɑ^{55} mɑ^{21} ndy^{55}，lɑ^{13} tʂu^{33} t^{h}u^{21} ko^{33} mɑ^{55} kɑ^{21}.

手 掌 塞 进 不 想　手 指 伸 里 不 放

不想伸进一只手，就不会伸进指头。

[彝文]

lo^{33} k^{h}ɪ^{33} nɑ^{33} du^{33} tɕ^{h}y^{33}，bi^{33} nʊ^{33} sɪ^{33} k^{h}ɑ^{33} t^{h}u^{21}.

石 细 眼 洞 伤　虫 软 树 硬 蛀

沙粒虽小伤人眼，软虫也能蛀硬木。

[illegible]

ʔo^{55}ȵy^{33} lɯ^{21} dʊ^{33}，ȵy^{33} ʂe^{13} lɯ^{21} dʊ^{33}.

水牛　去　得　牛　黄　去　得

水牛去得，黄牛也去得。

[illegible]

du^{33} tʰo^{21} ɳɹ^{33} mi^{33} na^{33} mi^{33} ma^{21} ʑe^{33}，bʊ^{21} nde^{55} he^{13} mi^{13} ŋɯ^{33} ɖe^{21}pʰʊ^{33}pʰʊ^{21}.

井　底　坐　天　看　天　不　大　山　上　站　地　望　宽广广

坐井观天天不大，登高望远地宽广。

[illegible]

ndy^{55} ve^{13} su^{33} dɯ^{33} de^{55} ma^{21}bu^{33}.

想　歪　人　蠢　及　不止

偏见比人无知更有害。

[illegible]

ɖu^{33} mʊ^{21} ma^{21} bo^{21} ʔu^{55}lɯ^{33}，ma^{13} se^{21} ma^{21} bo^{21} ma^{13} ɖa^{33}.

蜂　母　没　有　懒惰　兵　主　没　有　兵　乱

蜂无王就懒，兵无将就乱。

[illegible]

ʑi^{21} tɕʰʊ^{33} ɣʊ^{21} no^{33} de^{21} me^{21}ma^{21}ʂe^{13}，ʑi^{21} tɕʰʊ^{33} ma^{21} ɣʊ^{21} no^{33} de^{21} me^{21} ʂe^{13}.

水　源　有　就　浑　尾　不　长　水　源　没　有　则　浑　尾　长

水有源就浑不长久，水无源就浑得长久。

[illegible]

ʂʅ^{33} tʂʰɯ^{21} di^{13} tʂʰɯ^{33} ma^{21} tɕi^{21}，ʑi^{21} tɕʰʊ^{33} ɣʊ^{21} fe^{21} ma^{21} tɕi^{21}.

草　根　有　烧　不　怕　水　源　有　干　不　怕

有根的草不怕火烧，有源的水不怕天旱。

tʰɑ^{21} ʑo^{21} lo^{33} tʰɑ^{21} ko^{13} tɑ^{33}，tsʰɯ^{21} ʑo^{33} bʊ^{21} tʰɑ^{21} lɯ^{33} ʈʰɑ^{33}.

一 人 石 一 块 抱 十 人 山 一 座 拆

一人搬一块石，十人挖一座山。

ŋɑ^{33} ʂe^{13} ɤɑ^{21} pi^{13} zɪ^{33}，kʰo^{21} ʑe^{33} me^{13}du^{33} ʑe^{33}.

鸟 金 鸡 公 压 所 大 名声 大

孔雀盖过公鸡，是因为名声大。

to^{13} zɪ^{33} hɪ^{13} tu^{33}，tɕʰi^{33} se^{21} dɯ^{55} kʰe^{55}.

火 压 屋 置 狗 牵 外 拴

火要灭在屋内，狗要拴在门外。

ʔɑ^{55}tʂʰu^{33} lɑ^{13}ɳɪ^{33} po^{33}，vu^{33} lɑ^{13} tʰɯ^{13} tɕʰi^{33} bi^{55}.

猫儿 甑子 翻 力 手 使 狗 给

猫儿翻饭甑，白替狗使劲。

ndy^{55} ɳu^{33} ndy^{55} ʥʊ^{21} ʑɑ^{13}.

想 多 想 路 错

考虑过多反而会迷路。

se^{21}ho^{33} me^{21} ɖu^{21} ndo^{21} ne^{13}，sɪ^{33}dɪ^{55} ʑɪ^{13} ɳɯ^{33} vɑ^{13} sʅ^{55}.

杨梅 熟 透 吞 香 木头 锯 短 扛 便

熟透的杨梅好吃，锯短的木头好扛。

[illegible]

na^{33} du^{33} na^{33} ɳdʐʅ^{33} tɪ^{33} ʑi^{21} dzʅ^{33}，ʈ^{h}ɪ^{13} du^{33} xɯ^{21} mu^{33} su^{21} xu^{33} kɯ^{13}.

眼 洞 眼 泪 浸 水 滴 变 得 刀 样 人 杀 会

眼睛里淌出来的泪水，也会变成杀人的刀。

[illegible]

ʥi^{21} hu^{21} bu^{21} no^{33} ȵy^{21} ȵɪ^{55} ɳdʐʅ^{55}，nɪ^{33} mɑ^{21} du^{21} no^{33} sʊ^{21} ʑo^{21} tɕ^{h}y^{33}.

日 月 明 则 草 兽 昌 心 不 通 则 人 己 伤

日月明则万物昌盛，心不明则害人害己。

[illegible]

ɣɑ^{33} t^{h}ɑ^{21} ke^{13} k^{h}ɯ^{33} ʈ^{h}ɯ^{55}，ɣɑ^{33} ts^{h}ɯ^{21} ke^{13} nʊ^{55} mbi^{21}.

鸡 一 只 口 开 鸡 十 只 逗 叫

一只鸡开口，引来十只鸡叫。

[illegible]

hɑ^{33} to^{13} ts'ʅ^{33} dzu^{33} ɳu^{55}，hɪ^{13}pu^{21} p'u^{21} t'o^{55} ne^{33}；

鼠 毒 药 吃 过 嘴巴 开 时 少

吃过毒药的耗子，再不敢随便张口；

[illegible]

su^{21} tu^{13} ts^{h}o^{21} ʑo^{33} no^{33}，ɕi^{13} tɕi^{55} hɪ^{13}pu^{21} mɑ^{21} mɪ^{33}.

人 挑拨 人 者 呢 死 都 嘴巴 不 闭

爱搬弄是非的人，到死也闭不住嘴。

[illegible]

tɕ'i^{33} ɕɪ^{13} bɑ^{55}，tɕ'ɪ^{13}bu^{33} do^{21}pu^{55} k'ɪ^{33} kɯ^{13}；

狗 虱 小 老虎 屁股 咬 会

跳蚤虽小，却敢咬老虎的屁股；

[illegible]

bi^{33} ts^{h}e^{13} bɑ^{55}，zɪ^{13} go^{33} no^{13}bɪ^{21} ndɯ^{55} kɯ^{13}.

虫 细 小 狼 花 鼻子 叮 会

蚊子虽小，也敢叮豹子的鼻子。

[illegible]

sɪ^{33} mu^{55} tʂ^{h}ɯ^{21} ʂʊ^{21} zɯ^{55}，ʔɑ^{33}k^{h}o^{55} sɪ^{33} ʈ^{h}ɯ^{55} de^{33}.

树 老 根 理 起 镰刀 树 放 倒

理起大树根，镰刀也能割倒它。

[illegible]

fɑ^{13} ʈ^{h}u^{13} k^{h}e^{55} ʑo^{33} tɯ^{21} mɑ^{21} tɕi^{21}，vu^{33} bʊ^{21} k^{h}e^{55} ʑo^{33} tʂ^{h}ɪ^{13} mɑ^{21} tɕi^{21}.

岩 白 上 长 陡 不 怕 雪 山 上 长 冷 不 怕

生在悬崖不怕陡，长在雪山不怕寒。

[illegible]

se^{33} ɳo^{13} xɯ^{21} tɕy^{55} dʐo^{33}，xɯ^{21} se^{33} t^{h}ɑ^{33} xʊ^{33} dʊ^{21}.

磨 石 刀 下 在 刀 磨 利 了 能

磨石在刀下，却能把刀磨锋利。

[illegible]

ndu^{33} k^{h}ɑ^{33} no^{33} mʊ^{21} ʑe^{33}，tʂɑ^{13} k^{h}ɑ^{55} no^{33} ʑi^{21} ne^{21}.

挖 难 的 果 大 煮 难 的 汤 稠

难挖的个头大，难煮的汤水稠。

[illegible]

ʔɑ^{33}dʑɯ^{33} hu^{21} nɑ^{33} xɯ^{55} mɑ^{55} ŋɯ^{21}，mu^{21} lu^{13} mʊ^{21} ɤo^{13} li^{33} mɑ^{55} ŋɯ^{21}.

乌鸦 染 黑 的 不 是 做 的 母 肚 来 不 是

乌鸦不是墨染的，德性不是胎来的。

ʑi^{21} de^{21} tʰo^{55} ŋo^{33} ʑʊ^{21} mɑ^{21} ndzu^{33}，ʑi^{21} mʊ^{21} ɬi^{13} tʂo^{13} kɯ^{55} se^{55} ndzu^{33}.

水 浑 时 鱼 捉 不 强 河 大 船 逆 渡 才 强

浑水摸鱼不算强，逆水行舟才叫强。

ndy^{55} gʊ^{21} mɑ^{21} tsɯ^{13} ɳu^{55} mɑ^{21} tʰo^{13}，mɑ^{21} ndy^{55} mu^{33} tsɯ^{13} ɳu^{55} tʰo^{13} kʰɑ^{33}.

想 完 不 做 事 不 成 不 想 地 做 事 成 难

想了不做不成事，不想就做事难成。

t‘ɑ^{21} ɳɪ^{21} mu^{33} bʊ^{21} t‘ɑ^{21} lɯ^{33} ʈ‘ɑ^{33} mɑ^{21} dʊ^{21},

一 天 地 山 一 座 挖 不 能

一天挖不掉一座山，

tʰɑ^{21} tʂʰɯ^{21}pʰe^{21} du^{33} tʰɑ^{21} nɑ^{21} ndu^{33} mɑ^{21} dʊ^{21}.

一 锄头 洞 一 眼 挖 不 能

一锄挖不成一个洞。

tɕʰi^{33} ɣo^{13}pu^{33} mʊ^{21} tsʰe^{13} mɑ^{21} ɳɪ^{21}.

狗 肚子 麻 油 不 有

狗肚里没有酥麻油。

sɪ^{33} no^{33} go^{13} xɯ^{55} ɣʊ^{21} ŋge^{21} xɯ^{55} ɣʊ^{21}，tsʰo^{21} no^{33} tsɿ^{55} xɯ^{55} ɣʊ^{21} dɯ^{33} xɯ^{55} ɣʊ^{21}.

树 呢 弯 的 有 直 的 有 人 呢 好 的 有 歹 的 有

树有弯有直，人有好有歹。

[illegible]，[illegible]。

mi^{33} no^{33} ʥi^{21} hu^{21} ɣʊ^{21}，tsʰo^{21} no^{33} nɑ^{33} du^{33} ɣʊ^{21}.

天 呢 日 月 有 人 呢 看 洞 有

天有日月，人有眼睛。

[illegible]，[illegible]。

tɕʰi^{33} nɑ^{33} lu^{13} mɑ^{21} lu^{13}，ȵy^{33} kʰo^{21} dɯ^{33} tʂʰʅ^{21} ɖɑ^{33}.

狗 黑 吠 不 吠 牛 所 能① 谷 吃

管你黑狗叫不叫，黄牛照样吃秧苗。

[illegible]，[illegible]。

hɑ^{33} dʐʅ^{21} bu^{33} nɑ^{33} du^{33}，sɪ^{13} ʑi^{21} ge^{33} mɑ^{21} do^{33}.

鼠 伸 蓬 看 洞 戳 水 清 不 出

松鼠的眼睛，戳不出眼泪水。

[illegible]，[illegible]，[illegible]。

ʈɑ^{13} mu^{55} ɖɯ^{21} mi^{13} ɖu^{55}，ɣɑ^{33} ɣʊ^{21} no^{33} ɣɑ^{33} tɕɑ^{33}，ɣɑ^{33} mɑ^{21} ɣʊ^{21} pi^{13} xɯ^{21}.

鹰 老 飞 地 落 鸡 有 就 鸡 抓 鸡 没 有 草 叼

扑地的老鹰，有鸡捉鸡，无鸡叼草。

[illegible]，[illegible]。

lɑ^{13}ʂɑ^{55} mɑ^{21} de^{33} mɑ^{21} he^{21}，ȵ̩u^{55}tɕʰi^{13} mɑ^{21} tsɯ^{13} mɑ^{21} tʰo^{13}.

锣 不 敲 不 响 事 不 做 不 成

锣不敲不响，事不做不成。

① “kʰo^{21} dɯ^{33}”即“kʰo^{21} dʊ^{33}（所能）”的音变。意为尽其所能地。

ha^{13} su^{13} ma^{21}sa^{33}sa^{33}，tɕʰy^{33} su^{13} to^{21}tu^{33} li^{21}.

守 者 麻撒撒[1] 偷 者 备 起 来

看守者无心，偷人者有心。

po^{13}ȵdʑɯ^{55} ɳɖa^{13} ma^{21} ɳɖa^{13}，ɣa^{13} nɪ^{33} tɕʰi^{33} tʂʅ^{33} kɯ^{13}.

梭子 滑 不 滑 织 心 脚 夹 会

再滑的梭子，也有卡住时。

tʂʰɪ^{13} na^{33} ho^{21} ȵɪ^{13} nɪ^{33} pʰo^{33} li^{21}，ho^{21} na^{33} tʂʰɪ^{13} ka^{55} sa^{13} bi^{55}nɯ^{13}.

山羊 看 绵羊 见 心 翻 来 绵羊 看 山羊 在 气 腥臭

山羊看见绵羊就恶心，绵羊看见山羊也腥臭。

dʑe^{33} mu^{33} tsu^{55} ma^{21} tsu^{55}，dʐʊ^{21} go^{13} ȵdʐʊ^{21} t‘o^{55} ȵɪ^{13}；

骑 马 好 不 好 路 弯 过 时 看

骏马好不好，要看转弯时；

bu^{21}dzu^{33} kʰa^{33} ma^{21} kʰa^{33}，gɯ^{21} pa^{33} xu^{33} tʰo^{55} ȵɪ^{13}.

汉子 硬 不 硬 仇 伴 杀 时 看

硬汉强不强，要看杀敌时。

---

① 麻撒撒：贵州方言，毫无防备的意思。

[illegible]

ʑi^{21} ndzɑ^{33} lo^{33} t^{h}u^{21} du^{21}，bi^{21}ʑo^{55} sɪ^{33} t^{h}u^{21} gu^{55}.

水 滴 石 穿 通 蚂蚁 树 掏 空

滴水可穿石，蚂蚁掏空树。

[illegible]

tʂ^{h}ɪ^{13} xu^{33} dzu^{33} ɳu^{33} dzu^{33} mɑ^{21} ȵdʑʊ^{33}，mɑ^{33} vɪ^{33} ho^{21} ɳu^{33} nɑ^{33} ʈ^{h}u^{55} mɑ^{55} li^{21}.

山羊 肉 吃 多 吃 不 想 杜鹃 花 看 多 眼 脸 不 来

山羊肉吃多了不想吃，索玛花看多了也熟视无睹。

[illegible]

sɪ^{33} k^{h}o^{21} ʥo^{33} dɯ^{33} ŋɑ^{33} ko^{33} he^{21}.

树 凡 长 处 鸟 在 叫

凡长树的地方就有鸟叫。

[illegible]

ʥy^{33}hu^{33} p^{h}u^{55} ʔɑ^{33}ŋɑ^{55}，ŋɑ^{33} he^{21} ʥʊ^{33} nɪ^{33} dy^{21}.

高山 者 小孩 鸟 叫 闻 心 喜

高山上的孩子，听到鸟的叫声就高兴。

[illegible]

vu^{55} mʊ^{21} tʂɪ^{33} no^{33} ɳɪ^{13} ʂo^{33}，ʔu^{33} ts^{h}ɯ^{33} tʂɪ^{33} no^{33} ȵʥi^{21} p^{h}e^{21}.

菜 果 拔 则 泥 剐 头 发毛 拔 则 皮 辣

拔出萝卜带出泥，扯掉头发头皮疼。

[illegible]

ɣɑ^{21} mʊ^{21} ndo^{55} dʐu^{55} no^{33}，ɣɑ^{33} dzu^{33} do^{33}mɑ^{21}nʊ^{33}.

鸡 母 下蛋 肯 呢 鸡 粮 可不惜

母鸡肯下蛋，鸡粮不可惜。

mu^{33} ho^{21} mɑ^{33} ȵu^{55} mu^{33} ʥo^{33}，zɪ^{13} ho^{21} mɑ^{33} ȵu^{55} tɕʰi^{33} ʥo^{33}.
马 见 没有 过 马 怕 狼 见 没有 过 狗 怕
没见过马被马惊，没见过狼被狗吓。

ʔɑ^{33}mi^{55} hɑ^{33} ʑʊ^{21} ȵʥɑ^{33}，hɑ^{33} ȵʥʊ^{33} xɯ^{55} mɑ^{55} ŋɯ^{21}.
猫儿 鼠 捉 玩 鼠 爱 的 不 是
猫捉耗子玩，不是爱耗子。

tʂʰʅ^{21} mi^{21} zɯ^{13} kɯ^{13} no^{33}，nɑ^{13}ʈʰɪ^{55} ɹɪ^{33} tsɯ^{13} kɯ^{13}.
谷 面 揉 会 呢 粑粑 也 做 会
会揉面的人，也会做粑粑。

ʂu^{55}bʊ^{21} to^{13} su^{13} mu^{55}，tɕʰi^{13} tʰo^{55} nɑ^{33}dy^{33}dy^{33}.
火把 点 人 照 脚 底 黑漆漆
举着火把给人看路，自己的脚下却是黑的。

mi^{13} vu^{33} su^{13} ʥo^{33} ʑi^{21} tɕi^{33}，ne^{33} dɯ^{33} su^{13} dʑo^{33} tsʰo^{21}bu^{33} tɕi^{33}.
地 远 人 怕 水 怕 近 处 人 怕 鬼 怕
远处人怕水，近处人怕鬼。

sɪ^{33} dɯ^{55} sɪ^{33} tɕ‘o^{21} mu^{33}，ʑo^{33} li^{21} mi^{33} mɑ^{21} to^{33};
树 说 树 形 高 长 来 天 不 抵
树说树高大，长来不抵天；

bo^{21} dɯ^{55} ʑo^{21} ʑe^{33} dɯ^{55}，tsʰo^{21} ʥʊ^{21} ndɯ^{21} mɑ^{33} dʊ^{21}.

山 说 我 大 说　人 路 挡 不 能

山说山高大，挡不住行人。

ho^{21} lu^{33} tʂo^{13} sɯ^{33} mu^{33}，nɑ^{21} ʥʊ^{21} pe^{55} mɑ^{55} ŋɯ^{21}.

羊 公 倒 走 着　你 路 让 不 是

公羊倒着走，不是让你路。

ʂo^{13} sɪ^{55} ze^{21} ze^{33} n̠y^{21}，vu^{33} n̠ɪ^{13} ɕi^{21} mɑ^{21} ʥo^{33}.

松 树 代 代 青　雪 霜 它 不 怕

松柏世代青，霜雪它不怕。

mi^{33} tɕy^{33} tɕʰʊ^{33} tʰɑ^{21} hu^{21} tsɑ^{13} mɑ^{21} ʈɯ^{33}，bu^{21}ʥu^{33} me^{13} tu^{13} kʰo^{13} lo^{13} tɕi^{55} ʑi^{21}.

天 雷 声 一 百 里 不 超　好汉 名 千 年 了 都 传

响雷不过一百里，英雄美名传千秋。

mi^{33} mi^{13} ɖe^{21} mɑ^{33} ɖe^{21}，tsʰo^{21} he^{33} nɪ^{33} mɑ^{55} ɖe^{21}.

天 地 宽 不 宽　人 好 心 没有 宽

天地再宽广，没有好人的心宽广。

bu^{33} hɪ^{33} gɑ^{55} lɯ^{33} ŋɯ^{33}，ʔɑ^{21}ʂɿ^{13} gɑ^{55} lɯ^{33} mɑ^{55} ŋɯ^{21}.

庙 房 那 个 是　和尚 那 个 不 是

庙还是那座庙，和尚已不是那个和尚。

[illegible]

kʰu^{33}hu^{33} he^{33} dɯ^{21} ɣo^{21}，ʑi^{21} gɯ^{55} nɑ^{13} dɯ^{33} ɣo^{21}.

时运　好　歹　有　水　蹚　深　浅　有

时运有好坏，涉水有深浅。

[illegible]

mi^{33} dʑu^{21} ʑi^{21} ndo^{21} tʻo^{55} ne^{33}，sʊ^{21} ȵdʑʊ^{33} tsʻɿ^{33}；

天　虎　水①　喝　时　少　人　爱　药

彩虹的时间短，却讨人喜爱；

[illegible]

mi^{33} nɯ^{13} tɯ^{55} tʰo^{55} ɳu^{33}，su^{21} ɕɪ^{13} ʂo^{13}.

天　雾　罩　时　多　人　它　恨

雾罩的时间长，却令人讨厌。

[illegible]

dʑu^{33} ȵdʑʊ^{33} no^{33} nɪ^{33} hu^{21}，mɑ^{55} ȵdʑʊ^{33} no^{33} nɪ^{33} gɯ^{21}.

吃　想　则　心　烧　梦　想　则　心　累

想吃就心烧，想梦心就累。

[illegible]

ŋɑ^{33} nɑ^{33} tɕo^{33} ɳu^{55} no^{33}，tɕʰɑ^{13} tu^{13} ho^{21} no^{33} ɖɯ^{21}.

鸟　黑　吓　过　呢　弓　举　见　就　飞

受惊过的鸟，见举弓就逃。

---

① 彝族讲彩虹叫“tɕhi^{13} bu^{33} dʑu^{21} ʑi^{21} ndo^{21}”，意为“老虎喝水”，“tɕhi^{13} bu^{33}”和“dʑu^{33}”都是“虎”之意，而“ʑi^{21}”为“水”，“ndo^{21}”为“喝”。其原因可能是因为彩虹的颜色和老虎身上的花纹相似之缘故。

ndu^{21} ndʑo^{33} xɯ^{55} tɕ^{h}i^{33} no^{33} p^{h}o^{21}，tʂu^{33} ndʑo^{21} xɯ^{55} tɕ^{h}i^{33} no^{33} li^{21}.

打 惯 的 狗 呢 跑 喂 惯 的 狗 则 来

打惯的狗见人就跑，喂惯的狗常来。

zɪ^{13} no^{33} tɕ^{h}i^{33} ʔɑ^{33}ʑy^{13}，tɕ^{h}i^{33} ʂo^{55} zɪ^{13} mɑ^{21} ŋgɑ^{13}.

狼 是 狗 娘舅 狗 唆 狼 不 撵

狼是狗娘舅，唆狗不撵狼。

ʔo^{55}dɯ^{33} tɕ^{h}i^{33} tʂ^{h}u^{21} ʂu^{21}，tʂ^{h}ɯ^{21} ʥe^{21} dʐʅ^{13} mɑ^{55} sɯ^{33}.

狐狸 狗 亲 寻 根 蒂 互 不 同

狐认狗为亲，根蒂不一样。

lo^{21}po^{33} bu^{33} tʂ^{h}o^{55} hɯ^{21}，su^{21} gɑ^{55} ɣʊ^{21} dʑʊ^{33} k‘u^{33};

耳朵 聋 跟 摆 别人 叫 得 听 想

和聋子摆龙门阵，是想讲给别人听；

nɑ^{33} dʑi^{33} tɕi^{55} li^{33} pɪ^{33}，pɪ^{33} du^{33} ve^{33} dɯ^{33} ʈu^{55}.

眼 瞎 跟前 来 跳 跳 来 别 的 看

在瞎子面前跳舞，是想跳给别人看。

ɣɑ^{33} t^{h}ɑ^{21} ke^{13} ʑi^{21} tɪ^{33}，be^{55} ts^{h}ɯ^{21} ke^{13} le^{21} ve^{13}.

鸡 一 只 水 泡 鸭 十 只 脖 歪

一只鸡落水，十只鸭歪脖。①

---

① 歪脖：鸭子会游泳，看见鸡落水，觉得奇怪，个个都歪着脖子看它。

tɕʻɪ^{13}bu^{33} hɪ^{13} kʻɯ^{33} tʻo^{55}，du^{21}mo^{13} tʻo^{33} ma^{55} me^{13}；

老虎　家　到　时　棍棒　砍　不　及

等老虎进了家，已来不及砍棍；

nʊ^{21} tsʰɿ^{33} to^{21} tsu^{55} tʰo^{55}，nʊ^{21} ŋgu^{21} n̥ɪ^{33} ma^{55} me^{13}.

病　药　配　好　时　病　治　也　不　及

等配好了良药，已来不及治疗。

tsʰo^{21} ɕi^{13} me^{13} ma^{21} ɕi^{13}，me^{13} ɕi^{13} tsʰo^{21} hu^{21} gɯ^{33}.

人　死　名　不　死　名　死　人　威　尽

人死名不死，名死人无威。

na^{21} dʊ^{21} na^{21} mu^{33} dʑe^{33}，mu^{33} dʊ^{21} mu^{33} na^{21} dʑe^{33}.

你　行　你　马　骑　马　行　马　你　骑

人强人骑马，人弱马骑人。

vu^{33} di^{13} tʰa^{21} vi^{21} bi^{55}，kʰu^{33} di^{13} tʰa^{21} ta^{21} ta^{33}.

力　有　一　背　背　勤　有　一　抱　抱

力大一背背，勤快一抱抱。①

---

① 力大一背背：意为力大的人不顾身体，将全部货物拿作一背来背。勤快一抱抱：意为勤快的人将东西分成几份来运输，宁愿一次抱一抱，也要多跑几趟。这句卢比的本意是奉劝人们劳动时不要使用蛮力，要顾及身体。

[illegible]

su^{33} ɕi^{13} du^{55} mɑ^{21} ʥʊ^{33}，su^{33} mo^{13} tʂʰu^{55} bi^{55}nɯ^{13}.

人 死 讯 不 闻 人 尸 腐烂 臭

没听到死讯，却闻到尸臭味。

[illegible]

bi^{33} ʂe^{13} kʰɯ^{33} do^{13} ɳɪ^{21}，su^{33} dɯ^{33} nɪ^{33} xɯ^{21} tʂɯ^{13}.

虫 长 嘴 毒 有 人 坏 心 刀 藏

老蛇口中有毒，歹人心里藏刀。

[illegible]

tɕ‘i^{33} ʥi^{33} mɑ^{55} ŋɯ^{21}，se^{21} mɑ^{21} k‘ɪ^{33}；

狗 瞎 不 是 主 不 咬

不是瞎眼狗，就不咬主人，

[illegible]

su^{33} dɯ^{33} mɑ^{55} ŋɯ^{21}，sʊ^{21} mɑ^{21} xɪ^{13}.

人 坏 不 是 人 不 害

不是歹人，就不会害人。

[illegible]

lu^{21}ʂʅ^{33} pʰu^{55} tʰɑ^{21} ɖu^{21}ze^{33} ɕɪ^{13} ɖɯ^{33}，lu^{21} kʰɪ^{33} pʰu^{55} tʰɑ^{21} tʰo^{55} dʐʅ^{33} ɕɪ^{13} ɖɯ^{33}.

老实 人 一 人世 他 利 寨 抢 人 一 时 只 他 利

老实人得利一世，霸道人得利一时。

[illegible]

ʈɑ^{13} mu^{55} nɑ^{33} kʰɯ^{21} sɯ^{21} tʰɑ^{33} tɕi^{55}，ɣɑ^{33} mi^{21} tɕɑ^{33} ɣɑ^{33} mu^{33} ʐʊ^{21} kɯ^{13}.

鹰 老 眼 如何 样 尖 都 鸡 毛 拿 鸡 当 捉 会

老鹰的眼睛再尖，也会把鸡毛当鸡抓。

gɯ^{55} ȵdʑʊ^{21} gɯ^{55} ʑɪ^{33} mi^{13} tʰo^{55} ɖu^{55}，ɳu^{55} ʈɯ^{33} tsu^{55} dɯ^{21} nɪ^{33} ɣʊ^{55} dʐo^{33}.
雁　过　雁 影 地 底 投　事 过 好　坏 心 里 在
雁过雁影落地上，事过好坏在心头。

po^{33} nɑ^{33} tʂo^{13} nɑ^{33}，ȵy^{33} kʰo^{21} ŋɯ^{21} tɕʰi^{13} ɬi^{33} pʰɑ^{21}.
反 看 正 看　牛 所有 是　脚 四 只
正看反看，是牛都是四只蹄。

ŋgu^{21} su^{13} bʊ^{21} nde^{55} dɑ^{33}，k‘o^{21} ho^{21} ts‘ʅ^{33} ŋɯ^{33}；
医　者 山 上　爬　所　见 药　是
郎中上山，所见都是药；

ɕʊ^{13} su^{13} bʊ^{21} nde^{55} dɑ^{33}，kʰo^{21} ho^{21} ʂʅ^{33} ŋɯ^{33}.
学 者 山　上　爬　所　见 草 是
秀才上山，所见都是草。

kʰu^{33} di^{13} su^{13} ɳu^{55} mɑ^{21} gɯ^{21}，tsʰo^{21} ȵdʑy^{21} pʰu^{55} ɳu^{55} mɑ^{21} ɣʊ^{21}.
勤　有　者　事　不　完　人　懒　者 事 没　有
人勤事不完，懒人无事做。

tɕʰi^{21} mʊ^{21} ʂʅ^{21} ȵɪ^{33} se^{21} pʰu^{33} se^{55}，ɣɑ^{21} pi^{13} bɑ^{55} ȵɪ^{33} ȵɪ^{21} sɯ^{33} kɑ^{13}.
狗　母　瘦 也 主　者　知　鸡　公 小　也 日　夜　分
母狗再瘦也认得出主人，公鸡再小也分得清昼夜。

[illegible]

ʔo^{55}ȵy^{33} tɕʰy^{13} kʰɑ^{33} mɑ^{21} kʰɑ^{33} ȵɪ^{33}，ʑi^{21} hɑ^{33} ho^{21} tʂɑ^{13} ko^{33} ɖu^{21} kɯ^{13}.

水牛　角　硬　不　硬　也　水　涨　见　煮　壳　脱　会

水牛角再硬，遇涨水也会煮脱壳。

[illegible]

ɖu^{21}ly^{21} do^{33} tʂʰu^{55} ʂe^{13}，ʂɪ^{33} tʂɑ^{33} tsʰe^{13} tɕi^{13} gɪ^{33}.

椽子　出　烂　早　拴　索　细　先　断

长的椽子先烂，细的绳子先断。

[illegible]

ʂʅ^{33} pi^{13} me^{33}to^{55} to^{13} sɪ^{13} ʑɯ^{33} ɖu^{21}，ho^{21} ȵdʑi^{33} tɕɑ^{33} ʑi^{21} kɯ^{55} ne^{55} ʑɯ^{33} ve^{33}.

草 杆　火　点 熄 又 燃　羊　皮　拿　水　渡　消失 又　浮

草杆引火灭又燃，羊皮渡河沉又浮。

[illegible]

sɪ^{33} dʑe^{33} zɪ^{33} dʐo^{55} le^{21}，sɪ^{33} fe^{21} zɪ^{33} go^{13} kʰɑ^{33}.

树　生　压　直　易　干　树　压　弯　难

湿柴易压直，干柴难压弯。

[illegible]

kʰe^{21}de^{21} tɕʰi^{33} ti^{13} mɑ^{21} tɕi^{21}，ʑi^{13} to^{55} mɑ^{21} ndy^{55} lo^{33} tɕi^{33}.

埂子　脚　摔　不　怕　睡　起　不　想　了　怕

不怕摔下土坎，就怕不想爬起来。

[illegible]

kʰɯ^{21} dɯ^{33} mi^{33} ho^{33} mbu^{33} mɑ^{21} tɪ^{33}，kʰɯ^{21} dɯ^{33} te^{13} mi^{13} ve^{13} mɑ^{21} ɤʊ^{21}.

何　处　天 下雨　衣　不　泡　何　处　田　地 蚂蝗 没　有

哪有不湿衣服的雨，哪有不长蚂蝗的田。

[illegible]

ʑi^{21} du^{33} kʰɯ^{55} ma^{21} fe^{21}，vu^{33} no^{33} vi^{21} ma^{33} gɯ^{21}.

水 井 舀 不 干 力 乃 使 不 尽

井水打不干，力气使不尽。

[illegible]

ɣa^{33} ndo^{55} tɕʰɪ^{13} ma^{21} di^{13}，fu^{33} kʰu^{55} ʥʊ^{21} sɯ^{33} kɯ^{13}.

鸡 蛋 脚 不 生 孵 生 路 走 会

鸡蛋不生脚，孵出的小鸡会走路。

[illegible]

na^{33} kʰo^{21} kʰɯ^{21} dɯ^{33} sɯ^{33} ma^{21} kʰɯ^{21}，ndy^{55} kʰo^{21} kʰɯ^{21} dɯ^{33} tsɯ^{13} ma^{21} kʰɯ^{21}.

眼 所 到 处 走 不 到 想 所 到 处 做 不 到

眼望到的脚走不到，心想到的手做不到。

[illegible]

nʊ^{33} no^{33} ʑi^{21} ŋɯ^{33}，kʰa^{33} no^{33} ʑi^{21} ŋɯ^{33}.

软 的 水 是 硬 的 水 是

软的是水，硬的也是水。

[illegible]

xɯ^{21} sɪ^{33} vɪ^{33}，vɪ^{33} tʂʰa^{33}kʻɯ^{21} tʻo^{55} pʻu^{55};

铁 树 开 开 应该 时 逢

铁树开花，是逢该开花的时节；

[illegible]

ɣa^{21} pi^{13} mbi^{21}，mbi^{21} tʂʰa^{33}kʰɯ^{21} tʰo^{55} kʰɯ^{33}.

鸡 公 叫 叫 应该 时 到

公鸡开叫，是到了该开叫的时候。

[illegible]

dʐʅ^{21} du^{55} ɖo^{33} mɑ^{21} kɯ^{13}，ɖo^{33} du^{55} dʐʅ^{21} mɑ^{21} kɯ^{13}.

真 话 假 不 会 假 话 真 不 会

真话假不了，假话真不了。

[illegible]

ŋgu^{21} tʂ^{h}u^{13} vɪ^{33}，ɖu^{33} mu^{33} nʊ^{55} xɯ^{55} mɑ^{55} ŋɯ^{21}；

荞 甜 开花 蜂 颗 逗 的 不 是

荞子开花，不是为了勾引蜜蜂；

[illegible]

se^{21}ndʊ^{21} di^{13}，ɳɪ^{13} sʊ^{21} tsɯ^{13} xɯ^{55} mɑ^{55} ŋɯ^{21}.

梨子 结 看 舒服 做 的 不 是

梨树结果，不是为了贪图好看。

[illegible]

vu^{55} tɕʊ^{13} vɪ^{33} li^{21} su^{21} nɑ^{33} ɳdʑe^{33} mɑ^{55} ŋɯ^{21}，

菜 野 开 来 人 眼 刺 不 是

野菜开花不是炫耀自己的颜色，

[illegible]

sɪ^{33}p^{h}e^{13}he^{21} he^{21} ʑo^{21} tɕ^{h}ʊ^{33} t^{h}ɯ^{13} mɑ^{55} ŋɯ^{21}.

阳雀 叫 己 声 亮 不 是

阳雀高叫不是卖弄自己的嗓音。

[illegible]

ʔɑ^{33}dʑɯ^{33} nɑ^{33} nɑ^{33} su^{21} nɪ^{33} dzo^{33}，ʔo^{33}dʑɑ^{13} mɑ^{21} ɳdʑʊ^{33} xɯ^{55} mɑ^{55} ŋɯ^{21}.

乌鸦 黑 黑 人 心 讨厌 干净 不 想 的 不 是

乌鸦黑来讨人厌，不是它不爱干净。

du^{21} lɑ^{33} ʑo^{33} mɑ^{21} gu^{21}，ɖɯ^{21} ndy^{55} ɖɯ^{21} mɑ^{33} dʊ^{21}.
翅 手 长 不 圆 飞 想 飞 不 能
羽翼不丰满，想飞飞不了。

mi^{33} no^{33} mi^{33} mɑ^{55} ʑe^{21}，ts^{h}o^{21} no^{33} ts^{h}o^{21} mɑ^{55} ʑe^{21}.
天 呢 天 不 大 人 呢 人 不 大
天外有天，人外有人。

ŋɑ^{33} k^{h}ɑ^{33} ko^{55} nɪ^{33} tsu^{55} tsu^{33} dzu^{33}，bʊ^{21} nde^{33} ʂʅ^{33} ȵy^{21} ɖɑ^{33} mɑ^{55} de^{33}.
鸟 笼 里 坐 好 好 吃 山 上 草 青 吃 不 如
鸟在笼中吃得再好，不如在山上啄青草。

bi^{33} ʂe^{13} k^{h}o^{21} ʑe^{21} ɣʊ^{21}，du^{33} k^{h}ɯ^{33} k^{h}o^{21} ɖe^{21} ɣʊ^{21}.
虫 长 多 大 有 洞 口 多 宽 有
老蛇有多大，洞口有多宽。

ɣɑ^{33} ɖɯ^{21} mi^{33} gu^{21} k^{h}ɯ^{33} mɑ^{21} dʊ^{21}，k^{h}u^{55} tʂɑ^{33} vɪ^{13} mɑ^{21} dʊ^{21}.
鸡 飞 天 空 到 不 能 灰 绳 搓 不 能
鸡飞不上天，灰搓不成绳。

ʔɑ^{33}ʥɯ^{33} ʔɑ^{13} tɕ‘ʊ^{33} su^{21} nɪ^{33} ʥo^{33}，k‘o^{21} ʔɑ^{13} ɕɪ^{21} tɕ‘ʊ^{33} ŋɯ^{33}；
乌鸦 叫 声 人 心 讨厌 所 叫 它 声 是
乌鸦叫声讨人厌，却是自己的声音；

[illegible]

ŋɑ^{21}tʂ^{h}u^{13} ɳdʐɯ^{33} tɕ^{h}ʊ^{33} su^{21} nʊ^{33} sʊ^{21}，k^{h}o^{21} ɳdʐɯ^{33} su^{21} ndʑo^{13} ŋɯ^{33}.

画眉 叫 声 人 听 爽 所 叫 人 学 是

画眉唱声虽悦耳，句句都是学来的。

[illegible]

ʔɑ^{33}dʑɯ^{33} ʔɑ^{13} nɪ^{33} dʑe^{21}，ɕɪ^{21} mʊ^{21} tɕ^{h}ʊ^{33} lo^{33} ndʑo^{13}.

乌鸦 叫 心 恶 它 母 声 向 学

乌鸦叫声讨人厌，是跟其母学来的。

[illegible]

sɪ^{33} ho^{21} ze^{55} mɑ^{55} ŋɯ^{21}，ɳdʐɯ^{33} ɤʊ^{21} ʑɑ^{13} mɑ^{55} ŋɯ^{21}.

树 见 林 不 是 错 有 过 不 是

不要看见树就说是森林，不要有过错就说是坏人。

[illegible]

ʈɑ^{13} nɑ^{33} t‘ɑ^{33}，mi^{33} nɯ^{13} le^{55} tɕ‘y^{55} kɯ^{13}；

鹰 眼 尖 天 雾 被 遮 会

老鹰眼睛再尖，会被雾罩遮住；

[illegible]

ŋo^{33} nɑ^{33} t^{h}ɑ^{33}，zi^{21} de^{21} le^{55} tɕ^{h}y^{55} kɯ^{13}.

鱼 眼 尖 水 浑 被 遮 会

鱼的眼睛再尖，也会被浑水遮住。

[illegible]

dʑu^{21} ŋgɑ^{13} ɤo^{13} mɑ^{21} mbo^{33}，ɤɑ^{33} tʂ^{h}ʅ^{33} mi^{13} mɑ^{21} ɖɯ^{33}.

饭 讨 肚 不 饱 鸡 屎 地 不 利

讨口难饱肚，鸡粪难肥土。

[illegible]

mi^{33} fe^{21} ʑi^{21} fe^{21} kɯ^{13}，ʑi^{21} fe^{21} lo^{33} ko^{33} dʐo^{33}.

天 干 水 干 会 水 干 石 里 在

天干水会干，水干石头在。

[illegible]

ʈɑ^{13}bʊ^{55}dy^{33} sɯ^{21} tʂ^{h}u^{33} he^{21}，k^{h}o^{21} tɕo^{33} nɪ^{33} bu^{33} p^{h}u^{55} tɕo^{33}.

猫头鹰 夜 半 叫 所 吓 心 薄 者 吓

猫头鹰半夜叫，只能吓住胆小鬼。

[illegible]

sɪ^{33} ȵu^{33} to^{13} p^{h}ʊ^{21}p^{h}ʊ^{21}，ʑi^{21} dʊ^{33} ɬɪ^{13} tɕ^{h}o^{21} mu^{33}.

柴 多 火 熊熊 水 涨 船 形 高

柴多火旺盛，水涨船就高。

[illegible]

vɪ^{33} ȵy^{21} vɪ^{33} nɯ^{21} bʊ^{21}，ts^{h}o^{21} ȵɪ^{33} dʐʅ^{13} mɑ^{55} sɯ^{33}.

花 青 花 红 开 人 也 互 不 同

花开各样色，人与人不同。

[illegible]

ʈ^{h}u^{33} ʑe^{33} ʑi^{21} k^{h}e^{55} ve^{33}，lo^{33} bɑ^{55} ʑi^{21} t^{h}o^{21} nde^{55}.

叶 大 水 上 漂 石 小 水 底 沉

叶大漂水面，石小沉水底。

[illegible]

ʑi^{21} k'ɯ^{55} xɯ^{21} mʊ^{21} tɕ'o^{13}，xɯ^{21} ɖe^{21} ɤʊ^{21} mɑ^{33} hɒ^{21};

水 舀 海 大 添 海 满 得 不 见

舀水添大海，不见海水满；

mi^{13} ndu^{33} bʊ^{21} nde^{33} kɑ^{55}，bʊ^{21} tɕʰo^{21} mu^{33} mɑ^{21} ho^{21}.

地 挖 山 上 放 山 形 高 不 见

挖土去补山，不见山增高。

ʂɑ^{33} pʰe^{33} pʰe^{21} mɑ^{33} pʰe^{21} dʑu^{33} su^{13} ɣʊ^{21}，tɕi^{33} ʑi^{21} kʰu^{33} mɑ^{21} kʰu^{33} ndo^{21} su^{13} ɣʊ^{21}.

汉 辣 辣 不 辣 吃 者 有 茶 水 苦 不 苦 喝 者 有

辣椒再辣有人吃，茶水再苦有人喝。

ʔɑ^{33}ɬo^{55} tʰe^{21} kʰo^{21} tɕo^{13}，ɕɪ^{21} du^{55} tɕʰi^{33} ko^{33} no^{21}.

兔子 跑 所 快 它 后 狗 在 撵

兔子跑得快，是因为后面有猎狗追。

lu^{33} mʊ^{21} ʑe^{55} ʑi^{21} xɯ^{21} ʑi^{21} ȵdʑɑ^{33}，bi^{21}tʰʊ^{21} ʂɯ^{55}ʈɯ^{33} ʂʅ^{33} tɕʰi^{33} ɳɖɯ^{33}.

龙 母 江 水 海 水 戏 蛆虫 稀泥 草 脚 钻

蛟龙下江河湖海，蛆虫钻稀泥草丛。

kʰe^{21}de^{21} de^{33}，ŋɑ^{21}tʂʰu^{13} tɕo^{33}.

埂子 拍 画眉 吓

拍埂子吓画眉。①

① 与汉族谚语“拍簸箕吓麻雀”同理。

[illegible]，[illegible]

ȵy^{33} vu^{55} pʰi^{33} ŋʊ^{21} ma^{21} bi^{55}，ɣa^{33} vu^{55} pʰi^{33} ŋʊ^{21} ma^{21} ly^{21}.

牛 卖 价 我 不 给 鸡 卖 价 我 不 要

卖牛的钱不给我，卖鸡的钱我不要。

[illegible]，[illegible]；

xɯ^{21} ʈ‘u^{13} ɳɪ^{21} dʑi^{21} ʈ‘u^{55} ho^{21}，ɕɪ^{21} ge^{21}t‘ɯ^{33}；

湖 白 昼 日 脸 见 它 清澈

湖泊能照得见太阳，因为它清澈；

[illegible]，[illegible]。

tɕo^{33} du^{33} hu^{21} bʊ^{21} ma^{21} ho^{21}，ɕɪ^{21} mi^{55}dʑa^{33}.

阴 沟 月 明 不 见 它 肮脏

阴沟看不见月亮，因为它肮脏。

[illegible]，[illegible]。

su^{13} mbo^{33} zu^{33} tsʰɯ^{21} ʑo^{33}，su^{13} ʂu^{33} nɯ^{13} tʰa^{21} ʑo^{21} ma^{55} de^{33}.

人 富 儿 十 个 人 穷 女 一 个 不 如

十个富人的儿子，顶不上一个穷人的女儿。

[illegible]，[illegible]。

su^{33} ve^{13} su^{21} tɕʰy^{33} tɕi^{55}，du^{55} sɯ^{21} kɯ^{33} ɣʊ^{21} hɪ^{55}.

人 歪 人 偷 都 话 三 句 有 说

小偷偷人，都有三句话说。

[illegible]，[illegible]。

su^{21} ʔu^{33} lo^{33} hu^{33}，na^{21} di^{33} li^{21} ma^{21} ʑo^{55}.

人 头 帽 须 你 戴 来 不 适

别人头上的顶子，不适合你戴。

[illegible]。

lɑ^{13} tʂu^{33} tsʰɯ^{21} po^{13} dʐʅ^{13} mɑ^{55} ʂe^{21}.

手 指头 十 个 互 不 长

十个指头不一样长。

[illegible]，[illegible]。

ɣo^{21}mo^{13} kʰu^{33} te^{13} no^{33}，sɪ^{33} mʊ^{21} tʂʰu^{13} ɣʊ^{21} mɑ^{21} dzu^{33}.

瓜 苦 栽 呢 树 果 甜 得 没 吃

种下了苦果，就难得甜果吃。

[illegible]，[illegible]。

tɕʰɪ^{13}bu^{33} ze^{55} n̥ɪ^{33} bu^{21} ʑɪ^{13}，ndi^{21} do^{21} lɯ^{55} ɕɪ^{21} mɑ^{21} dʊ^{21}.

老虎 林 在 腮帮 龇牙 坝 平 去 它 不 能

老虎只能在林里吹胡子，下到平地它就不行。

[illegible]，[illegible]；

mi^{33} gu^{21} te^{13} ʈ‘u^{13} ɳdʐu^{55}，p‘ʊ^{21} ɣɑ^{13} ɕy^{33} ʈ‘u^{21} mɑ^{21} pi^{13};

天 空 云 白 美 布 织 毡 擀 不 能

天上的白云再美，不能用来织布擀毡；

[illegible]，[illegible]。

mi^{13} tʰo^{55} kʰu^{55} mi^{21} ʈʰu^{13}，nɑ^{13} tsɯ^{13} ʥɑ^{33} ŋɯ^{13} mɑ^{21} pi^{13}.

地 底 灰 粉 白 粑 做 饭 蒸 不 能

地上的灰尘再白，不能用来烙粑蒸饭。

[illegible]，[illegible]；

ɬu^{13} ʔu^{33} ʂe^{13}，no^{13}bɪ^{21} nde^{33} mɑ^{21} me^{13};

舌 头 长 鼻子 上 不 及

舌头再长，舔不到鼻子；

la^{13} tʂu^{33} ts^{h}e^{13}，lo^{21}po^{13} du^{33} ma^{55} k^{h}ɯ^{21}.

手 指头 细 耳朵 洞 不 到

手指再细，挖不到耳心。

lo^{33} mʊ^{21} k^{h}ɯ^{21} sɯ^{21} k^{h}a^{33}，tʂ^{h}ɯ^{33} k^{h}u^{55} mi^{21} mu^{33} dʊ^{21}.

石 颗 如何 样 硬 烧 灰 烬 做 能

再坚硬的石头，也能烧成灰。

ko^{21}po^{21} ts^{h}ɯ^{33} fa^{13} de^{33}，nʊ^{21} no^{33} ko^{21}po^{21} ŋɯ^{33}.

拳头 捏 岩 打 痛 的 拳头 是

捏拳头打岩，痛的是拳头

su^{13} ʂu^{33} ʔa^{33}ŋa^{55} ʥo^{33} tɕ^{h}i^{33} ma^{21} tɕi^{21}，su^{13} mbo^{33} ʔa^{33}ŋa^{55} ʥo^{33} ho^{55} ma^{21} tɕi^{21}.

人 穷 孩子 怕 狗 不 怕 人 富 孩子 怕 官 不 怕

穷人的孩子不怕狗，富人的孩子不怕官。

fa^{13} ȵɪ^{55} ɳdʐa^{21} dɯ^{55} dʐʅ^{13} bu^{33} te^{13} ma^{21} dʊ^{21},

岩 两 堵 推 互 旁 立 不 能

两堵岩搬不到一块，

ndo^{55} ȵɪ^{55} mo^{13} ʈ^{h}a^{33} t^{h}a^{21} mo^{13} mu^{33} ma^{21} dʊ^{21}.

蛋 两 个 拆 一 个 做 不 能

两个蛋合不成一个。

[illegible]，[illegible]。

tɕi^{55} ʑi^{21} ɣʊ^{21}，du^{55} ŋo^{33} ɣʊ^{21}.

先 水 有　后 鱼　有

先有水，后有鱼。

[illegible]，[illegible]？

ȵy^{33} tɕ^{h}y^{13} tɕi^{55} nɯ^{33} nʊ^{33}，ȵy^{33} lo^{21}po^{33} tɕi^{55} nɯ^{33}?

牛　角　先　长　呢　牛　耳朵　先　长

是牛耳朵先长，还是牛角先长？

[illegible]。

ʑi^{13} mɑ^{55} mi^{33} ge^{21} tɕɪ^{13}.

睡　梦　天　明　星

晚上做着白天的梦。

[illegible]，[illegible]。

mu^{33} ndʑe^{13} k^{h}ʊ^{21} ve^{13} li^{33}，dʑʊ^{21} sɯ^{33} ŋge^{21} mɑ^{33} dʐʅ^{21}.

马　好　蹄　歪 来　路 走　正　不 真

骏马歪了蹄，走路正是假。

[illegible]，[illegible]。

mi^{13}mi^{55} vɑ^{33} sɪ^{33} tʂ^{h}ɯ^{33} mbʊ^{55}，sɪ^{33} tʂ^{h}ɯ^{21} kɑ^{13}lɑ^{33}kɑ^{13}lɑ^{33}.

泥巴　掏 树　根　盖　树 根　叉叉弯弯①

掏泥巴来盖树根，树根却想往外钻。

---

① 叉叉弯弯：贵州汉语方言，形容树根、藤蔓等的形状。

nɑ^{33} mɑ^{21} ho^{21} nɪ^{33} mɑ^{21} ɳdʐu^{55}，lo^{21}po^{33} mɑ^{21} dʑʊ^{33} nɪ^{33} mɑ^{21} nʊ^{21}.

眼 不 见 心 不 烦　耳朵 不 闻 心 不 痛

眼不见心不烦，耳不闻心不痛。

mʊ^{21}tse^{33} ʥɯ^{55} di^{13}，ʑo^{13} mu^{33} ʑo^{21} ku^{55}.

板栗　刺 带　自 的 自 顾

板栗身上带刺，是为保护自己。

tʂʰʅ^{13} lu^{33} ʑo^{21} tɕʰy^{13} ȵʥʊ^{33}，ɕɪ^{21} tɕʰi^{13} ɕɪ^{21} tɕʰy^{13} ku^{55}.

麂 獐 自 角　爱　它 脚 它 角　护

獐麂喜爱自己的角，但靠自己的脚来保护。

ʂʅ^{33} mi^{21} sʊ^{21} nɪ^{33} ʥo^{33}，ɕy^{21}mi^{21} su^{21} ge^{21} di^{13}.

麦 芒 人 心 讨厌　炒面 人 羡慕 有

麦芒讨人厌，但炒面惹人爱。

mu^{33} lɯ^{21} mu^{33} nʥu^{33} no^{33}，xɯ^{21} de^{33} mu^{33} kʰɯ^{33} ʂɪ^{33} ʔu^{21}tʂɯ^{55} tsɯ^{13}.

马 去 马 由 呢　铁 打 马 口 拴 什么 做

若要马自由，何必打铁套马口。

ʔɑ^{33}dʑɯ^{33} nɑ^{33} nɑ^{33} ɣʊ^{21}，ʔɑ^{33}dʑɯ^{33} tʰu^{13} mɑ^{21} ɣʊ^{21}

乌鸦　黑 黑 有　乌鸦　白 没 有

只有黑的乌鸦，没有白的乌鸦。

[illegible]

tsʰo^{21} tɯ^{33} tsʰɯ^{21} mɑ^{21} ti^{13}，su^{33} tɯ^{33} mɑ^{13} mɑ^{21} ʥi^{21}.

人 独 碓 不 舂 人 独 兵 不 当

单人不舂碓，独人不从军。

[illegible]

tsʰo^{21} mu^{55} ɳo^{13} ʈʰu^{55} di^{13}.

人 老 猴 脸 挂

人老像猴样。

[illegible]

ʨo^{33} nʥo^{21} li^{21} nɪ^{33} bu^{33}，ndu^{21} nʥo^{33} no^{33} nɪ^{33} tʂʰɪ^{33}.

吓 惯 来 心 薄 打 惯 则 心 虚

被吓惯的胆小，被打惯的心虚。

[illegible]

dʑʊ^{21} mʊ^{21} fɑ^{13}nde^{33} tʰu^{55}，tʂʰʅ^{13} lu^{33} se^{55} ko^{33}ȵdʑʊ^{21}.

路 大 岩 上 设 鹿 獐 才 经过

悬崖上的路，只有獐鹿过。

[illegible]

hɪ^{33} tʂʰu^{33} ʈʰɯ^{55} ɬi^{13} ʨo^{13}，ɳu^{55} ko^{33} kʰu^{55} nɪ^{33} du^{21}.

风 车 放 船 快 事 在 生 心 通

风疾船行快，人遇事长智。

[illegible]

nɑ^{33} tʰɑ^{33} mi^{33} mi^{13} ɳɹ^{13}，nɪ^{33} ɖe^{21} ɳu^{55} nu^{33} tʂɯ^{13}.

眼 尖 天 地 看 心 宽 事 多 藏

眼明观天地，心宽藏万事。

ŋo^{33} ʑʊ^{21} xɯ^{21} ko^{33} zɑ^{13}，sɪ^{33} kʰe^{33} ɬe^{13} ko^{33} lɯ^{55}.

鱼 捉 海 里 下 树 劈 林 里 去

捉鱼须下水，伐木要入林。

ɬi^{13} du^{21} tsʰo^{21} kɯ^{55} mɑ^{21} dɪ^{13}.

船 漏 人 渡 不 得

船漏渡不得人。

su^{21} kʰɯ^{33} do^{33} du^{55} ɳdʐe^{21}，ʑo^{21} tɕʰɪ^{13} ɳdʐe^{21} mɑ^{55} de^{33}.

人 口 出 话 信 自 脚 信 不 如

信别人的嘴，不如信自己的腿。

tɕy^{33} ȵɪ^{21} su^{21} hɪ^{55} ʥʊ^{33}，tʰɑ^{21} nɑ^{33} ho^{21} mɑ^{21} de^{55}.

九 天 人 讲 闻 一 眼 见 不 如

听人讲九天，不如眼见一次。

ʔɑ^{33}mi^{55} hɑ^{33} ʥʊ^{21} se^{55}.

猫儿 鼠 路 知

猫儿识鼠路。

lɑ^{13} vu^{33} do^{55} ȵɪ^{13} mu^{33} tɕʰɑ^{13} ʥo^{33}，nɑ^{13} dɯ^{21} ɳdʐɑ^{33} gʊ^{21} se^{55} ʑi^{21} gɯ^{55}.

手 力 的 看 地 弓 造 深 浅 测 完 才 水 趟

量着臂力来造弓，探明水深再过河。

mu^{33} tsu^{55} ʥe^{33} ndy^{55} no^{33}，dʐo^{13} go^{13} mu^{33} bu^{33} tɯ^{55}.
马 好 骑 想 要 腰 弯 马 边 挨
要想骑骏马，弯腰提缰绳。

k^{h}e^{21} dze^{21} tʂɑ^{33} gɪ^{33} tɕ^{h}ʊ^{33} mɑ^{21} ɣʊ^{21}，dze^{21} ȵdʑi^{21} bɪ^{13} no^{33} de^{33} mɑ^{21} he^{21}.
线 鼓 绳 断 声 没 有 鼓 皮 破 则 打 不 响
断了弦的月琴弹不出声，破了皮的鼓敲不出声。

sɯ^{33} k^{h}o^{13} mu^{33} tʂɯ^{13} mu^{33} ʐʊ^{21} se^{55}，sɯ^{33} k^{h}o^{13} dɯ^{21} do^{33} ʈ^{h}u^{55} mɑ^{21} se^{55}.
三 年 马 驮 马 性子 知 三 年 门 出 面 不 识
跟马三年知马性，离家三年面目生。

bu^{33} ɬo^{13} bu^{33} li^{21} se^{55}，hu^{21} ɬo^{13} hu^{21} li^{21} ho^{21}.
羊 放 羊 来 知 马 放 马 来 识
放羊知羊性，放马识马性。

kɯ^{13} ʑy^{33} tɯ^{33} ɳu^{55} no^{33}，kɯ^{13} lo^{55} li^{33} lo^{21} se^{55};
秤 杆 拿 过 乃 秤 石头 重 轻 知
摸过秤杆，才知秤砣的轻重；

ko^{33} ty^{33} ko^{33} t^{h}ɑ^{13} ɳu^{55}，ʥʊ^{21} sɯ^{33} nɪ^{33} bu^{33} se^{55}.
在 碰 在 打 过 路 走 心 薄 知
摔过跟斗，走路才会小心。

se^{21}ho^{33} ndo^{21} ɳu^{55} se^{55}，ʔu^{21}tʂɯ^{55} tʂ^{h}u^{13} ɣʊ^{33} se^{55}.

杨梅　吞　过　才　什么　甜　得　知

尝过酸杨梅，才知道什么是甜味。

te^{13} lɯ^{55} mɑ^{21} bu^{33} no^{33}，bi^{33} ȵɪ^{33} ŋo^{33} mɑ^{21} kɑ^{13}.

田　去　不　滚　呢　虫　和　鱼　不　分

不在田里滚过，就分不清泥鳅和黄鳝。

sɪ^{33} k^{h}ɑ^{33} me^{33}ndʐʅ^{55} p^{h}e^{21}se^{33}se^{33}，ʔɑ^{21} su^{33} ʈɯ^{33} ʔɑ^{21} su^{33} ɣʊ^{21} se^{55}.

树　硬　火子　辣乎乎　谁　人　烫　谁　人　得　知

青枫火子辣乎乎，烫到谁谁才知道。

ŋo^{33} bɑ^{55} ʑi^{21} ʑe^{33} po^{33} mɑ^{21} dʊ^{21}.

鱼　小　水　大　翻　不　能

小鱼翻不起大浪。

hɪ^{33} sʊ^{21} ɬi^{13} kɯ^{55} sʅ^{55}，to^{13} ɖu^{21} xɯ^{21} de^{33} sʅ^{55}.

风　顺　船　渡　易　火　燃　铁　打　易

风顺好行船，火燃好打铁。

ɬi^{13} ʑy^{33} dʐu^{33}，ɬi^{13} ʈ^{h}u^{55} tʂo^{13}.

船　骨　断　船　脸　转

船舵断，船转向。

ʑi^{21} ha^{33} le^{55} ʈɯ^{33} ndʑo^{21}，ʑi^{21} tʂ^{h}ɪ^{13} ho^{21} ȵɪ^{33} dʑo^{33}.

水 涨 被 烫 惯 冷 水 见 也 怕

被开水烫惯了，见冷水也怕。

mu^{33} ȵɪ^{21} tɕo^{33} zo^{21} no^{33} t^{h}e^{21} tɕo^{13}，ts^{h}o^{21} su^{21} la^{13} be^{55} ɳu^{55} ga^{33} ndʑo^{13}.

马 藤 吓 着 就 跑 快 人 别人 手 落 过 乖 学

马被鞭子抽就跑得快，人吃过亏就学会乖。

tʂa^{33} ʂe^{13} go^{13} sɯ^{33} ȵy^{33} ɤʊ^{21} ndu^{21} ma^{33} dʊ^{21}.

绳 长 弯 走 牛 得 打 不 能

鞭子长打不着转弯牛。

nɪ^{33} ʂe^{13} xɯ^{21} se^{33} t^{h}a^{33}vi^{33}vi^{33}.

心 长 刀 磨 锋利利

性长才能磨出快刀。

ba^{55} t^{h}o^{55} sʊ^{21} ʑɪ^{13} tɕ^{h}y^{33}，ʑe^{33} li^{21} sʊ^{21} nɪ^{33} tɕ^{h}y^{33}.

小 时 人 针 偷 大 来 人 心 偷

小时偷针，大来偷心。

ts^{h}ʊ^{21} ȵy^{33} tɕ^{h}y^{13} ly^{21} no^{33}，ts^{h}ʊ^{21} ȵy^{33} ʔu^{33} nde^{55} ɬo^{33}.

热 牛 角 要 就 热 牛 头 上 取

要热牛角，就要在热的牛头上取。

[illegible]

ba^{21}la^{55} ʑe^{33} su^{13} pa^{33}，du^{21} vi^{21} tɕ^{h}i^{33} ndu^{21} sɯ^{55}.

小孩 大 人 帮 棍 使 狗 打 样

孩子帮大人，如棍子打狗。

[illegible]

mi^{13} vi^{21} ndy^{55} ma^{21} bo^{21}，vu^{33}tʂʊ^{21} gɪ^{33}；

地 犁 想 不 周 耕索 断

犁地想不周，耕索断；

[illegible]

gɯ^{21} ʑɪ^{33} ndy^{55} ma^{21} bo^{21}，tɕ^{h}a^{13} zu^{21} dʐu^{33}.

仇 打 想 不 周 弓 箭 折

打仗想不周，弓箭折。

[illegible]

sɯ^{21} k^{h}o^{13} mi^{33} tɕy^{33} du^{55} ma^{21} dʑʊ^{33}，sɯ^{33} ɳɹ^{21} lo^{21}po^{13} bi^{33}tʂ^{h}ʅ^{33} he^{21}.

三 年 天 雷 话 不 闻 三 天 耳朵 知了 叫

打雷三年听不见，蝉鸣三天就入耳。①

[illegible]

ʔa^{33}dʑɯ^{33} ts^{h}o^{21} ɕi^{13} ɳdʑʊ^{33}，ʔa^{33}tʂe^{55} ts^{h}o^{21} bo^{21} ndy^{55}.

乌鸦 人 死 想 喜鹊 人 旺 想

乌鸦愿人死，喜鹊愿人旺。②

---

① 此句卢比与汉族谚语“好事不出门，坏事传千里”所蕴含的道理相同。

② 民间观念认为乌鸦叫要死人，其叫声不吉利，而喜鹊叫要来客，其叫声是报喜。

[illegible]

ʑo^{21} va^{13} ʑo^{21} dzu^{21} dzu^{33}，ʑo^{21} hɪ^{55} dɯ^{33} ma^{21} ɣʊ^{21}.

己 猪 己 粮 吃 己 说 的 没 有

自家猪吃自家粮食，自己无话可说。

[illegible]

ȵy^{33} tɕ^{h}i^{13} k^{h}ɯ^{21}sɯ^{21} ʂe^{13}，tɕo^{13} ho^{21} tɕ^{h}i^{13} ma^{55} de^{33}.

牛 脚 怎么 长 快 羊 脚 不 及

牛腿虽然长，没有羊腿快。

[illegible]

mi^{33} ʈ^{h}ɪ^{13} mi^{33} hɪ^{33} dʐa^{33}，ts^{h}o^{21} ʈ^{h}ɪ^{13} nɪ^{33} mʊ^{21} dʐa^{33}.

天 变 天 风 由 人 变 心 果 由

天变在于风，人变在于心。

[illegible]

mi^{33} ʈ^{h}ɪ^{13} t^{h}a^{21} t^{h}o^{55}，nɪ^{33} ʈ^{h}ɪ^{13} no^{33} k^{h}a^{33}.

天 变 一 时 心 变 则 难

天变一时，人心难转。

[illegible]

ʑo^{21} hɪ^{21} ndza^{33}，ʑo^{21} se^{55} ɣʊ^{21} se^{55}.

自 房 漏 自 才 得 知

自家屋漏，自己才知道。

[illegible]

mi^{33} ts^{h}o^{13} du^{21} tɕ^{h}y^{55} sɿ^{55}，ɬa^{13} t^{h}o^{55} vu^{33} t^{h}ɯ^{13} sɿ^{55}.

天 晴 漏 补 方便 年轻 时 力 使 方便

天晴好补漏，年轻好使力。

[illegible]
ts^{h}u^{33} mɑ^{21} ɤʊ^{21} mɑ^{21} pi^{13}，nɑ^{21} mɑ^{21} ɤʊ^{21} no^{33} pi^{13}.
盐 没 有 不 能 你 没 有 则 行
没有盐不行，没有你却行。

[illegible]
t^{h}ɑ^{21} bʊ^{21} tʂ^{h}e^{55}，t^{h}ɑ^{21} bʊ^{21} sɯ^{33}.
一 步 迈 一 步 走
迈一步，走一步。

[illegible]
ŋo^{33} ko^{33}pɑ^{13}，hɪ^{13}pu^{21} ku^{55}.
鱼 挂起 嘴巴 顾
鱼儿上钩，是因为贪嘴。

[illegible]
ȵy^{21} ʂʅ^{33} ho^{21} mɑ^{21} lo^{13}，ȵy^{21} ʂʅ^{33} su^{21} tɕ^{h}i^{13} ɳɖɑ^{13}.
青 草 瞧 不 够 青 草 人 脚 滑
别瞧不起青草，青草也会绊人。

[illegible]
mu^{33} ndʑe^{13} ʑo^{21} tɕo^{13} dɯ^{55}，tɕ^{h}i^{13}ku^{33} p^{h}o^{33} t^{h}o^{55} bo^{21};
马 好 自 快 说 脚蹄 翻 时 有
骏马跑得快，总有失蹄时；
[illegible]
ʔu^{33}ts^{h}o^{33} ʑo^{21} he^{33} dɯ^{55}，dʑʊ^{21} sɯ^{33} ʑɑ^{13} t^{h}o^{55} bo^{21}.
人 自 聪明 说 路 走 错 时 有
人自诩聪明，终有走错时。

[illegible]

dʑe^{33} mu^{33} dʑʊ^{21} tsʰe^{13} ɳɖɯ^{33}，ʔɑ^{21}lo^{55} tɕʰi^{13} ɳɖɑ^{13} tɕi^{33}.

骑 马 路 细 钻 就怕 脚 滑 怕

好马去钻羊肠道，小心漏了蹄。

[illegible]

tɕʰi^{33} ʈʰu^{13} ɕy^{21}mi^{21} ndo^{21}，tɕʰi^{33} nɑ^{33} me^{13}du^{33} bi^{55}.

狗 白 炒面 喝 狗 黑 名声 背

白狗吃炒面，黑狗背名声。

[illegible]

tɕʰi^{33} ʂu^{55} ho^{21} du^{55} kɑ^{55}，kʰo^{21} ŋɯ^{21} ʈʰu^{55} mɑ^{21} ho^{21}.

狗 唆 羊 后 去 凡 是 脸 不 见

唆狗去撵羊，两者都不回。

[illegible]

ɣɑ^{21} mʊ^{21} ɣɑ^{33} bɑ^{55} ku^{55}，ɣɑ^{33} bɑ^{55} bi^{21}dɯ^{21} ku^{55}.

鸡 母 鸡 小 顾 鸡 小 蚯蚓 顾

母鸡爱鸡仔，鸡仔爱蚯蚓。

[illegible]

ŋʊ^{21} nɑ^{21} kʰe^{21} tsʰɿ^{33} lo^{33} mɑ^{55} ŋɯ^{21}，ŋʊ^{21} nɑ^{21} kʰe^{21} ɳdʐo^{13} lo^{33} mɑ^{55} ŋɯ^{21}.

我 你 线 洗 石 不 是 我 你 线 砸 石 不 是

我不是你的洗线石，我不是你的砸线石。[①]

---

① 织麻布有一道工序叫洗线，纺好的麻线经过水煮后要拿到水边找一块光滑的石板，在石板上用脚反复搓洗，用棒槌反复捶打才能把麻线洗白。此句借喻“我不是你蹂躏的对象”。

[illegible]，[illegible]。

tɕi^{55} ɳu^{55} ndy^{55} po^{33} dʊ^{21}，ts^{h}o^{21} ɕi^{13} ɖɯ^{55} mɑ^{21} kɯ^{13}.

先 事 想 回 能 人 死 活 不 会

往事可以回想，人死不能复生。

[illegible]，[illegible]。

sɯ^{21} k^{h}o^{13} ɳu^{55} mɑ^{21} mu^{21}，sɪ^{33} tʂ^{h}u^{33} lɑ^{13}ŋɯ^{33}ŋɯ^{33}.

三 年 活 不 干 树 折 手生生

三年不干活，折树枝手生。

[illegible]，[illegible]。

nɪ^{33} ɬo^{33} ko^{33} ɬo^{33}，ʔu^{33}p^{h}u^{55} bo^{33} mo^{33} do^{33}.

心 狂 命 狂 脑壳 疮 果 出

寻欢又作乐，脑壳要生疮。

[illegible]，[illegible]；

ʔɑ^{55}tʂ^{h}u^{33} ʔu^{33}ko^{13} ʂe^{13}，hɑ^{33} ʐʊ^{21} ʥu^{33} ɳɪ^{33} me^{13}；

猫儿 老命 长 鼠 捉 吃 也 来得及

猫儿老命长，捉鼠有时间；

[illegible]，[illegible]。

hɑ^{21} mʊ^{21} ʔu^{33}ko^{13} ʂe^{13}，hɑ^{33} zu^{33} xe^{55} ɳɪ^{33} me^{13}.

鼠 母 老命 长 鼠 儿 生 也 来得及

母鼠老命长，生儿有时间。

[illegible]，[illegible]。

tɕ^{h}i^{13} ts^{h}ɿ^{33} tɕ^{h}i^{13} ʈ^{h}u^{13}，lɑ^{13} ts^{h}ɿ^{33} lɑ^{13} ʈ^{h}u^{13}.

脚 洗 脚 白 手 洗 手 白

洗脚脚白，洗手手白。

ʔo^{55}dɯ^{33} tɕʰi^{33} du^{21} ʂu^{21}，ʂu^{21} li^{21} tɕʰi^{33} nɪ^{33} tʂʅ^{13}.

狐狸　狗　迹　寻　寻　来　狗　心　酸

狐狸认狗做家门，狗见狐狸把心酸。

mi^{13} vu^{33} dz̥o^{33} xɯ^{55} n̥i^{21} dʑi^{21}，ne^{33} dɯ^{33} dz̥o^{33} xɯ^{55} lo^{21} bʊ^{21} mɑ^{21} de^{55}.

地　远　在　的　昼　日　近　处　在　的　耳　明　不　如

远处的太阳，赶不上近处的月亮。

dʑu^{33} no^{33} hu^{21}lu^{33} bo^{21} mɑ^{21} fe^{21}，ndo^{21} no^{33} ko^{21}tʂ̥ʰɯ^{21} ʑi^{21} mɑ^{21} sɪ^{13}.

吃　则　洪鲁　山　不　穷　喝　则　古楚　水　不　干

吃不完的洪鲁山，饮不尽的古楚水。①

mi^{33} pʰi^{55} mu^{33} tɕʰi^{33} ɕɪ^{13} ʈʰɯ^{55} mɑ^{21} ʑe^{33}.

天　祖　高　狗　虱　放　不　大

老天爷不放蛇蚤长大。

nɯ^{13} ndze^{13} su^{21} ge^{21} di^{13}，mu^{33} ndʑe^{13} su^{21} li^{21} tʂɯ^{13}.

女　好　人　羡慕　有　马　好　人　来　驮

好女人羡慕，好马被人驮。

① 洪鲁山：山名，在云南省东川境内，是乌蒙山的主峰。古楚水：滇池。

[illegible]，

p^{h}u^{55} t^{h}ɑ^{21} ʐo^{21} zu^{33} ts^{h}ɯ^{21} ʐo^{33} hu^{13} dʊ^{21},

父 一 个 子 十 个 养 能

一个父亲能养十个儿子，

[illegible]。

zu^{33} ts^{h}ɯ^{21} ʐo^{33} p^{h}u^{55} t^{h}ɑ^{21} ʐo^{21} ɣʊ^{21} hu^{13} mɑ^{21} dʊ^{21}.

子 十 个 父 一 个 得 养 不 能

十个儿子养不起一个父亲。

[illegible]。

ŋɑ^{33} he^{21} ndʑɪ^{33} xɯ^{55} fu^{33} mɑ^{21} ɳɪ^{21}.

鸟 叫 凶 的 肉 没 有

叫得勤的鸟不长肉。

[illegible]，[illegible]。

kɯ^{13} tɕɪ^{13} ɣʊ^{21} se^{55} t^{h}o^{55}，tʂ^{h}u^{33}p^{h}e^{33} tɕi^{55} vu^{55} gʊ^{13}.

秤 星 得 知 时 生姜 都 卖 完

学会识秤星，生姜已卖完。

[illegible]，[illegible]。

mi^{33} ŋu^{33} p^{h}ɑ^{33} ɣʊ^{21}，mi^{13} ŋu^{33} dzɯ^{55} ɣʊ^{21}.

天 五 方 有 地 五 色 有

天有五方，地有五色。

[illegible]，[illegible]。

dʑi^{21} k^{h}e^{55} mi^{33} mɑ^{21} k^{h}ɪ^{13}，du^{33} t^{h}o^{21} mi^{33} mɑ^{21} ge^{21}.

日 上 天 不 黑 洞 底 天 不 明

日上无黑夜，洞里无天明。

[illegible]

ŋɑ^{33}ɳdʐu^{13} nɑ^{33}du^{33} vu^{33}，ho^{21} ɳɹ^{33} ɬo^{21} kɯ^{33} ʂu^{33}.

麻雀　看 洞　窄　绵羊 也 厩　关　困

麻雀眼睛看不远，绵羊整天困圈栏。

[illegible]

hu^{21} mu^{33} ŋɑ^{33} ʂe^{13} ʑe^{33}，he^{21} no^{33} vu^{33} ʑɯ^{33} tɕʻʊ^{55}，tʂɑ^{13} no^{33} ʑi^{21} mɑ^{21} tɕʻi^{33}；

山　高　鸟　早　大　叫　乃　远　也　应　煮　乃　汤　不　鲜

高山的早鸟，叫声远处传，却煮不出汤；

[illegible]

mi^{13} kʰɑ^{33} ŋgu^{33} tʰɑ^{21} tsu^{21}，ʑɹ^{13} lo^{13} tsu^{21} mɑ^{21} lo^{13}，tsu^{21} lo^{13} tʰɑ^{21} dʐu^{33} tsʰɿ^{21}.

地　硬　荞　别　棚　割　够　棚　不　够　棚　够　一　绺　掉

生地的荞子，够割不够棚，够棚掉一绺。①

[illegible]

hu^{21}bo^{21}ʂe^{13} ʑɯ^{33} zu^{33}，mu^{55} no^{33} tʻɯ^{13} ʔɑ^{33} ʂʅ^{33}；

宏博社②　之　子　老　乃　说　也　枉

健走的骏马，老来也枉然；

[illegible]

ʥu^{33}ʔɑ^{33}nɑ^{33} ʑɯ^{33} zu^{33}，mu^{55} no^{33} vu^{33} ʔɑ^{33} bu^{33}；

主阿那③　之　子　老　乃　力　也　弱

凶猛的老虎，老来力也弱；

① 棚：这里作动词用，即割荞子时用草将成把的荞子拴好，再将根部散开立在地上晾晒，如果荞杆太短就“棚”不了。

② 宏博社：直译为“马步长”，骏马的别称。

③ 主阿那：直译为“大老虎”，老虎的别称。

[illegible]

tɕ'o^{13} ts'ɯ^{21} k'o^{13} mu^{55} su^{13}，ɬe^{13} ko^{33} vu^{33} dɯ^{33} tʂ^{h}u^{55}，

六 十 岁 老 人 林 中 捂 处 烂

六十岁老人，如林中朽木，

[illegible]

ŋo^{13} li^{21} pu^{55} ȵɪ^{33} bu^{33}，ɤɯ^{21} li^{21} pu^{55} ȵɪ^{33} bu^{33}，

猴子 来 滚 也 滚 熊 来 滚 也 滚

猴子推也滚，熊来推也滚，

[illegible]

mɑ^{21} pu^{55} ʑo^{13} mu^{33} bu^{33}.

不 滚 自 地 滚

不推自己滚。

[illegible]

ɬi^{55} mɑ^{21} bo^{21} xo^{21}mo^{21}，tsɿ^{13} ɤʊ^{21} k'o^{13} mɑ^{55} k'ɯ^{21}；

秧 没 有 竹子 留 来 年 不 到

无笋的竹子，不留到来年；

[illegible]

ɤɑ^{21} mʊ^{21} p^{h}i^{33} mɑ^{21} ndo^{55}，ʂe^{13} mu^{33} su^{21} bi^{55} dzu^{21}.

鸡 母 久 不 下蛋 早 点 人 送 好

不生蛋的母鸡，应早点送人。

[illegible]

ȵy^{33} mu^{55} tɕi^{55} su^{21} tɕɑ^{33} li^{21} ȵdʑi^{21} ʈ^{h}ɯ^{13}.

牛 老 都 别人 拿 来 皮 剐

老牛都会被人拿来剐皮。①

① 此句用于警告人不要倚老卖老。

[illegible]，[illegible]。

ȵy^{33} kɯ^{21}bu^{33} tɕi^{55} dʑu^{33} gʊ^{21}，ȵy^{33} me^{21}ʂu^{33} tsʅ^{13}ti^{13}.

牛 身子 都 吃 了 牛 尾巴 留下

牛身子都吃了，留下牛尾巴。

[illegible]。

tɕ^{h}i^{33} ndʑo^{33} hɪ^{13} t^{h}ɑ^{55} ȵdʑɯ^{55}.

狗 恶 家 别 离

恶狗别离家。

婚姻家庭

[illegible]

mi^{33} gu^{21} dʑi^{21} hu^{21} ɣʊ^{21}，tʰɯ^{21} dʑi^{33} lɯ^{55} ɬɑ^{13} ɣʊ^{21}.

天 空 日 月 有 地 场 女 男 有

天上有日月，地上有男女。

[illegible]

ɖu^{33} mɑ^{55} ŋɯ^{21}，vɪ^{33} ʂu^{13} mɑ^{21} tʂɯ^{55};

蜂 不 是 花 寻 不 采

不是蜜蜂，不寻花采；

[illegible]

vɪ^{33} mɑ^{55} ŋɯ^{21}，ɖu^{33} li^{21} mɑ^{21} ho^{21}.

花 不 是 蜂 来 不 盼

不是鲜花，不等蜜蜂。

[illegible]

ko^{55} vɪ^{33} k‘ɯ^{21} dɯ^{33} vɪ^{33}，ɖu^{33} mu^{33} k‘ɯ^{21} dɯ^{33} tʂɯ^{55};

鲜 花 何 处 开 蜂 颗 何 处 采

鲜花在哪里开放，蜜蜂就往哪里飞；

[illegible]

ʑi^{21} mo^{21} kʰɯ^{21} dɯ^{33} ʑy^{21}，ŋo^{33} bɑ^{55} kʰɯ^{21} dɯ^{33} tʂo^{13}.

河 大 何 处 流 鱼 小 何 处 转

河水在哪里流淌，鱼儿就往哪里游。

mʊ^{21} tʂ^{h}ɯ^{55} tsɯ^{13} dzu^{33} mbo^{33}，nɯ^{13} du^{55} hɪ^{55} k^{h}e^{33} bo^{21}.

母 午饭 做 吃 饱 姑娘 话 讲 记 得

妈妈做的饭吃得饱，姑娘讲的话记得牢。

ʔɑ^{33}ŋɑ^{55} ȵy^{13} tɕ^{h}ʊ^{33} mʊ^{21} kɑ^{13} dʊ^{21}，su^{21} nɯ^{13} nɑ^{33} fɪ^{13} ɬɑ^{13} kɑ^{13} dʊ^{21}.

娃儿 哭 声 母 辨 能 人家 姑娘 眼色使 郎 辨 能

娃儿的哭声妈妈能听懂，姑娘的眼色小伙看得出。

ko^{33} hɪ^{55} ko^{33} ʑe^{21} nɯ^{13}，ɕɪ^{21} de^{55} su^{21} mɑ^{55} dʐo^{21}；

在 说 在 笑 姑娘 她 及 人 不 在

只顾说笑的姑娘，好像没有当得她的人；

mɑ^{21} hɪ^{55} mɑ^{21} ʑe^{21} nɯ^{13}，nɪ^{33} su^{21} mu^{21} lu^{33} ndy^{55}.

不 讲 不 笑 姑娘 心 人 做 的 想

不说不笑的姑娘，用心观察别人的言行。

nɯ^{13} ɳdʐu^{55} ɬɑ^{13} nɑ^{33} t^{h}ɑ^{55} dʐo^{33}，ɬɑ^{13} ndzu^{33} nɯ^{13} nɪ^{33} bo^{55} dʐo^{33}.

妹 美 郎 眼 上 在 郎 强 妹 心 里 在

漂亮的姑娘在小伙眼里，能干的小伙在姑娘心里。

ko^{55} vɪ^{33} nɑ^{33} pi^{13} dzu^{33} mɑ^{21} pi^{13}，ʑo^{33} tsu^{55} ȵɪ^{13} sʊ^{21} tsɿ^{13} mɑ^{55} sʊ^{21}.

鲜 花 看 能 吃 不 能 生 好 看 宜 使 不 宜

鲜花能看不能吃，漂亮好看不好使。

dzʅ^{13} ȵdʑʋ^{33} nɪ^{33} tʰɑ^{21} ve^{13}，pʰɑ^{33} mbɪ^{33} kʰe^{21} tʰɑ^{21} dzɯ^{21}.

相　爱　心 别 歪　琴　弹　线 一　对

相爱要同心，弹琴要双弦。

nɪ^{33} ȵdʑʋ^{33} dʑʋ^{21} mi^{13} vu^{33} mɑ^{21} tɕi^{21}，mɑ^{21} ȵdʑʋ^{33} tʰɑ^{21} lu^{21} dɯ^{55} mɑ^{21} dɯ^{55}.

心　想　路　地 远 不　怕　不　想　一 寨 说　不 说

有情不怕路遥远，无意哪怕在隔壁。

fu^{13} tɕu^{55} ɖu^{33} ʑi^{33} ko^{55}，tsɿ^{55}ʈʋ^{21} tʂʰɯ^{33} zɑ^{13} li^{21}.

婚　介 蜂 水 罐　云雀　哄　下 来

媒人的嘴是蜂蜜罐，骗得下天上的云雀。

ŋgu^{33} ʈʰu^{33} ʑe^{33} no^{33} tsʰɪ^{13}，ʔɑ^{21}me^{33} ʑe^{33} no^{33} tɕʰi^{55}.

荞　叶 大 就 掐　姑娘 大 就 嫁

荞叶长大就掐吃，姑娘长大要嫁人。

ʔɑ^{21}me^{33} tsʰɯ^{21} ɕi^{55} kʰo^{13}，mɑ^{21} tɕʰi^{55} pʰu^{55} mʋ^{21} ʑɑ^{13}，mɑ^{21} kʰɯ^{21} bi^{21}me^{33} ʑɑ^{13}.

姑娘　十　七 岁　不　嫁　父　母　错　不　娶　婆家　错

姑娘到十七，不嫁怪父母，不娶怪婆家。

ɬi^{55} ɬy^{13} mi^{13} mɑ^{21} ʥo^{33}，tɕʰi^{55} ɖu^{21} hɪ^{13} tʰɑ^{55} nɹ^{21}.

秧 老 地　不 长　嫁　迟　家 别 坐

老秧不长在苗圃，老女不坐在娘家。

[illegible]

k‘ɯ33 k‘e55 vɪ33 ma21 ȵɪ21，ɖu33 mu33 li21 ma21 tʂɯ55；

嘴 上 花 没 有 蜂 颗 来 不 采

嘴上不生花蜜，就招不来蜜蜂；

[illegible]

nʊ33 vu55 ŋa33 du55 ma21 se55，tsɿ55ʈo21 tʂʰɯ33 ma21 za13.

耳 禽 鸟 话 不 知 云雀 骗 不 下

耳听不懂鸟语，就骗不下云雀。

[illegible]

tɕo33lo33 ŋa21ɳdʐu21 dʐʅ13 ma21 pa33，ŋa21ɳdʐu13 tɕo33lo33 tʂʰo55 ma21 ȵdʑɪ33.

箐鸡 麻雀 互 不 伴 麻雀 箐鸡 跟 不 玩

箐鸡不是麻雀伴，麻雀不跟箐鸡玩。①

[illegible]

ʈa13 ɣa33 tʂʰo55 ma21 ŋɯ21，ɣa33 ʈa13 tʂʰo55 ma21 ȵdʑɪ33.

鹰 鸡 伴 不 是 鸡 鹰 跟 不 玩

鹰不是鸡伴，鸡不跟鹰玩。

[illegible]

tʂʰɪ13 no33 tʂʰɪ13 tɯ21 pa33，ho21 no33 ho21 dʐʅ13 ʂu21.

山羊 是 山羊 靠 伴 绵羊 与 绵羊 互 寻

山羊找的是山羊，绵羊找的是绵羊。

---

① 指婚姻既要讲究门当户对，也要追求你情我愿。下面几条卢比的鸡和鹰、山羊与绵羊同理。

[illegible]，[illegible]。

ʂe^{13} ŋɑ^{33} ʔɑ^{33}dʑɯ^{33} kɑ^{13}，zɪ^{13} ho^{21} fu^{13} mɑ^{21} t^{h}u^{55}.

金 鸟 乌鸦 分 狼 羊 婚 不 开亲

凤凰乌鸦不同类，狼和羊不能开亲。

[illegible]，[illegible]。

zu^{33} hu^{13} li^{33} ts^{h}ɪ^{13} tsɑ^{13}，nɯ^{13} ʐo^{33} li^{21} tʂ^{h}u^{21} tsɑ^{13}.

儿 养 来 代 传 女 生 来 亲戚 连

养儿继家业，育女来联姻。

[illegible]，[illegible]。

ŋgu^{33} ʈ^{h}u^{33} ts^{h}ɪ^{13} tʂ^{h}u^{21} ts^{h}ɪ^{13}，ʔɑ^{21}me^{33} tɕ^{h}i^{55} tʂ^{h}u^{21} tɕ^{h}i^{55}.

荞 叶 掐 类 掐 女儿 嫁 类 嫁

荞叶该掐就掐，女儿该嫁就嫁。

[illegible]，[illegible]。

mi^{13} nɑ^{33} dʑu^{21} te^{13}，zu^{33} ȵɪ^{13} tɕ^{h}i^{55} ʐʊ^{21}.

地 看 粮 种 儿 看 妻 娶

看地种粮，看儿娶妻。

[illegible]，[illegible]。

tɕ^{h}i^{55} li^{21} mu^{33} ʔɑ^{33} ʐʊ^{21}，nɯ^{13} li^{21} ne^{21} ʐɯ^{33} tʂe^{55}.

妻 来 高 乃 娶 女 来 低 乃 嫁

娶媳妇的标准要高，择女婿的标准要低。①

---

① 此句与下一条是相反的一对卢比，从不同视角揭示了两种截然相反的婚姻观念，表面看是自相矛盾的，但从各自立场来看，又都是对的。

[illegible]

tɕʰi^{55} ʑʊ^{21} ʂu^{33} mɑ^{21} nɑ^{33}，nɯ^{13} tʂe^{55} ʥu^{21} he^{33} sɯ^{13}.

妻 讨 穷 不 看 女 嫁 家业 好 选

讨妻不嫌穷，嫁女选家业。

[illegible]

vɪ^{33} nɯ^{21} ʈʰu^{33} ȵy^{21} pɑ^{33}，fu^{33} no^{33} ŋgo^{21} ʔɑ^{33} to^{33}.

花 红 叶 绿 伴 婚 乃 门 啊 当

红花还需绿叶配，婚姻要门当户对。

[illegible]

ŋɑ^{33} ȵɪ^{55} ke^{13} tɕʰi^{13} tʰɑ^{21} lɯ^{33} ɤɑ^{13}，tsʰo^{21} ȵɪ^{55} ʑo^{21} ʑɪ^{13} tʰɑ^{21} lɯ^{33} tʰu^{55}.

鸟 两 只 窝 一 个 织 人 两 个 家 一 个 建

两只鸟搭一个窝，两个人建一个家。

[illegible]

hɪ^{33} lɯ^{33} tɕi^{33}，hɪ^{21}ŋgu^{33} te^{13}；mu^{55} lɯ^{33} tɕi^{33}，tsʰɪ^{13} zu^{13} hu^{13}.

饿 了 怕 荞子 种 老 了 怕 代 子 养

怕饥饿，才种荞子；怕衰老，才养儿子。

[illegible]

sɪ^{33} ŋɯ^{33} lɯ^{55} lɯ^{55}，tso^{33} mɑ^{21} nɯ^{33} mɑ^{21} ȵʥy^{33}；

树 是 个 个 蒂 不 萌 不 发

所有的树木，无蒂不发芽；

[illegible]

ʑi^{21} ŋɯ^{33} lɯ^{55} lɯ^{55}，tɕ‘ʊ^{33} mɑ^{21} bo^{21} mɑ^{21} ʑy^{21}；

水 是 个 个 源 没 有 不 流

所有的河流，无源头不流；

[illegible]

nɯ^{13} ŋɯ^{33} lɯ^{55} lɯ^{55}，bi^{21} mɑ^{21} bo^{21} mɑ^{21} bɑ^{13}.

女　是　个　个　婆　没　有　不　婚

所有的女子，无婆家不婚。

[illegible]

ʑy^{21} tɯ^{21} lo^{33} tɕʰi^{55} ʑʊ^{21}，su^{55} tɯ^{21} lo^{33} nɯ^{13} tʂe^{55}.

舅　向　着　妻　娶　甥　向　着　女　嫁

是男向舅舅家提亲，是女向外甥家嫁人。①

[illegible]

ɣɯ^{21} h̥ɪ^{21} n̥ɪ^{33} ʔɑ^{21}me^{33}，tʰɯ^{55} ʥɪ^{33} ɖɯ^{21} no^{33} ve^{55}.

里　屋　在　闺女　家　境　出　是　客

在家是闺女，出门便是客。

[illegible]

ŋo^{21} no^{33} ŋo^{21} ʂu^{13}，be^{55} no^{33} be^{55} ʂu^{13}.

鹅　呢　鹅　找　鸭　呢　鸭　找

鹅找鹅伴，鸭找鸭伴。

[illegible]

ʔɑ^{33}ŋo^{13} tʰo^{21}ʔo^{21}ʔo^{21} xɯ^{55} ʂu^{13}，ʔo^{55}pu^{33} tɑ^{21}ɦi^{21}ɦi^{21} xɯ^{55} ʂu^{13}.

猴子　背驼驼　的　找　蛤蟆　宽扁扁　的　找

猴子找背驼驼的，蛤蟆找宽扁扁的。

---

① 传统彝族社会实行姑舅表婚，即“侄女赶姑妈”，除非没有对等的适龄男女，否则，姑妈家的儿子要主动到舅舅家提亲，舅舅家的女儿也必须以嫁到姑妈家为婚姻的首选。

[illegible]

ʔɑ33kɯ21 ʈ'u13lɯ55lɯ21，ʑo33 t'ɑ21 nɯ13 su215 lɯ55;

娇女　白生生　己　一　女 人家　去

娇女白生生，自家一女嫁别家;

[illegible]

ɤʊ21 me33 kʰɑ33ʂɑ33ʂɑ33，su21 tʰɑ21 nɯ13 ʑʊ215 li33.

鞍　后　响沙沙　别人 一　女 我家 来

鞍后响沙沙，人家一女嫁我家。[1]

[illegible]

tʰɑ21 ʑɪ33 nɯ13 ɳdʐu55 hu21 ʑɪ33 ʑʊ21，tɕy33 tsʰɯ33 tɕy33 ʑɪ33 nɪ33bɑ33bɑ33.

一　家　女　美　百　家　娶　九　十　九　家　心欠欠

一家好女百家求，九十九家心欠欠。

[illegible]

zu33 ʥo33 ʥʊ21 sɯ33 ʑɑ13，nɯ13 ʥo33 tɕʰi55 ɳdʐɯ33 tɕi33.

男　怕　路　走　错　女　怕　嫁　错　怕

男怕走错路，女怕嫁错人。

[illegible]

fu13 tɕʊ55 li21 mɑ21 tɕʊ55，nɯ13 me13du33 lo33 ʑy33;

婚　媒　来　不　媒　女　名声　乃　怪

没有人提亲，只怕姑娘名声差;

[illegible]

tɕʰi55 ɤʊ21 ʑʊ21 mɑ33 dʊ21，ɬɑ13 mu21 lu33 lo33 ʑy33.

妻　得　娶　不　能　小伙 做　的　乃　怪

娶不到媳妇，只怕小伙品行坏。

---

① 指婚姻是相互的，有嫁有娶，这是古规常理。

nɯ^{13} ɬɑ^{13} tɕʰi^{55} mu^{33} dʐu^{55}，fu^{13} tɕʊ^{55} he^{33} mɑ^{55} ŋɯ^{21}.

妹 郎 妻 做 愿 婚 媒 功 不 是

姑娘愿嫁的小伙，不是媒人的功劳。

mu^{33} he^{33} ɣo^{21} tɯ^{33} di^{13}，nɯ^{13} he^{33} tʰɑ^{21} ʐɪ^{33} tʂʰu^{21}.

马 好 鞍 独 配 女 好 一 家 嫁

好马不配双鞍子，好女不嫁两家人。

mu^{21} lu^{33} mɑ^{21} tsu^{55} nɯ^{13}，pɪ^{13}do^{55} ʂe^{13} tɕʰɯ^{55} ŋgɑ^{13}.

做 的 不 好 女 被弃 蛇 场 赶

不会做人的姑娘，嫁出去也要赶蛇场。①

pɪ^{33}do^{55} vɑ^{13} tɕʰɯ^{33} ŋgɑ^{13}.

被弃 猪 场 赶

被弃赶猪场。②

tʰɑ^{21} tsʰɪ^{13} me^{55} he^{33} te^{13}，tʰɑ^{21} xɯ^{33} ɖu^{21}ʂʊ^{21}ko^{33}.

一 代 妻 贤 娶 一 族 希望在

一代娶得好媳妇，一族人就有希望。

---

① “蛇场”，属蛇的那天赶的集市。常规下赶场人去了必定要回家，所以用“赶蛇场”暗语已婚女子被丈夫休了回娘家，指婚姻失败。

② “赶猪场”：寓意同上。

[illegible]

vɪ^{33} vɪ^{33} mʊ^{21} di^{13} ɳʥʊ^{33}，nɪ^{33} ɳɪ^{55} ke^{13} t^{h}ɑ^{21} ndy^{55}.

花 开 果 结 想 心 二 条 别 想

想开花结果，就别起二心。

[illegible]

tɕ^{h}i^{55} tsu^{55} fu^{21} tɕʊ^{55} ŋgɯ^{21}，tɕ^{h}i^{55} dɯ^{21} fu^{21} tɕʊ^{55} dʐu^{33}.

嫁 好 婚 媒 忘 嫁 歹 婚 媒 咒

嫁好把媒忘，嫁歹把媒咒。①

[illegible]

tɕ^{h}ɑ^{13} ʈ^{h}ɯ^{55} gʊ^{21} ke^{33} k^{h}ɑ^{33}，nɯ^{13} tɕ^{h}i^{55} gʊ^{13} go^{13} li^{21} ʂu^{33}.

弓 放 完 捡 难 女 嫁 了 回 来 难

射出的箭难收，嫁出的女难回。

[illegible]

tɕ^{h}i^{55} sɯ^{13} tɕ^{h}i^{55} nɑ^{33} ʥi^{33}.

妻 择 妻 眼 瞎

挑妻挑得瞎眼妻。

[illegible]

tɕ^{h}i^{55} k^{h}ɯ^{21} ʂe^{13} mɑ^{55} hu^{13}，ʥi^{21}lu^{21} li^{21} t^{h}o^{55} bo^{21}.

妻 娶 早 不 必 福禄 来 时 有

娶妻不必早，福到时会来。

① 彝族传统婚姻遵从父母之命、媒妁之言，女子嫁得不好，媒人就是受气的对象。

[illegible]，[illegible]；

ȵʥɪ^{33} ȵʥʊ^{33} ʑe^{21} ȵʥʊ^{33}，ɳo^{13} ȵɪ^{55} lɯ^{33} tsɪ^{13}；

玩 想 笑 想 猴 两 只 备

想玩想要，养两只猴；

[illegible]，[illegible]。

ndu^{21} ȵdʑʊ^{33} de^{33} ȵdʑʊ^{33}，tɕ^{h}i^{55} ȵɪ^{55} ʑo^{21} ʈ^{h}ɯ^{55}.

打 想 敲 想 妻 两 位 置

想打想闹，娶两房妻。

[illegible]，[illegible]。

t^{h}a^{21} ze^{33} dʐo^{21} sʊ^{33} ȵʥʊ^{33}，me^{55} ȵɪ^{55} ʑo^{21} t^{h}a^{21} te^{13}.

一 生 过 舒适 想 妻 两 位 别 娶

想一生清静，别娶两房妻。

[illegible]，[illegible]。

tɕ^{h}i^{55} ʂu^{13} tɕ^{h}i^{55} ʔa^{33}da^{33}，tɕ^{h}i^{55} ʑʊ^{21} pe^{13}la^{33}la^{33}.

妻 找 妻 老奶 妻 娶 白拉拉

娶妻当奶奶，有妻白啦啦。[1]

[illegible]，[illegible]。

ʂa^{33} tɕ^{h}i^{55} ʂa^{33} ʔa^{33}da^{33}，nɯ^{55} tɕ^{h}i^{55} pe^{13}la^{33}la^{33}.

汉 嫁 汉 老奶 彝 嫁 白拉拉

嫁汉当奶奶，嫁彝白啦啦。[2]

---

① 白啦啦，贵州等地的汉语方言，白白的意思。

② 过去汉族妇女有裹脚习俗，妇女通常只在家里做家务，而彝族妇女则里外轻重活都要做。这则谚语反映了彝族妇女羡慕汉族妇女不用到户外去做重体力活的心理。

[illegible]

ʑo^{33} nɪ^{33} se^{55} no^{33} me^{55}，me^{55} to^{33} ze^{21} no^{33} ʑo^{33}.

夫 心 知 是 妻 妻 砥 柱 是 夫

妻是夫的心腹，夫是妻的脊梁。

[illegible]

me^{33}to^{55} hɪ^{21} vɪ^{33} ŋɯ^{33}，tɕ^{h}i^{55} no^{33} ŋgo^{21} se^{21} ŋɯ^{33}.

火 家 花 是 妻 是 门 神 是

火是家花，妻是门神。

[illegible]

bɑ^{55} t^{h}o^{55} ʔɑ^{33}mɑ^{33} pɑ^{55} mʊ^{21} ne^{13}，ʑe^{33} t^{h}o^{55} me^{55} du^{55} ne^{13}.

小 时 阿妈 奶 果 香 大 时 妻 话 香

小时娘的奶香，长大媳妇的话香。

[illegible]

me^{55} ʑo^{33} dʐʅ^{13} ȵdʑʊ^{33}，k^{h}o^{21} tsɯ^{13} dʑʊ^{21} bu^{21}.

妻 夫 相 爱 所 做 路 开

夫妻相爱，凡事通达。

[illegible]

gɯ^{21}tɕi^{13} ʈɯ^{55} me^{55} gu^{55}，t^{h}i^{33} t^{h}i^{33} ʑo^{33} de^{33} dʐo^{21}.

蓑衣 编 妻 披 天 天 自 旁 在

编蓑衣给妻子披，随时在自己身旁。

[illegible]

ve^{21}lɑ^{13} t^{h}ɑ^{21} ʑe^{21} ȵɪ^{13}，me^{55} ʑo^{33} t^{h}ɑ^{21} ze^{21} nɑ^{33}.

买卖 一 次 看 妻 夫 一 世 看

生意瞧一回，夫妻看一世。

[illegible]，[illegible]。

dʑu^{21} ʑi^{33} mɑ^{21} tsu^{55} t^{h}ɑ^{21} k^{h}o^{13} ʂu^{33}，me^{55} ʑo^{33} mɑ^{21} he^{33} t^{h}ɑ^{21} ze^{33} ȵdʑɑ^{33}.

粮 水 不 好 一 年 穷 夫 妻 不 好 一 生 苦

庄家不好穷一年，夫妻不好苦一生。

[illegible]，[illegible]。

ɳɖʐʅ^{21} mɑ^{21} ne^{13} no^{33} zɪ^{33} ndo^{21} mu^{33} pi^{13}，me^{55} mɑ^{21} he^{33} zɪ^{33} dʐo^{21} mu^{33} mɑ^{21} dʊ^{21}.

酒 不 香 则 强忍 喝 地 行 妻 不 好 强忍 过 地 不 能

不香的酒可以凑合着喝，不好的妻不能凑合着过。

[illegible]，[illegible]；

me^{55} tsɯ^{13} kɯ^{13}，zu^{21} ʑo^{21} dɯ^{21} do^{33} sʊ^{21}；

妻 做 会 男 夫 出 门 适

妻子贤惠，使丈夫出门会为人；

[illegible]，[illegible]。

zu^{21} ʑo^{21} ndzu^{33}，ɳɪ^{55} nɯ^{13} hɪ^{21} bo^{55} ko^{33}.

男 夫 强 妇 女 家 里 靠

丈夫能干，使妻子在家能当家。

[illegible]，[illegible]。

k^{h}e^{21} dʑe^{33} dʑo^{33} k^{h}e^{21} gɪ^{33}，me^{55} ʑo^{33} dʑo^{33} nɪ^{33} gɪ^{33}.

线 鼓 怕 弦 断 妻 夫 怕 心 断

月琴怕断弦，夫妻怕断心。

[illegible]，[illegible]。

ʂu^{33} tɕ^{h}i^{33} ɣɑ^{33} mɑ^{21} ŋgɑ^{13}，bu^{21}dʑu^{33} me^{55} mɑ^{21} ndɯ^{21}

猎 犬 鸡 不 撵 汉子 妻 不 打

猎犬不撵鸡，好汉不打妻。

[illegible]

tɕʻi^{55} ȵdʑy^{21} mɑ^{21} ŋɯ^{21}，zu^{21} ʑo^{21} mu^{21} lu^{33} mɑ^{21} hɪ^{55}；

妻 蠢 不 是 男 夫 做 的 不 讲

不是蠢妻，不讲夫闲话；

[illegible]

zu^{21} ʑo^{21} ȵdʑy^{21} mɑ^{55} ŋɯ^{21}，tɕʰi^{55} ʑʊ^{21} tɯ^{55} mɑ^{21} ndu^{21}.

男 夫 无能 不 是 妻 捉 住 不 打

不是蠢夫，不会打妻子。

[illegible]

ne^{13} hu^{55} ȵɪ^{13} ɖu^{21} tɕʊ^{55} lo^{55} tɕʰy^{33}，bɑ^{55} mu^{33} tɕʰi^{55} kʰɯ^{21} ʂu^{33} dɯ^{33} ɳu^{33}.

春 月 霜 降 苗 对 伤 小 的 妻 娶 难 处 多

春天打霜苗遭殃，年少娶妻苦处多。

[illegible]

me^{55} ʑo^{33} dʐʅ^{13} ȵdʑʊ^{33} dʐʅ^{13} bo^{21} no^{33}，xɯ^{21} tsʰo^{21} vu^{55} dzɪ^{33} dzu^{33} ȵɪ^{33} dʐu^{55}.

妻 夫 相 爱 相 和 呢 铁 斧 菜 切 吃 也 愿

只要夫妻恩爱又和睦，哪怕斧头切菜也愿意。

[illegible]

me^{55} ʑo^{33} dʐʅ^{13} bo^{21} tʂe^{13} dzu^{21} ɖe^{21}，me^{55} ʑo^{33} dʐʅ^{13} kʰɪ^{33} gɪ^{13} ɳu^{55} ɖu^{21}.

妻 夫 相 和 仓 粮 满 妻 夫 相 争 绝 事 临

夫妻和睦粮满仓，夫妻争斗祸事出。

[illegible]

tʂʰo^{55} mɑ^{21} ȵdʑʊ^{33} su^{13} ȵdʑʊ^{33} ɖɪ^{33}，ʑi^{13} mɑ^{21} tʂʰu^{55} pʰu^{55} ʑi^{13} ɖɑ^{55}.

友 不 爱 者 情 淡 家 不 顾 者 家 破

不爱朋友的薄情，不爱家的家破。

[illegible]

zu^{21} ʑo^{21} dʑo^{33} tɕʰi^{55} ɣo^{13} nʊ^{21} xɯ^{55} tɕi^{33}，ȵɪ^{55}nɯ^{13} dʑo^{33} zu^{21} ʑo^{21} ɳdʐʅ^{21} ʔɪ^{13} tɕi^{33}.

男 夫 怕 妻 肚 痛 的 怕 女人 怕 男 夫 酒 醉 怕

男人怕肚痛的妻子，女人怕酒醉的丈夫。①

[illegible]

ʈʻu^{13} mi^{55} kʻo^{21} tsu^{55} ȵɪ^{33}，ɕɪ^{21} ȵɪ^{33} ʂe^{13} ʈʻɑ^{33} hu^{13}；

银 面 再 好 也 它 也 花 散 要

再好的银子，也要使出去；

[illegible]

me^{55} ʑo^{33} dʐʅ^{13} ȵdʑʊ^{33} ȵɪ^{33}，dʐʅ^{13} bu^{33} ȵɪ^{21} mɑ^{55} dʊ^{21}.

妻 夫 相 爱 也 起 坐 不 能

再好的夫妻，不能天天厮守。

[illegible]

tɕʻi^{55} zu^{21} ʑo^{21} ɬu^{55} ʂe^{33}，ʑo^{13} mu^{33} ʑo^{21} kʻu^{33} ʈʻu^{21}；

妻 男 夫 裤 撕 自 地 自 威 失

妻撕丈夫裤，自己来丢丑；

[illegible]

zu^{21} ʑo^{21} xɯ^{21} pʰu^{33} ndɪ^{33}，ʑo^{13} mu^{33} ɳu^{55} ʂu^{13} tsɯ^{13}.

男 夫 铁 锅 砸 自 地 事 找 做

丈夫砸铁锅，自己找事做。

[illegible]

ndu^{21} ȵdʑʊ^{33} pʰu^{55} ko^{13} tɕʰy^{33}，ȵdʑɯ^{55}di^{13} no^{33} ʑi^{13} ɖɑ^{33}.

打 好 者 命 伤 淫 有 则 家 破

好打伤性命，贪色要破家。

① 肚痛的妻子，指长期有胃病的妻子；酒醉的丈夫，指长期滥酒的丈夫。

[illegible]，[illegible]。

su^{21} tɕʰi^{55} ʑo^{33} tsu^{55} ge^{33}，ʑo^{21} tɕʰi^{55} ȵdʑʊ^{33} mɑ^{55} de^{33}.

人 妻 生 好 羡慕 已 妻 爱 不 如

羡慕别人漂亮的老婆，不如善待自己的媳妇。

[illegible]，[illegible]。

hɑ^{33}kʰu^{33} ŋgo^{21} no^{33} tʰɑ^{21} bu^{21}，me^{55} ʑo^{33} tu^{13} dʐʅ^{13} tʰɑ^{21} kʰɪ^{33}.

连枷 拉 鼻 不 开 妻 夫 挑拨 相 别 争

别把连枷扯断，别挑拨人家夫妻吵架。[1]

[illegible]，[illegible]。

ɳdʐʅ^{21} ɖɪ^{33} ndo^{21} kʰɑ^{33}，me^{55} tʂʰu^{33} dʐo^{21} kʰɑ^{33}.

酒 淡 喝 难 妇 寡 在 难

寡酒难吃，寡妇难当。

[illegible]，[illegible]。

hu^{21} to^{33} ʂo^{13}nɑ^{55} dze^{21}，nɯ^{55} su^{13} tʂʰu^{21}tʂʰɯ^{21} to^{33}.

月 靠 梭罗 树干 彝 人 亲戚 靠

月亮靠的是梭罗，彝家靠的是亲戚。

[illegible]，[illegible]。

mɑ^{21} tʂʰu^{21} su^{21} ȵɪ^{55} ʑɪ^{33}，tʂʰu^{21} bo^{21} su^{21} tʰɑ^{21} ʑɪ^{33}.

不 开亲 人 两 家 开亲 有 人 一 家

不开亲是两家，开了亲是一家。

---

① 连枷：收割后打荞麦的劳动工具，由一长一短、一粗一细两根木棒用绳连成，有的把粗棒一端凿孔便于拴绳，状如鼻孔，一旦孔洞被拉缺损，连枷就散成两截。

[illegible]

hu^{21}lu^{33} k'o^{21} ʑe^{21} ʑe^{33}，ho^{33} ʈ'u^{13} sɯ^{33} no^{33} ȵɪ^{13}；

大山 如何 大 大 雨 白 行 就 小

再高大的山，雨行来渺小；

[illegible]

nɑ^{33} ʑi^{21} ɣe^{55} t'ɯ^{21} nɑ^{13}，pi^{13} ɬi^{13} ndo^{55} no^{33} dɯ^{21}；

大 河 江 塘 深 舟 船 驶 就 浅

再深的江河，舟船行则浅；

[illegible]

ʑy^{21} zu^{55} ʥu^{21} ʨ'o^{33} vu^{33}，tsɿ^{13} su^{13} sɯ^{33} no^{33} ne^{33}.

舅 甥 居 境 远 使 者 走 就 近

亲戚虽隔远，使者走来近。

[illegible]

mɑ^{21} ʨʰi^{55} no^{33} ʨʰi^{55} ȵʥʊ^{33}，ʨʰi^{55} gʊ^{13} ʔɑ^{33}mɑ^{33} ȵʥʊ^{33}.

不 嫁 却 想 嫁 嫁 了 阿妈 想

不嫁却想嫁，嫁了又想妈。

[illegible]

ʨʰi^{55} ʑʊ^{21} bʊ^{21} nʊ^{33} ʈʰɯ^{55}，tʰɑ^{21} ɖu^{33} ʔɑ^{33}ȵɪ^{13} sɯ^{55}.

媳妇 娶 山 后 在 一 行为 姑妈 样

媳妇说在山背后，有些行为像未来的婆婆。①

---

① 说媳妇：指男子定亲。此句指未过门的媳妇在言行上与未来的婆婆有相似的地方。

[illegible]，[illegible]。

mi^{13} tɕʰɯ^{33} xɪ^{13} ʂʅ^{33} tʂʰɯ^{21} ɳu^{33}，tsʰɪ^{13} tɕʰi^{55} xɪ^{13} ɳɖʐɯ^{33} dɯ^{33} ɳu^{33}.

地 荒 新 草 根 多 代 媳 新 错 处 多

新开的荒地草根多，新来的媳妇错处多。

[illegible]，[illegible]。

mʊ^{21} tʰɯ^{55} ʥʊ^{21} ʥu^{33} sʊ^{21}，bi^{21} hɪ^{21} ʑi^{21} ndo^{33} kʰɑ^{33}.

娘 家 饭 吃 舒服 婆 家 水 喝 难

娘家饭好吃，婆家水难喝。

[illegible]，[illegible]；

ʔɑ^{33}ɳɪ^{13} k'o^{21} he^{33} he^{33}，ʑo^{21} mʊ^{21} lo^{33} mɑ^{55} de^{33}；

姑妈 如何 好 好 己 母 的 不 如

婆婆心再好，比不上亲妈；

[illegible]，[illegible]。

ʑo^{13}pʰu^{33} kʰo^{21} he^{33} he^{33}，kʰɯ^{21} sɯ^{21} pʰu^{55} he^{33} sɯ^{55}.

姑爹 如何 好 好 怎 样 父 贤 样

公公心再好，怎能比亲爹。

[illegible]，[illegible]。

mʊ^{21} mʊ^{21} bi^{13} tʰo^{21} ɳu^{33}，ʔɑ^{21}me^{33} kʰu^{33} dɯ^{33} ɖɑ^{33}.

马[①] 母 蹄 底 多 姑娘 坐 处 毁

母马蹄印多，姑娘坐处毁。[②]

① mʊ^{21} mʊ^{21}即“mu^{33}（马） mʊ^{21}（母）”，是“母马（mu^{33} mʊ^{21}）”连读的音变。

② 母马蹄印多，比喻母亲走女儿家的次数频繁；女儿坐处，指女儿的婚姻家庭。此句指为娘的如果不正直，跑女婿家多了就会毁了女儿的婚姻与家庭。

[illegible]

sɯ^{33} tsʰɪ^{13} dʐʅ^{13} tʂʰu^{21} po^{33}，zu^{33} ɬi^{33} ʔa^{33}ɳo^{13} sɯ^{55}.

三 代 互 开亲 重 子 孙 猴子 样

开亲过三代，子孙像猴子。①

[illegible]

ɳe^{33} tʂʰu^{21} ma^{21} sɯ^{33} vu^{33}，vu^{33} tʂʰu^{21} ma^{21} ɳdʑʊ^{21} ɖɪ^{33}.

近 亲 不 走 远 远 亲 不 往 淡

近亲不走则远，远戚不往则疏。

[illegible]

tʂʰu^{21} ma^{21} sɯ^{33} no^{33} ɖɪ^{33}，dʑʊ^{21} ma^{21} sɯ^{33} no^{33} ɖɯ^{55}.

亲 不 走 就 淡 路 不 走 就 荒

亲戚不走就淡，道路不走就荒。

[illegible]

tɕy^{33} kʰo^{13} ma^{21} sɯ^{33} tʂʰu^{21}，tsʰɯ^{21} kʰo^{13} ma^{21} ɳdʑo^{21} ɣʊ^{21}.

九 年 不 走 亲 十 年 不 往 戚

九年不走也是亲，十年不往也是戚。

[illegible]

ʔa^{33}ma^{33} hɪ^{13}pu^{21} ɳu^{33}，tɕʰi^{55} zu^{33} dʐʅ^{13} ma^{21} ʂu^{13}.

母亲 嘴巴 多 媳 子 相 不 找

母亲嘴巴多，子媳夫妻散。

① 彝族传统社会虽然实行姑舅表优先婚，但也总结了近亲结婚的弊端，所以提倡开亲不过三代。

[illegible]

ʔa^{33}ma^{33} ʥʊ^{21} ma^{21} du^{21}，ʔa^{21}me^{33} xɯ^{21} p^{h}u^{33} ndɪ^{33}.

阿妈 理 不 通 姑娘 铁 锅 砸

母亲不讲理，嫁出去的女儿会砸锅。①

[illegible]

mʊ^{21} ka^{33} ɣʊ^{21} no^{33} ʔa^{21}me^{33} zu^{33} ʥɯ^{55} ɣʊ^{21}.

母 斑 有 则 女 儿 斑点 有

母亲有花斑则儿女有斑点。②

[illegible]

ts^{h}o^{21} ga^{55} ʑo^{21} ma^{55} ŋɯ^{21}，ŋgɯ^{21} bʊ^{21} ga^{55} lɯ^{33} ma^{21} da^{33}.

人 那 个 不 是 门 槛 那 个 不 爬

不是那个人，不进那家门。③

[illegible]

mʊ^{21} tʂa^{33} pu^{21} no^{33} tɕi^{21}，tʂ^{h}u^{21}tʂ^{h}ɯ^{21} ȵʥʊ^{21} no^{33} ȵʥʊ^{33}.

麻 绳 绞 就 紧 亲戚 经过 就 亲

麻绳越拧越紧，亲戚越走越亲。

[illegible]

t^{h}u^{33}lu^{33} ɬi^{33} ʈ^{h}u^{55}，p^{h}u^{55} mʊ^{21} ɬi^{33} ʑo^{33}.

宇宙 四 面 父 母 四 位

宇宙四方，父母四位。

---

① 砸锅：贵州方言，“失败”之意。

② 花斑：比喻缺点。此句指子女会受到母亲为人处世等性格缺点的影响。

③ 用来形容一对夫妻在性格或处世方面的相似性，反映了家庭生活对家庭成员潜移默化的影响。

[illegible]

t^{h}ɑ^{21} tu^{13} k^{h}o^{13} vu^{55} ʂu^{55}，t^{h}ɑ^{21} hɪ^{21} k^{h}o^{13} vɪ^{13} ɳɪ^{21}.

一　千　年　菜　种　一　万　年　兄　弟

千年的菜籽，万年的家族。[①]

[illegible]

t^{h}ɑ^{21} ʑi^{33} t^{h}ɑ^{21} ʑo^{21} ʑe^{33}，t^{h}ɑ^{21} ts^{h}u^{33} t^{h}ɑ^{21} pu^{33} ʂe^{13}.

一　家　一　位　长　一　棵　一　穗　长

一家一族长，一棵一穗长。[②]

[illegible]

mu^{55} su^{13} mɑ^{55} ŋɯ^{21} no^{33}，ɬɑ^{13} su^{13} tsɪ^{13} mɑ^{55} so^{21};

老　人　不　是　呢　青　年　聚　不　拢

不是老年人，青年无依托；

[illegible]

ɬɑ^{13} su^{13} mɑ^{55} ŋɯ^{21} no^{33}，mu^{55} su^{13} k^{h}u^{33} mɑ^{21} hu^{33}.

青　年　不　是　呢　老　人　威　无　荣

不是青年人，老人无威望。

[illegible]

sɪ^{33} ʑe^{33} li^{21} kɑ^{13} fu^{13}，zu^{33} ʑe^{33} no^{33} ʑɪ^{13} fu^{13}.

树　大　来　枝　分　儿　大　则　家　分

树大要分枝，儿大要分家。

---

① 彝族社会实行父系血统的家支制度，与汉族一样有“亲管三代，族管万年”的传统观念。

② 一家一族长：指一个家族有一位族长。在彝族家支制度里，家族之下分家支，家支之下又分小家支，每一层级的家支都有一位族长，一般由长房担任，主要负责续谱和组织家支祭祀祖先等活动。一窝一穗长：指一窝庄稼就有一根穗要比其他长。

[illegible]

sɪ^{33} tʰo^{33} de^{33} tʂʰu^{55} kɯ^{13}，tsʰɪ^{13}vi^{21} dʐʅ^{13} be^{33} ȵdʑɯ^{55}.

树 砍 倒 烂 会 家族 相 吵 分离

树木砍倒会腐烂，族人吵架会分离。

[illegible]

mu^{55} ɬa^{13} dɯ^{55} ma^{21} dɯ^{55}，tʰa^{21} tsʰɪ^{13} ho^{21} li^{33} dy^{21}.

老 少 说 不 说 一 代 见 来 乐

不论老和少，见了一代乐。①

[illegible]

hɪ^{21} ko^{33} pʰu^{55} dʐo^{21} zu^{33} ma^{21} ʑe^{33}.

屋 里 父 在 子 不 大

高堂有父子不大。②

[illegible]

zu^{33} ʑo^{33} mʊ^{21} tʂʰu^{21} ʂu^{21}，dɯ^{55}mi^{13} mʊ^{21} tʂʰu^{21} ʑe^{33}.

儿 生 娘 亲戚 寻 世间 娘 亲 大

生儿找后家，地上后家大。③

[illegible]

mi^{33} ɡu^{21} ɬi^{13} pʰu^{55} ʑe^{33}，mi^{13} tʰo^{55} ʔa^{33}ʑy^{33} ʑe^{33}.

天 空 雷 父 大 地 底 舅舅 大

天上雷神大，地上舅舅大。④

---

① 指下一代人的出生，是一家老少最高兴的事。

② 根据传统伦理纲常，只要不分家，父亲就是掌家人，所以说父在儿不大。

③ 按照彝族传统，在姻亲关系上以娘家为大，孩子出生就要向娘家报喜，所以说生儿找后家。

④ 同上，因后家为大，所以舅舅也最大。

[illegible]，[illegible]。

tɕ^{h}i^{33} me^{21}ʂu^{33} ȵdʑʊ^{33}，ts^{h}o^{21} p^{h}u^{55} mʊ^{21} du^{21} tʂ^{h}u^{21} ȵdʑʊ^{33}.

狗 尾巴 爱 人 父 母 后 亲戚 爱

狗爱尾巴，人爱后家。①

[illegible]，[illegible]。

tɕi^{55} li^{21} ʔɑ^{33}ȵɪ^{13} ndɯ^{21}，du^{55} li^{21} ts^{h}ɪ^{13} tɕ^{h}i^{33} dʑi^{21}.

先 来 姑妈 当 后 来 代 媳 当

先来的当婆婆，后来的当媳妇。②

[illegible]，[illegible]；

me^{55} ʑo^{33} dʐʅ^{13} bo^{21} no^{33}，tɕ‘ɯ^{21} tɕɯ^{21} sʊ^{21} mɑ^{21} ʈ‘ɑ^{33}；

妇 夫 相 和 呢 篱笆 编 人 不 拆

夫妇若和睦，篱笆无人拆；

[illegible]，[illegible]；

vɪ^{13} ȵɪ^{21} dʐʅ^{13} bo^{21} no^{33}，ŋgo^{21} do^{33} su^{21} mɑ^{21} tɕ‘i^{33}；

兄 弟 相 和 呢 门 出 人 不 欺

兄弟若和睦，出门无人欺；

[illegible]，[illegible]。

tɕi^{33} ʑo^{33} dʐʅ^{13} bo^{21} no^{33}，dɯ^{21} du^{55} dɯ^{55} mɑ^{21} do^{33}.

婆 媳 相 和 呢 坏 话 外 不 出

婆媳若和睦，闲话不外传。

---

① 父母后家：彝族对“娘家”的称呼。

② 指先来的媳妇先掌家，后来的媳妇也要服从她的管理。

[illegible]，[illegible]；
me55 ʑo33 dʐʅ13 ma21 bo21，tɕ‘i33 ɣa33 lu21 gu33 ne55；
妻　夫　相　不　和　狗　鸡　寨　园　丢失
夫妻不和睦，鸡狗寨邻丢；
[illegible]，[illegible]。
lu21 kʰa33 dʐʅ13 ma21 bo21，su33 ve13 hɪ21 du33 pɪ13.
寨　邻　相　不　和　人　歪　房　洞　抠
寨邻不和睦，墙洞被贼抠。

[illegible]，[illegible]。
vɪ13 ȵɪ21 dʐʅ13 bo21 no33，ɳdʐʅ21 vu33 fu13 ge21 hu13.
兄　弟　相　和　呢　财　帛　分　清　须
兄弟要和睦，钱财要分明。

[illegible]，[illegible]。
ʑo21 kʰa33 dʐʅ13 ma55 bo21，gɯ21 su21 de55 ma21bu33.
自　邻　相　不　和　亲　别人　及　不止
自家人不和，总比外人亲。

[illegible]，[illegible]。
me55 he33 ʑo33 nɪ33 sʊ21，zu33 he33 pʰu55 nɪ33 ɖe21.
妻　贤　夫　心　舒　子　贤　父　心　宽
妻贤夫心安，子孝父心宽。

[illegible]，[illegible]。
ʔa55tʂʰu33 tʂa33 ma21 ti13，me55 he33 kʰa33 ma21 nde33.
猫儿　索　不　拴　妻　贤　寨　不　闲逛
猫儿不拴索，贤妻不串门。

[illegible]

zu^{33} tɕo^{55} tʂʰo^{55} ŋgo^{21} dɪ^{13}，zu^{33} tɕo^{55} gɯ^{21} pɑ^{33} tu^{13} mɑ^{21} dɪ^{13}.

子 跟 友 找 可 子 跟 仇 伴 树 不 得

可给儿女找朋友，莫给儿女树仇敌。

[illegible]

mbo^{33} no^{33} ʔɑ^{33}mɑ^{33} nɪ^{33} le^{33} kɯ^{13}，ʂu^{33} no^{33} ʔɑ^{33}mɑ^{33} nɪ^{33} mɑ^{21} kʰɑ^{33} mɑ^{21} dʊ^{21}.

富 则 阿妈 心 软 会 穷 则 阿妈 心 不 硬 不 能

家富阿妈的心会软，家穷阿妈的心不得不硬。

[illegible]

tɕʰi^{55} ndzu^{33} tɕʰi^{55} mɑ^{21} ndzu^{33}，su^{33} ve^{55} li^{21} no^{33} se^{55}.

妻 能干 妻 不 能干 人 客 来 就 知

妻子能干不能干，客人来了就知道。①

[illegible]

tɕʰi^{55} fɪ^{13} ɳɪ^{21} mɑ^{21} ɳɪ^{21}，zu^{21} ʑo^{21} ɬu^{55} ɳɪ^{13} se^{55}.

妻 本事 有 没 有 男 夫 裤 看 知

妻子能干不能干，看丈夫的裤子就晓得。②

[illegible]

ze^{55} no^{21} kʰe^{55} ɳɪ^{13} tɕʰi^{33} nɑ^{33}，dzu^{33} tɕɑ^{33} kʰe^{55} ɳɪ^{13} tɕʰi^{55} nɑ^{33}.

山 撵 上 看 狗 看 吃 抓 上 看 妻 看

从撵山上看狗，从厨艺上看妻。

---

① 在男主外、女主内的传统社会，做饭炒菜不但是妇女的分内工作，也是衡量一个女人本事高低的重要指标。

② 同上，针线活也是衡量女人本事的一个指标。

[illegible]

ɣa^{21} mʊ^{21} dɯ^{21}，be^{55} zu^{33} fu^{33}；ʔa^{33}pʰi^{33} dɯ^{21}，su^{55} ɬi^{13} xe^{55}.

鸡 母 憨 鸭 儿 孵 外婆 憨 甥 孙 带

憨母鸡，孵鸭儿；憨外婆，带外孙。①

[illegible]

zu^{33} mʊ^{21} ma^{21} ȵʥʊ^{33} xɯ^{55} ɣʊ^{21}，mʊ^{21} zu^{33} ma^{21} ku^{55} xɯ^{55} ma^{21} ɣʊ^{21}.

子 母 不 想 的 有 母 子 不 顾 的 没 有

只有不想母亲的儿子，没有不顾儿子的母亲。

[illegible]

ʑe^{33} zu^{33} p‘u^{55} mʊ^{21} ȵʥʊ^{33}，ȵʥʊ^{33} mi^{55} nɪ^{33} ʔa^{33} ȵɪ^{33}；

大 儿 父 母 想 爱 语 心 里 装

长大的儿女想父母，把爱装在心里；

[illegible]

pʰu^{55} mʊ^{21} ʑe^{33} zu^{33} ȵʥʊ^{33}，tsʰu^{33} sɯ^{33} ne^{13} ȵɪ^{33} sɯ^{55}.

父 母 大 儿 想 冬 三 春 也 同

父母想长大的儿女，三冬阳春一个样。

[illegible]

zu^{33} me^{33} p‘u^{55} mʊ^{21} ȵʥʊ^{33}，t‘u^{33} ʨ‘i^{33} mu^{33} ʥɯ^{55} ʥe^{33}，dʐɯ^{33} ho^{21} ɖʊ^{33} ma^{21} ho^{21}；

儿 女 父 母 想 松 脚 马 花 骑 叫 见 行 不 见

儿女想父母，如松下花马，有心无行动；

① 在男权社会里，亲人也分内外，父系血统为家人，母系血统为客人，所以就有外婆带外孙徒劳之说。

[illegible]，[illegible]，[illegible]。

pʰu^{55} mʊ^{21} zu^{33} ho^{21} ȵʥʊ^{33}，ɤe^{55} ɖu^{21} hɪ^{21} me^{33} lɯ^{55}，tsʰɑ^{33} lɯ^{33} ɤʊ^{21} mɑ^{21} bo^{21}.

父 母 儿 见 想 江 流 天 尾 去 尽 完 得 没 有

父母想儿女，如水流天际，不会有尽期。

[illegible]。

pʰu^{55} mʊ^{21} zu^{33} ȵʥʊ^{33} zu^{33} mɑ^{21} kʰe^{33}.

父 母 儿 想 儿 不 记

父母想儿儿忘记。

[illegible]，[illegible]；

zu^{33} hu^{13} sɯ^{21} k‘o^{13} lo^{13}，p‘u^{55} mʊ^{21} he^{33}bu^{33} se^{55}；

儿 养 三 年 有 父 母 恩德 知

养儿满三年，才知父母恩；

[illegible]，[illegible]。

ʑi^{13} fu^{13} sɯ^{21} kʰo^{13} lo^{13}，ʥu^{21} ʑi^{33} pʰi^{33} kʰɑ^{33} se^{55}.

家 分 三 年 有 粮 水 价 贵 知

分家三年后，才知盐米贵。

[illegible]，

tʂʰu^{21}ɤʊ^{21} tʂʰɯ^{55} sɯ^{33} ɖɯ^{21} ʥu^{33} k‘ɑ^{33}，

亲戚 饭 三 顿 吃 难

亲戚难供三朝饭，

[illegible]。

tʰɑ^{21} ɖu^{21} ze^{33} ʂu^{33} vɪ^{13} ɳɪ^{21} ɤʊ^{21} ku^{55} mɑ^{21} dʊ^{21}.

一 人 世 穷 兄 弟 得 顾 不 能

弟兄难顾一世穷。

[illegible]，[illegible]。

tɑ^{33} ko^{33} zu^{33} mɑ^{21} n̠y^{13}，pʰu^{55} mo^{21} ʂu^{33} mɑ^{21} se^{55}.

怀 里 儿 不 哭 父 母 苦 不 知

怀里没儿哭，不知父母苦。

[illegible]，[illegible]。

bɑ^{55} ʥo^{33} pʰu^{55} mʊ^{21} tɕi^{33}，mu^{55} ʥo^{33} zu^{33} me^{33} tɕi^{33}.

小 怕 父 母 怕 老 怕 儿 女 怕

小时怕父母，老来怕儿女。

[illegible]，[illegible]；

mʊ^{21} he^{33} zu^{33} dɯ^{21} ʑo^{33}，ʑo^{33} li^{21} mo^{21} kʰu^{33} ʈʰu^{21}；

娘 贤 儿 蠢 生 生 来 娘 威 失

贤娘养蠢儿，养来丢娘面；

[illegible]，[illegible]。

mʊ^{21} dɯ^{21} zu^{33} he^{33} ʑo^{33}，ʑo^{33} li^{21} mʊ^{21} kʰu^{33} tʂʰe^{55}.

娘 愚 儿 贤 生 生 来 母 威 敬

愚娘养贤儿，养来孝敬娘。

[illegible]，[illegible]。

kʰo^{13} tsʰe^{13} mu^{55} mɑ^{21} tɕy^{13}，mu^{55} li^{21} su^{21} nɑ^{21} ɳdʐu^{55}.

年 少 老 不 敬 老 来 人 你 嫌

少时不敬老，老来无人敬。

[illegible]，[illegible]。

pʰu^{55} mʊ^{21} mɑ^{21} ɳdʑʊ^{33} su^{13}，zu^{33} ɬi^{33} ʐɪ^{21}mɑ^{33}de^{21}.

父 母 不 想 者 儿 孙 贤不惠

不孝父母者，子孙不贤惠。

[illegible]。

zu^{33} ɳu^{33} mʊ^{21} ʂu^{33}.

儿 多 母 苦

儿多母苦。

[illegible]，[illegible]。

tʂɯ^{13} dʑʊ^{33} kʰɪ^{33} ʑe^{33} zu^{33}，ȵi^{21} ȵi^{21} ndy^{55} mʊ^{21} kʰɯ^{33}.

吸 筋 咬 大 儿 天 天 想 母 到

吃奶长大的孩子，天天惦记自家娘。

[illegible]，[illegible]；

sɪ^{33} t‘ɑ^{21} dze^{33} nde^{33} mʊ^{21}，t‘ɑ^{21} dʑʊ^{33} me^{21} mɑ^{21} kɯ^{13}；

树 一 棵 上 果 一 起 熟 不 会

一棵树上的果子，不会一起熟；

[illegible]，[illegible]。

mʊ^{21} tʰɑ^{21} ʑo^{21} ɣo^{13} zu^{33}，lɯ^{21} lɯ^{33} tsu^{55} mɑ^{21} kɯ^{13}.

母 一 位 肚 儿 个 个 好 不 会

一个母亲的儿子，不会个个好。

[illegible]，[illegible]。

pʰu^{55} mʊ^{21} mɑ^{21} ȵdʑʊ^{33} su^{13} dʐo^{21}，vɪ^{13} gu^{55} mɑ^{21} ȵdʑʊ^{33} xɯ^{55} mɑ^{21} dʐo^{21}.

父 母 不 想 者 有 穿 披 不 想 的 没 有

有不想父母的人，没有不爱衣着的人。

[illegible]，[illegible]；

zu^{33} hu^{13} p‘u^{55} mʊ^{21} mɑ^{21} tɕy^{13}，sʊ^{21} ʔɑ^{21}me^{33} hu^{13} mɑ^{55} de^{33}；

儿 养 父 母 不 敬 别人 女儿 养 不 如

养儿不孝，不如人家养女；

[illegible]

ʔɑ^{21}me^{33} hu^{13} pʰu^{55} mʊ^{21} mɑ^{21} tɕy^{13}，ze^{55} gɑ^{33} hɑ^{33} dʐʅ^{21} bu^{33} mɑ^{55} de^{33}.

姑娘 养 父 母 不 敬 山 后 鼠 伸 蓬 不 如

养女不孝，不如林中的松鼠。

[illegible]

tɕʰi^{33} kɯ^{21} se^{21} pʰu^{33} lɪ^{13}，zu^{33} kɯ^{21} pʰu^{55} mɑ^{21} ȵdʑʊ^{33}.

狗 宠 主 者 舔 儿 宠 父 不 想

宠狗舔主人，宠儿不孝父。

[illegible]

zu^{33} ʑe^{33} pʰu^{55} lɑ^{13} pɑ^{33}，nɯ^{13} ʑe^{33} mʊ^{21} kʰɯ^{21} pɑ^{33}.

儿 大 父 帮 手 女 大 母 嘴 帮

儿大父帮手，女大帮母腔。

[illegible]

zu^{33} p‘u^{55} ɳdʐʅ^{21} bi^{33} no^{33}，p‘u^{55} he^{33} hu^{13} mu^{55} li^{33};

儿 父 债 欠 者 父 恩 养 老 来

子欠父债的，是养老送终；

[illegible]

pʰu^{55} zu^{33} ɳdʐʅ^{21} bi^{33} no^{33}，tɕʰi^{55} ʐʊ^{21} ȵɪ^{33} dʑu^{21} tʰu^{55}.

父 子 债 欠 者 妻 娶 和 业 设

父欠子债的，是娶妻立业。

[illegible]

tʰɑ^{21} ʑɪ^{33} me^{55} he^{33} ȵo^{55}，tʰɑ^{21} lu^{21} nɯ^{13} ɕɪ^{13} ndzo^{13}.

一 家 妻 贤 有 一 寨 女 她 学

一家有贤嫂，一寨女学好。

[illegible]

vɪ^{13} mu^{33} p^{h}u^{55} fɪ^{13} mu^{33}，ʔɑ^{21}mu^{55} mʊ^{21} tɯ^{21} pɑ^{33}.

兄 长 父 权 做 大嫂 母 靠 伴

当兄承父志，为嫂母帮手。

[illegible]

p^{h}u^{55} he^{33} zu^{33} dɯ^{33} ʑo^{33}，ndu^{21} ɕi^{13} xʊ^{33} mɑ^{21} pi^{13}.

父 贤 儿 蠢 生 打 死 掉 不 可以

贤父生蠢儿，不可能打死。

[illegible]

tɕ^{h}i^{55} mɑ^{21} k^{h}ɯ^{21} ʂu^{33} zu^{33}，tɕ^{h}i^{55} k^{h}ɯ^{21} gʊ^{13} mʊ^{21} zu^{33}.

妻 未 娶 逆 子 妻 娶 完 母 子

未娶妻是逆子，娶妻后是母子。①

[illegible]

ʑi^{13} ʑe^{33} tɕ^{h}i^{33} tʂ^{h}ɯ^{21} ɖɪ^{33}，p^{h}u^{21} ʑe^{33} tɕ^{h}i^{33} k^{h}ɑ^{33} tɕ^{h}y^{33}.

房 长 欺 根 淡 寨邻 大 欺 族 伤

欺长房会淡谱，负寨邻会害族。

[illegible]

ȵy^{33} zu^{33} mɑ^{21} ndzu^{33}，ȵy^{33} mu^{55} le^{33}ku^{13} lɯ^{13} mɑ^{21} t^{h}o^{13}.

牛 儿 不 强 牛 老 枷担 卸 不 成

牛崽不强，老牛挣不脱枷担。

---

① 指未娶妻的儿子不听话，是娘的逆子，母子也不像母子，但儿子娶妻后开始顾家、懂事，不再和娘顶撞，情感上母子终于成为母子。

[illegible]，[illegible]。

ndɯ^{55} dʊ^{21} dɯ^{55} lɯ^{55} ndɯ^{55}，ʑo^{21} hɪ^{13} li^{33} tʰɑ^{21} ndɯ^{55}.

争 能 外 去 争 自 家 来 别 争

能争往外争，别往家里争。

[illegible]，[illegible]。

ʑy^{33} pʰu^{21} su^{55} mɑ^{21} te^{13}，su^{55} ȵo^{13} ʑy^{21} mɑ^{21} fɪ^{13}.

舅 地 甥 不 立 甥 地 舅 不 权

舅业甥不争，甥业舅不占。

[illegible]，[illegible]。

ʑy^{21} ʥu^{33} ɣo^{21} me^{33} tʰɯ^{55}，su^{55} ndo^{21} no^{33} ɣo^{13} pʰu^{21}.

舅 吃 肠 尾 打结 甥 喝 则 肚 胀

吃舅会梗肠，吃甥会胀肚。①

[illegible]，[illegible]；

ko^{55} vɪ^{33} ɖu^{33} zu^{33} xɯ^{55}，ne^{13} ȵɪ^{33} nɑ^{33} tso^{33} ŋgɯ^{13}；

鲜 花 蜜 儿 引 香 也 眼 睑 刺

招风引蝶的花，再香也刺眼；

[illegible]，[illegible]。

nɯ^{13} li^{21} zu^{33} ʑo^{33} nu^{55}，ndze^{13} ȵɪ^{33} su^{21} kʰu^{33}ʈʰu^{21}.

女 来 男 夫 逗 美 也 人 羞耻

勾汉子的女人，再漂亮也丢人。

---

① 在彝族婚姻观念里，以母为大，舅甥关系最亲密，所以甥损害舅或舅损害甥的利益都为人不齿。

ŋɑ^{33}nɑ^{33} hu^{13} mʊ^{21} po^{33}，ho^{21} ko^{33}tɕy^{33} pɑ^{55} ndo^{21}.

乌鸦 养 母 报 羊 跪起 乳 喝

乌鸦知反哺，羊有跪乳恩。

su^{33} dɯ^{33} li^{21} me^{55} kʰe^{33}，su^{33} he^{33} pʰu^{55} mʊ^{21} tɕy^{13}.

人 蠢 来 妻 念 人 贤 父 母 敬

蠢汉只念老婆，贤人孝敬父母。

hɪ^{33} ho^{33} mi^{33} pʰu^{55} ndzu^{33}，pʰu^{55} du^{55} mʊ^{21} du^{55} po^{33} mɑ^{21} dɪ^{13}.

风 雨 天 父 由 父 话 母 话 驳 不 得

刮风下雨由老天作主，顶撞父母的话不能说。

bʊ^{21} mu^{55} kʰo^{21} mu^{33} mu^{33}，pʰu^{55} mʊ^{21} ndɯ^{21} mɑ^{21} dʊ^{21}.

山 大 如何 高 高 父 母 抵 不 能

大山再高大，没有父母大。

dʑe^{33} mu^{33} ɬo^{21} tʰɑ^{55} ʑe^{21}，vɪ^{13} mu^{33} du^{55} mɑ^{21} tɕʰo^{13}.

骑 马 厩 莫 大 兄 长 话 别 岔

马不高于厩，弟不岔兄话。

dʑʊ^{21} sɯ^{33} bʊ^{21} ʈʰu^{55} nɑ^{33}，dʑu^{33} vɪ^{13} lɑ^{13} lu^{33} ɲɪ^{13}.

路 走 山 脸 看 吃 穿 手 的 看

走路看山势，吃穿看家当。

[illegible]，[illegible]；

mu^{33} he^{33} ŋɯ^{33}，ɬo^{21} lɯ^{55} tɯ^{33} mɑ^{21} hɑ^{13}；

马 好 是 厩角落 独 不 守

是好马，就不能沉湎于厩槽；

[illegible]，[illegible]。

bu^{21}dzu^{33} ŋɯ^{33}，ȵdʑʊ^{33} nɪ^{33} tɯ^{33} mɑ^{21} pɑ^{33}.

汉子 是 爱 心 独 不 伴

是好汉，就不能沉湎于私情。

[illegible]，[illegible]；

ʈʻu^{13} ʂe^{13} do^{33}nʊ^{33} no^{33}，ve^{21} lɑ^{13} tsɯ^{13} mɑ^{55} dʊ^{21}；

银 金 吝惜 呢 买手 做 不 能

舍不得金银，做不了生意；

[illegible]，[illegible]。

me^{55} ndze^{13} do^{33}nʊ^{33} no^{33}，bu^{21}dzu^{33} tsɯ^{13} mɑ^{55} dʊ^{21}.

妻 美 吝惜 呢 汉子 做 不 能

舍不得美妻，做不了好汉。

[illegible]，[illegible]。

dʐo^{21} bu^{33} lɑ^{13} t^{h}o^{55} li^{33} dɪ^{33}，mi^{33} nde^{33} li^{33} xɯ^{55} mɑ^{55} ŋɯ^{21}.

过 富足 手 底 来 的 天 上 来 的 不 是

幸福来自手里，不是来自天上。

[illegible]，[illegible]。

ŋɑ^{33} dɑ^{55} ke^{13} ʑi^{13} to^{55} ʂe^{13}，dzu^{21} ɳu^{33} t^{h}ɑ^{21} mo^{13} ɣʊ^{21} ke^{33}.

鸟 哪 只 睡 起 早 粮 多 一 粒 得 拣

哪一只鸟起得早，就多得一粒粮食。

[illegible]

va^{13} hu^{13} ȵdʑa^{33} ma^{21} tɕi^{21}，lo^{33} kʰo^{33} xu^{33} ma^{21} gɯ^{21}.

猪 养 苦 不 怕 石 碗 肉 不 尽

养猪不怕苦，碗里才有肉。

[illegible]

la^{13} tʰo^{55} ȵdʑi^{21} kʰa^{33} di^{13}，tʂʰɯ^{21}pʰe^{21} tɕi^{55} nɪ^{33} bi^{21}.

手 底 皮 硬 有 锄头 都 心 颤

手上有老茧，锄头都惧怕。

[illegible]

sɯ^{33} nɪ^{21} xɯ^{33} tʰa^{21} nɪ^{21} tʂa^{33}，ne^{13} sɯ^{33} hu^{21} dzu^{21} ma^{21} gɯ^{21}.

三 天 早上 一 天 算 春 三 月 粮 不 尽

三早上当一日，春三月不断粮。

[illegible]

mbo^{33} dʑi^{21}lu^{21} ma^{55} dʐa^{21}，ȵu^{55} kʰo^{21} ndʑɪ^{33} su^{13} mbo^{33}.

富 命运 不 由 活 凡 强 者 富

富裕不在命运好，富的都是勤快人

[illegible]

dʊ^{21} no^{33} tʰa^{21} ta^{21} ta^{33}，ma^{21} dʊ^{21} tʰa^{21} tɕa^{21} tɕa^{33}.

能 就 一 抱 抱 不 能 一 把 抓

能就抱一抱，不能抓一把。

[illegible]

tɕʰi^{33} tʂʰʅ^{33} dzu^{33} tɕi^{55} ʑi^{13} to^{55} ʂe^{13} hu^{13}.

狗 屎 吃 都 睡 起 早 必须

狗吃屎都要起得早。

ko^{21}po^{21} nɑ^{33}dɪ^{33}dɪ^{33}，bu^{21}lu^{21} tsʰe^{13}ʂo^{33}ʂo^{33}.

拳头 黑呼呼 腮帮 油腻腻

拳头黑呼呼，腮帮油腻腻。

ʔu^{55}lɯ^{21} pʰu^{55} tʂe^{13} gu^{55}，vu^{33}kʰu^{33}su^{13} ɤo^{13} mbo^{33}.

懒惰 者 仓 空 勤快 者 肚 饱

懒人仓底空，勤快人饱肚。

tsʰo^{13} mi^{33} ho^{21} mi^{33} ʥɯ^{21}，he^{33} kʰo^{13} ʥɑ^{33} kʰo^{13} ʥɯ^{21}.

晴 天 雨 天 防 好 年 荒 年 防

晴天防雨天，好年防荒年。

ŋɑ^{33}de^{21}he^{33} ʨʰi^{13} mɑ^{21} tsu^{55}，tsʰo^{21} ȵʥy^{21} xɯ^{21} pʰu^{33} tsu^{55} mɑ^{21} ɤʊ^{21}.

斑鸠 窝 不 好 人 无能 铁 锅 好 没 得

斑鸠没好窝，懒人没好锅。

ʔo^{55}ȵy^{33} sɯ^{55} ʂɯ^{55}ʈɯ^{33} bu^{33}，tʂʰɪ^{13} sɯ^{55} kʰo^{21} fe^{21} tʰɑ^{21} hɪ^{13}.

水牛 样 稀泥 滚 山羊 样 凡 干 别 站

要像水牛滚稀泥，莫学山羊干处立。

[illegible]

hɪ^{21} dzo^{33} sɯ^{21} kʰo^{13} lo^{13}，xɯ^{21} tsʰo^{21} tɕʰʊ^{33} mɑ^{21} nʊ^{33}.

房 建 三 年 足 铁 斧 声 不 停

盖房已三年，斧凿声不停。①

[illegible]

mi^{13} dzu^{21} dzo^{33} ȵɪ^{13} sʊ^{21}，dʐɯ^{33} nɑ^{13} ȵɪ^{21} pʰi^{33} di^{13}.

地 粮 长 看 舒服 畜 肉 长 价 有

地长粮好看，畜长膘值钱。

[illegible]

tsʰo^{21} ŋgɪ^{33} mi^{13} mɑ^{21} tʂʰɯ^{33}，mi^{13} ŋgɪ^{33} ɣo^{13} mɑ^{21} tʂʰɯ^{33}.

人 骗 地 不 骗 地 骗 肚 不 骗

人不哄地皮，地不骗肚皮。

[illegible]

ʔu^{55}lɯ^{33} ŋgɪ^{33} mi^{13} tʂʰɯ^{33} su^{13} ɣʊ^{21}，dzu^{21} mɑ^{21} do^{33} xɯ^{55} mi^{13} mɑ^{21} ɣʊ^{21}.

懒惰 骗 地 哄 者 有 粮 不 出 的 地 没 有

只有哄骗地的懒汉，没有不出粮的土地。

[illegible]

hɪ^{21} ʂu^{33} li^{33} mɑ^{21} tɕi^{21}，tɕi^{21} no^{33} ʔu^{55}lɯ^{21} tɕi^{33}.

家 穷 来 不 怕 怕 的 懒惰 怕

不怕家里穷，就怕出懒虫。

① 与汉族谚语“坐屋修屋”同，房屋盖好后，先住进去，再逐步修缮。

[illegible]

dzu^{21} ɬy^{13} ɳu^{33} mɑ^{21} ɳu^{33}，ts^{h}o^{21} ɖɯ^{55} hu^{13} no^{33} gɯ^{21}.

粮 旧 多 不 多 人 闲 养 则 尽

旧粮食再多，养着闲人就会光。

[illegible]

ɣɑ^{33} bɑ^{55} kɯ^{33} do^{33} dzu^{21} ke^{33} kɯ^{13}，ʔu^{55}lɯ^{33} p^{h}u^{55} se^{55} p^{h}u^{55} mʊ^{21} tɯ^{13}.

鸡 小 壳 出 粮 拣 会 懒惰 者 才 父 母 靠

小鸡出壳会觅食，懒汉才会靠父母。

[illegible]

ʥi^{21} do^{33} ʑi^{13} mɑ^{21} to^{55}，ʥi^{21} ɖɯ^{21} k^{h}u^{33} mɑ^{21} ɣʊ^{21}.

日 出 睡 不 起 日 落 办法 没 有

日出不起床，日落没办法。

[illegible]

tɕ‘i^{21}ɬo^{55} nɑ^{21} ɳɪ^{21} bʊ^{33}，ʥi^{21} ɖɯ^{21} no^{33} nɑ^{21} tʂ^{h}ɪ^{13}；

晌午 你 坐 爽 日 落 则 你 冷

晌午你好坐，日落你受凉；

[illegible]

tɕ^{h}i^{21}ɬo^{55} nɑ^{21} dʐo^{21} sʊ^{33}，mi^{33} k^{h}ɪ^{13} nɑ^{21} nɪ^{33} vu^{33}.

晌午 你 过 舒服 天 晚 你 心 慌

晌午你安逸，傍晚你心慌。

[illegible]

t^{h}ɑ^{21} k^{h}o^{13} ʔu^{55}lɯ^{33} sɯ^{33} k^{h}o^{13} ɣɯ^{21}he^{21}，t^{h}ɑ^{21} ɳɪ^{21} ʔu^{55}lɯ^{33} ts^{h}ɯ^{21} ɳɪ^{33} ɣo^{13} hɪ^{33}.

一 年 懒惰 三 年 饥荒 一 天 懒惰 十 天 肚 饿

一年偷懒三年饥，一日偷懒十日饿。

[illegible]，[illegible]。

su^{21} dzu^{21} te^{13} t^{h}o^{55} nɑ^{21} ko^{33} tʂo^{13}，su^{21} ʥu^{21} kɯ^{21} t^{h}o^{55} nɑ^{21} pi^{13} ʑɪ^{13}.

别人 粮 种 时 你 在 转 别人 粮 收 时 你 草 割

别人种粮你闲逛，别人收粮你割草。

[illegible]，[illegible]。

ʦ^{h}o^{21} ʥo^{33} ʔu^{55}lɯ^{21} ʨi^{33}，vɪ^{33} ʥo^{33} ɲɪ^{13} ʈe^{55} ʨi^{33}.

人 怕 懒惰 怕 花 怕 霜 冻 怕

人怕懒惰，花怕霜冻。

[illegible]，[illegible]。

t^{h}ɑ^{21} ɲy^{33} ʑi^{13} du^{33} dʑi^{21} do^{33} k^{h}ɯ^{33}，ɣɑ^{33} tʂɑ^{13} me^{21} gʊ^{21} ɖɯ^{21} lo^{33} kɯ^{13}.

一 觉 睡 得 日 出 到 鸡 煮 熟 完 飞 了 会

一觉睡到日头出，煮熟的鸡也会飞掉。

[illegible]，

ts‘o^{21} ɲʥy^{21} sɪ^{33} mu^{55} t‘ɑ^{21} ʥe^{33} sɯ^{55} dzɑ^{33}，

人 无能 树 老 一 棵 像 样

懒人就像一棵老树，

[illegible]。

ɕɪ^{21} tʂ^{h}ɯ^{21} ʨy^{33} ɲɪ^{21} ʨi^{55} ndu^{33} gʊ^{21} mɑ^{21} dʊ^{21}.

它 根 九 天 都 挖 完 不 能

它的根九天都挖不完。

[illegible]，[illegible]。

ʑo^{21} su^{21} ho^{33}lo^{13} t^{h}ɑ^{21} to^{21} ŋgo^{21}，ʑo^{21} ʑo^{33} ho^{33}lo^{13} t^{h}ɑ^{21} ʑi^{33} tsɯ^{13}.

己 人 望靠 一 把 拉 自 己 望靠 一 家 做

靠别人只能拉一把，靠自己才能当好家。

[illegible]

su^{21} mu^{33} ʥe^{33} nɑ^{33} ȵɪ^{13}，ʑo^{21} mi^{13} gu^{33} ɳu^{55} ɳɖɯ^{33}.

别人 马 骑 看 观 己 地 种 事 误

看别人骑马，耽误自己种地。

[illegible]

me^{33}to^{55} mɑ^{21} ɣʊ^{21} mɑ^{21} ʥo^{33}，ʥo^{33} sɪ^{33} mɑ^{21} ɣʊ^{21} ʨi^{33}.

火 没 有 不 怕 怕 柴 没 有 怕

不怕没火种，只怕没得柴。

[illegible]

dzu^{21} gu^{33} ʔu^{55}lɯ^{33}，ɣɯ^{21}he^{21} go^{13} li^{21}.

粮 种 懒惰 饥荒 回 来

懒得种粮，饥荒进家。

[illegible]

ŋgu^{33} vɪ^{33} ɣʊ^{21} ho^{21} se^{55} ndy^{55} dzu^{21} te^{13}，tʰɑ^{21} ɖu^{21} ze^{33} ʨi^{55} dzu^{33} lo^{13} mɑ^{21} dʊ^{21}.

荞 花 得 见 才 想 粮 种 一 人 世 都 吃 够 不 能

望见荞花才想起播种，一辈子粮食不会够吃。

[illegible]

ʔu^{55}lɯ^{21} tso^{21} mɑ^{33} hu^{13}，sɯ^{33} ȵi^{21} ɳu^{55} mɑ^{21} mu^{21}.

懒惰 练 不 必 三 天 事 不 做

懒汉不用学，闲坐三天自然成。

[illegible]

mɑ^{21} ɳu^{55} ȵɪ^{33} ȵɪ^{21} fu^{33}，mɑ^{21} ʥu^{33} ʑi^{13} mɑ^{21} fu^{33}.

不 做 也 坐 宜 不 吃 睡 不 宜

不干活坐得舒服，不吃饭难以入睡。

ɬu^{55} ʂe^{33} ɬu^{55} mɑ^{21} ʈo^{21}，sɯ^{33} ȵɪ^{21} do^{21} ndɯ^{55} ndɯ^{33}.

裤 破 裤 不 补 三 天 屁 光 光

裤破不快补，三天光屁股。

vi^{21} tsʰɯ^{21} nde^{33} dʑɑ^{33} xɑ^{13} dzu^{33} ɣo^{13} hɪ^{33} mɑ^{21} tsʰɿ^{33}.

嘴 毛 上 饭 摘 吃 肚 饿 不 治

摘胡子上的饭充不了饥。

su^{21} hɪ^{21} ʑe^{33}，nɑ^{33} pi^{13} dʐo^{21} mɑ^{21} pi^{13}；

别人 房 大 看 能 住 不 能

别人的屋大，能看不能住；

su^{21} dzu^{21} ne^{13}，nɑ^{33} pi^{13} dzu^{33} mɑ^{21} pi^{13}.

别人 饭 香 看 能 吃 不 能

别人的饭香，能看不能吃。

dʐo^{21} tsu^{55} dʐo^{21} sʊ^{33} ȵdʑʊ^{33}，ʂu^{33} kʰu^{33} nɪ^{33} tʰɑ^{21} dʑo^{33}.

过 好 过 舒服 想 难 苦 心 别 怕

想过好日子，不能怕辛苦。

ʑo^{33} mbu^{33} lɑ^{13} ɖe^{21} no^{33}，me^{55} lɑ^{13} kɑ^{55} dɯ^{33} ɣʊ^{21}.

夫 衣 手 宽 呢 妻 手 揣 处 有

丈夫衣袖宽敞，妻子有揣手的地方。

[illegible]

tʂʰʅ^{13} hu^{13} bʊ^{21} nde^{55} ʈʰɯ^{55} tʰy^{55}lo^{13}，ȵy^{33} hu^{13} tɕʰɯ^{21} gu^{33} vi^{21} mɑ^{55} de^{33}.

鹿 养 山 上 放 与其 牛 养 篱 园 犁 不 如

与其养鹿子放山上，不如喂牛犁园子。

[illegible]

kʰʊ^{21}dʐɑ^{33} tsɪ^{13} mɑ^{21} ndzu^{33}，kʰʊ^{21}dʐɑ^{33} se^{21} pʰu^{33} mu^{33} se^{55} ndzu^{33}.

家私 置 不 强 家私 主 者 做 才 强

置物不算强，做物的主人才算强。

[illegible]

hɑ^{33} ho^{21} no^{33} ndu^{21}，dzu^{21} ho^{21} no^{33} ke^{33}.

鼠 见 就 打 粮 见 就 捡

见老鼠就打，见粮食就捡。

[illegible]

ɤʊ^{21} tʰo^{55} ʂe^{13} mɑ^{21} kɯ^{13}，gɯ^{21} li^{33} ŋgɑ^{13} mɑ^{21} me^{13}.

有 时 省 不 会 尽 来 赶 不 及

有时不节俭，无时赶不及。

[illegible]

ʑi^{21} ʑe^{33} ʑy^{21} fe^{21} kɯ^{13}，sɪ^{33} ɳu^{33} ʈu^{13} gɯ^{21} kɯ^{13}.

河 大 流 干 会 柴 多 烧 尽 会

大河会流干，柴多会烧完。

[illegible]

tʰɑ^{21} ɳɹ^{21} tʰɑ^{21} fɪ^{33} ɳdʐɑ^{33}，tsʰʊ^{21} su^{21} kʰɯ^{33}mɑ^{21}dʑɯ^{33}.

一 天 一 分 省 急 人 央不求

一天积一分，急时不求人。

[illegible]，[illegible]。

dzu^{33} kɯ^{13} tʂɑ^{33} kɯ^{13} ze^{21} ze^{33} mbo^{33}，dzu^{33} kɯ^{13} mɑ^{21} tʂɑ^{33} ze^{21} ze^{33} ʂu^{33}.

吃 会 算 会 世 世 富 吃 会 不 算 世 世 穷

会吃会算富一世，只吃不算穷一生。

[illegible]，[illegible]。

t^{h}ɑ^{21} ɖɯ^{21} mu^{33} p^{h}u^{21} nɑ^{33} du^{33} go^{33}，fu^{13} ts^{h}ɯ^{21} ɖɯ^{33} mu^{33} ɤɯ^{21}mɑ^{21}he^{21}.

一 顿 地 胀 看 洞 花 分 十 顿 地 饥不荒

一顿胀得眼睛花，分作十顿无饥荒。

[illegible]，[illegible]。

tʂɑ^{33} kɯ^{13} t^{h}ɑ^{21} k^{h}o^{13} dzu^{33}，tʂɑ^{33} mɑ^{21} kɯ^{13} t^{h}ɑ^{21} ɖɯ^{21} mu^{33}.

算 会 一 年 吃 算 不 会 一 顿 做

会算计吃一年，不会算作一顿。

[illegible]，[illegible]。

dzu^{33} kɯ^{13} ts^{h}ɯ^{21} ɖɯ^{33} dzu^{33}，mɑ^{21} kɯ^{13} t^{h}ɑ^{21} ɖɯ^{21} dzu^{33}.

吃 会 十 顿 吃 不 会 一 顿 吃

会吃吃十顿，不会吃吃一顿。

[illegible]，[illegible]。

ho^{21} hu^{33} vu^{33} ɖu^{21} mi^{33} ʑɑ^{13} ʈ^{h}ɯ^{55}，dzu^{21} ɳdʐɿ^{33} ʑi^{21} gu^{33} ts^{h}o^{21} ʑɑ^{13} ʈ^{h}ɯ^{55}.

羊 月 雪 下 天 错 犯 粮 玩 水 尽 人 错 犯

六月飞雪天作祟，浪费粮食人作孽。

[illegible]，[illegible]。

dɯ^{55} bʋ^{21} ʑi^{21} mɑ^{21} ʑy^{21} mɑ^{21} tɕi^{21}，hɿ^{21} bo^{55} xɯ^{21} p^{h}u^{33} du^{21} lo^{33} tɕi^{33}.

外 面 水 不 流 不 怕 家 里 铁 锅 漏 了 怕

不怕外无长流水，只怕家有漏底锅。

tʰɑ^{21} ɳɪ^{21} tʰɑ^{21} bu^{21} tsʅ^{13}，tʰɑ^{21} kʰo^{13} dʑu^{21} tʰɑ^{21} tɯ^{33}.

一 天 一 口 留 一 年 粮 一 斗

一天省一口，一年成一斗。

pʰu^{55} ɳdʐʅ^{21} ʈʰɯ^{55} no^{33} zu^{33} ɳdʐʅ^{21} ʑʊ^{21}，pʰu^{55} ɳdʐʅ^{21} bi^{33} no^{33} zu^{33} ɳdʐʅ^{21} so^{21}.

父 债 放 则 儿 债 收 父 债 欠 则 儿 债 还

父放债则儿收债，父欠债则儿还债。

ɳdʐʅ^{21} bi^{33} ɳɪ^{21} mɑ^{33} so^{21}，ɳdʐʅ^{21} so^{21} gu^{21} nɪ^{33} so^{21}.

债 负 坐 不 适 债 还 完 心 安

负债坐不安，还了债心安。

ɣo^{13} hɪ^{33} kʰɑ^{33} kʰɑ^{33} to^{33}，su^{21} ɳdʐʅ^{21} bi^{33} mɑ^{21} dɪ^{13}.

肚 饿 硬 硬 撑 人 债 欠 不 能

宁可饿肚子，不要欠人债。

ɳdʐʅ^{21} bi^{33} pʰʊ^{21} ɬɯ^{13} ɳɖɯ^{33} sɯ^{55}，ɳɖɯ^{33} nɑ^{13} dɯ^{55} do^{33} kʰɑ^{33}.

债 欠 布 袋 钻 样 钻 深 外 出 难

欠债就像钻口袋，钻得深就难出来。

fu^{33} tsʰʊ^{21} dʑu^{33} sʅ^{55}，ɳdʐʅ^{21} tʂʰɪ^{13} sʊ^{21} kʰɑ^{33}.

肉 热 吃 宜 账 冷 还 难

热肉好吃，冷账难还。

世相百态

tɕʰi33 ɕɪ13 ɳu55 ʈʰɯ55 ɕɪ13mu55 bi55.

狗　虱　事　犯　　虱子　背

跳蚤犯事给虱子背。

t'ɑ21 p'u55 zu33 ts'ɯ21 ʑo33 hu13 tʂʰʅ21 ʔu33 sɯ55,

一　父　子　十　个　养　谷　头　样

一个父亲养十个儿子像米粒，

tsʰɯ21 zu33 tʰɑ21 pʰu55 hu13 ʔɑ33ɳo13 sɯ55.

十　子　一　父　养　猴子　样

十个儿子养一位父亲像猴子。

pʰu55 zu33 lu33 tsɯ13 ndy55，zu33 pʰu55 tɕɑ33 ɲy33 tsɯ13.

父　子　龙　做　想　子　父　拿　牛　作

父望子成龙，子把父当牛。

hɪ21 bo55 zu33 kɯ21 bo21，pʰu55 dʐɯ21 mɯ21 pʰo33 lo13.

家　里　宠　儿　有　父　奴　母　婢　成了

家中有宠儿，妈是丫头爹是娃子。

[illegible]，[illegible]。

mu^{33} tɕi^{13} ho^{21} mɑ^{21} pi^{13}，ʔu^{55} lɯ^{33} pʰu^{55} me^{33} tɕy^{13} ho^{21} mɑ^{21} pi^{13}.

马 驮 见 不 得 懒惰 人 火 烟 见 不 得

马见不得驮子，懒人见不得火烟。

[illegible]，[illegible]。

vu^{33}kʰu^{33} dzu^{21} ʑi^{33} ɳu^{33}，ʔu^{55}lɯ^{33} nɑ^{33} tʂʅ^{55} ɳu^{33}.

勤快 粮 水 多 懒惰 眼 屎 多

勤人粮食多，懒人眼屎多。

[illegible]，[illegible]。

ɬo^{13} su^{13} ɳdʐʅ^{21} ʂʊ^{13} ndo^{21}，zɪ^{13} pʰe^{33} li^{21} ɬo^{21} pʰu^{21}.

牧 人 酒 找 喝 狼 灰 来 圈 开

牧人找酒喝，豺狼来破圈。

[illegible]，[illegible]。

ʔɑ^{33}go^{13} hɪ^{21} ŋgo^{33} hɑ^{13}，hɪ^{21} tɕʰi^{33} ŋgɯ^{21} mɑ^{21} do^{33}.

弯刀 房 门 守 家 狗 门 不 出

弯刀整日守门后，看家狗终日不出户。

[illegible]，[illegible]，[illegible]。

ʔɑ^{33}dʑɯ^{33} ndzɯ^{21} dzu^{21} no^{33}，ɳu^{55} mɑ^{21} tsɪ^{13} ɳɪ^{33}，su^{21} dʐu^{33}tɕʰɑ^{33}.

乌鸦 议 聚 呢 事 不 搞 也 人 诅咒

乌鸦凑在一起，不是拨弄是非，就是把人诅咒。

[illegible]，[illegible]。

ʑɑ^{13} kʰu^{33} ɣʊ^{21} nɪ^{33} lɯ^{33}，su^{21} me^{33} hu^{21} bo^{21} ʑo^{21} mɑ^{21} kʰe^{33}.

坏 计 得 心 动 人 尾 势 得 己 不 记

恶人得逞就开心，小人得势就忘形。

tsʰo^{21} ȵɪ^{13} du^{55} ʑe^{33} tʰɯ^{13}，tsʰo^{21} mɑ^{21} kʰɑ^{33} ɬu^{13} kʰɑ^{33}.

人 小 话 大 说 人 不 硬 舌 硬

小人说大话，人不硬舌硬。

mu^{33} tɕʰi^{13} go^{13} sɯ^{33} kɯ^{13}，tsʰo^{21} vi^{13} ʈɑ^{55} hɪ^{55} kɯ^{13}.

马 脚 弯 走 会 人 嘴 扁 说 会

弯脚马会走，扁嘴人会说。

se^{21} tɕo^{13} mʊ^{21} no^{33} ɬu^{13} ɕi^{55} kɑ^{33}，le^{21}le^{21} mu^{33} su^{21} ku^{55} pʰi^{33} ʈɑ^{55}.

长 快 妇 呢 舌 七 丫 咪咪 地 别人 火 边 趴

长舌妇有七丫舌，整天趴在人家火堆旁。

vi^{13} ʂe^{13} ɬu^{13} ɕi^{55} kɑ^{33}，gu^{21} lu^{21} mi^{33} ɣo^{13} nɯ^{21}.

嘴 长 舌 七 丫 周 圆 天 间 红

长舌嘴的七丫舌，能使天空红一片。

pi^{21}tɕɑ^{21} tʰɑ^{21} lɯ^{33} nɑ^{21} bu^{33} kʰɯ^{33}，me^{21}ʂu^{33} tɕy^{33} ke^{13} nɑ^{21} hɪ^{55} te^{13}.

青蛙 一 只 你 边 到 尾巴 九 条 你 说 立

一只青蛙碰到你，也要给它安上九条尾巴。

dʑʊ^{21} ɣʊ^{21} du^{55} dʐʅ^{21} hɪ^{55}，mɑ^{21} ɣʊ^{21} du^{55} mhɑ^{33} ve^{13}.

理 有 话 真 说 没 有 话 语 歪

有理说直话，无理说横话。

sʊ^{21} ȵy^{33} kʰo^{21} mbi^{21} dɯ^{33}，ɕɪ^{21} ɬu^{13} ko^{33} tʂʰʅ^{55}.
人 牛 凡 叫 处 他 舌 在 伸
凡是牛叫的地方，都伸有他的舌头。

lu^{13} pie^{13} xɯ^{55} tɕ'i^{21} mʊ^{21} lo^{21}po^{13} pu^{55},
吠 很 的 狗 母 耳朵 吵
叫得凶的母狗吵耳朵，

ʔe^{13} pie^{13} xɯ^{55} ɣɑ^{21} mʊ^{21} ndo^{55} mɑ^{21} dʐu^{55}.
叫 很 的 鸡 母 下蛋 不 肯
叫得凶的母鸡不下蛋。

ɣɑ^{33} bɑ^{55} dzu^{21} dʐɿ^{13} ke^{33}，su^{13} ʑe^{33} du^{55} bɑ^{55} hɪ^{55}.
鸡 小 粮 碎 拣 人 大 话 小 讲
小鸡拣碎米，大人说小话。

hɪ^{13}pu^{21} mi^{33} kʰe^{55} hɪ^{55}，lo^{21}po^{33} mi^{13} du^{33} tʂʅ^{33}.
嘴巴 天 上 讲 耳朵 地 洞 夹
嘴里尽说天上事，耳朵陷在泥洞里。

tʂʰʅ^{21} ti^{13} ts'ɯ^{21} mɑ^{21} nɑ^{33}，dʐɿ^{13} ʥu^{21} t'ɑ^{21} bʊ^{21} du^{33}；
谷 舂 碓 不 看 碎 粮 一 堆 窝
舂碓不看碓，碎米一碓窝；

[illegible]，[illegible]。

du^{55} hɪ^{55} du^{55} mɑ^{21} ȵdʑʊ^{21}，hɪ^{55} gʊ^{21} su^{21} nɪ^{33} gɪ^{33}.

话 说 话 不 过 讲 完 人 心 断

说话不算话，讲话得罪人。

[illegible]，[illegible]。

ŋɑ^{33} lɑ^{13} mu^{55} kʰɑ^{33} ko^{55} ȵɪ^{33} dʐʅ^{13} dzɪ^{33}，kʰo^{21} ndzu^{33} hɪ^{13}pu^{21} ndzu^{33}.

鸟 手指 大 笼 里 在 互 啄 所 强 嘴巴 强

黄豆雀隔着笼子打架，功夫全在嘴巴上。

[illegible]，[illegible]。

tʰo^{33} hɪ^{55} nɑ^{55} hɪ^{33}，hɪ^{55} vɑ^{13} dzu^{21} ʑi^{33} bo^{55} tɕʰo^{13}.

这 讲 那 讲 讲 猪 食 水 里 掺

说这又说那，说进猪潲水。

[illegible]，[illegible]。

vɑ^{13} tsʰu^{13} ȵɪ^{33} ndze^{55}，vɑ^{13} ʂʅ^{21} ȵɪ^{33} ndze^{55}.

猪 肥 也 哼 猪 瘦 也 哼

肥猪也哼，瘦猪也哼。①

[illegible]，[illegible]。

su^{33} dɯ^{33} ʑo^{21}ʑo^{33} bu^{21}，lu^{13} mu^{33} he^{21}tʂɪ^{33}tʂɪ^{33}.

人 蠢 自己 夸 骡 马 叫嚷嚷

蠢人常自夸，骡子叫嚷嚷。

---

① 讽喻那些喜欢叫穷的人。

[illegible]

du^{55} hɪ^{55} tʂʰʅ^{13} bu^{21} lu^{33} bu^{21}，ɳu^{55} tsɯ^{13} no^{33} tɕʰi^{33} tɕʰy^{33} sɯ^{55}.

话 讲 鹿 嚎 獐 嚎　事 做 就 狗 偷 样①

说话时夸夸其谈，做事则像缩头狗。

[illegible]

ɣɑ^{21} mʊ^{21} dɯ^{55} ʑo^{21} tɕʰʊ^{33} ʑe^{33} dɯ^{55}，ɣɑ^{21} pi^{13} dɯ^{55} ʑo^{21} kɯ^{13} ʑe^{33} dɯ^{55}.

鸡 母 说 己 声 大 说　鸡 公 说 己 冠 大 说

母鸡说它叫声大，公鸡说它冠子大。

[illegible]

bi^{21}dɯ^{21} dɯ^{55} ʑo^{21} dʐo^{13} ʂe^{13} dɯ^{55}，bi^{21}ʑo^{55} dɯ^{55} ʑo^{21} vu^{33} ʑe^{33} dɯ^{55}.

蚯蚓 说 己 腰 长 说　蚂蚁 说 己 力 大 说

蚯蚓说自己的腰长，蚂蚁夸自己的头大。

[illegible]

le^{21}ku^{33} dɯ^{55} ʑo^{21} vu^{33} ʑe^{33} dɯ^{55}，ɣɑ^{21} pi^{13} dɯ^{55} ʑo^{21} dʑʊ^{21} ɣʊ^{21} dɯ^{55}.

公牛 说 己 力 大 说　鸡 公 说 己 理 有 说

公牛说自己的力气大，公鸡说自己的道理长。

[illegible]

li^{55} mu^{33} ȡɪ^{33} mɑ^{21} dʐo^{21}，lu^{13} mu^{33} he^{21}tʂɪ^{33}tʂɪ^{33}.

驴 马 场 不 在　骡 马 叫嚷嚷

毛驴不在场，骡子叫嚷嚷。

① 彝族语言习惯用獐嚎、鹿叫代指吹嘘、自夸等行为。

[illegible]，[illegible]。

du55 ʑe33 hɪ55 su21 tɕo33，ha33 ʑʊ21 xu33 kʰo13 xɪ33.

话 大 讲 人 吓 鼠 捉 杀 年 新

说大话吓人，杀耗子过年。

[illegible]，[illegible]。

du55 mba33 li21 mi33 to33，ɳu55 mu33 li21 kʰu33 ɖu21.

话 说 来 天 顶 活 干 来 威 失

说话款到天，干活来丢丑。

[illegible]，[illegible]。

ha33 tɕʰʊ33 kʰo21 ʑe33 su13，gu33 tʂʰe21 tʰo55 tɕʰo21 ne33.

吼 声 凡 大 者 棺 抬 时 形 矮

吼声大的人，抬棺时身矮。

[illegible]。

ʑo13 mu33 tʂa33 ŋgo21 ʑo21 tɕʰi13 pa13.

自 地 绳 牵 自 脚 绊

自己牵绳绊自己的脚。

[illegible]。

ʑo13 mu33 lo33 ta33 ʑo21 tɕʰi13 ti13.

自 地 石 抬 自 脚 砸

自己搬石头砸自己脚。

[illegible]，[illegible]。

tɕʰɪ13bu33 tɕi55 lɯ55 na33 ka55 to13，su33 dɯ33 ma55 ŋɯ21 ɕɪ21 ma21 tɯ13.

老虎 前 去 看 杆 点 人 蠢 不 是 他 不 做

老虎面前点火把，不是蠢人不会做。

su^{21} tsɯ^{13} ʑo^{21} mɑ^{55} ɖu^{21}，ʑo^{21} tsɯ^{13} li^{21} mɑ^{21} pi^{13}.

别人 做 已 不 如意 自己 做 来 不 行

别人做的不如意，自己做来更不行。

ʔɑ^{33}mi^{55} tɕɑ^{33} nɪ^{13} k^{h}e^{55}，tɕ^{h}i^{33} ʈ^{h}ɯ^{55} gɯ^{55} hɑ^{33} ʑʊ^{21}.

猫儿 拿 拴 起 狗 放 去 鼠 捉

把猫儿拴起，放狗去捉鼠。

tʂ^{h}ʅ^{13} no^{33} pɪ^{33} dʊ^{21} pɪ^{33}，lu^{33} no^{33} mɑ^{21} dʊ^{21} pɪ^{33}；

麂 是 跳 能 跳 牛 是 不 能 跳

麂子是能跳才跳，牛是不能跳也要跳；

ʔɑ^{33}ɬo^{55} pɪ^{33} dɑ^{13} ʈʅ^{13}，pi^{21}tɕɑ^{21} pɪ^{33} zʅ^{33} xɪ^{33}.

兔子 跳 胯 张 青蛙 跳 尿 飙

兔子跳得脚杆弯，青蛙跳得直飙尿。

ʂu^{33} su^{13} nɪ^{33}dʑɪ^{33} k^{h}ɑ^{33}，ɣɑ^{21} mʊ^{21} tɑ^{33} zʅ^{33} tsʅ^{13}.

穷 人 规矩 严 鸡 母 抱 尿 滴

穷人规矩多，抱母鸡撒尿。

nɑ^{33} mi^{21} ɕɪ^{13} ʂu^{55} dʐe^{55}，kɯ^{21}bu^{33} po^{33} mbu^{33} vɪ^{13}.

眼 毛 虱 种 挂 身体 绸 衣 穿

眉毛生虱蛋，身穿绸缎衣。

me^{33}ndzɿ^{55} be^{21} tɕ^{h}i^{13} le^{21} ga^{33} ɖu^{55} se^{55} p^{h}e^{21} ɣʊ^{21} se^{55}.

火子　落　脚　脖上方临　才　辣　得　知

火子落在脚背才知道火辣。

ʔa^{33}bu^{33} tɕa^{33} na^{33}li^{55} mu^{33}，na^{33}li^{55} tɕa^{33} ʔa^{33}bu^{33} mu^{33}.

爷爷　拿　那哩　作　那哩　拿　爷爷　作

把爷爷当那哩，把那哩当爷爷。①

mi^{33} hɪ^{33} ʈ^{h}u^{55} zɿ^{33} xʊ^{33}，ʑo^{13} mu^{33} zɿ^{33} ʑo^{21} ʈɯ^{33}.

天　风　面对　尿　送　自　地　尿　自　淋

迎着风撒尿，自己淋自己。

su^{21} tɕo^{55} ɳu^{55} mu^{33} ts^{h}ʊ^{21}，ʑo^{21} hɪ^{21} ɳu^{55} ko^{33} ɖɯ^{55}.

人　跟　事　做　忙　自　家　事　在　荒

帮人做事忙，误了自家工。

tʂ^{h}ɪ^{13} bi^{13} sɯ^{55} ʂu^{33}，va^{13} bi^{13} sɯ^{55} ʈʅ^{13}.

羊　蹄　样　扭　猪　蹄　样　张

羊蹄样扭，猪蹄样歪。②

---

① 那哩：彝族传说中的机智人物，头脑机灵，但品行欠佳，坑蒙拐骗样样在行。此句用来嘲讽那些好人歹人分不清的人。

② 讽刺那些不合群、与人难相处的人。

[illegible]

bi^{33} ʔe^{21}ʑi^{21} ho^{21} no^{33} k^{h}ɑ^{33} zu^{33}，k^{h}ɑ^{33} zu^{33} ho^{21} no^{33} bi^{33} ʔe^{21}ʑi^{21}.

虫 口水 见 是 硬 子 硬 子 见 是 虫 口水

见了蜗牛是硬汉，见了硬汉是蜗牛。

[illegible]

lo^{33} mʊ^{21} ndu^{21} mɑ^{21} ʂe^{33}，ɤo^{21}mʊ^{13} nɪ^{33} ɤo^{13} t^{h}ɯ^{13}.

石 颗 打 不 破 瓜儿 心 肚 出

石头打不烂，拿瓜来出气。

[illegible]

zɿ^{33} xʊ^{33} ɳɪ^{33} me^{13}，zɿ^{33} tsɿ^{13} ɳɪ^{33} mɑ^{55} me^{13}.

尿 送 就 有空 尿 滴 就 没 有空

有时间撒尿，没有时间滴尿。

[illegible]

vu^{55} tʂɑ^{33} mɑ^{21} ɤo^{21} no^{33} ɬu^{13} dʐʅ^{55}，tʂ^{h}ʅ^{33} xʊ^{33} mɑ^{21} li^{21} no^{33} do^{21} le^{55}.

菜 素 没 有 就 伸 舌 屎 送 不 来 则 臀 掀

没有酸菜伸舌头，拉屎不来掀屁股。

[illegible]

su^{33} ve^{13} ʥʊ^{21} mɑ^{21} se^{55}，ʥʊ^{21} t^{h}u^{21} su^{33} ve^{13} mu^{55}.

人 歪 路 不 识 路 开 人 歪 指

小偷不识路，指路给小偷。

[illegible]

ʑo^{21} do^{55} tɕɑ^{33} ʂu^{55} mu^{33}，su^{21} do^{55} tɕɑ^{33} k^{h}o^{21} mu^{33}.

自己的 拿 种 做 别人的 拿 食粮 做

自己的拿作种，别人的拿作粮。

[illegible]

bu^{33} su^{13} mɑ^{21} tsu^{55} hɪ^{55}，ʈʰu^{33} pɪ^{33} du^{21}mo^{13} kʰɪ^{33}.

聋 者 不 好 说 脚 跛 棍棒 抢

说聋子的坏话，抢跛子的拐杖。

[illegible]

su^{21} dʑɑ^{33} dʑu^{33} gʊ^{21}，tʂʰʅ^{33} su^{21} lɑ^{13}ɳɪ^{33} kɑ^{55}.

人 饭 吃 完 拉屎 别人 甑子 在

吃了人家的饭，拉屎在人家的甑子里。

[illegible]

ʔɑ^{33}ɳo^{13} fɑ^{13} nde^{33} ɳɪ^{33} ndʑu^{33}，su^{33} dɯ^{33} lu^{21} ko^{33} kʰɯ^{33} dʊ^{21}.

猴子 岩 上 坐 强 人 蠢 寨 里 到 能

猴子坐在岩上逞强，蠢人在寨子里逞能。

[illegible]

tɕʰi^{33} me^{33} dy^{33} tʂʰo^{55} mɑ^{21} ly^{21}，vɑ^{13} me^{33} dy^{33} ʐe^{21} mɑ^{21} ly^{21}.

狗 尾 秃 朋 不 要 猪 尾 秃 友 不 要

秃尾狗不要朋，秃尾猪不要友。

[illegible]

hɑ^{33} du^{33} do^{33} gɯ^{33} nɑ^{33} ho^{33} nɑ^{33}，su^{33} ve^{13} dɯ^{55} do^{33} nɑ^{33} tʂʰɯ^{33} nɑ^{33} ŋgo^{21}.

鼠 洞 出 那 看 这 看 人 歪 外 出 眼 移 眼 撤

老鼠出洞东张西望，小偷出门贼眉贼眼。

[illegible]

mu^{33} ʈʰu^{55} ʂe^{13} mɑ^{21} se^{55}，ho^{21} tɕʰy^{13} ʂu^{33} mɑ^{21} ho^{21}.

马 脸 长 不 知 羊 角 扭 不 见

马不知脸长，羊不见角弯。

ho^{21} ne^{33} su^{13} vɑ^{33} vu^{33}，mɑ^{21} se^{55} su^{13} tʂ^{h}ʅ^{13} bu^{21}.

见 少 者 恐 惧 　不 知 者 麂 嚎[①]

少见者多怪，无知人吹牛。

su^{33} dɯ^{33} ʥʊ^{21} bu^{33} tʂ^{h}ʅ^{33}，ŋɑ^{33} dɯ^{21} ʥʊ^{21} bu^{33} tɕ^{h}i^{13}.

人 蠢 　路 边 拉屎 鸟 笨 　路 边 栖息

蠢人在路边拉屎，笨鸟在路边筑巢。

ʑo^{21} ʑo^{33} ndzu^{33} mɑ^{21} dʊ^{21}，ɬu^{55} tɕɑ^{33} dzo̥^{13} ʑo^{55} mu^{33}.

自 己 作主 不 能 　裤 拿 腰 绕 做

自己无主见，拿裤当围腰。

su^{21} vɑ^{13} lo^{21}be^{55}be^{55}，ʑo^{21} vɑ^{13} dzo̥^{13} zɪ^{33} go^{13}.

别人 挑 轻飘飘 　自己 挑 腰 压 弯

别人挑担轻飘飘，自己挑担压弯腰。

su^{21} ɳu^{55} tsɯ^{13} ɳdʐɯ^{33}，bʊ^{21} nde^{33} hɪ^{13} hɑ^{33}；

别人 事 做 　错 　山 顶上 站 吼

别人做错事，站在山上吼；

① 麂嚎：麂子嚎叫，比喻吹嘘、自夸等。

ʑo^{21} ɳu^{55} tsɯ^{13} ɳdʐɯ^{33}，tɕɑ^{33} ʑo^{21} nɪ^{33} tʂɯ^{13}.

己 事 做 错 拿 己 心 藏

自己做错事，拿在心里藏。

ʑi^{21} du^{33} k^{h}ɯ^{33} ȵɪ^{33} ʔu^{33} ts^{h}ɿ^{33} ʔu^{33} kɯ^{55}，su^{21} nʊ^{55} mɑ^{55} ŋɯ^{21} no^{33} su^{21} dʐu^{33}tɕ^{h}ɑ^{33}.

水 井 口 坐 头 洗 头 梳 人 引 不 是 就 人 诅咒

坐在井边洗脸梳头，不是勾引人就是讨骂。

dʑy^{33} k^{h}o^{55} vu^{55} ŋɑ^{33} ʑʊ^{21}，hɪ^{21} ko^{33} ɣɑ^{33} su^{21} tɕ^{h}y^{33}.

山 上 禽 鸟 捉 家 里 鸡 人 偷

野外去捕鸟，家鸡被人偷。

ze^{55} lɯ^{55} ʂʊ^{21} pi^{13} ʑʊ^{21} mɑ^{21} dʊ^{21}，go^{13} li^{21} ɣɑ^{33} bʊ^{33} lɯ^{55} ɣɑ^{33} ʑʊ^{21}.

箐林 去 雉 雄 捉 不 能 回 来 鸡 圈 去 鸡 捉

上山抓不着野鸡，回来在鸡圈里捉鸡。

dɯ^{21} do^{33} dʑʊ^{21} mɑ^{21} ɣʊ^{21}，go^{13} li^{21} hɪ^{21} du^{33} pɪ^{13}.

外 出 路 没 有 回 来 房 洞 抠

出门无出路，回来抠墙脚。

mi^{13} vu^{33} lɯ^{55} ȵɯ^{55} ŋgɑ^{13}，ze^{55} ȵɯ^{55} hɪ^{21} hu^{33} tʂo^{13}.

地 远 去 兽 追 箐 兽 房 边 转

远处去打猎，猎物却在房边转。

[illegible]。

ɳu^{55} ma^{21} bo^{21} tɕʰi^{33} se^{21} ʑi^{21} to^{33}.

事 没 有 狗 牵 水 喝

闲着无事牵狗饮水。

[illegible]，[illegible]。

kʰu^{21}dʐa^{33} ʂʊ^{21} tʰo^{55} na^{33} ma^{21} di^{13}，kʰu^{21}dʐa^{33} tɕʰy^{33} li^{21} na^{33} tɕy^{33} pʰa^{21}.

家私 找 时 眼 不 长 家私 偷 来 眼 九 只

找东西时不长眼，偷东西时有九只眼。

[illegible]，[illegible]。

ʑo^{21} ȵdʑy^{21} ʑo^{21} ma^{21} se^{55}，su^{21} ȵdʑy^{21} ʑo^{21} na^{33} ŋgɯ^{13}.

自 丑 自 不 知 人 丑 己 眼 刺

自己丑陋自己看不见，别人丑陋却碍自己的眼。

[illegible]，[illegible]。

ʑo^{21} ȵdʑy^{21} ʑo^{21} ma^{21} se^{55}，su^{21} ȵdʑy^{21} ʑo^{21} nɪ^{33} ʂu^{33}.

自 庸 自 不 知 人 庸 自 心 伤

自己无能自己不知道，别人无能自己却操心。

[illegible]，[illegible]。

ʑo^{21} ɳdʐɯ^{33} ɣʊ^{21} ma^{21} ho^{21}，su^{21} ɳdʐɯ^{33} tʰa^{21} bʊ^{21} ɣʊ^{21}.

己 错 得 不 见 人 错 一 堆 有

自己的错自己看不见，别人的错却一大堆。

[illegible]，[illegible]。

sʊ^{21} xu^{33} xɯ^{21} ɣʊ^{21} ȵɪ^{33}，xu^{33} tʂa^{13} pʰu^{21} ma^{21} ɣʊ^{21}.

人 杀 刀 有 也 肉 煮 锅 没 有

有杀人的刀，却无煮肉的锅。

[illegible]

tɕʰi^{33} xu^{33} ve^{21} dɯ^{33} ɤʊ^{21}，ɕʊ^{33} ve^{21} dɯ^{33} mɑ^{21} ɤʊ^{21}.

狗 肉 买 处 有 香 买 处 没 有

有钱买狗肉，无钱买香纸。

[illegible]

sʊ^{21} vi^{21} bi^{55} li^{33} ho^{21}，ʑo^{21} ho^{21} no^{33} ʈʰu^{33} ɳɖe^{33}.

人 背子 背 来 见 己 见 则 腿 软

见人背背子，自己的腿软。

[illegible]

sɪ^{33} dɪ^{55} ɖu^{21} tɕʰi^{13} kʰɯ^{33}，kʊ^{13} kɯ^{13} tʂe^{55} mɑ^{21} kɯ^{13}.

柴棒 燃 脚 到 烤 会 移 不 会

柴烧到脚前，会烤不会移。①

[illegible]

kɯ^{13} ʥɪ^{21} kɯ^{13} mɑ^{21} sɯ^{55}，bu^{21}ʥu^{33} tsɯ^{13} mɑ^{21} ʑo^{55}.

匠 当 匠 不 像 汉子 做 不 配

充匠人不像，做汉子不配。

[illegible]

tʂʰɪ^{13} ho^{21} no^{33} ʈʰu^{55} nɑ^{33}，ho^{21} pʰu^{55} no^{33} ʈʰu^{55} ʈʰu^{13}.

山羊 见 是 脸 黑 绵羊 遇 则 脸 白

见山羊是黑脸，遇绵羊是白脸。

① 烧柴火时，边烧要边将烧剩的柴移到火心，此谚讽刺那些只会烤火，不会移柴的赖人。

[illegible]，[illegible]。

tʂʰɪ^{13} bu^{33} kʰɯ^{33} no^{33} tʂʰɪ^{13} ʈʰu^{55} ho^{21}，ho^{21} bu^{33} kʰɯ^{33} no^{33} ho^{21} ʈʰu^{55} di^{13}.

山羊 边 到 是 山羊 脸 见 绵羊 边 到 是 绵羊 脸 挂

山羊面前是山羊脸，绵羊面前是绵羊脸。

[illegible]，[illegible]。

ho^{21}mi^{33} tʰɑ^{21} mo^{13} ɖɯ^{21} ko^{33} pʰu^{55}，du^{21} lɑ^{13} tʰɑ^{21} pʰɑ^{21} tsʰɪ^{13}.

苍蝇 一 颗 飞 在 遇 翅 手 一 只 掐

碰到一只苍蝇，也要掐下一只翅膀。

[illegible]，[illegible]。

su^{21} dɯ^{55} nɑ^{21} tʂʰɪ^{13} se^{21}，nɑ^{21} no^{33} vɑ^{13} tʂu^{21}ti^{13}.

人 叫 你 山羊 牵 你 则 猪 拴起

让你牵山羊，你却把猪拴。

[illegible]，[illegible]。

tɕʰi^{33} ʂe^{13} ze^{55} gɑ^{33} lu^{13}，tʂʰʅ^{13} lu^{33} ze^{55} lu^{13} ȵdʑɪ^{33}.

狗 黄 林 后 叫 獐 麂 林 藏 玩

黄狗绕着森林叫，獐麂藏在林中玩。

[illegible]。

dzu^{33} ȵdʑʊ^{33} pʰu^{55} me^{33} tɕy^{13} ho^{21} mɑ^{21} pi^{13}.

吃 想 者 火 烟 见 不 得

馋嘴人见不得火烟。①

---

① 彝族人待客要在屋外生火杀猪宰羊，那些好吃懒做的馋嘴人只要看到哪家房前屋后升起烟火，就赶过去混一顿美餐。

kʰu^{13} li^{21} su^{13} su^{33} ve^{55}，mɑ^{21} kʰu^{13} li^{21} ʥu^{33} ku^{55}.

喊　来　者　人　客　　不　喊　来　吃　贪

有请才来的是客人，不请自来的是馋嘴。

ʔu^{33}tsʰo^{33} ʈʰu^{55} mɑ^{21} ly^{21}，tsʰo^{21}bu^{33} ʥo^{33} ɕɪ^{21} ʨi^{33}.

人　　　脸　不　要　　鬼　　怕　他　怕

人若不要脸，鬼怪都怕他。

ʔɑ^{55}tʂʰu^{33} li^{21} tʂʰɯ^{21} ʈʰu^{33}，ʨʰɿ^{33} nɑ^{33} ɣo^{13} ko^{33} mbo^{33}.

猫儿　　来　晚饭 翻　　狗　黑　肚　里　　饱

猫儿打翻菜，黑狗填饱肚。

mbo^{33} su^{13} li^{21} ɕʊ^{33} tʂʰɯ^{33}，ʂu^{33} pʰu^{55} ʥi^{21}lu^{21} tʂɑ^{33}.

富　　人　来　香　　烧　　穷　人　　命运　　算

富人来烧香，穷人来算命

ȵɪ^{21} no^{33} kʰɑ^{33} nde^{33} ndɑ^{13}，sɯ^{21} li^{33} mʊ^{21} tsɑ^{13} tsʰʊ^{21}.

日　乃　寨　　逛　　贪　　夜　来　麻　接　　忙

白天忙串寨，夜晚忙织麻。

te^{13} vu^{55} ŋgu^{21} mi^{21} ve^{21}，ŋgu^{21} mi^{21} vɯ^{55} nɑ^{33} ɬu^{33}.

田　卖　荞　　面　买　　荞　面　　菜　黑　换

卖田买荞面，荞面换青菜。

[illegible]，[illegible]。

ʑo^{21} tsɯ^{13} ɳɖʐɯ^{33} no^{33} mɑ^{21} tɕi^{21}，su^{21} tsɯ^{13} ʈʰe^{55} no^{33} mɑ^{21} pi^{13}.

自己 做 错 就 不 怕 别人 做 糟 就 不 行

自己做错没关系，别人失误就不行。

[illegible]，[illegible]。

nɑ^{33} ʑe^{33} ɣo^{13} bɑ^{55}，ndɯ^{55} dʊ^{21} dzu^{33} mɑ^{21} dʊ^{21}.

眼 大 肚 小 争 能 吃 不 能

眼大肚子小，争来吃不了。

[illegible]。

dʑu^{33} mɑ^{21} dʊ^{21} tʂʰʅ^{21} bʊ^{21} hɑ^{13}.

吃 不 能 屎 堆 守

吃不了也要守屎堆。

[illegible]，[illegible]。

ɣɑ^{33} ɕi^{13} ɕɪ^{21} nɪ^{33} ʂu^{33}，ȵy^{33} de^{33} ɕɪ^{21} mɑ^{21} ndy^{55}.

鸡 死 他 心 伤 牛 倒 他 不 想

鸡死他难过，牛倒他不管。

[illegible]，[illegible]。

hɪ^{55}lu^{33} mi^{13} ŋɯ^{33} no^{33}，ŋɯ^{33} kɯ^{13} sɯ^{33} mɑ^{21} kɯ^{13}.

猫狸 地 查 呢 查 会 走 不 会

猫狸来查地，会查不会走。

[illegible]，[illegible]。

kʰɑ^{33} kʰe^{55} xɯ^{21} mɑ^{21} lɯ^{21}，nʊ^{33} kʰe^{55} xɯ^{21} ty^{33}ʈɪ^{33}.

硬 上 刀 不 去 软 上 刀 叮当

硬处刀不进，软处刀逞能。

[illegible]，[illegible]。

ɳdʐʅ^{21} ʔɪ^{13} ɳu^{55} mɑ^{21} ʈʰu^{21}，xɯ^{21} tɯ^{33} vɪ^{13} mɑ^{21} se^{55}.

酒 醉 事 不 管 刀 拿 兄 不 认

酒醉不管事，提刀不认兄。

[illegible]，[illegible]。

bi^{33}vɪ^{13} n̥ɪ^{55} dɯ^{33} kʰɪ^{33}，ɤɑ^{21} pi^{13} bu^{33} kʰɯ^{33} ɕɪ^{21} dʑo^{33}.

蚂蟥 两 处 咬 公 鸡 旁 到 它 怕

蚂蟥生来两头吃，遇到公鸡它也怕。

[illegible]，[illegible]。

su^{21} vɑ^{13} nɑ^{33} nɑ^{33}，ʑʊ^{21} vɑ^{13} nɑ^{33} nɑ^{33}.

人 猪 黑 黑 己 猪 黑 黑

看见他人黑毛猪，就说自家猪毛黑。

[illegible]，[illegible]。

dʑu^{33} ȵdʑʊ^{33} no^{33} ti^{55} ndo^{21}，sɯ^{33} ȵdʑʊ^{33} no^{33} tɕʰi^{13} ʑʊ^{33}.

吃 想 则 口水 吞 走 想 则 脚 痒

想吃的口水淌，想走的脚趾痒。

[illegible]，[illegible]。

ʔɑ^{33}tʂe^{55} ɳu^{55} mɑ^{21} bo^{21} ȵy^{33} mi^{21} tʂɪ^{33}，ʔɑ^{33}dʑɯ^{33} ɳu^{55} mɑ^{21} bo^{21} vɑ^{13} ɕɪ^{13} ʑʊ^{21}.

喜鹊 事 没 有 牛 毛 拔 乌鸦 事 没 有 猪 虱 捉

喜鹊无事扯牛毛，乌鸦没事捉猪虱。

[illegible]，[illegible]。

ho^{21} ȵdʑi^{33} gu^{55} no^{33} ho^{21} tsɯ^{13}，zɪ^{13} ȵdʑi^{33} gu^{55} no^{33} zɪ^{13} tsɯ^{13}.

羊 皮 披 则 羊 做 狼 皮 披 则 狼 做

披着羊皮是羊，披着狼皮是狼。

[illegible]，[illegible]；

t‘ɑ^{21} xɯ^{21} dʐo^{21} ndy^{55} t‘o^{55}，ɣɑ^{21} mʊ^{21} tɑ^{33} zɿ^{33} tsɿ^{13}；

一 会 活 想 时 鸡 母 抱 尿 滴

一会想活时，抱母鸡把尿；

[illegible]，[illegible]。

t^{h}ɑ^{21} xɯ^{21} ɕi^{13} ndy^{55} t^{h}o^{55}，vi^{21} ȵy^{33} xu^{33} tʂɑ^{13} dʑu^{33}.

一 会 死 想 时 耕 牛 杀 煮 吃

一会想死时，把耕牛杀吃。

[illegible]，[illegible]。

su^{33} dɯ^{33} ʑo^{21} ʑo^{33} tsu^{21}，ʑo^{21} tʂ^{h}ʅ^{33} ʑo^{21} ʑo^{33} lɪ^{13}.

人 憨 自 己 作 自 屎 自 己 舔

蠢人爱自作，自家臭屎自己舔。

[illegible]，[illegible]。

nɑ^{21} tɕo^{33} xu^{55} ŋʊ^{21} tɕʊ^{13}，ŋʊ^{21} de^{21} t^{h}u^{55} nɑ^{21} dɑ^{33}.

你 沟 掏 我 过 我 坎 设 你 爬

你掏沟给我过，我找坎给你爬。

[illegible]，[illegible]。

tɕi^{55} lɯ^{55} mɑ^{21} sɿ^{55} tɕi^{33}，du^{55} li^{33} dʑo^{33} tɕ^{h}i^{33} tɕi^{33}.

前 去 不 便 怕 后 来 怕 狗 怕

在前走害羞，在后面怕狗。

[illegible]，[illegible]。

t^{h}ɑ^{21} lu^{21} dʑʊ^{21} t^{h}u^{55}，t^{h}ɑ^{21} ʑi^{33} dʑʊ^{21} ndu^{33}.

一 寨 路 开 一 家 路 挖

一寨人修路，一家人挖路。

sɯ^{21} tʂ^{h}u^{33} ʑi^{13} to^{55}，mi^{33} ge^{21} gʊ^{21} tɕi^{55} ɬu^{55} mɑ^{21} vɪ^{13}.

夜 半 睡 起 天 亮 了 都 裤 没 穿

半夜就忙起，天亮还没穿裤子。

ʔu^{55}lɯ^{33} p^{h}u^{55} ʑi^{13} mɑ^{55} ɳu^{33}，su^{21} tʂ^{h}ɯ^{33} p^{h}u^{55} dʑʊ^{21} go^{13} ɳu^{33}.

懒惰 人 睡 梦 多 人 骗 者 路 弯 多

懒汉的美梦多，骗子的弯路多。

ʔu^{55}lɯ^{33} p^{h}ʊ^{55} mi^{33} k^{h}ɪ^{13} nɑ^{33}，vu^{33}k^{h}u^{33} su^{13} mi^{33} ge^{21} ho^{21}.

懒惰 者 天 黑 看 勤快 者 天 明 盼

懒人盼天黑，勤快人盼天明。

dzu^{21} dzu^{33} hɯ^{33} lo^{21} hɯ^{33} dʑɑ^{33}，ɳu^{55} mu^{33} ɤɑ^{21} mʊ^{21} mi^{13} vɪ^{33}.

饭 吃 急 着 急 食 事 做 鸡 母 地 刨

吃饭狼吞虎咽，做活像母鸡刨地。

ʔu^{55}lɯ^{33} tʂ^{h}ʅ^{33} tɕ^{h}ʊ^{13} dzu^{33}，bi^{33} ʂe^{13} tʂ^{h}ʅ^{21} du^{33} tʂʅ^{33} tɕi^{55} ŋgo^{21} ʔu^{55}lɯ^{33}.

懒惰 屎 烧 吃 虫 长 屎 洞 钻 都 拉 懒

懒汉烧屎吃，老蛇钻屁眼都懒得拉。

sɯ^{21} tʂ^{h}u^{33} ʑi^{13}mɑ^{21}tɕy^{33}，dʑi^{21} do^{33} ʑi^{13} mɑ^{55} ts^{h}ʊ^{21}

夜 半 睡不觉 日 出 睡 梦 忙

半夜不睡觉，日出忙做梦。

[illegible]，[illegible]。

ŋo^{33} ho^{21} no^{33} la^{13} tʂ^{h}ʅ^{21}，ʑi^{21} ho^{21} no^{33} tɕ^{h}i^{13} ku^{21}.

鱼 见 就 手 伸 水 见 则 脚 缩

见鱼伸手，见水缩脚。

[illegible]，[illegible]。

ʔa^{33}ŋo^{13} ȵʥɪ^{33} na^{33} ȵʥʊ^{33}，la^{13}ȵɪ^{33} t^{h}o^{21} tʂ^{h}ɯ^{33} du^{21}.

猴子 戏 看 想 甑子 底 烧 通

想看猴戏，甑底被烧通。

[illegible]，[illegible]；

dɯ^{21} p‘u^{55} me^{55} ma^{21} bo^{21}，nɪ^{33} ndy^{55} ʑo^{21} ɬa^{13} ɕɪ^{33}；

愚 者 妻 没 有 心 想 自 少 还

愚者无妻小，自觉还年少；

[illegible]，[illegible]。

ko^{21}to^{21} ʥi^{21} ma^{21} ʈ^{h}u^{55}，ndy^{55} li^{33} ʂe^{13} ɕɪ^{33} dɯ^{55}.

脊背 日 不 照 想 来 早 还 说

脊背日不照，自以为还早。

[illegible]，[illegible]。

pi^{13} ŋɯ^{33} na^{21} ma^{21} ʔe^{13}，mʊ^{21} ŋɯ^{33} na^{21} ma^{21} ndo^{55}.

公 是 你 不 叫 母 是 你 不 下蛋

是公的你不开声叫，是母的你又不下蛋。

[illegible]，[illegible]。

tɕ^{h}i^{55} ʔu^{55}lɯ^{33}，k^{h}e^{21} vi^{21} ʂe^{13}.

妻 懒惰 线 用 长

懒媳妇用的线长。

[illegible]

ʔo^{55}pu^{33} na^{21} ho^{21} na^{33} ma^{21} ts^{h}ɪ^{33}，pi^{21}tɕa^{21} na^{21} ho^{21} ɳɖo^{33} zɿ^{33} xɪ^{33}.

蛤蟆　你　见　眼　不　眨　青蛙　你　见　跳　尿　飙

蛤蟆见你不眨眼，青蛙见你跳飙尿。

[illegible]

su^{21} no^{33} mu^{33} ʔu^{33} lo^{33} hɪ^{55}，na^{21} no^{33} mu^{33} do^{21} bu^{33} sa^{33}.

别人 是　马　头　向　讲　你　是　马 屁股　跟 耳语

别人在马头说正话，你在马屁股边窃窃私语

[illegible]

na^{55} sɿ^{33} t^{h}o^{33} sɿ^{33}，bi^{33} ʂe^{13} ʔu^{33} ɤʊ^{21} sɿ^{33}.

那　摸　这　摸　虫　长　头　得　摸

摸这摸那，摸到蛇头。

[illegible]

ʂɯ^{55}ʈɯ^{33} la^{33} lɯ^{55} tɕɪ^{13} mu^{33} ʥo^{33}，tɕ^{h}i^{33} tʂ^{h}ʅ^{33} k^{h}e^{55} lɯ^{55} vɪ^{21} lu^{21} te^{13}.

稀泥巴　上　去　星　颗　出　狗　屎　上　去　花　朵 绣

稀泥巴上出星宿，狗屎粑上插鲜花。

[illegible]

ko^{55} vɪ^{33} tsu^{55} t^{h}a^{21} pu^{33}，ȵy^{33} tʂ^{h}ʅ^{33} la^{33} li^{33} ʥo^{33}.

鲜　花　好　一　朵　牛　屎　上　来　长

好一朵鲜花，长在牛屎上。

ȵy^{33} mu^{55} nɪ^{13} kʰe^{55} ʂʅ^{33} li^{21} ho^{33}，ʂʅ^{33} tsʰu^{21} ȵy^{21} tʰo^{55} ke^{21}ʈe^{21}le^{21}.

老 牛 拴 起 草 来 盼 草 蓬 青 时 咯嘚唻①

拴起老牛等嫩草，青草发时老牛倒。

su^{33} he^{33} du^{55} tɕʰʊ^{33} nʊ^{13}，su^{33} dɯ^{33} no^{33} pɪ^{33} dzu^{33}.

人 贤 话 音 听 人 憨 豆 渣 吃

明人听话音，憨包吃豆渣。②

ȵɪ^{55} nɑ^{33} ɳu^{55} mɑ^{21} kɑ^{13}，tɕʰi^{13}bu^{33} ʔɑ^{33}mi^{55} mu^{33}.

两 眼 事 不 分 老虎 猫儿 做

两眼不识货，老虎当猫儿。

lɑ^{13} ɣɑ^{33} tɕɑ^{33} mɑ^{21} dʊ^{21}，nɪ^{33} mʊ^{21} ho^{21} ʑʊ^{21} ndy^{55}.

手 鸡 拿 不 能 心 果 绵羊 捉 想

手无缚鸡力，心想捉绵羊。

sɯ^{33} xɯ^{21} gu^{21}lu^{55}lu^{21}，sɯ^{33} xɯ^{21} tʂʅ^{13}li^{33}li^{33}.

三 下 圆溜溜 三 下 酸溜溜

一时圆溜溜，一时酸溜溜。

① 咯嘚唻：拟声词，形容人或动物倒地的声音，比喻死亡。

② 憨包吃豆渣：吃豆渣的是猪，此句形容憨包像猪一样愚蠢。

[illegible]

se^{21} p^{h}u^{33} ɳu^{55} mu^{21} tɕ^{h}i^{33} ʑi^{13}tɕy^{33}，se^{21} p^{h}u^{33} tʂ^{h}ɯ^{55} dʑu^{33} tɕ^{h}i^{33} nɪ^{33} tɕi^{33}.

主 者 事 做 狗 睡觉 主 者 饭 吃 狗 心 急

主人做活狗睡觉，主人吃饭狗着急。

[illegible]

nɪ^{33} no^{33} ko^{21} lo^{55} ʑe^{55} ɣʊ^{21}，la^{13} tʂ^{h}ʅ^{33} tɕa^{33} bi^{55}ma^{21}nɯ^{13}.

心 乃 烤 石 大 有 手 屎 拿 不臭

锅庄大的心，撮臭屎的手。

[illegible]

ts^{h}ɯ^{33} no^{33} ɕi^{13} lo^{33} tɕɪ^{33}，ʈ^{h}ɯ^{55} no^{33} ɖɯ^{21} lo^{33} tɕi^{33}.

捏 则 死 了 怕 放 则 飞 了 怕

捏紧了怕死，放松又怕飞。

[illegible]

nɯ^{13} mbo^{33} mo^{21}tɪ^{13} dy^{21}，nɯ^{13} ʂu^{33} mi^{21} ʈ^{h}u^{55} po^{33}.

妹 富 兄弟 喜 妹 穷 兄 脸 翻

妹子富裕兄弟就高兴，妹子贫穷兄弟就翻脸。

[illegible]

mu^{33} ɣʊ^{21} ndi^{33} su^{13} ɣʊ^{21}，tɕ^{h}i^{13} t^{h}o^{21} tʂ^{h}e^{55} su^{13} ma^{21} ɣʊ^{21}.

马 鞍 套 人 有 马 镫 挂 人 没 有

有人套马鞍，无人挂马镫。

[illegible]

mu^{33} dzo^{21} mu^{33} ʂʅ^{33} tʂu^{33} su^{13} ɣʊ^{21}，mu^{33} ɕi^{13} k^{h}a^{33} tɕ^{h}ʊ^{33} bi^{55} su^{13} ma^{21} ɣʊ^{21}.

马 在 马 草 喂 者 有 马 死 箩 筐 背 者 没 有

马活时有人添草料，马死后无人背草箩。

[illegible]，[illegible]；

mi^{33} hɪ^{33} se^{21}me^{21} mu^{33}，se^{21}me^{21} se^{21}me^{21} t‘ɑ^{13}；

天 风 核桃 吹 核桃 核桃 打

风来吹核桃，核桃打核桃；

[illegible]，[illegible]。

ʔɑ^{33}ɳo^{13} du^{21}mo^{13} tɕɑ^{33}，ʔɑ^{33}ɳo^{13} ʔɑ^{33}ɳo^{13} ndu^{21}.

猴子 棍棒 拿 猴子 猴子 打

猴子拿棍棒，猴子打猴子。

文化教育

[illegible]，[illegible]；

ʂɑ^{33} su^{33} ʑy^{21} tsu^{55} no^{33}，vu^{33}mi^{33} dɯ^{33} tɕy^{33} ɳdʐɑ^{33}；

汉 书 读 好 呢 皇帝 处 举 测

读好了汉书，就去皇城考举子；

[illegible]，[illegible]。

nɯ^{55} su^{33} ʑy^{21} tsu^{55} no^{33}，ndzu^{33} ndzɯ^{21} mu^{33} te^{55} pɑ^{33}.

彝 书 读 好 呢 君 商 臣 议 伴

读好了彝书，帮助君长治天下。①

[illegible]，[illegible]；

le^{21}ku^{33} pu^{33} mɑ^{21} ɳu^{55}，sɪ^{33} go^{13} li^{33} mɑ^{21} se^{55}；

牯牛 驯 不 过 木 弯 重 不 知

没有驯过的牯牛，不知犁头的重量；

[illegible]，[illegible]。

zu^{33} ʑo^{33} tso^{21} mɑ^{21} ɳu^{55}，mi^{33} mi^{13} tʰu^{13} mɑ^{21} se^{55}.

子 生 教 不 过 天 地 厚 不 知

没有教过的儿子，不知天高地厚。

---

① 在土司制时代，尤其是奢香夫人开驿道、办汉学以来，乌蒙山地区有经济条件的彝族人开始进学堂读汉书，参加科考，学好彝族文化就有机会参与地方的治理。此谚语反映了土司时期彝族人的教育理念。

[illegible]

zu^{33} kɯ^{21} fi^{13} mɑ^{21} ɣʊ^{21}，tʂʰo^{33} tɕʰi^{33} tɕʊ^{55} ʑo^{33} ʂu^{33}.

儿 宠 志 没 有　篱 下 苗 长 难

宠儿无志气，篱下苗难长。

[illegible]

ʑo^{33} bo^{21} zu^{33} ndʑo^{21} mu^{55}，su^{21} tʰɯ^{55} he^{33} zu^{33} do^{33}.

自 家 子 逆 教　人 家 贤 子 出

教自家逆子，邻里出贤儿。

[illegible]

zu^{33} dʑy^{33} hu^{13} no^{33} le^{21}，zu^{33} nɪ^{33} hu^{13} no^{33} kʰɑ^{33}.

儿 身 养 则 易　儿 心 养 则 难

养儿身容易，养儿心则难。

[illegible]

zu^{33} mɑ^{21} mu^{55} no^{33} ʑɑ^{13}，ɳdʐʅ^{21} mɑ^{21} ko^{13} no^{33} tʂʅ^{13}.

子 不 教 就 坏　酒 不 烤 就 酸

子不教变坏，酒不烤变酸。

[illegible]

zu^{33} dʑʊ^{21} ʑɑ^{13} pʰu^{55} ʑy^{33}，nɯ^{13} sɯ^{33} ɳdʐɯ^{33} mʊ^{21} ɳu^{55}.

子 路 错 父 怪　女 走 错 母 事

儿错父之过，女错母失职。

[illegible]

zu^{33} dɯ^{21} pʰu^{55} le^{55} kɯ^{21}，me^{33} dɯ^{21} mʊ^{21} le^{55} kɯ^{21}.

儿 蠢 父 被 宠　女 愚 母 被 宠

蠢儿父惯坏，愚女母宠坏。

[illegible]

ʑo^{21} mu^{33} tsu^{21} mɑ^{21} hu^{13}，dze^{33} dʑɪ^{33} lɯ^{55} no^{33} se^{55}；

自 马 夸 不 必 赛 场 去 就 知

不必夸自己的马，赛场上就知；

[illegible]

ʑo^{21} zu^{33} tsu^{21} mɑ^{21} hu^{13}，ɕɪ^{21} tʂʰo^{55} ȵɪ^{13} no^{33} se^{55}.

自 子 夸 不 必 其 友 观 就 知

不必夸自己的儿，观其友便知。

[illegible]

ts‘ɪ^{13} tɕ‘i^{55} mu^{21} lu^{33} tsu^{55}，ʔɑ^{33}ɯɹ^{13} tsu^{55} do^{55} dʐɑ^{33}；

代 媳 做 的 好 姑妈 好 的 由

媳妇贤惠，在于婆婆的好；

[illegible]

ʔɑ^{21}me^{33} nɪ^{33} ʑɪ^{33} di^{13}，mʊ^{21} li^{21} mu^{55} do^{55} dʐɑ^{33}.

女儿 心 灵 有 母 来 教 的 由

女儿聪明，在于母亲的教育。

[illegible]

ɣɑ^{21} mʊ^{21} mɑ^{21} dʊ^{21} no^{33}，zu^{33} fu^{33} do^{33} mɑ^{21} dʊ^{21}；

鸡 母 无 能 乃 儿 孵 出 不 能

母鸡不成器，孵不出小鸡；

[illegible]

pʰu^{55} mʊ^{21} mɑ^{21} ʑɪ^{21} no^{33}，zu^{33} mu^{55} he^{33} mɑ^{21} dʊ^{21}.

父 母 不 明理 乃 子 教 贤 不 能

父母不明理，教不好儿女。

ʥu^{21} te^{13} no^{33} tʂʰo^{33} hu^{13}，zu^{33} hu^{13} mu^{55}tɕʰi^{21} hu^{13}.

粮 种 乃 薅 要 儿 养 教育 要

庄稼要薅铲，养儿要教育。

ɣa^{33} ba^{55} dʐu^{55} ma^{21} kʰu^{55}，ʔa^{33}ŋa^{55} ndu^{21} ma^{21} fu^{33}.

鸡 小 唤 无 效 小孩 打 不 宜

雏鸡不听唤，小孩不宜打。

ȵy^{33} ho^{21} fu^{55} ma^{21} fu^{55} ɬo^{13} do^{55} dʐa^{33}，ʔa^{33}ŋa^{55} ʑɪ^{21} ma^{21} ʑɪ^{21} mu^{55} do^{55} dʐa^{33}.

牛 羊 发 不 发 牧 的 由 孩子 懂事 不 懂事 教 的 由

牛羊发不发展在于放牧，孩子懂不懂事在于教育。

mu^{33} ne^{55} no^{33} tɕʰi^{13} ʂʊ^{21}，zu^{33} ɳdʐɯ^{33} no^{33} ʑy^{33} ʂʊ^{21}.

马 失 则 足 寻 儿 错 则 原由 寻

马儿丢失寻蹄印，儿子犯错找原因。

zu^{33} hu^{13} zu^{33} ma^{21} mu^{55}，tɕʰi^{33} hu^{13} lo^{33} ma^{55} de^{33}.

儿 养 儿 不 教 狗 养 的 不 如

养子不教子，不如养条狗。

hɪ^{13} dʐo^{33} zu^{33} ma^{21} mu^{55}，dɯ^{21} do^{33} na^{33} ʂe^{13} ma^{21} kʰu^{55}.

家 在 子 不 教 外 出 眼 瞪 无 用

在家不教育孩子，出门使眼色无用。

[illegible]

ʔa^{21}me^{33} zu^{33} hu^{13} ma^{21} k^{h}a^{33}，ʔa^{21}me^{33} zu^{33} mu^{55} se^{55} k^{h}a^{33}.

女 儿 养 不 难 女 儿 教 才 难

养儿女的身不难，育儿女的心才难。

[illegible]

p‘u^{55} li^{21} ma^{21} mu^{55} zu^{33}，mu^{33} ʥe^{33} gu^{21} mʊ^{21} tʂo^{13}；

父 来 不 教 子 马 骑 堂 大 转

没有父亲教育的儿子，骑马闯堂屋；

[illegible]

ʔa^{33}ȵɪ^{13} ma^{21} mu^{55} tɕ^{h}i^{55}，tɕ^{h}i^{55} tʂ^{h}o^{55}ʈ^{h}o^{21} tɕa^{33} ŋgɯ^{33}.

姑妈 不 教 媳 媳 嫁妆 拿 枕

没有婆婆教育的媳妇，嫁妆做枕头。

[illegible]

zu^{33} mi^{13} vi^{21} ma^{21} kɯ^{13} no^{33} p^{h}u^{55} ʑy^{33}，me^{33} la^{13}nu^{33} ma^{21} kɯ^{13} no^{33} mʊ^{21} ʑy^{33}.

儿 地 犁 不 会 乃 父 怪 女 手艺 不 会 乃 母 怪

儿不会犁地怪父亲，女不会针线怪母亲。

[illegible]

vi^{21} ȵy^{33} no^{33} tso^{21} dɯ^{55} do^{33} ŋɯ^{55}，mu^{21} lu^{13} no^{33} mu^{55} dɯ^{55} do^{33} ŋɯ^{55}.

耕 牛 是 驯 外 出 是 做 的 是 教 外 出 是

耕牛是驯出来的，德性是教出来的。

[illegible]

ts^{h}o^{21} ʑo^{33} nɪ^{33} ma^{21} ʑo^{33}，zu^{33} hu^{13} nɪ^{33} tɕi^{55} hu^{13}.

人 长 心 不 长 儿 养 心 先 养

人长心不长，养儿先育心。

[illegible]，[illegible]。
dʑe^{33} mu^{33} bɑ^{55} tse^{33} tso^{21}，vi^{21} ȵy^{33} bɑ^{55} tse^{33} tso^{21}.
骑 马 小 就 驯 耕 牛 小 就 驯
骏马要从小教，耕牛要从小驯。

[illegible]，[illegible]。
tɕ^{h}i^{33} mɑ^{21} tso^{21} ȵɯ^{55} mɑ^{21} no^{21}，zu^{33} mɑ^{21} mu^{55} ɳu^{55} mɑ^{21} se^{55}.
狗 不 驯 兽 不 撵 儿 不 教 事 不 知
猎狗不驯不撵山，孩子不教不知事。

[illegible]，[illegible]。
ɣɑ^{21} ʈ^{h}o^{55} ʔe^{13} mɑ^{21} kɯ^{13}，ɣɑ^{21} mʊ^{21} du^{55} ndʑo^{13} ʔe^{13}.
鸡 仔 叫 不 会 鸡 母 跟 学 叫
仔鸡不会叫，跟着母鸡学。

[illegible]，[illegible]。
hɪ^{13} dʐo^{33} p^{h}u^{55} du^{55} mu^{21}，se^{55} ndʑo^{13} se^{21} du^{55} mu^{33}.
家 在 父 话 做 知 学 师 话 做
在家尊父命，求学尊师言。

[illegible]，[illegible]。
ʔɑ^{21}me^{33}zu^{33} mu^{55} mɑ^{21} k^{h}u^{55} xɯ^{55} ɣʊ^{21}，ʔɑ^{21}me^{33}zu^{33} mu^{55} mɑ^{21} hu^{13} xɯ^{55} ɣʊ^{21}.
女 儿 教 无 效 的 有 女 儿 教 不 用 的 有
有教不好的儿女，也有不用教的儿女。

[illegible]，[illegible]。
se^{55} mi^{55} hɪ^{21} p^{h}u^{21} t^{h}u^{33}，ho^{21} gu^{33} t^{h}ɯ^{21} ɳo^{13} fe^{13}.
知 文 天 开 启 识 史 地 土 辟
知识可开天，文化能辟地。

[illegible]，[illegible]。

vɪ^{13} gu^{55} gɪ^{33} mɑ^{21} tɕi^{21}，ɣo^{13}pu^{33} gu^{55} lo^{33} tɕi^{33}.

穿 披 破 不 怕 肚子 空 了 怕

不怕身上穿破衣，就怕肚里一包糠。

[illegible]，[illegible]；

ɣɑ^{21} mʊ^{21} nɑ^{33} tʻɑ^{55} no^{33}，ɳdʐ̩u^{21} mʊ^{21} ʥu^{21} gɑ^{13} mɑ^{55} de^{33}；

鸡 母 眼 上 呢 珠 颗 饭 蒸 不 如

在母鸡的眼里，珍珠不如糠麸；

[illegible]，[illegible]。

su^{33} dɯ^{33} nɑ^{33} tʰɑ^{55} no^{33}，se^{55} ho^{21} ʈʰu^{21} tsʰɿ^{33} mɑ^{55} de^{33}.

人 蠢 眼 上 呢 知 识 银 药 不 如

在蠢人的眼里，知识不如金钱。

[illegible]，[illegible]。

ȵɪ^{13} ɳdʐ̩e^{55} tʰɑ^{21} ti^{21} tʰɑ^{21} ti^{21} kʰe^{55} mbʊ^{55}，se^{55} ho^{21} tʰɑ^{21} ȵɪ^{21} tʰɑ^{21} ȵɪ^{21} mu^{33} ɳu^{33}.

泥 融 一 层 一 层 上 盖 知 识 一 天 一 天 地 多

淤泥是一层层堆积，知识靠一天天积累。

[illegible]，[illegible]。

se^{55} mi^{55} ɕʊ^{13} ndzo^{13} hu^{33}，ke^{55} fu^{33} kʰu^{33}di^{13} hu^{33}.

知 文 学 习 要 贵 富 勤劳 要

知识靠学习，富贵靠勤劳。

[illegible]，[illegible]。

ɣo^{13} pu^{33} tsʰe^{13} mɑ^{21} ȵɪ^{21}，tsʰe^{13} ɣʊ^{21} kʰɯ^{33} mɑ^{21} mi^{55}.

肚 腹 油 没 有 油 有 口 不 敷

肚里没有油，嘴上没油沾。

ma^{21} se^{55} mu^{55} li^{21} se^{55}，ma^{21} he^{33} ʐɪ^{21} li^{33} kɯ^{13}.

不 知 教 来 知 不 贤 懂事来 会

无知教就知，愚者会知礼。

lo^{33} ma^{21} dʑɪ^{33} ma^{21} du^{21}，tsʰo^{21} ma^{21} ndʑo^{13} ma^{21} se^{55}.

石 不 凿 不 通 人 不 学 不 知

石不凿不通，人不学不知。

mi^{13} ma^{21} gu^{33} tʂe^{13} gu^{55}，su^{33} ma^{21} ʑy^{21} nɪ^{33} tɕa^{33}.

地 不 种 仓 空 书 不 读 心 空

地不种仓空，人不学心空。

xɯ^{21} ma^{21} se^{33} ma^{21} tʰa^{33}，tsʰo^{21} ma^{21} ndʑo^{13} ma^{21} se^{55}.

刀 不 磨 不 利 人 不 学 不 知

刀不磨不利，人不学不知。

pʰu^{21} ma^{21} tʂʰɯ^{33} zɯ^{33} da^{33}，tsʰo^{21} ma^{21} ndʑo^{13} no^{33} dɯ^{21}.

锅 不 烧 锈 爬 人 不 学 就 愚

锅不烧生锈，人不学就愚。

ma^{21} se^{55} no^{33} ndʑo^{13} kʰu^{55}，ɳdʐɯ^{33} ʑa^{13} mu^{55}tɕʰi^{13} kʰu^{55}.

不 懂 乃 学 有效 错 误 教育 有效

不懂靠学习，错误靠点拨。

ʔu^{33} no^{13} tʂo^{13}，se^{55} ho^{21} ɳu^{33}.
头 脑 转 知 识 多
脑子灵活，学的知识就多。

ʑo^{13} gɯ^{21} xɯ^{21} ʑi^{33} kʰɯ^{55}，tʰɑ^{21} ȵɪ^{21} tʰɑ^{21} ʑo^{13} kʰɯ^{55}，kʰɯ^{55} ȵɪ^{33} kʰɯ^{55} fe^{21} kɯ^{13};
勺 缺 海 水 舀 一 天 一 勺 舀 舀 也 舀 干 会
破勺舀海水，一天舀一勺，终究会舀干；

su^{33} nɑ^{33} ȵɪ^{13} ʑy^{21} kʰɑ^{33}，tʰɑ^{21} ȵɪ^{21} tʰɑ^{21} mo^{13} ndʑo^{13}，ɕɪ^{21} ȵɪ^{33} ʑy^{21} se^{55} kɯ^{13}.
书 眼 看 学 难 一 天 一 个 学 其 也 学 知 会
学字看似难，一天学一个，也能学得会。

ndʑo^{13} lo^{21} kɯ^{13} lo^{21} mu^{33}，ʑo^{33} li^{21} kɯ^{13} mɑ^{55} ŋɯ^{21}.
学 了 会 了 地 生 来 会 不 是
只有边学边会，没有生来就会。

ʑe^{33} gʊ^{21} se^{55} ndɯ^{33} ndzo^{13}，mu^{55} gʊ^{21} se^{55} ndy^{55} po^{33}.
大 了 才 爬 学 老 了 才 想 悔
长大才学爬，老来才懊悔。

bɑ^{55} tʰo^{55} ndʑo^{13} mɑ^{21} ȵo^{55}，mu^{55} li^{33} ndʑo^{13} mɑ^{21} me^{13}.
小 时 学 不 好 老 来 学 不 及
小时不好学，到老来不及。

[illegible]

te^{13} ma^{21} za^{13}，tʂ^{h}ʅ^{21} te^{13} ma^{21} kɯ^{13};

田 不 下 谷 栽 不 会

不下田，学不会栽秧；

[illegible]

bʊ^{21} ma^{21} da^{33}，n̥ɯ^{55} no^{21} ma^{21} kɯ^{13}.

山 不 爬 野兽 撵 不 会

不爬山，学不会狩猎。

[illegible]

ɬa^{13} lu^{21}ma^{21}ve^{13} no^{33}，mu^{55} ɳu^{55} tɕi^{33} ma^{21} se^{55}.

少 陆不外① 呢 老 事 样 不 知

青年不学歌，不懂老辈事。②

[illegible]

zu^{33} he^{33} su^{33} ma^{21} ŋgɯ^{21}，vu^{55} ʑi^{33} ts^{h}u^{33} ma^{21} n̥dʑɯ^{55}.

男 好 书 不 弃 菜 水 盐 不 离

好男离不开书，饭菜离不开盐。

[illegible]

ɳdʐu^{13} ma^{21} fe^{33} ma^{21} ɲe^{21}，ts^{h}o^{21} ma^{21} mu^{55} ma^{21} he^{33}.

铃 不 摇 不 响 人 不 教 不 善

铃不摇不响，人不教不善。

---

① “lu^{21} ve^{13}（陆外）”，是彝族人在喜庆场合唱的一种礼俗歌，其否定形式为“lu^{21}ma^{21}ve^{13}（不唱陆外的歌）”。

② 彝族文化除了文献传承外，还有很多是以歌谣的形式口耳相传，如果年轻人不学歌，就不懂老一辈流传下来的各种民俗文化和礼仪。

[illegible]

tsʰo^{21} he^{33} mɑ^{21} mu^{55} kɯ^{13}，dɯ^{21} pʰu^{55} mu^{55} mɑ^{21} ʑɪ^{21}.

人 聪明 不 教 会 笨 者 教 不 灵

聪明人不教自会，愚钝人教也不灵。

[illegible]

ʑo^{21} mɑ^{21} kɯ^{13} ɕɪ^{33} tʰo^{55}，sʊ^{21} lɑ^{13} ŋgo^{21} tʰɑ^{21} tʰɪ^{33}.

己 不 会 还 时 别人 手 拉 莫 指

自己不会时，莫去指教人。

[illegible]

mu^{55} ʂu^{13} mɑ^{21} mu^{55} nʊ^{33}，ɬu^{13} su^{13} tɕʰɪ^{13} mɑ^{21} tsʰʊ^{21}.

老 人 不 教 呢 青 年 脚 不 忙

老人不教诲，青年不勤快。

[illegible]

ʑe^{33} su^{13} pʰu^{55} no^{33} nʊ^{13}，bɑ^{21}lɑ^{55} ho^{21} no^{33} mu^{55}.

长 者 遇 就 问 小孩 见 就 教

遇长辈就请教，见小孩要指导。

[illegible]

lo^{33} nɑ^{33} nɑ^{33} ʈu^{13} ko^{13} pi^{13}，du^{55} sʊ^{21} tɕʰɑ^{33} mu^{55} du^{55} ŋɯ^{33}.

石 黑 黑 烧 烤 可 话 人 刺 教 语 是

煤炭虽黑可取暖，刺耳的忠言可教人。

[illegible]

tsu^{55} du^{55} hɪ^{55} su^{13} nɑ^{21} gɑ^{55} dɯ^{21} lo^{13}，tɕʰɑ^{33} du^{55} hɪ^{55} ʂu^{13} nɑ^{21} gɑ^{55} he^{33} lʊ^{13}.

好 话 讲 者 你 让 蠢 成 刺 话 讲 者 你 让 好 成

恭维的话使人变愚昧，批评人的话使人增智慧。

se^{21}vu^{33} te^{13} mi^{13} kɑ^{55} mʊ^{21} di^{13}，se^{21}vu^{33} te^{13} fɪ^{33} kɑ^{55} vɪ^{33} vɪ^{33}.

桃子　栽　地　里　果　结　　桃子　栽　盆　里　花 开

桃树栽在地里会结果，栽在盆里只会开花。

ndʑu^{33} zu^{33} ŋgɯ^{21} mɑ^{21} do^{33}，he^{33} dɯ^{33} ɕɪ^{21} mɑ^{21} se^{55};

君　子 门　不　出　好　歹　他 不　知

君长不出门，是非认不得；

mu^{55} zu^{33} ŋgɯ^{21} mɑ^{21} do^{33}，lu^{21} ɳu^{55} tsɯ^{13} mɑ^{21} t‘o^{13};

臣　子　门　不　出　民　事　办　不　成

臣子不出门，民事办不成；

pu^{13} zu^{33} ŋgɯ^{21} mɑ^{21} do^{33}，sɿ^{55} ʂu^{33} ndɯ^{33} mɑ^{21} dʊ^{21}.

布　子　门　不 出　斯 署　驱　不　能

布摩不出门，不能驱斯署。[1]

se^{55} su^{13} ts‘ɯ^{21} ɳɪ^{55} k‘o^{13} dɯ^{55} mɑ^{21} dɯ^{55},

知 者 十　二 岁　说 不　说

有见识不在于十二岁，

mɑ^{21} se^{55} su^{13} tɕ^{h}o^{13} ts^{h}ɯ^{21} k^{h}o^{13} dɯ^{55} mɑ^{21} dɯ^{55}.

不　知　者 六　十　岁　说　不 说

无见识不在于六十岁。

---

① 彝谚说“君施政，臣理政，布祭祀”，每个职业都需要社会实践和不断学习。斯署：传说中的妖怪。

[illegible]

ŋgu^{21} mi^{21} mɑ^{21} ɳu^{33}，nɑ^{13}p‘e^{55} mɑ^{21} t‘u^{13};

荞 面 不 多 粑粑 不 厚

荞面不多，荞粑不厚；

[illegible]

ho^{21} dɯ^{33} mɑ^{21} ɳu^{33}，se^{55} dɯ^{33} mɑ^{21} ɖe^{21}.

见 的 不 多 知 的 不 宽

见识不多，知识不广。

[illegible]

lo^{21}po^{13} nɑ^{21} tɕɑ^{33} tʂo^{13} di^{13} mu^{33}，sʊ^{21} lɪ^{55} nɑ^{21} lo^{21}po^{13} gɑ^{55} ɳɖɯ^{33}.

耳朵 你 拿 倒 生 地 人 说 你 耳朵 后 钻

耳朵长在颈子后，说话你当耳边风。

[illegible]

nɑ^{33} du^{33} te^{13} mi^{33} ȵɪ^{13}，lo^{21} po^{13} fɑ^{13} gɑ^{33} nʊ^{13}.

看 洞 云 天 看 耳 朵 岩 上 听

眼睛朝天看，耳朵听岩上。

[illegible]

tsu^{55} xɯ^{55} ndʑo^{13} mɑ^{21} t^{h}o^{13}，ɤɑ^{33} ndʑo^{13} ʈɑ^{13} le^{55} ʑʊ^{21}.

好 的 学 不 成 鸡 学 鹰 被 抓

好的学不成，学鸡被鹰抓。

[illegible]

dze^{21} do^{13} ȵɪ^{21} vu^{55} mʊ^{21} tʂ^{h}u^{13} mɑ^{21} di^{13}，p^{h}u^{55} dɯ^{21} zu^{33} he^{33} li^{21} mɑ^{21} ʑo^{33}.

根 毒 有 菜 果 甜 不 结 父 愚 儿 贤 来 不 生

毒秧结不出甜萝卜，愚父养不出贤儿。

[illegible]

ʔa^{33}na^{33} ɣʊ^{21}lu^{33} hu^{13} ma^{21} dʊ^{21}，de^{21}he^{33} ʂu^{21}dzɯ^{21} ʑo^{33} ma^{21} dʊ^{21}.

乌鸦 凤凰 养 不 出 斑鸠 鹞鹰 生 不 出

乌鸦养不出凤凰，斑鸠养不出鹞鹰。

[illegible]

mu^{33} kɯ^{13} hu^{21}lu^{33} bo^{21}，se^{55} kɯ^{13} mu^{55} su^{13} dʐo^{33}.

高 乃 洪鲁 山 知 乃 老 人 在

高的是洪鲁山，见识多的是老人。

[illegible]

ma^{13}k^{h}u^{33} xɯ^{21} ʑi^{21} ɳu^{33}，su^{21} ɬy^{13} se^{55} ho^{21} ɳu^{33}.

玛苦 湖① 水 多 人 旧 知 识 多

玛苦湖的水多，老人的知识多。

[illegible]

mi^{33} gu^{21} tɕɪ^{13} dzo^{33} ɳu^{33}，mu^{55} su^{13} se^{55} du^{21} ɳu^{33}

天 空 星 长着 多 老 人 知 的 多

天空长着的星星多，老人知道的东西多。

[illegible]

ts^{h}ɯ^{21}ze^{55} p^{h}a^{33} ȵy^{21} ɳu^{33}，su^{21} ɬy^{13} ɳu^{55} ȵdʑʊ^{21} ɳu^{33}.

树林 叶 绿 多 人 旧 事 经过 多

林中树叶多，老人阅历多。

① 玛苦湖：湖泊名，待考。

气象节令

ɣo^{13} ȵy^{21} tʂo^{13} go^{13} li^{21}，tsʰʊ^{21} mʊ^{33} ɕɪ^{21} xe^{55} li^{21}.
杜鹃青　转　回　来　热　暖　它　带　来
归来的杜鹃，带来了温暖。

tsʰo^{21} pʰu^{21} ne^{13} mɑ^{21} se^{55}，vu^{55} ŋɑ^{33} no^{33} ne^{13} se^{55}.
人　群　春　不　知　禽　鸟　则　春　知
人类不识春，禽鸟却知春。

vu^{33} ȵɪ^{13} tɕʊ^{55} kʰu^{33} hu^{33}，vu^{33} ȵɪ^{13} tʰɯ^{21} gu^{55} ɕy^{33}.
雪　霜　禾　威　荣　雪　霜　地　披　毡
霜雪是庄稼的福分，霜雪是大地的被褥。

ho^{33} no^{33} tɕʊ^{55} ɣɑ^{33} ɕy^{33}，ho^{33} li^{21} tɕʊ^{55} ɣɑ^{33} dzu^{21}.
雨　是　禾　啊　血　雨　乃　禾　啊　粮
雨是庄稼的血液，雨是庄稼的粮食。

[illegible]

hɪ^{33} ɬi^{33} mʊ^{21} tsɿ^{13} su^{13}，hɪ^{33} li^{21} ɬi^{33} mʊ^{21} sɑ^{13}.

风 四 季 使 者 风 乃 四 季 气

风是四季的使者，风是四季的气息。

[illegible]

ne^{13} mi^{33} mu^{21} lu^{33} no^{33}，ʦʻu^{33} mi^{33} te^{55} ɳdʐo^{21} lo^{33}；

春 天 做 的 呢 冬 天 断 定 向

春天的气候，向冬天判断；

[illegible]

ʂɿ^{33} mi^{33} mu^{21} lu^{33} no^{33}，ne^{13} mi^{33} te^{55} ɳdʐo^{21} lo^{33}；

夏 天 做 的 呢 春 天 断 定 向

夏天的气候，向春天判断；

[illegible]

tʂʰo^{33} kɯ^{21} mi^{33} mu^{21} lu^{33}，ʂɿ^{33} mi^{33} te^{55} ɳdʐo^{21} lo^{33}.

秋 收 天 做 的 夏 天 断 定 向

秋收的气候，向夏天判断。

[illegible]

ʦʻu^{33} li^{21} te^{13} ŋɯ^{33} no^{33}，ne^{13} mi^{33} ɣɑ^{33} li^{21} se^{55}；

冬 来 云 观 呢 春 天 啊 来 知

观察冬天的云，可知春天的气候；

[illegible]

ne^{13} li^{21} te^{13} ɳɹ^{13} no^{33}，ʂɿ^{33} mi^{33} ɣɑ^{33} li^{21} se^{55}；

春 来 云 视 呢 夏 天 啊 来 知

观察春天的云，可知夏天的气候；

[illegible]

ʂʅ^{33} li^{21} te^{13} ŋɯ^{33} no^{33}，tʂʰo^{33} mi^{33} kɯ^{21} mi^{33} se^{55}.

夏 来 云 观 呢 秋 天 收 天 知

观察夏天的云，可知秋天的气候。

[illegible]

tsʰu^{33} ʑi^{21} tsɪ^{13} mɑ^{55} sʊ^{21}，ne^{13} ʑi^{21} no^{33} mʊ^{33} dɯ^{33}.

冬 水 触 不 适 春 水 则 温暖 的

冬水手难触，春水暖融融。

[illegible]

ȵi^{55} hu^{21} ʑi^{13}tʂʅ^{33} xɪ^{13}，mu^{33} hu^{21} ɬi^{13}tʂʅ^{33} ʑʊ^{33}.

虎 月 好事 害 马 月 好事 取

正月害天理，五月行好事。①

[illegible]

ȵɪ^{55} hu^{21} tʂɑ^{13} tʂʰu^{33} ɳɖo^{33}.

虎 月 绳 车 踢

正月荡秋千。

[illegible]

tʰɑ^{21}ɬu^{21} hu^{21} ȵy^{33} mu^{55} de^{33}.

兔 月 牛 老 倒

二月老牛倒。

---

① 正月逐步带来农活，五月逐步带来洋芋等庄稼的成熟。

lu^{33} hu^{21} dzu^{21} mɑ^{21} tsɑ^{13}，vu^{55} ȵɯ^{55} ɣo^{13} hɪ^{33} ndɯ^{21}.

龙 月 粮 不 接 菜 野 肚 饿 挡

三月粮不济，野菜来充饥。

ʂe^{13} hu^{55} ʂe^{13}tʂu^{33}tʂu^{33}，ɳu^{55} mu^{33} tsʰʊ^{21} ʑi^{13} to^{55}.

蛇 月 长漫漫 事 做 忙 睡 起

四月天变长，活路渐渐忙

mu^{33} hu^{21} ʑi^{21} bu^{33} bɪ^{13}.

马 月 水 滚 冒

五月水头发。[1]

ho^{21} hu^{33} mi^{33} tsʰo^{13} tsʰʊ^{21}.

羊 月 天 晴 热

六月天气热。

ɳo^{13} hu^{55} dzu^{21} ɬy^{13} gɪ^{33}，dzu^{21} ȵy^{21} dzu^{21} ʂɛ^{13} ndɯ^{21}.

猴 月 粮 旧 断 粮 青 粮 黄 当

七月陈粮断，青粮当黄粮。

① 水头，即一年中第一批雨水。

[illegible]，[illegible]。

ɣɑ^{33} hu^{21} ʂʅ^{33} ʂu^{55} mi^{33}，mi^{33} xɪ^{33} pʰʊ^{21}pʰʊ^{21} zɑ^{13}.

鸡 月 麦 撒 天 雨 洒 纷纷 下

八月撒麦天，毛雨下纷纷。

[illegible]。

tɕʰi^{33} hu^{21} bo^{21} ʔu^{33} ʈʰu^{13}.

狗 月 山 头 白

九月山头白。

[illegible]。

vɑ^{13} hu^{55} bʊ^{21} ʔu^{33} nɯ^{21}.

猪 月 山 头 红

十月山头红。

[illegible]。

hɑ^{33} hu^{21} me^{33}to^{55} ɖu^{21}.

鼠 月 火 燃

冬月火塘旺。

[illegible]。

ȵy^{33} hu^{21} vɑ^{13} tsʰu^{13} fu^{33}.

牛 月 猪 肥 杀

腊月杀年猪。

[illegible]，[illegible]。

tsʰu^{33} mi^{33} sʊ^{21}，ne^{13} dɯ^{21} do^{33} mɑ^{21} pi^{13}

冬 天 舒服 春 外 出 不 行

冬天暖，春来难出门。

[illegible]

tsʰu^{33} tsʰo^{13} mɑ^{21} tsʰʊ^{21}，ʂʅ^{33} ho^{33} mɑ^{21} tʂʰɪ^{13}.

冬 晴 不 热 夏 雨 不 冷

冬晴不热，夏雨不冷。

[illegible]

gɯ^{55} no^{33} lɯ^{21} go^{13} li^{21}，ʂʅ^{33} no^{33} ɕi^{13} gʊ^{21} nɯ^{33}.

雁 乃 去 了 来 草 乃 死 了 生

雁去了又回来，草死了又生长。

[illegible]

ɬu^{21} sɯ^{33} ne^{13} ȵy^{33} pʰu^{55}，no^{33} go^{33} ʑi^{13} dɯ^{33} tʰu^{55}.

兔 三 春 醒 遇 豆 花 睡 处 铺

立春三个兔，豆子铺成铺。

[illegible]

ɬu^{21} sɯ^{33} ho^{21} hu^{33} pʰu^{55}，te^{13} bu^{33} ȵy^{21} ʂʅ^{33} ʥʊ^{13}.

兔 三 羊 月 遇 田 边 青 草 枯

六月三个兔，田边绿草枯。

[illegible]

ɳo^{13} hu^{55} ɳo^{13} sɯ^{33} ɖɑ^{33}，tʂʰʅ^{21} mʊ^{21} ʔu^{33} mɑ^{21} go^{13}.

猴 月 猴 三 乱 谷 粒 头 不 垂

七月三只猴，谷子不低头。

[illegible]

ɣɑ^{33} hu^{21} ɣɑ^{33} sɯ^{33} ke^{13}，ʥu^{21} mʊ^{21} tsʰɯ^{21} mɑ^{21} di^{13}.

鸡 月 鸡 三 只 粮 果 须 不 长

八月三只鸡，谷物不长须。

[illegible]

tɕ^{h}i^{33} hu^{21} ɬu^{21} sɯ^{21} lɯ^{33}，ɣo^{21}mo^{13} tʂ^{h}u^{55}ʥe^{21}ʥe^{33}.

狗 月 兔 三 个 瓜儿 烂渣渣

九月三个兔，瓜儿烂成渣。

[illegible]

ko^{55}ty^{33} li^{21} dzu^{21} te^{13}，gɯ^{55} mu^{55} li^{21} ts^{h}u^{33} ȵdʑʊ^{21}.

杜鹃 来 粮 种 雁 大 来 冬 过

杜鹃来播种，大雁来冬临。

[illegible]

ʈɑ^{13} ȵdʑʊ^{21} no^{33} mi^{33} ts^{h}o^{13}，gɯ^{55} ȵdʑʊ^{21} no^{33} ho^{33} ke^{13}.

鹰 过 就 天 晴 雁 过 则 雨 停

鹰过就天晴，雁过雨就停。

[illegible]

k'o^{13} xɪ^{13} ɕi^{55} ȵɪ^{21} mbo^{33}，ɣo^{13} hɪ^{33} ɕɪ^{21} du^{55} li^{33};

年 新 七 天 饱 肚 饿 其 后 来

过年饱七天，饿肚接着来；

[illegible]

ho^{21} hu^{33} sɯ^{33} ȵɪ^{21} hɪ^{13}，ɣo^{13} mbo^{33} me^{33} du^{55} li^{21}.

羊 月 三 天 饿 肚 饱 尾 后 来

六月饿三天，饱肚在后边。

[illegible]

dɑ^{33} t'ɯ^{55} ʑi^{13}tʂʅ^{33} xɪ^{13}，ȵu^{55} k'ɑ^{33} ɕɪ^{21} xe^{55} li^{21};

初 一 好事 害 事 难 其 带 来

过年害天理，难事其带来；

[illegible]

ɣʊ^{21}ʑɪ^{33} ʑi^{13}tʂʅ^{33} ʑʊ^{21}，ʥu^{21} ʑi^{33} ɕɪ^{21} xe^{55} li^{21}.

端午 好事 取 粮 水 其 带 来

端午行好事，粮食它带来。

[illegible]

bi^{21}ʑo^{55} du^{33} do^{33}，mi^{33} xɪ^{33} mɑ^{21} ke^{13}；

蚂蚁 洞 出 天 洒 不 停

蚂蚁出洞，毛雨不断；

[illegible]

bi^{33} ʂe^{13} du^{33} do^{33}，mi^{33} ho^{33} ʈɑ^{33}ʈɑ^{33}.

虫 长 洞 出 天 雨 淋淋

老蛇出洞，大雨淋淋。

[illegible]

bi^{21}ʑo^{55} ʑi^{13} fu^{13} mi^{33} ho^{33} li^{21}.

蚂蚁 家 分 天 雨 来

蚂蚁搬家要下雨。

[illegible]

ɣɑ^{33} du^{21} ɬi^{13}，mi^{33} ho^{33} li^{21}.

鸡 翅 晒 天 雨 来

鸡晒翅，雨将至。

[illegible]

te^{13} mi^{13} pi^{21}tɕɑ^{21} dʐɯ^{33}，mi^{33} ho^{33} li^{21} ȵɪ^{33} kɯ^{13}.

田 地 青蛙 吵 天 雨 来 也 会

田边青蛙叫，大雨要来临。

[illegible]
bi^{21}dʐʅ^{33} he^{21} bʊ^{21} tɕʰʊ^{55}，mi^{33} ho^{33} li^{21} ʑe^{33} kɯ^{13}.
蝉 叫 山 应 天 雨 来 大 会
知了鸣应山，大雨会来临。

[illegible]
gɯ^{55} no^{33} tʂʰɪ^{13} tsʰʊ^{21} se^{55}，ɖu^{33} no^{33} bʊ^{21} ʈʰu^{55} kɑ^{13}.
雁 乃 冷 热 知 蜂 则 山 脸 分
大雁知冷暖，蜜蜂识方向。

[illegible]
bʊ^{21} mu^{33} mi^{33} nɯ^{13} dzɛ^{55}，ndɪ^{21} ɖe^{21} mi^{33} hɪ^{33} dzɛ^{55}.
山 高 天 雾 聚 坝 宽 天 风 聚
山高云雾浓，坝宽大风多。

[illegible]
te^{13} nɑ^{55} mi^{33} ho^{33} dze^{21}，mi^{33} hɪ^{33} mi^{33} ho^{33} tʂʰu^{21}.
云 黑 天 雨 根 天 风 天 雨 戚
云是雨的根，风是雨的伴。

[illegible]
te^{13} li^{21} te^{13} ʑɯ^{21} mu^{33}，mi^{33} ho^{33} li^{21} no^{33} tɕo^{13}.
云 来 云 往 地 天 雨 来 乃 快
云来又云往，大雨来得快。

[illegible]
dʐɯ^{33} tɕʰʊ^{33} ʑe^{33}，ho^{21} ʑi^{33} bɑ^{55}.
雷 声 大 雨 水 小
雷声大，雨点小。

tɕi^{55} mi^{33} dʐɯ^{33}，du^{55} mi^{33} ho^{33}，t^{h}ɑ^{21} hɑ^{33} tʂɯ^{55} ʑi^{21} ʑe^{33} mɑ^{55} de^{33}.

先 天 雷 后 天 雨 一 夜 露 水 大 不 及

先打雷，后下雨，当不得一夜的大露水。

t'ɑ^{21} ȵɹ^{21} mi^{33} nɯ^{13} tɯ^{55}，sɯ^{33} ȵɹ^{21} mi^{33} ho^{33} ndʑɯ^{55}；

一 天 天 雾 罩 三 天 天 雨 猛

一天雾不散，三天雨不晴；

sɯ^{33} ȵɹ^{21} mi^{33} nɯ^{13} tɯ^{55}，tɕy^{33} ȵɹ^{21} lo^{13} mi^{33} ts^{h}o^{13}.

三 天 天 雾 罩 九 天 足 天 晴

三天雾不散，九日后天晴。

ho^{21} ʂe^{13} tɕ^{h}i^{13}ɬo^{55} tsɪ^{13}，ho^{21} ɖe^{21} no^{33} ʑi^{21} ts^{h}ɿ^{33}.

雨 早 正午 停 雨 晚 则 水 洗

早雨不过午，晚雨水淋淋。

te^{13} po^{33} fi^{55} ʐɯ^{33} do^{33}，mi^{33} ho^{33} ts^{h}e^{13} li^{33} bo^{21}.

云 返 东 乃 出 天 雨 细 来 有

云从东方起，必定有细雨。

dʑi^{21} lɑ^{13}go^{13} mi^{33} ɬi^{13}，sɯ^{21} tʂ^{h}u^{33} mi^{33} ho^{21} ʑe^{33}；

日 手镯 天 晒 夜 半 天 雨 大

日晕如手镯，三更必有雨；

[illegible]

hu^{21} lɑ^{13}go^{13} ȵɪ^{33} bʊ^{21}，ȵɪ^{21}ɬo^{55} hɪ^{33}tʂɪ^{33}tʂɪ^{33}.

月　手镯　也　明　午时　风飕飕

月晕如手镯，午时狂风起。

[illegible]

hu^{21} lɑ^{13} gu^{55} mi^{33} ɬi^{13}，tsʰo^{21} ʈʰu^{55} ɬi^{13} ȵdʑi^{21} gɪ^{33}.

月　手　盖　天　晒　人　脸　晒　皮　破

月亮打伞，晒破人脸皮。

[illegible]

hʊ^{21} ʔu^{33} te^{13} di^{13} mi^{33} lʊ^{33} xe^{55}，mɪ^{13} gu^{21} vɪ^{33} bu^{21} ɖu^{33} nʊ^{55} li^{21}.

山　顶　云　有　天　雨　带　地　圆　花　开　蜂　惹　来

山顶有云要下雨，地上花开引蜂来。

[illegible]

ʑi^{21} kʰe^{55} vu^{33} pʰu^{55} tʰɯ^{33}，ʑi^{21} tɕy^{55} ŋo^{33} me^{33} lɑ^{33}.

水　上　冰　块　冻　水　下　鱼　尾　摇

水面上结冰，水里鱼摆尾。

[illegible]

ne^{13} mi^{33} k‘o^{21} ʂe^{21} ʂe^{33}，bʊ^{21} ʑɪ^{33} ɖu^{21} no^{33} k‘ɪ^{13}；

春　天　如何　长　长　山　影　落　就　黑

春天日再长，山影落就黑；

[illegible]

tsʰu^{33} sɯ^{33} kʰo^{21} ʂe^{21} ʂe^{33}，ɣɑ^{21} pi^{13} mbi^{21} no^{33} ge^{21}.

冬　夜　如何　长　长　鸡　公　鸣　则　明

冬天夜再长，公鸡叫就明。

农业生产

[illegible]

ʥy33hu33 pʰu55 ŋgu33 ʂu55，ʥy33hɪ55 su13 te13 tʰu55.

高山　人　荞　撒　矮处　人　田　灌[①]

高山人撒荞，平地人种田。

[illegible]

ʑo21 ɬo21 ho21 tɕʰi33 na33，ti33 su21 mi13 ma55 ka21.

己　圈　羊　粪　黑　撮　人　地　不　放

自家的黑羊粪，不撮进人家田。

[illegible]

ne13 li21 ʂu55 ma21 ʈʰo21，hu55 tɕʊ55 ʑo33 ma21 fu33.

春　来　种　不　播　绿　苗　长　不　宜

春来不下种，秧苗无法长。

[illegible]

tʂʰɯ21 na13 fe21 ma21 tɕi21，tʂʰɯ21 dɯ21 ɳɪ21dʑi21 tɕi33.

根　深　旱　不　怕　根　浅　太阳　怕

根深不怕旱，根浅怕太阳。

---

① 矮处：彝族对海拔较低地势的称呼，与“高山”“凉山”相对。

ndi^{21} ga^{33} te^{13} ma^{21} tʰu^{55}，ndi^{21} tʰo^{21} ʑi^{21} xɯ^{55} ʂu^{33}.

坝　上　田　不　灌　　坝　底　水　引　难

上坝不泡田，下坎难引水。

ne^{13} sɯ^{33} hu^{21} te^{13} tsʰʊ^{21}，sʊ^{21} ȵy^{33} ŋu^{33} ma^{21} sʊ^{21}.

春　三　月　种　忙　　人　牛　借　不　宜

三月春耕忙，不好借耕牛。

sɯ^{33} hu^{21} gu^{33} ts'ʊ^{21} t'ʊ^{55}，p'u^{55} ɕi^{13} dɯ^{21} ma^{21} do^{33};

三　月　种　忙　时　　爹　死　外　不　出

忙种的三月，爹死不发丧；

sɯ^{33} hu^{21} kɯ^{21} tsʰʊ^{21} tʰo^{55}，mʊ^{21} ɕi^{13} tsʰɿ^{33} ma^{21} ʂu^{13}.

三　月　收　忙　时　　娘　死　药　不　寻

忙收的三月，娘死不抓药。

dzu^{21} te^{13} tsʰʊ^{21} sɯ^{33} ɳɪ^{21}，ho^{55} tɕi^{55} li^{21} va^{13} hu^{13}.

粮　种　忙　三　天　　官　都　来　猪　喂

种粮忙的三日，当官也来喂猪食。

ŋgu^{33} vɪ^{33} tʰa^{21} ti^{21} nɯ^{21}，ho^{21}do^{33} mʊ^{21} di^{13} tʰa^{21} ŋge^{21} dʐe^{55}.

荞　开　一　层　红　　葡萄　果　结　一　串　挂

荞子开花红一片，葡萄结果挂一串。

[illegible]
ŋgu^{21} tʂʰu^{13} mɑ^{21} me^{21} ʑɪ^{13}，ʑɪ^{13} gʊ^{21} sɯ^{21} hɑ^{33} me^{21}.
荞 甜 不 熟 割 割 完 三 夜 熟
甜荞不熟割，放三夜会熟。

[illegible]
ŋgu^{33} ʑɪ^{13} tɕʰi^{13} mɑ^{55} kʰɯ^{21}，tʰɑ^{21} ʈɑ^{21} tʰɑ^{21} kʰo^{21} lɪ^{33}.
荞 割 脚 不 到 一 块 一 碗 丢
割荞不到根，一块地丢一碗。

[illegible]
mi^{13} ko^{33} ɖɯ^{55} mɑ^{21} tɕi^{21}，ɣɯ^{21}he^{21} li^{33} lo^{33} tɕi^{33}.
地 着 荒 不 怕 饥荒 来 了 怕
不怕地荒着，就怕遇荒年。

[illegible]
bʊ^{21} ʥo^{33} sɪ^{33} mɑ^{21} ʥo^{33}，mi^{13} ʥo^{33} ʂʅ^{33} mɑ^{21} nɯ^{33}.
山 怕 树 不 生 地 怕 草 不 长
山怕不生树，地怕不长草。

[illegible]
tsʰo^{21} tsʰʊ^{21} mi^{33} mɑ^{21} tsʰʊ^{21}，ʂe^{13} ɖe^{55} tʰɑ^{21} ʥɯ^{33} me^{21}.
人 忙 天 不 忙 早 晚 一 起 熟
人忙天不忙，早晚一起熟。

[illegible]
mu^{33} ʥu^{21} ȵɪ^{13} ʈe^{55} tɕi^{33}，tʂʰʅ^{21} mʊ^{21} tʂʰo^{33} hɪ^{33} tɕi^{33}.
高 粮 霜 冻 怕 谷 粒 秋 风 怕.
高粱怕霜冻，谷子怕秋风。

[illegible]

mɑ^{21} gu^{33} pʰu^{21} ɳo^{13} ɖɯ^{55}，te^{13} ɖe^{55} ʂʅ^{33} tʰɑ^{21} lu^{21}.

不 种 土 地 荒 种 晚 草 一 林

地不种就荒，迟种一林草。

[illegible]

te^{13} bu^{33} no^{33} mʊ^{21} ɬo^{33}，te^{13} tʰu^{13} tʂʰʅ^{21} pi^{13} kɯ^{21}.

栽 稀 则 粒 饱满 栽 密 谷 草 收

种疏籽粒饱，种密收谷草。

[illegible]

dʑi^{21} ʑɪ^{33} mɑ^{55} ŋɯ^{21} no^{33}，ɬi^{55} hu^{55} gu^{21} mɑ^{21} dʊ^{21}.

日 影 不 是 呢 秧 苗 圆 不 能

若不是阳光，秧苗难成长。

[illegible]

le^{21}ku^{33} mɑ^{21} ɣʊ^{21} mi^{13} dɯ^{33}，ȵy^{33} mʊ^{21} li^{21} mi^{13} vi^{21}.

公牛 没 有 地 处 牛 母 来 地 犁

没有公牛的地方，母牛也来犁地。

[illegible]

ʂʅ^{33} ke^{33} ȵy^{33} mɑ^{21} tʂu^{33}，mi^{13} ŋgo^{21} ȵy^{33} nɑ^{33} ʂe^{13}.

草 拿 牛 不 喂 地 拉 牛 眼 瞪

不给牛吃草，犁地牛瞪眼。

[illegible]

tʂʰʅ^{21} dze^{21} dʑy^{33}hɪ^{55} dzo^{33}，ŋgu^{33} dze^{21} dʑy^{33}hu^{33} dʐʅ^{55}.

稻 根 矮处 生 荞 根 高山 伸

稻子生在田坝，荞子长在高山。

[illegible]，[illegible]。

tʂʰɪ^{13} kʰo^{21} sɯ^{33} fɑ^{13} sɪ^{55}，ho^{21} kʰo^{21} ʂu^{13} ʂʅ^{33} ndi^{21}.

山羊 所 选 崖 树 绵羊 所 寻 草 坝

山羊找的是崖树，绵羊寻的是草场。

[illegible]，[illegible]。

tʂʰɪ^{13} pɪ^{33} kʰo^{21} fe^{21} hɪ^{13}，ho^{21} fe^{21} sʅ^{13} mɑ^{21} sɯ^{13}.

山羊 跳 凡 干 站 绵羊 干 湿 不 选

山羊爬到干处站，绵羊干湿都不怕。

[illegible]，[illegible]。

mu^{33} mu^{55} hɪ^{21}pu^{21} ʂe^{13}，ȵy^{33} mu^{55} tɕʰy^{13} tʂʰɯ^{21} kʰɑ^{33}.

马 老 嘴 长 牛 老 角 根 硬

马老嘴皮长，牛老角根硬。

[illegible]，[illegible]。

tʂʰɪ^{13} ʐʊ^{21} he^{21}tʂɪ^{33}tʂɪ^{33}，ho^{21} ɕi^{13} nɑ^{33} mɑ^{21} tsʰɪ^{33}.

山羊 捉 叫嚷嚷 绵羊 死 眼 不 眨

山羊被捉叫不停，绵羊临死不眨眼。

[illegible]。

lu^{33} mu^{33} li^{33} tʂɯ^{13} lo^{21} mɑ^{21} tʂɯ^{13}.

骡 马 重 驮 轻 不 驮

骡子驮重不驮轻。①

① 骡子驮驮子，驮子重则平稳，驮子轻则易翻。

[illegible]，[illegible]。

ȵy33 ɳdʐu55 tʰɑ21 kʰo13 pʰɑ33 vi21，mu33 ndze13 tʰɑ21 kʰo13 pʰɑ33 dze33.

牛 好 一 年 半 犁 马 好 一 年 半 骑

好牛一岁半犁，好马一岁半骑。

[illegible]，[illegible]。

mu33 tʰe21 tsu55 ʈʰu33 go13，tɕʰi33 ŋgɑ13 tsu55 me33 tsʰɪ13.

马 跑 好 腿 弯 狗 撵 好 尾 细

好跑的马腿弯，善撵的狗尾细。

[illegible]，[illegible]。

ȵy33 hu13 ndu21 mɑ33 kʰu55，mu33 hu13 lɪ21 ndu21 tu33.

牛 喂 打 不 服 马 喂 来 打 服

喂牛不宜打，养马打管用。

[illegible]，[illegible]。

ɣɑ33 ʈʰɯ55 tɕʰɯ33 tɕɯ21 hu13，be55 hu13 xɯ21 tʰɯ33 tʰu55.

鸡 放 篱 编 要 鸭 养 塘 筑 设

喂鸡先编篱，养鸭先筑塘。

[illegible]，[illegible]。

ɬo21 ko33 fe21tɕɑ33tɕɑ33，dʐɯ33 mu33 nʊ21 mɑ21 ɣʊ21.

圈 里 干飒飒 畜 马 病 没 有

圈里干燥，牲口不生病。

[illegible]，[illegible]。

mu33 ʂʅ33 mi33 kʰɪ55 tʂu33，ȵy33 ʂʅ33 xɯ33mu33 hu13.

马 草 天 黑 喂 牛 草 早晨 喂

马草夜里喂，牛草早晨喂。

[illegible]

t^{h}u^{33} ŋɯ^{55} bɪ^{13} mɑ^{21} kɯ^{13}，lu^{13} mu^{33} zu^{33} mɑ^{21} ʑo^{33}.

松 桩 发 不 会 骡 马 儿 不 生

松桩不发芽，骡子不下崽。

[illegible]

t^{h}i^{33} ɬo^{13} ʥɪ^{21} ʂʅ^{33} nɯ^{33}，t^{h}i^{33} ʑi^{13} dɯ^{33} no^{33} ts^{h}ʊ^{21}.

常 牧 场 草 长 常 睡 处 则 暖

常牧处草长，常居处暖和。

[illegible]

tɕ^{h}i^{33} ts^{h}ʊ^{21} no^{33} ɬu^{13} dʐʅ^{55}，vɑ^{13} ts^{h}ʊ^{21} no^{33} ʑi^{21} hɪ^{13}.

狗 热 就 舌 伸 猪 热 则 水 凫

狗热伸舌头，猪热下泥塘。

[illegible]

ŋo^{13} ŋgɑ^{13} ze^{55} lɯ^{55}，be^{55} no^{21} ʑi^{21} de^{33} zɑ^{13}.

猴 赶 箐 去 鸭 撵 河 边 下

撵猴到箐林，赶鸭下河边。

[illegible]

ʥy^{33}hu^{33} ʥu^{33} k'o^{33} li^{21}，ŋgu^{33} ɣɑ^{33} li^{21} lo^{33} ŋgɯ^{33};

高山 食 粮 来 荞 啊 来 为 首

高山的粮食，以荞子为首；

[illegible]

ʥy^{33}ndi^{21} ʥu^{33} k^{h}o^{33} li^{21}，ʥu^{21} ʈ^{h}u^{13} ɣɑ^{33} lo^{33} ŋgɯ^{33}.

平坝 食 粮 来 粮 白 啊 为 首

平坝的粮食，以大米为首。

[illegible]

ʑi^{21} ʑe^{33} ŋgo^{21} ɬi^{13} kɯ^{55}，ʑi^{21} ȵɪ^{13} ŋgo^{21} te^{13} tsɪ^{13}.

水　大　拉　船　渡　　水　小　拉　田　灌

大水来行船，小水来灌溉。

[illegible]

ʥy^{33} bʊ^{21} mu^{33} ŋgo^{21} li^{21}，so^{33} hɪ^{33} ʑe^{33} ȵɪ^{33} ndɯ^{21}；

高　山　高　拉　来　疾　风　大　也　挡

要利用高山，把朔风阻挡；

[illegible]

lo^{21} nɑ^{21} ɣɑ^{33} ŋgo^{21} li^{21}，ʑi^{21} xe^{21} li^{21} ɣɑ^{33} tsɪ^{13}.

谷　深　啊　拉　来　水　洪　来　啊　堵

要利用山谷，把洪水阻挡。

[illegible]

gu^{33} mɑ^{21} ɣʊ^{21} gu^{21} ne^{55}，ʥu^{21} mɑ^{21} ɣʊ^{21} dɯ^{21}ʥɑ^{33}.

耕　没　有　国　亡　　粮　没　有　无着落

无农要亡国，无粮要闹荒。

[illegible]

ʥy^{33}hu^{33} ŋgo^{21} ɬo^{13} ʥɪ^{33}，bʊ^{21} dʐo^{13} ke^{33} ŋgu^{33} te^{13}，ndi^{21} dʐu^{55} li^{21} tʂʰʅ^{21} te^{13}.

高山　拉　牧　场　山　腰　拿　荞　种　山　谷　来　稻　种

高山做牧场，山腰种荞子，谷坝来种田。

[illegible]

tɕʊ^{55} ʥe^{21} ʥy^{33}hu^{33} ʥo^{33}，tʂʰɪ^{13} tɕi^{33} no^{33} te^{13} tʰu^{13}；

禾　根　高山　生　冷　怕　就　栽　密

高山的禾苗，怕冷就栽密；

[illegible]

tɕʊ^{55} dʑe^{21} dʑy^{33}hɪ^{55} dʑo^{33}，tsʰʊ^{21} tɕi^{33} no^{33} te^{13} bu^{33}.

禾 根 矮处 生 热 怕 就 种 疏

平坝的禾苗，怕热要种稀。

[illegible]

dʐɯ^{33} no^{33} gu^{33} ȵɪ^{21} ba^{33}.

牧 是 农 弟 小

畜牧是农耕的兄弟。

[illegible]

tɕʰi^{33} ɤʊ^{21} no^{33} hu^{55} be^{21}，ma^{21} ɤʊ^{21} hu^{55} ȵi^{33} ʂʅ^{21}.

粪 有 就 苗 壮 没 有 苗 就 瘦

有粪禾苗壮，无粪禾苗瘦。

[illegible]

sɯ^{21} kʰo^{13} ʂu^{55} ma^{21} ɬu^{33}，tɕʰi^{33} ʈʰɯ^{55} ȵɪ^{33} ma^{21} kʰu^{55}.

三 年 种 不 换 粪 放 也 无 效

三年不换种，施肥也无用。

[illegible]

pʰu^{21} ŋo^{13} sɯ^{33} kʰo^{13} gu^{33}，ma^{21} nu^{33} tsʰe^{13} ma^{21} di^{13}.

土 地 三 年 种 不 歇 油 不 生

土地种三年，不轮歇无油。

[illegible]

sɪ^{33} ŋɯ^{33} mi^{33}ʑe^{21} tʂa^{33}，ŋa^{33} ɖɪ^{13} no^{33} ʂu^{55} ndʑɯ^{21}.

树 看 年景 算 鸟 开口 就 种 播

察树木测年景，听鸟鸣下种。

[illegible]，[illegible]。

sɪ^{33} ʑo^{33} ze^{55} ɖu^{21} lo^{13}，mi^{33} ho^{33} kʰo^{13} kʰo^{13} lo^{21}.

树 长 林 成 了 天 雨 年 年 轻

树木长成林，雨水就调匀。

[illegible]，[illegible]。

sɪ^{33} ʑe^{33} ʑo^{33} do^{33} li^{21}，sɪ^{33} bɑ^{55} dʐo^{21} ʥi^{33} ʂu^{33}.

树 大 长 出 来 树 小 处 境 难

大树长高后，小树难生存。

[illegible]。

sɪ^{33} ʑe^{33} mɑ^{21} dʐo^{21} sɪ^{33} bɑ^{55} ɡɪ^{13}.

树 大 不 在 树 小 绝

大树不在，小树遭殃。

[illegible]，[illegible]。

bʊ^{21} ʔu^{33} ndɯ^{55}tɕɑ^{33}tɕɑ^{33}，bʊ^{21} tɕʰi^{33} ʂu^{33}ʥɑ^{33}ʥɑ^{33}.

山 头 光秃秃 山 脚 荒芜芜

山顶光秃秃，山下荒芜芜。

[illegible]，[illegible]。

ʂʅ^{33} sɪ^{33} ȵy^{21}lɯ^{33}lɯ^{33}，ho^{21} ʑi^{33} ɳɪ^{33} ti^{33} do^{21}.

草 木 青幽幽 雨 水 乃 层 匀

草木青幽幽，雨水就均匀。

[illegible]，[illegible]。

mi^{13} tsu^{55} nɯ^{33} mɑ^{21} do^{33}，mi^{13} do^{13} tɕi^{13} nɯ^{33} do^{33}

菌 好 生 未 出 菌 毒 先 生 出

好菌还未出，毒菌先拱土。

[illegible]

mi^{13} do^{33} t^{h}o^{55} mi^{13} ŋgɑ^{13}，mʊ^{21} be^{21} t^{h}o^{55} mʊ^{21} ke^{33}.

菌 出 时 菌 捡 果 落 时 果 捡

出菌捡菌子，果落拾果子。

[illegible]

gu^{33} ɬo^{13} ɳu^{55} mu^{33} p^{h}u^{55}，gu^{33} ɬo^{13} k^{h}u^{33} lu^{33} se^{55}.

耕 牧 活 做 者 耕 牧 方法 的 知

从事耕牧者，懂得耕牧法。

[illegible]

ɬo^{13} su^{13} ɳdʐʅ^{21} ʔɿ^{13} ɬo^{13} ɳu^{55} ɳɖɯ^{33}，gu^{33} su^{13} ɳdʐʅ^{21} ʔɿ^{13} gu^{33} ɳu^{55} ɳɖɯ^{33}.

牧 者 酒 醉 牧 事 误 耕 者 酒 醉 农 事 误

牧人醉酒误放牧，耕者醉酒误耕作。

[illegible]

dʐɯ^{33} mu^{33} nʊ^{21} zo^{33} tɕi^{33}，ʥu^{21} hu^{55} mi^{33} fe^{21} tɕi^{33}.

畜 马 病 着 怕 粮 苗 天 干 怕

牲畜怕着病，庄稼怕干旱。

[illegible]

mi^{13} tɕɑ^{33} dʐʅ^{13} ndɯ^{55} dzu^{21} mɑ^{21} do^{33}，ȵy^{33} no^{21} dʐʅ^{13} ty^{33} ȵy^{33} mɑ^{21} ts^{h}u^{13}.

地 拿 相 争 粮 不 出 牛 赶 相 斗 牛 不 肥

有争执的土地不长粮，常打架的公牛难长膘。

[illegible]

gu^{33} su^{13} ɳɯ^{55} t^{h}o^{55} ɣo^{21}，ɬo^{13} su^{13} ɳɖɯ^{55} mɑ^{21} dʊ^{21}.

耕 者 闲 时 有 牧 者 抽空 不 能

耕者有闲时，牧者无闲时。

[illegible]

vi^{21} ndi^{33} mɑ^{21} tsu^{55}，bi^{55} tʰo^{55} dʑʊ^{21} tʰɑ^{21} ke^{13} mu^{33} be^{21}.

背子 装 不 好 背 时 路 一 条 地 掉

背子没装好，背时沿路掉。

生活经验

[illegible]

ʔu^{33} tʂʰɪ^{13} ʔu^{33} kʰo^{33} ly^{21}，dʐo^{13} tʂʰɪ^{13} dʐo^{13} ʂɪ^{55} ly^{21}.

头 冷 头 帽 要 腰 冷 腰 系 要

头冷要戴帕子，腰冷要系带子。

[illegible]

kʰe^{21}ndʐʅ^{33} tʰɑ^{21} ke^{13} tɕi^{55} mi^{33} hɪ^{33} ɕi^{55} ti^{21} ndɯ^{21}.

纱线 一 根 都 天 风 七 层 挡

一根丝线都挡七层风。

[illegible]

vɑ^{13} mu^{55} tʂɑ^{33} tʰɑ^{21} ke^{13} bi^{55} tɕi^{55} tsʰʊ^{21}.

猪 母 绳 一 根 背 都 暖

母猪背一根绳子都暖和。

[illegible]

ɬu^{55} bʊ^{21} tsɪ^{13} k'e^{55} du^{21}，po^{33} li^{21} vɪ^{13} ȵɪ^{33} pi^{13};

裤 腿 节 上 通 反 来 穿 也 行

膝盖上破洞，还能反来穿；

[illegible]

mbu^{33} lɑ^{13}bʊ^{21} nde^{55} ʂe^{33}，tʂo^{13} vɪ^{13} li^{21} mɑ^{21} fu^{33}.

衣 肩膀 上 破 反 穿 来 不 宜

衣服肩头破，反穿已不能。

[illegible]

ɕy^{33} no^{33} tsʰo^{21} kɯ^{21}bu^{33} kʰe^{55} tsʰʊ^{21}，mi^{21} no^{33} ho^{21} kɯ^{21}bu^{33} kʰe^{55} di^{13}.

毡 乃 人 身体 上 暖 毛 乃 羊 身体 上 在

披毡披在人身上暖和，羊毛却长在羊身上。

[illegible]

ʑo^{33} tsu^{55} vɪ^{13} gu^{21} ho^{33} ma^{21} lo^{13}，ɣa^{33} tsʰu^{13} mi^{21} tʰu^{13} ho^{33} ma^{21} lo^{13}.

生 好 穿 披 指望 不 着 鸡 肥 毛 厚 指望 不 着

漂亮不依靠衣装，鸡肥不在于毛厚。

[illegible]

vɪ^{33} tʰa^{21} ʔu^{33} di^{13} ʂu^{13} vu^{33}，vɪ^{33} tʰu^{21} pu^{33} dɪ^{13} sɿ^{33} zu^{33}.

花 一 头 戴 人 疯 花 一 朵 戴 仙 子

满头戴花是疯子，只戴一朵是仙子。

[illegible]

vɪ^{13} gu^{21} ʑa^{33}ʑɯ^{55} kʰe^{21} ʑɪ^{13} ɳdʑa^{33}.

穿 披 漂亮 线 针 累

衣装漂亮全靠针线。

[illegible]

me^{33}to^{55} li^{33}li^{33} tʂe^{55}，va^{13} me^{55} tʂa^{13} ɳɖe^{33} dʊ^{21}.

柴火 慢慢 挪 猪肉 干 煮 融 能

文火慢慢烧，腊肉能煮融。

[illegible]

xu^{33} tsu^{55} mi^{21} ma^{21} tʂʅ^{33}，ɳdʐʅ^{21} tsu^{55} pɪ^{33} ma^{21} ka^{55}.

肉 好 毛 不 夹 酒 好 糟 不 加

好肉不夹毛，好酒不加糟。

[illegible]

xɯ^{33} t‘o^{55} tʂ^{h}ɯ^{55} mɑ^{21} ʥu^{33}，ȵɪ^{13}ɬo^{55} t‘y^{55} ʈo^{21} ʈo^{21}；

早上 时 午餐 不 吃 中午 虚 弱 弱

清早不吃饭，中午软绵绵；

[illegible]

k^{h}ɪ^{13} t^{h}o^{55} tʂ^{h}ɯ^{21} mɑ^{21} ʥu^{33}，sɯ^{21} tʂ^{h}u^{33} nɪ^{33}ŋɯ^{33}ŋɯ^{33}.

傍晚 时 晚饭 不 吃 夜 半 心欠欠

傍晚不吃饭，半夜心欠欠。

[illegible]

ɣo^{13} mbo^{33} tɕ^{h}i^{13} lɑ^{13} ɕi^{13}，ɣo^{13} hɪ^{33} hɪ^{55} ʥe^{21} gɪ^{33}.

肚 饱 脚 手 死 肚 饿 屁 根 断

肚饱手脚软，肚饿屁根断。

[illegible]

ŋdʐɿ^{21} no^{33} nɪ^{33} gɯ^{21} ts^{h}ɿ^{33}，dzu^{21} no^{33} ɣo^{13} hɪ^{33} ts^{h}ɿ^{33}.

酒 乃 心 累 药 饭 是 肚 饿 药

酒能驱散疲劳，饭能消除饥饿。

[illegible]

ʥu^{21} mʊ^{21} ɣʊ^{21} dzu^{33} se^{55}，ts^{h}o^{21} ȵɪ^{33} vu^{33} lɑ^{13} bo^{21}.

粮 粒 得 吃 才 人 也 力 手 有

有了粮食吃，人才有力气。

[illegible]

hɪ^{33} t^{h}o^{55} lo^{33} vu^{33} tɕi^{33}，mbo^{33} t^{h}o^{55} to^{13} mu^{33} k^{h}ɑ^{33}.

饿 时 磨 推 怕 饱 时 火 吹 难

饿时怕推磨，饱时难吹火。

[illegible]

sɪ^{33} ʑo^{13} ʑi^{21} kʰɯ^{55} ndo^{21}，fu^{33} tʂɑ^{13} lo^{33} ko^{55} ly^{21}.

木 勺 水 舀 喝 肉 煮 砂 锅 要

木勺舀汤喝，煮肉要砂锅。

[illegible]

dʑɑ^{33} mɑ^{21} me^{21}，sɑ^{13} mɑ^{21} lo^{13}.

饭 不 熟 气 不 够

饭不熟，气不匀。

[illegible]

dzu^{21} mʊ^{21} ʈʰɪ^{13} kʰɯ^{55}ɻɖʐʅ^{21}，kʰo^{21} ŋɯ^{33} ndɯ^{33} tsʰɿ^{33} dʐɑ^{33}.

粮 粒 变 甜酒 凡 是 酒 曲 由

粮食变甜酒，全在于酒药。

[illegible]

ŋgu^{33} ʂo^{13} ɲɪ^{33} vi^{21} nɯ^{21} tsʰʊ^{21} dzu^{33} se^{55} ne^{13}.

荞 麦 和 稗 红 热 吃 才 香

荞麦和红稗趁热吃才香。

[illegible]

dzu^{33} mɑ^{21} kɯ^{13} no^{33} tʂʰu^{55}，ndo^{21} mɑ^{21} kɯ^{13} no^{33} ho^{33}.

吃 不 会 则 腐 喝 不 会 就 烂

舍不得吃就烂，舍不得喝就馊。

[illegible]

dʑu^{33} ndo^{21} me^{33}to^{13} ko^{33}ɳdʑʊ^{33} do^{13} mɑ^{21} ɳɪ^{21}.

吃 喝 火 经过 毒 不 在

食物经过火没有毒。

tɕi33 ʑi21 tsʰʊ21 ndo21 sʊ21，xu33 tʂʰɪ13 ʑi21 ɤo13 tɕʰy33.
茶 水 热 喝 宜 肉 冷 水 胃 伤
茶水趁热喝，冷肉汤伤胃。

ʔɑ21tɕo21 vu55 gɯ21 pɑ33，tsʰɪ13 pi13 dʑu33 mɑ21 pi13.
马蓟 菜 亲 伴 采 可 吃 不 能
马蓟属菜类，能采不能吃。

ɳu55 mɑ21 bo21 nɹ21 le33，tʰɑ21 hɑ33 hɪ33 ʑi13 ʂu33.
活 没 有 坐 易 一 夜 饿 睡 难
无事闲坐容易，饿睡一夜则难。

dʑu21 dʑe33 do33 mɑ21 me21，tsʰo21 pʰu21 ɤo13 ɕɪ21 pʰu21.
面 生 蒸 不 熟 人 群 肚 其 胀
生面不蒸熟，众人肚皮胀。

ɳdʐʅ21 ʂe55 sɪ33 ŋɯ55 nde33 kɑ55，sɪ33 ŋɯ55 tɕi55 lɯ33 kɯ13.
酒 倒 树 桩 上 在 树 桩 都 动 会
倒酒在树桩上，树桩都会动。

nɑ33 ʑi21 kɯ55 lo21 nɑ13 lo21 mu33，ɳdʐʅ21 tɕi13 ndo21 lo21 ʔɪ13 lo21 mu33.
大 河 渡 了 深 了 地 烧 酒 喝 了 醉 了 地
大江越涉就越深，白酒越喝就越醉。

[illegible]

ɳdʐʅ^{21} ʂe^{55} ȵy^{33} to^{21}，ȵy^{33} tɕi^{55} sɪ^{33} dɑ^{33} kɯ^{13}.

酒 倒 牛 喝 牛 都 树 爬 会

倒酒给牛喝，牛都会爬树。

[illegible]

dʐo^{21} no^{33} mi^{13} mɑ^{21} gu^{33}，hɪ^{33} no^{33} kʻo^{33} mɑ^{21} ɤʊ^{21}；

在 乃 地 不 种 饿 就 粮 没 有

平日不种地，饿了无粮吃；

[illegible]

dʐo^{21} no^{33} vɪ^{13} mɑ^{21} tʂɯ^{55}，tʂʰɪ^{13} no^{33} gu^{55} mɑ^{21} ɤʊ^{21}.

在 乃 衣 不 制 冷 就 披 没 有

平日不制衣，冷时无衣穿。

[illegible]

ȵɪ^{21} dɯ^{55} mu^{33} hɪ^{33} mɑ^{21} tɕi^{21}，ŋo^{21} pʰu^{55} tʰu^{13} ho^{33} mɑ^{21} tɕi^{21}.

土 墙 高 风 不 怕 瓦 片 密 雨 不 怕

围墙高了不怕风，瓦片密了不怕雨。

[illegible]

ɬo^{21} ɖɑ^{33} dʐɯ^{33} lo^{33} tɕʻy^{33}，hɪ^{21} ɖɑ^{33} tsʻo^{21} lo^{33} tɕʻy^{33}.

圈 塌 畜 对 伤 屋 塌 人 对 伤

圈塌伤牲口，屋倒则伤人。

[illegible]

mu^{33} tʰɑ^{21} dze^{33} mu^{33} ɤʊ^{21} tʰɑ^{21} lɯ^{33}，mu^{33} ɤʊ^{21} tʰɑ^{21} lɯ^{33} tsʰo^{21} tʰɑ^{21} ʑo^{21} ȵɪ^{21}

马 一 匹 马 鞍 一 副 马 鞍 一 副 人 一 位 坐

一匹马配一副马鞍，一副马鞍只能坐一人。

[illegible]，[illegible]。
mu^{33} dze^{33} ɕy^{33} mɑ^{21} gu^{55}，ʔo^{55}ȵy^{33} dze^{33} sɯ^{55} dʐɑ^{33}.
马 骑 毡 不 披 水牛 骑 像 样
骑马不披毡，就像骑水牛。①

[illegible]，[illegible]。
mu^{33} dɑ^{33} ve^{21} ʑɯ^{33} dɑ^{33}，mu^{33} zɑ^{13} ʑu^{21} ʑɯ^{33} zɑ^{13}.
马 上 左 来 上 马 下 右 来 下
骑马从左上，下马从右下。

[illegible]，[illegible]。
du^{55} hɪ^{55} du^{55} mi^{13} k^{h}ɯ^{33} dʊ^{21} ȵɪ^{33}，dʑʊ^{21} xo^{21} dʑʊ^{21} mi^{13} k^{h}ɯ^{33} mɑ^{55} dʊ^{21}.
话 讲 讲 处 到 能 也 路 送 路 地 到 不 能
说话能说到尽头，送行送不到尽头。

[illegible]，[illegible]。
hɪ^{13}pu^{21} tʂ^{h}u^{13}，dʑʊ^{21} mɑ^{21} tʂo^{13}.
嘴巴 甜 路 不 绕
嘴巴甜，不绕路。

[illegible]，[illegible]；
fi^{55} ʑɯ^{33} ɬo^{55} mɑ^{21} se^{55}，ʥi^{21} ȵɪ^{33} hu^{21} nɑ^{33} ȵɪ^{13}；
东 与 西 不 知 日 和 月 看 观
不知东与西，就看日和月；

---

① 过去出行主要靠骑马，但多数人并无马鞍，骑马的时候就将披毡垫在马背上坐。

ɣo^{13} ʑɯ^{33} k^{h}e^{33} mɑ^{21} se^{55}，gɯ^{55} ɳɪ^{33} ɣo^{13} ɖɯ^{21} ɳɪ^{13}.

南 与 北 不 知 鹤 和 雁 飞 观

不知南与北，就看鹤和雁。

tɕ^{h}i^{13} tʂ^{h}e^{55} sɯ^{21} k^{h}o^{13} sɯ^{33}，mu^{33} dʑe^{33} sɯ^{33} hu^{21} k^{h}ɯ^{33}.

步 迈 三 年 走 马 骑 三 月 到

步行走三年，骑马三月到。

t^{h}ɑ^{21} ts^{h}ɪ^{13} mu^{33} tɕy^{33} dʑe^{33}，ts^{h}ɯ^{21} ts^{h}ɪ^{13} ɣʊ^{21} t^{h}ɑ^{21} ŋgu^{21}.

一 代 马 九 骑 十 代 鞍 一 副

一代骑九马，十代一副鞍。

sɯ^{21} k^{h}o^{13} hɪ^{13} dʐo^{33} sʊ^{21}，ŋgo^{21} do^{33} t^{h}ɑ^{21} t^{h}o^{55} ʂu^{33}.

三 年 家 在 易 门 出 一 时 难

居家三年易，出门一时难。

tʂ^{h}o^{33} hu^{21} mi^{33} fe^{21} tɕi^{33}，mu^{55} li^{33} nʊ^{21} ɳdʑo^{13} tɕi^{33}.

秋 月 天 干 怕 老 来 病 痛 怕

秋季怕干旱，人老怕生病。

hɪ^{13}pu^{21} lo^{33} ɖɯ^{33}，vi^{21} ts^{h}ɯ^{21} lo^{33} tɕ^{h}y^{33}.

嘴巴 对 利 嘴 毛 对 伤

饱了口福，伤了胡子。

[illegible]

dzu^{33} ȵdʑʊ^{33} hɪ^{13}pu^{21} ŋɯ^{33}，xɪ^{13} no^{33} nɪ^{33} pɑ^{33} ŋɯ^{33}.

吃 想 嘴巴 是 害 则 心 伴 是

想吃的是嘴巴，受害却在心上。

[illegible]

sɯ^{33} ts^{h}ʊ^{21} ndɑ^{13} ts^{h}ʊ^{21} no^{33} ko^{33}ti^{13} k^{h}ɑ^{55}，vɑ^{33} lɯ^{21} vɑ^{33} lɯ^{21} no^{33} le^{21} ʂu^{55} k^{h}ɑ^{55}.

走 忙 拼 忙 就 跌倒 易 扒 啦 扒 啦 则 脖 噎 易

匆匆忙忙爱跌倒，狼吞虎咽易噎着。

[illegible]

ʈ^{h}u^{55} mɑ^{21} ts^{h}ɿ^{33} ʂɯ^{55} di^{13}，mi^{13} mɑ^{21} tɕ^{h}ɯ^{33} k^{h}u^{55} ɖo^{33}.

脸 不 洗 垢 生 地 不 扫 灰 产

脸不洗生垢，地不扫灰积

[illegible]

ʑe^{21} dʊ^{33} nɪ^{33} ko^{33} ɖe^{21}，ndy^{55} ʂu^{33} li^{21} ʔu^{33} ʈ^{h}u^{13}.

笑 能 心 里 宽 想 难 来 头 白

心宽才有笑脸，操心使人白头。

[illegible]

me^{33}to^{13} nɪ^{33} gu^{55} se^{55} ɖu^{21}，ʔu^{33}ts^{h}o^{33} nɪ^{33} gu^{55} ɕɪ^{13} ɖɯ^{33}.

火 心 空 才 燃 人 心 空 他 利

火要空心才会燃，人无杂念心才宽。

[illegible]

bi^{55} ɳu^{33} sʊ^{21} ɕɪ^{21} ȵdʑʊ^{33}，dʑy^{33} tɕ^{h}y^{33} su^{21} mɑ^{21} hu^{13}.

背 多 人 他 想 身 伤 人 不 养

背多有人想，劳伤无人养。

ɬɑ^{13} mu^{33} tʰo^{55} nʊ^{21} ʂu^{13}，mu^{55} lo^{33} nʊ^{21} li^{21} ʂu^{13}.

少 为 时 病 找 老 了 病 来 找

年轻时找病，老了病来找。

no^{33}hu^{33} sɯ^{21}mɑ^{21}ŋɯ^{21}mu^{33} hɑ^{33}，gɪ^{13} nʊ^{21} sɯ^{21}mɑ^{21}ŋɯ^{21} mu^{33} li^{21}.

豆浆 发不觉 地 涨 绝 症 发不觉 地 来

豆浆在不注意中突然沸腾，绝症在不防备时突然降临。

kʰɯ^{33} mɑ^{21} mbɑ^{33} no^{33} tɯ^{55}，nʊ^{21} mɑ^{21} ŋgu^{21} no^{33} li^{33}.

嘴 不 讲 就 笨 病 不 治 就 重

嘴不讲就笨，病不治就重。

du^{55} tsu^{55} ʔɑ^{33}dzɿ^{55} nʊ^{13} no^{33} vu^{33}，tsʰɿ^{33} tsu^{55} ʔɑ^{33}dzɿ^{55} ndo^{21} no^{33} ve^{33}.

话 好 只 听 则 疯 药 好 只 喝 就 飘

光听好话会发疯，专吃补药会飘浮。

sɑ^{13} ȵɯ^{33} ʥy^{33} ʈo^{21}，ʥu^{21} tʂɑ^{13} ʔɑ^{55}vɑ^{13} tʂʰo^{55}.

气 短 体 弱 粮 煮 山药 加

气短又体弱，煮粥加山药。

lo^{33} dzɪ^{33} lo^{33} ʥʊ^{21} se^{55}，nʊ^{21} ŋgu^{21} nʊ^{21} dze^{21} ʂu^{21}.

石 凿 石 纹 知 病 治 病 根 找

凿石理石纹，治病寻病根。

[illegible]，[illegible]。

ts^{h}ɿ^{33} ndo^{21} nʊ^{21} lo^{33} kɯ^{33}，hu^{21} nʊ^{21} ŋgu^{21} dze^{21} gɪ^{33}.

药 喝 病 对 克 百 病 治 根 断

吃药若对症，百病能除根。

[illegible]，[illegible]。

nʊ^{21} zo^{33} ts^{h}ɿ^{33} ʂu^{13} k^{h}u^{55}，nɑ^{33} ʑi^{21} ndɯ^{21} zɯ^{55} ʂu^{33}.

病 着 药 找 服 大 河 堵 起 难

有病可找药，隔江没奈何。

[illegible]，[illegible]。

ts^{h}o^{21} ʑo^{33} ʂu^{33} mɑ^{21} tɕi^{21}，ʥo^{33} li^{33} nʊ^{21} ȵʥo^{13} tɕi^{33}.

人 生 穷 不 怕 怕 来 病 酸痛 怕

人不怕穷苦，只怕得疾病。

[illegible]，[illegible]。

ʑi^{21} ʑy^{21} bi^{55}mɑ^{21}nɯ^{13}，nɪ^{33} dy^{21} nʊ^{21} mɑ^{21} ɤʊ^{21}.

水 流 不臭 心 喜 病 没 有

流动的水不会臭，快乐的人不生病。

[illegible]，[illegible]；

su^{33} ŋe^{33} pu^{13}，ɕɪ^{21} k‘o^{21} dɯ^{33} ko^{33} pu^{13}；

人 法术 念 他 所 能 在 念；

巫师念经，他念他的经；

[illegible]，[illegible]。

su^{21} nʊ^{21} ndze^{55}，ɕɪ^{21} nʊ^{21} ɕɪ^{21} ɤʊ^{21} se^{55}.

人 病 哼 他 病 他 得 知

病人哼病，他的病他明白。

[illegible]

tsʰo^{21} ʂɯ^{55} ʑi^{21} li^{21} tsʰɿ^{33}，ʑi^{21} de^{21} lo^{33} sɑ^{33} ke^{21}.

人 垢 水 来 洗 水 浑 石 沙 滤

人不干净水洗，水不干净沙滤。

[illegible]

sɪ^{33} mu^{55} vi^{13} bɪ^{13} kɯ^{13}，tsʰo^{21} mu^{55} po^{33} ɬɑ^{13} kʰɑ^{33}.

树 老 芽 发 会 人 老 返 少 难

老树会发芽，人老返少难。

[illegible]

tsʰo^{21} nʊ^{21} ɕi^{13} xɯ^{55} ɣʊ^{21}，mu^{55} ɕi^{13} xɯ^{55} mɑ^{21} ɣʊ^{21}.

人 病 死 的 有 老 死 的 没 有

人有病死的，没有老死的。①

[illegible]

dɯ^{33} du^{55} no^{33} kʰɯ^{33} do^{33}，nʊ^{21} ȵʥo^{13} no^{33} kʰɯ^{33} vu^{33}.

歹 话 乃 口 出 病 痛 乃 口 入

歹话从口出，疾病从口入。

[illegible]

nʊ^{21} t'o^{55} ʂu^{33} ts'ɿ^{33} ndo^{21}，ts'ɿ^{33} ndo^{21} li^{33} nʊ^{21} he^{33}；

病 时 难 药 吃 药 吃 来 就 好

病来恨吃药，吃了病就好；

---

① 彝族人认为，人的死亡都是疾病所致，没有无病老死之人。

[illegible]，[illegible]。

nʊ^{21} gɯ^{21} tsʰɿ^{33} ʂu^{13} dʑu^{33}，hɪ^{21} tsʰɿ^{33} ndo^{21} mɑ^{33} kʰu^{55}.

病　危　药　找　吃　万　药　喝　无　效

病危找药吃，万般药不灵。

[illegible]，[illegible]。

nʊ^{21} ŋgu^{21} tsʰɿ^{33} ɣʊ^{21} ȵɪ^{33}，mɑ^{21} ɕi^{13} tsʰɿ^{33} mɑ^{21} ɣʊ^{21}.

病　治　药　有　也　不　死　药　没　有

有治病的药，无不死之药。

[illegible]，[illegible]。

lo^{21} bʊ^{21} gu^{21} tʰo^{55} bo^{21}，ʔu^{33}ko^{13} gɯ^{21} tʰo^{55} ɣʊ^{21}.

耳　明　圆　时　有　生命　尽　时　有

月有满圆时，人命有终时。

[illegible]，[illegible]。

dʐe^{21} tʰɑ^{21} po^{13} nʊ^{21} zo^{33}，dʐe^{21} tʰɑ^{21} ŋgu^{21} mɑ^{21} sʊ^{21}.

牙　一　颗　病　着　牙　一　副　不　适

一颗牙齿疼，满口牙不适。

[illegible]，[illegible]。

tsu^{55} no^{33} he^{33} tsʰɿ^{33} ŋɯ^{33}，mɑ^{21} tsu^{55} ʂʅ^{33} tʰɑ^{21} tɕɑ^{21}.

好　就　好　药　是　不　好　草　一　把

治得好就是一副药，治不好就是一把草。

[illegible]，[illegible]；

ȵɪ^{21}dʑi^{21} ɖɯ^{21} he^{33} t‘o^{55}，ts‘o^{13} ndʑɪ^{33} su^{21} ʔu^{33} nʊ^{21}；

太阳　飞　要　时　晴　猛　人　头　痛

太阳要落山，热得人头痛；

[illegible]

mu^{55} su^{13} mu^{55} he^{33} tʰo^{55}，mbɑ^{33} lu^{33} su^{21} nɪ^{33} kʰɪ^{33}.

老 人 老 要 时 说 的 人 心 断

老人要死时，言语伤人心。[1]

[illegible]

mɑ^{21} ʥu^{33} mɑ^{21} pi^{13} tʂʰɯ^{55}，mɑ^{21} vɪ^{13} mɑ^{21} pi^{13} ɬu^{55}.

不 吃 不 行 饭 不 穿 不 行 裤

不得不吃的是饭，不得不穿的是裤。

[illegible]

ʥu^{21} ʥɑ^{33} sɯ^{33} k'o^{21} ʥu^{33}，mɑ^{21} mbo^{33} ȵɪ^{33} mɑ^{21} hɪ^{13};

食 饭 三 碗 吃 不 饱 也 不 饿

饭吃上三碗，不饱又不饿；

[illegible]

mbu^{33} vɪ^{13} sɯ^{33} tʂʰʅ^{21} kʰɯ^{33}，mɑ^{21} tʂʰɪ^{13} ȵɪ^{33} mɑ^{21} tsʰʊ^{21}.

衣 穿 三 件 到 不 冷 也 不 热

衣服穿三件，不冷又不热。

[illegible]

ʂo^{55} bʊ^{21} mu^{33} no^{33} sɪ^{13}，ʈe^{55}me^{33} mu^{33} no^{33} ɖu^{21}.

松 明 吹 就 熄 火草 吹 则 燃

松明吹就熄，火草吹则燃。

---

① 老人过世之前，常常因受病折磨，情绪不好，往往爱唠叨和说刻薄的话，喜欢指责和批评自己的儿女，人们认为这是老人过世前的一种反常行为。

[illegible]，[illegible]。

ŋgo^{21} kʰɯ^{33} tɕʰi^{33} lu^{13} su^{33} ve^{55} li^{21}，hɪ^{21} ga^{33} tɕʰi^{33} lu^{13} su^{33} ve^{13} li^{21}.

门　口　狗　吠　人　客　来　屋　后　狗　吠　人　歪　来

房前狗叫客人到，屋后狗叫小偷来。

[illegible]，[illegible]。

ʑi^{21} ge^{21} tʰo^{55} tʰa^{21} tʰu^{55}，to^{13} ɖu^{21} tʰo^{55} tʰa^{21} sɪ^{13}.

水　清　时　别　触碰　火　燃　时　别　戳

水清时别搅，火燃时别戳。

买卖技艺

[illegible]

mu^{33} ve^{21} mu^{33} tɕ^{h}i^{13} ɳdʐɑ^{33}，ȵy^{33} ve^{21} ȵy^{33} vu^{33} ɳdʐɑ^{33}.

马 买 马 脚 试 牛 买 牛 力 试

买马试走脚，买牛试力气。

[illegible]

ko^{55} mʊ^{21} p^{h}i^{33} lo^{33}，ko^{55} mʊ^{21} mɑ^{21} k^{h}ɯ^{21}.

罐 大 价 轻 罐 大 不 牢

砂锅便宜，但砂锅不牢。

[illegible]

ʈ^{h}u^{21} ts^{h}ɿ^{33} tɕ^{h}i^{13} mɑ^{21} di^{13}，ʂɑ^{33} mi^{13} nɯ^{55} mi^{13} t^{h}e^{21}.

银 药 脚 不 长 汉 地 彝 地 跑

银钱不长脚，跑遍彝汉地。

[illegible]

ʑy^{21} zu^{55} ʥe^{33} mu^{33} ɬu^{33}，nɯ^{55} ʂɑ^{33} ve^{21} lɑ^{13} bo^{21}.

舅 子 骑 马 换 彝 汉 买 手 有

郎舅换坐骑，彝汉有生意。

[illegible]，[illegible]。

la^{13} lu^{33} kʰo^{21} ɳu^{21} ɤʊ^{21}，ve^{21} la^{13} kʰo^{21} ʑe^{21} tsɯ^{13}.

手 头 如何 多 有 买 手 如何 大 做

有多大本钱，做多大生意。

[illegible]，[illegible]。

tɕʰɯ^{33} ŋgɑ^{13} ʂe^{13} mɑ^{21} hu^{13}，ve^{21} lɑ^{13} li^{21} tʰo^{55} bo^{21}.

场 赶 早 不 必 买 手 来 时 有

赶场不用早，生意有来时。

[illegible]，[illegible]；

tɕɪ^{55} ɬu^{33} li^{21} ʈʻu^{21} tsʻʅ^{33}，tʻɑ^{21} mo^{13} tʻɑ^{21} mo^{13} ndɯ^{21}；

汗 换 来 银 药 一 个 一 个 顶

汗水换的钱，一个顶一个；

[illegible]，[illegible]。

lɑ^{13} le^{21} li^{33} ʈʰu^{21} tsʰʅ^{33}，tsʰɯ^{21} mo^{13} tʰɑ^{21} mo^{13} ndɯ^{21}.

手 易 来 银 药 十 个 一 个 顶

顺手来的钱，十个顶一个。

[illegible]，[illegible]。

se^{55} dʑɪ^{13} nɑ^{13} li^{33} pu^{13}，lɑ^{13} nu^{33} ʐɪ^{21} no^{33} kɯ^{13}.

学 丰 深 来 师 手 多 精 则 匠

学识深为师，技艺精为匠。

tɕ^{h}a^{13} vi^{21} su^{13} la^{13} ŋge^{21}，ŋa^{33} zɯ^{55} tsu^{55} ma^{21} tɕi^{21}.

弓 用 者 手 直 鸟 藏 好 不 怕[①]

射手箭法好，不怕鸟藏好。

la^{13} sɿ^{55} no^{33} mo^{33} ɣa^{13}，tɕ^{h}i^{13} sɿ^{55} no^{33} ɕy^{33} ʈ^{h}u^{21}.

手 巧 就 竹 编 脚 巧 则 毡 擀

手巧则编竹，脚巧则擀毡。

k^{h}a^{33} ɣa^{13} k^{h}ɯ^{33} ʂu^{21} tsu^{55} se^{55} ndzu^{33}.

筐 编 口 收 好 才 强

编筐的功夫在于收口。

tɕ^{h}i^{13} du^{55} sɯ^{33} lo^{21} ne^{55} lo^{21} mu^{33}，la^{13} du^{55} mu^{55} du^{33} zu^{33} ɬi^{33} bi^{55}.

脚 印 走 了 失 了 地 手 迹 教 给 儿 孙 与

脚印走了会消失，手艺则可传儿孙。

sɪ^{33} de^{33} tʂ^{h}ɯ^{21} ma^{21} gɪ^{33}，ts^{h}o^{21} ɕi^{13} la^{13} du^{55} dzo̜^{21}.

树 倒 根 不 断 人 死 手 迹 在.

树倒根不断，人死手艺在。

---

① 手直：贵州方言指“手法好”，这里指箭法好。

[illegible]，[illegible]。

tɕɪ^{33}mʊ^{21} ɬe^{55} pi^{13} ȵɪ^{33}，lɑ^{13} nu^{33} ɬe^{55} mɑ^{21} pi^{13}.

式样　借 能 也　手 多 借 不 能

花样能借走，手艺借不了。

[illegible]，[illegible]。

xɯ^{21} ʑi^{33} nɑ^{13} ŋo^{33} ɳu^{33}，fɪ^{13} ȵi^{21} su^{13} nɪ^{33} ʑe^{33}.

湖 水 深 鱼 多 本事 有 者 心 大

水深鱼儿多，艺高人胆大。

[illegible]，[illegible]。

lɑ^{13} sɿ^{55} bi^{33} kʰe^{33} tsʰe^{13}，nɪ^{33} ʑɪ^{33} du^{21} nɑ^{13} ɳu^{33}.

手 巧 蚕 线 细　心 灵 洞 眼 多

手巧花线细，心灵主义多。

[illegible]，[illegible]

mi^{33} fe^{21} mi^{13} ɳɖe^{33} ȵi^{33}，lɑ^{13} kɯ^{13} lo^{33} mɑ^{21} tɕʰy^{33}.

天 干 地 涝　也　手 会 对 不　伤

天干地再涝，饿不死匠人。

[illegible]，[illegible]。

sʊ^{21} mɑ^{21} tsʰe^{21} mɑ^{21} tɕi^{21}，lɑ^{13} nu^{33} mɑ^{21} ʑɪ^{33} tɕi^{33}.

人 不　请　不　怕　手 多 不 精 怕

不怕人不请，就怕艺不精。

[illegible]，[illegible]。

ɳdʐʅ^{21} vu^{33} ʂe^{13} gɯ^{21} kɯ^{13}，lɑ^{13} nu^{33} gɯ^{21} mɑ^{21} kɯ^{13}.

钱　财 花 完　会　手 多 完 不　会

钱财会花尽，技艺用不完。

[illegible]，[illegible]。

mu^{33} dze^{33} tɕʰa^{13} mbɪ^{33}，na^{33} le^{21} tsɯ^{13} kʰa^{33}.

马 骑 弓 射 看 易 做 难

骑马射箭，看易做难。

[illegible]，[illegible]。

la^{13} kʰa^{33} bʊ^{21} ma^{21} tʰu^{55}，la^{13} nu^{33} bʊ^{21} ʑy^{21}dʐɯ^{33}.

手 硬 笙 不 碰 手 软 笙 响炸

手生不摸笙，手熟笙炸响。

[illegible]，[illegible]。

kɯ^{13} su^{13} tsɯ^{13} tɕi^{55} ka^{55}，su^{21} ndzo^{13} ɕɪ^{21} du^{55} ŋga^{13}.

会 者 做 前 在 人 学 他 后 跟

会者做朝前，别人照着行。

[illegible]，[illegible]。

ɳu^{55} kʰo^{21} kʰa^{33} ʑɯ^{33} no^{33}，la^{13} kɯ^{33} bu^{33} kʰɯ^{33} le^{21}.

事 凡 难 也 呢 手 会 边 到 易

再难做的事，遇匠人则易。

风土人情

[illegible]，[illegible]。

tʰɑ^{21} ʑi^{21} tʰɑ^{21} tɕʰʊ^{33} li^{21}，tʰɑ^{21} mi^{13} tʰɑ^{21} nɪ^{33}dʑɪ^{33}.

一 水 一 源 来 一 地 一 风俗

一水有一源，一地一风俗。

[illegible]，[illegible]。

tʰɑ^{21} ʑo^{21} ɕi^{13} pi^{13} n̩ɪ^{33}，tʰɑ^{21} xɯ^{33} gɪ^{13} mɑ^{21} dɪ^{13}.

一 人 死 行 也 一 姓 绝 不 得

一个人死得，一姓绝不得。①

[illegible]，[illegible]。

dʑy^{33}hu^{33} n̩ɪ^{13} mu^{21} se^{55}，pʰu^{21} ndi^{21} fɪ^{13}kʰu^{33} se^{55}.

高山 祖 祭 知 地 坝 政令 知

高山知祭礼，平地识政令。②

---

① 指彝族崇尚气节，个人必要时可为家族和个人的尊严和荣誉而牺牲，但一族人却不能绝嗣，否则无人继承祖业，以及供奉天地和祖先。

② 彝族祭祖、祭山等多在山上进行，而征粮、派款、劳役等政务多发生在人居住的坝子平地。

[illegible]，[illegible]。

ve^{21} ɬo^{13} tʂe^{55} ʑi^{21} ʂu^{21}，fɑ^{13} ɬi^{13} gʊ^{21} kɑ^{13} dʐʅ^{55}.

祖 祭 源 水 寻 岩 晒 后 支 伸

祭祖取水源，祭岩后分支。①

[illegible]，[illegible]。

pʰu^{55} tʂʰɯ^{21} no^{33} ʂu^{13} sɿ^{55}，mʊ^{21} ʥe^{21} no^{33} ʂu^{21} kʰɑ^{33}.

父 根 乃 理 易 母 根 则 理 难

理父谱容易，理母谱则难。②

[illegible]。

zu^{33} he^{33} pʰi^{55} me^{13} ɬe^{55}.

子 贤 祖 名 唤

有出息的子孙才能叫出祖宗名。③

---

① 彝族有九代举行祭祖分支的民俗，届时要取出祭在崖上的祖桶，根据分支数量，另造相应的祖桶，然后各家支取水另叙“讷益侯读”（家支标记和姓氏），祭祖分支仪式结束，各家支携带自己的祖桶到本家支所在地寻找一干燥避雨的崖洞供奉起来，以后隔几年再祭祀一次。

② 彝族谱系以父系来续，故母谱就难理。

③ 过去彝族起名采用父子联名制，文字谱牒由长房保管，其他男丁成员靠口传记住自己的谱系，掌握自己的直系祖谱对逢年过节的献祭、家族间辈分的确定、婚姻关系的确立以及其他社交活动都有着重要的意义。彝族祖谱不轻易示人，但在需要的场合，能背诵十几代以上祖先名字的人就会赢得族人和社会的称赞和尊重，因此，在彝族社会，子孙以叫得出祖先名字为荣。

[illegible]，[illegible]。

t^{h}e^{21} tɕo^{13} xɯ^{55} dze^{33} mu^{33}，se^{55} ho^{21} ɳu^{33} pu^{13} mu^{55}.

跑 快 的 骑 马 知 识 多 诵 长

跑得快的是骏马，知识多的是布摩。①

[illegible]，[illegible]。

lu^{21} ko^{33} pu^{13} he^{33} bo^{21}，ɳɹ^{21} he^{33} ʂʊ^{13} mɑ^{21} ʂu^{33}.

寨 里 布摩 好 有 日 吉 找 不 愁

寨内有布摩，测吉期不愁。

[illegible]，[illegible]。

ʑi^{13} no^{33} ŋgɯ^{33} ho^{33} lo^{13}，vi^{33} ndɯ^{33} pu^{13} ho^{33} lo^{13}.

睡 就 枕 指望 着 灾 禳 布摩 指望 着

睡觉靠枕头，禳解靠布摩。

[illegible]，[illegible]。

ɳɹ^{55} no^{33} xu^{33} ʥu^{33} tʂ^{h}u^{21}，pu^{13} no^{33} ɳɹ^{13} mu^{21} tʂ^{h}u^{21}.

虎 是 肉 吃 类 布 是 祖 祭 类

老虎生来要吃肉，布摩生来要祭祖。

---

① 布摩是彝族社会的祭司和文化传承人，主要从事祭祖、祭祀、测期、驱邪消灾等活动。过去彝族文字掌握在布摩等少数人手里，加上传承方式以家传为主，文字未普及大众，因此布摩是彝族社会最有文化知识的人。

[illegible]，[illegible]。

pu^{13} mu^{55} no^{33} ȵɪ^{13} tʂʰɑ^{55}，ŋgɯ^{21} ʥo^{33} dʐʅ^{13} mɑ^{55} sɯ^{33}.

诵 长 在 灵 祭 神枝 立 互 不 同

布摩做法事，神座各有异。①

[illegible]。

ŋgɯ^{21} ʥo^{33} ȵɯ^{33} mɑ^{21} po^{33}.

神枝 立 短 不 倒

短神枝插的神座不会倒。②

[illegible]。

ŋdʐʅ^{21} xɯ^{13} no^{33} me^{13} t‘ɯ^{21}.

酒 献 则 名 提

祭奠要提名。③

[illegible]，[illegible]。

ʑi^{21} ʑy^{21} bʊ^{21} mɑ^{21} dɑ^{33}，nɯ^{13} pu^{13} dʑɪ^{33} mɑ^{21} vu^{33}.

水 流 山 不 爬 女 祭 场 不 进

流水不爬山，女不进祭场。④

---

① 布摩做法事，必先设祭坛，即立泡木叉神座，其神座的立法因布摩的流派和师承有别。

② 同上，神座是用五倍子树砍削的木叉，在地上依一定图形插立而成，用来插的木叉叫神枝，神枝短则立起来后不易倒。

③ 彝族人在祭奠神灵、祖先时要献酒，献酒就要依次点到天、地、日、月、山、水等诸神的名字，表明在向谁献酒。同时也要提到献酒人的名字，表明是谁在献酒。这样做，献祭与受祭的身份才表达清楚明白。

④ 彝族传统禁忌规定，女性不能进祭祖、祭神等仪式的祭场。

[illegible]，[illegible]。

ma^{21} se^{55} mu^{55} lo^{33} nʊ^{13}，ma^{21} ho^{21} se^{21} lo^{33} nʊ^{13}.

不 懂 老 向 问 不 见 神 向 问

不懂向老问，不见向神问。①

[illegible]，[illegible]。

ɖu^{33} ho^{21} la^{13} t^{h}ɑ^{21} fe^{33}，ɬa^{13} ho^{21} ʑe^{21} t^{h}ɑ^{21} sɿ^{33}.

蜂 见 手 别 甩 郎 见 笑 莫 嘻

见蜜蜂不要招手，遇小伙不要给笑脸。②

[illegible]，[illegible]。

zu^{33} ndu^{33} tɕ^{h}i^{55} k^{h}ɯ^{21} ɳɹ^{33}，ʔɑ^{33}ʑy^{33} nɯ^{13} ku^{33} tɕ^{h}i^{55}.

儿 侄 妻 娶 呢 舅舅 女 幼 嫁

侄儿娶媳妇，舅家嫁姑娘。③

[illegible]，[illegible]；

tʂ^{h}u^{21}ɣʊ^{21} ne^{33} dɯ^{33} no^{33}，ɕi^{13} du^{55} tɕʊ^{33} no^{33} vu^{33}；

亲戚 近 处 呢 死 讯 传 则 远

亲戚在近处，报丧时就远；

---

① 在彝族传统社会，看得见的事问长者，看不见的事就问神，但是如何问，向谁问，就要通过布摩（祭司）或苏矮（巫师）才能实现人与神的沟通。

② 指女子路上独行不要给路遇的青年小伙笑脸，否则对方就会得寸进尺。

③ 彝族历史上实行姑舅表婚、姨表不婚的婚姻制度，姑妈家的儿子一般娶的是舅舅家的女儿，彝语叫“阿尼督阿笃”，汉语叫“侄女赶姑妈”，所以就同时产生了侄儿娶媳妇、舅家嫁姑娘的婚礼现象。

tsʰɪ^{13}vi^{21} mi^{13} vu^{33} no^{33}，su^{33} ɕi^{13} tʰo^{55} ŋgɑ^{13} li^{21}.

族人 地 远 呢 人 死时 赶 来

族人再遥远，闻丧就赶来。①

ʔɑ^{21}me^{33} tʰɑ^{21} ʑo^{21} fu^{13}， tɕy^{33} vɪ^{13} ɳɪ^{21} ɣo^{21} se^{33}.

姑娘 一 人 定亲 九 兄 弟 得 知

一女定亲，九族皆知。②

tʂʰu^{21}ɣo^{21} ɳɪ^{13} dɯ^{55} tʰɑ^{21} nɯ^{21} tɕo^{55}，tsʰo^{21} se^{55} nɪ^{33}dʑɪ^{33} mɑ^{21} se^{55}.

亲戚 土 墙 一 堵 隔 人 知 礼节 不 知

亲戚只隔一堵墙，但人熟礼不熟。③

ɳɪ^{21} tʂʰɑ^{33} ɳɪ^{21}，sɯ^{33} tʂʰɑ^{33} sɯ^{33}.

坐 该 坐 走 该 走

该坐就坐，该走就走。④

---

① 彝族丧葬礼俗规定，亲人辞世，就要派人亲自登门给娘舅、姑妈、女儿、侄女等至亲报丧，就算报丧对象近在咫尺，礼节也不能免，相反，族人再遥远，无须登门通报，闻讯就要及时赶来料理后事。

② 根据彝族婚俗，女子定亲要通知族内比较近支的家庭主要成员参加定亲仪式和宴会，这里的“九族”是概数，并非实数。

③ 指亲戚虽住得近，但碰到婚丧嫁娶等时，该行的礼节还得行，该讲的人情还得讲，并不因为是邻舍就免掉礼数。

④ 该句除了表达日常往来中的交际态度外，它主要是婚礼等庆典场合的礼规。比如在婚礼“恒武”（新娘进屋）仪式中，主家要安排对等的人员与送亲队成员在堂屋会面，“普土”（司仪）就会宣布这句礼规，表示来者要各就各位，席位不可坐乱，不该在场的闲人就会自觉散去。

fu^{13} ɳu^{55} ɬo^{33}vɑ^{13}，ɤʊ^{21} sɯ^{33} tɕi^{55} ʑɯ^{33} bi^{21}.

婚 事 吉利 得 走 先 也 始

婚姻的吉利，在于发亲起步。①

bi^{21}me^{33} k^{h}ɯ^{33} mɑ^{21} go^{13}.

婆家 到 不弯腰进屋

送女不进婿家门。②

nɯ^{13} tɕ^{h}i^{55} mu^{33} xo^{21} tʂ^{h}ɑ^{33}，tɕ^{h}i^{55} ʈ^{h}u^{55} tʂo^{13} mɑ^{21} fu^{33}.

女 嫁 哥 送 该 新娘 面 转 不 宜

妹嫁兄当送，新人忌调头。③

su^{33} he^{33} tʂ^{h}u^{21} mɑ^{33} bo^{21}，mu^{21} lu^{33} hɪ^{55} no^{33} hɪ^{55};

人 贤 开亲 不 对 做 的 讲 了 讲

精明人开错了亲，要着别人说闲话；

---

① 彝族婚礼习俗认为，婚姻是否吉利，在于发亲时的情况，如果一家人同时嫁两女，或邻里有同时出嫁的姑娘，又同时走一条路，则先出发的就抢得头彩，后出发的一般认为福分要差一些。因此，如果出现这种情况，两个新人出发时可以选择走两条道，避免头彩被抢。另外，最忌发亲时接亲马拉屎拉尿，因此在新娘上马之前，有一个仪式叫“姆独撵”，即安排人把接亲马来回骑三转，让马把屎尿拉掉，避免新人上马时拉屎拉尿带来不吉。

② 彝族婚庆有一条礼规，新人出嫁一定要安排一位伯伯或叔叔送亲，到女婿家婚礼现场，其他送亲人要参加新人进亲仪式，但这位长辈却不能进女婿家屋内，由主家安排暂时在“超嘎”（迎宾棚）休息，待新人进亲仪式结束就带领送亲队直接到“送亲接待处”（另一邻居家）驻扎下来，故有“送女不进婿家门”之说。

③ 根据彝族礼俗，姑娘出嫁，一定要安排一位兄长送亲，新人从娘家出发，忌讳调头回望。

[illegible]

su^{33} dɯ^{33} tʂʰu^{21} ma^{33} bo^{21}，mu^{21} lu^{33} dɯ^{55} no^{33} dɯ^{55}.

人 憨 开亲 不 对 做 的 说 了 说

憨包傻子开错亲，别人会说可理解。[1]

[illegible]

va^{13} hu^{55} da^{33} tʰɯ^{55} ʑo^{33}，gɪ^{21} zu^{13} no^{21}tsu^{21}tsu^{21}.

猪 月 初 一 生 败 子 白邓邓

十月初一生，败子白邓邓。[2]

[illegible]

n̥ɹ^{55} hu^{21} va^{13} sɯ^{21} pʰu^{55}，zu^{33} ʑo^{33} li^{21} pʰi^{33} kʰa^{33}.

虎 月 猪 三 遇 儿 生 来 价 贵

正月逢三猪，生儿当为贵。[3]

[illegible]

n̥i^{13} ʂe^{13} ndu^{33} gɯ^{21} ma^{21} dʊ^{21}，mi^{55}gʊ^{21} gu^{21} gɯ^{21} ma^{21} kɯ^{13}.

泥 黄 挖 尽 不 能 歌谣 唱 尽 不 会

挖不完的黄泥，唱不完的歌谣。

---

① 这是旧社会彝族社会等级制在婚姻上的体现，不同等级互不通婚，一旦越界通婚，尤其是与下一等级开亲，就会受到本族和本阶级的歧视和排斥，甚至会被开除祖籍。

② 十月初一是彝族传统新年，十月初一出生是有福分之人，但也因为娇生惯养，往往不成器。白邓邓：贵州汉语方言土话，指不成器的人对他人的批评教育麻木不仁。

③ 正月逢三猪：指正月里有三个属猪的日子。

[illegible]，[illegible]。

nɯ^{55} su^{13} tɕ^{h}ʊ^{33}mɑ^{21}gu^{21}，ʂʅ^{33} ŋgu^{33} me^{21} mɑ^{21} dʊ^{21}.

彝 人 曲不谷 麦 荞 熟 不 能

彝族不曲谷，荞麦不成熟。①

[illegible]，[illegible]。

tɕ^{h}ʊ^{21}gu^{21} mɑ^{21} t^{h}ɯ^{13} tʂ^{h}o^{55} mɑ^{21} se^{55}，k^{h}e^{21} dze^{33} mɑ^{21} mbɪ^{33} tɕ^{h}ʊ^{33} mɑ^{21} se^{55}.

曲谷 不 展示 伴 不 知 线 鼓 不 弹 音 不 知

山歌不唱不知道歌伴，月琴不弹不知道声音。

[illegible]，[illegible]。

ʥʊ^{21} mɑ^{21} sɯ^{33} ʂʅ^{33} nɯ^{33}，mi^{55} mɑ^{21} gʊ^{21} k^{h}ɯ^{33} tɯ^{55}.

路 不 走 草 长 歌 不 唱 口 涩

路不走长草，歌不唱口涩。

[illegible]，[illegible]。

tʂ^{h}o^{55} ʂu^{13} tʂ^{h}o^{55} mɑ^{21} ho^{21}，t^{h}ɑ^{21} du^{21}lɪ^{33} ndu^{21} zo^{33}.

伴 找 伴 不 见 一 棍棒 打 着

找伴不见伴，反着一闷棍。②

---

① 曲谷：指彝族青年男女约会对歌的一种社交形式。与其他民族相比，彝族青年男女的约会不是一对一，而是人数不对等的两队人马，因为约会的目的是赛歌，所以要靠发挥集体的力量才能赢得比赛。曲谷的地点选在山上，为了避雨，一般以岩洞为首选。男女两个歌队会合后，先燃起一堆篝火，再按议程对歌，所对的歌曲，有“曲谷”（古典情歌）、“白话”（情话说唱）、“山歌”等，有时一夜分不出胜负，还要续约再赛。

② 青年到别的寨子约姑娘（女伴）时往往是偷偷摸摸地联络，但是一旦事情败露，就会遭到姑娘的哥哥、弟弟或寨上其他小伙的袭击。此句表示“适得其反”的意思。

[illegible]

ȵdʑɪ^{33} kɯ^{13} su^{13} ȵdʑɪ^{33} no^{33}，ȵdʑɪ^{33} lo^{21} sʊ^{21} lo^{21} mu^{33}；

玩 会 者 玩 呢 玩 着 适 着 地

会玩者来玩，玩得有分寸；

[illegible]

ȵdʑɪ^{33} mɑ^{21} kɯ^{13} su^{13} ȵdʑɪ^{33}，ȵdʑɪ^{33} li^{21} no^{33} ʑi^{13} ɖɑ^{55}.

玩 不 会 者 玩 玩 来 就 家 散

不会者来玩，玩得失了家。①

[illegible]

ȵdʐɪ^{33} kɯ^{13} t^{h}i^{33} t^{h}i^{33} ȵdʐɪ^{33}，ȵdʐɪ^{33} mɑ^{21} kɯ^{13} sɯ^{33} ȵɪ^{21}.

玩 会 天 天 玩 玩 不 会 三 大

会玩天天玩，不会玩玩三天。②

[illegible]

ɕɪ^{21} ʑo^{33}mu^{33} ɣʊ^{21} nɑ^{33} dʊ^{21}，ɕɪ^{21} dʑi^{21}lu^{21} ɣʊ^{21} nɑ^{33} mɑ^{21} dʊ^{21}.

他 长相 得 看 能 他 命运 得 看 不 能

看得清他的相貌，看不了他的命运。③

---

① 彝族传统婚姻有“恋爱自由、婚姻不自由”的习俗，婚后男女都有互相忠诚的义务，但是对于歌场对歌一事却持开放态度，每到逢年过节，已婚男女各自找人组队到歌场对歌，夫妻之间不会相互干涉。与此同时，也有已婚男女因沉迷于歌场而造成婚姻破裂的现象，所以才会有“会玩者来玩，玩得有分寸；不会者来玩，玩得失了家”的卢比警句。

② 本义同上，但意义已有所扩展，不仅指男女关系，也指社交上的为人处世等行为。

③ 这里指彝族人对民间的看相算命等迷信活动的认识和判断。

[illegible]，[illegible]。

ȵɹ13 tʰa21 ʔʊ21 kʰe33du33 ʑi21 ma21ndɯ21，lo33 tʰa21 ko13 mi33 nɯ13 dzɯ33 ma21 to33.

泥 一 坨 夸都 河 不 堵 石 一 块 天 雾 梁子 不 支撑

一坨泥巴堵不住夸都河，一个石头顶不起西凉山。①

[illegible]，[illegible]。

kʰe33du33 ʂa33 se21ndo21，ko33 ma21 ɳdʐu55 ʑi21 tʂʰu13.

夸都 汉 梨子 皮 不 美 汁 甜

夸都汉族的梨子，皮不美味甜。②

[illegible]，[illegible]。

ʔa33ma33 zu33 ȵɹ13 xɯ55，ʑo33 ma21 tsu55 sʊ13 ɖu33.

阿妈 儿 幺 的 生 不 好 人 喜爱

阿妈的幺儿，外表不帅但人可爱。

[illegible]，[illegible]。

ʥi21 do33 bʊ13 ʔu33 ʈʰu55，ʥi21 zɹ33 ʂe13 ʑi21 ɖu55.

日 出 山 头 照 日 影 金 河 落

日出照在山头上，日影却落在金沙江边。

---

① 夸都河：流经威宁县金钟镇夸都村的一条河。西凉山：位于威宁草海西面，双龙乡境内的一座大山。

② 夸都：威宁县金钟镇夸都村，以盛产梨子出名。此句常用来形容外表朴实，但内在美的人。

[illegible]

du^{55} k^{h}u^{13} ɣʊ^{21} ʥʊ^{33} dʊ^{21}，ʈ^{h}u^{55} ho^{21} t^{h}ɑ^{21} ȵɪ^{21} sɯ^{33}.

话 喊 得 听 能 面 见 一 天 走

喊话听得见，见面走一天。①

[illegible]

bʊ^{21} ko^{33} dʐo^{33} mo^{33} tsɪ^{13} ʂe^{13}，bʊ^{21} nde^{33} dʐo^{33} su^{13} ʨ^{h}o^{21} mu^{33}.

山 里 在 竹 节 长 山 上 在 者 形 高

山里生的竹节子长，山里长的人个子高。②

[illegible]

ʂɑ^{33} hɪ^{55} nɯ^{55} mɑ^{21} se^{55}，nɯ^{55} hɪ^{55} ʂɑ^{33} ʔu^{33} he^{21}.

汉 讲 彝 不 懂 彝 讲 汉 头 晕

汉人说话彝人听不懂，彝人说话汉人听头晕。③

[illegible]

vu^{33} ɖu^{21} ʨ^{h}i^{33} nɪ^{33} ɬo^{33}，dɑ^{33} t^{h}ɯ^{55} ʔɑ^{33}ŋɑ^{55} ʐe^{21}.

雪 下 狗 心 狂 初 一 孩子 笑

下雪狗儿狂，过年孩子笑。

---

① 贵州山地多，平地少，有的地方山高谷深，居住在山谷两边的人家，喊话听得见，见面却要走一天。

② 根据彝族人民的总结，发现生活在高寒山区的人普遍身材高大，而生活在河谷坝子的人身高体质都普遍低于高山里生活的人。

③ 过去由于地理环境和交通条件的限制，彝汉两个民族语言不通，因此有交流障碍。

[illegible]

hɪ^{21} me^{33} te^{13} tʂʰɯ^{21}k‘ɯ^{33}，nɑ^{33} ho^{21} lɑ^{13} mɑ^{55} me^{13}；

天 尾 云 仇叩 看 见 手 不 及

云端上天宫，眼见手难触；

[illegible]

tʰɯ^{21} tʂʰɑ^{33} zɪ^{13}hu^{21}lu^{33}，nɪ^{33} ndy^{55} tɕʰi^{13} mɑ^{55} me^{13}.

地 垠 任洪鲁 心 想 脚 不 及

地垠任洪鲁，想到走不到。①

[illegible]

dʐo^{21} su^{13} nɑ^{33} vu^{33}，ɕi^{13} su^{13} nɑ^{33} ɖe^{33}.

生 者 眼 窄 死 者 眼 宽

生者眼窄，死者眼宽。②

[illegible]

su^{21} he^{33} tɕɑ^{33} su^{21}po^{33}，tʰɑ^{21} du^{21} tɕi^{55} mɑ^{21} pʰi^{33}.

人 恩 拿 人 还 一 样 都 不 值

将礼还礼，一文不值。③

---

① 仇叩：彝族传说中天君策举祖居住的宫殿。任洪鲁：云南省丽江市玉龙雪山。

② 彝族祖先崇拜观念认为，人死后进入另一个世界，生者看不到他们，但死者的灵魂看得见在世的亲人，并且一直保佑着他的后代子孙。

③ 彝族社会人情往来的传统观念认为，亲戚朋友之间的往来礼金，不能将礼还礼，多少要在人家礼金的基础上增加一点，还完了他人的礼，下一次才可重新起礼。不过随着礼金越来越重，这种观念现在已发生改变。

[illegible]，[illegible]。

ɣɑ^{21} pi^{13} kʰɯ^{21} tʰo^{55} mbi^{21} tɕi^{55} pi^{13}，ɣɑ^{21} mʊ^{21} tʰɑ^{21} ʑe^{21} ʔe^{13} xu^{33} zo^{21}.

鸡 公 何 时 叫 都 行 鸡 母 一 次 叫 杀 着

公鸡可以随时叫，母鸡叫一次就被杀。①

[illegible]，[illegible]；

ʈʂʰʅ^{21} ʈʻu^{13} lo^{21} ʈʂʰʅ^{21}se^{33}，nɑ^{21} ɣʊ^{33} kɑ^{13} dʊ^{21} ɳɹ^{33}；

谷 白 和 谷子 你 能 分 能 也

白米和谷子，你能分得清；

[illegible]，[illegible]。

su^{21} me^{55} lo^{21} ʑo^{21} me^{55}，nɑ^{21} ɣʊ^{33} kɑ^{13} mɑ^{55} dʊ^{21}.

人 妻 和 己 妻 你 得 分 不 能

人妻和你妻，你难以分辨。②

---

① 在彝族民间传统观念里，公鸡打鸣是其职责所在，母鸡打鸣则属于反常现象，一旦母鸡打鸣，人们就认为不吉利，母鸡就会被主人宰杀。

② 此谚语是源于彝族爱情长诗《阿诺楚》的一个卢比典故，故事中男主人公沙俄尼买汝因自己的媳妇阿诺楚和小姨子长相酷似而分辨不出真假，让同父异母的小姨子设计陷害了姐姐并取而代之，最终导致一段爱情悲剧的发生。后来以此形容真假不辨。

后 记

卢比虽是彝族重要的民间文学作品之一，但由于其是一些短小零散的语句，很少引起学界的关注，与四川、云南相比，贵州在卢比整理研究上相对薄弱。本书的作者为了进一步推进贵州彝族卢比的抢救、整理和研究，向读者奉献一部能全面反映贵州卢比特质和面貌，集资料和学术价值于一体的贵州卢比精品著作，前后历时6年，费尽心血，虽然最终让《彝族卢比精选译注》得以诞生，但仍然留下一些遗憾。

按常理，卢比是百姓日常挂在嘴边的语言，应该易于搜集和采集，其实事情恰恰与此相反。首先，卢比不像神话、故事和叙事诗有较大的篇幅，少则一句、两句，多则三句、四句，五六句的更少，每条卢比都是一个独立的单位，卢比与卢比之间并无多大关联，你记得甲句，未必能想起乙句，就像埋藏在河沙里的金子，并不是找到一块就可以搂一撮箕的。在田野工作中，当你说明来意，郑重其事地把录音设备打开，搞不好采访对象半天都想不出一句来。因为就算是卢比掌握得好的人，也要有具体的场景和语境，很多卢比往往要在漫无边际的闲谈中才会自然蹦出来。其次，由于彝族语言生态环境的变迁，年轻人对卢比的掌握越来越少，要采集卢比就要找年纪大的老人，而年纪大的人记忆力、听力和精力相对较差。因此尽管本书的素材搜集花了很大的功夫，搜集的卢比原始素材达到4500多条，但肯定还有一些卢比未被采集到。加上在卢比素材的采集中，我们以黔西北地区为重点，其中又以乌撒土语为主要田野点，而水西、扯勒等土语区主要以文献调查为主，田野调查相对不足，这也是本书编撰工作的一个缺憾。

彝族卢比数量庞大，不同地区有不同的卢比，即使是同一卢比，不要说两个地方，就是同一个地方，也会有两种甚至多种表达方式，这也正是口头文学生动灵活的表现，因此抢救卢比等珍贵的彝族语言文化，还需众人的努力，彝族语言文化的传承保护，更是任重道远。本书的编译虽历时多年，编译人员尽管付出了大量的劳动和心血，但难免有失误之处，希望得到广大读者的批评和斧正。

本书的出版首先得益于贵州省民族古籍研究项目的资助，后经贵州大学出版社申报，获得中央民族文字专项出版资金的支持。在整理翻译过程中还得到了彝学专家、黔灵学者、贵州工程应用技术学院彝学研究院院长王明贵研究员的支持和指导。同时在田野调查中也得到了广大彝族同胞的热情帮助。在此一并表示衷心的感谢！

编译者

2019 年 4 月 1 日